MERIT NIEMEITZ

COLOR MY LOVE

IMPRESS

© privat

Merit Niemeitz wurde 1995 in Berlin geboren und lebt noch immer dort, in einer Wohnung mit unzähligen Flohmarktschätzen, Pflanzen und Büchern. Seit ihrer Kindheit liebt sie Worte und schreibt ihre eigenen Geschichten. Während und nach ihrem Studium der Kulturwissenschaft arbeitet sie seit Jahren in der Buchbranche und möchte eigentlich auch nie etwas anderes tun.

Kapitel 1

»Und das ist das Ende der Geschichte.« Ich holte tief Luft und legte die zittrigen Hände um die Tasse vor mir. Der Kaffee darin war längst kalt geworden, aber ich sollte sowieso nicht noch mehr Koffein zu mir nehmen. Seit Tagen befand ich mich in einem seltsamen Zustand, permanent hin- und hergerissen zwischen Lachanfall und Heulkrampf. Beides würde nicht unbedingt einen guten ersten Eindruck vermitteln, den ich bei einem WG-Bewerbungsgespräch bei meinem potenziellen Vermieter hinterlassen wollte.

Bela saß mir gegenüber an seinem Küchentisch und sah mich abwartend an. Er wirkte weder genervt noch ungeduldig, obwohl ich beides hätte nachvollziehen können. Wenn man eine neue Mitbewohnerin suchte, sehnte man sich vermutlich nicht nach einer nervös plappernden Frau, die ungefragt vom traurig-tragischen Ende ihrer letzten Beziehung erzählte. Bela hatte seinen Kaffee längst ausgetrunken und sich meine Erzählung schweigend angehört. Jetzt wünschte ich mir, er hätte mich unterbrochen. Die plötzliche Stille, die zwischen uns hing, verunsicherte mich schlagartig. Ich rutschte an die Kante des Stuhls und presste die Fersen auf den Boden, um nicht nervös mit den Füßen zu wippen.

»Klingt so, als hättest du eine harte Zeit hinter dir«, sagte er schließlich mit einem halben Lächeln. Seine Stimme verriet nicht, ob er sich über mich amüsierte, aber der warme Ausdruck in seinen Augen wirkte aufrichtig mitfühlend. Das machte es noch schlimmer. Seit der Trennung von Levi hatte ich mich immer wieder beschworen, mich zusammenzureißen. Es brachte mir nichts, wenn ich mich in etwas hineinsteigerte, das ich nicht ändern konnte. Ich wusste das. Doch sobald mich jemand ansah und mir das Gefühl gab, mein Schmerz wäre gerechtfertigt, geriet meine Selbstbeherrschung ins Wanken. Auch jetzt wurde der Drang zu weinen immer stärker.

»Was passiert, passiert. Und für irgendetwas wird es gut gewesen sein.

Schmerz kann ungemein fruchtbar sein. Alles wird gut. Man lernt immer aus seinen Fehlern, nicht?« Mein Mund spulte all die leeren Floskeln ab, die ich mir in den letzten Tagen eingeredet hatte.

Dabei wusste ich längst, dass das nicht stimmte. Das alles war für gar nichts gut gewesen. Vier Jahre hatte ich an Levi verschwendet, vier Jahre, die ich nie wiederbekommen würde. Schmerz war nicht fruchtbar, sondern einfach nur furchtbar – mein Inneres war ein blutiges Herzfasern-Massaker, aus dem sicher nichts Neues auferstehen würde.

Gott, ich war so kurz davor zu weinen. Und seinem weichen Blick zufolge wusste Bela das ganz genau.

Reiß dich zusammen. Schnell zog ich mir die Ärmel des anthrazitfarbenen Pullover-Kleides über die Handgelenke. Seit Tagen trug ich nur Grau.

»Keine Sorge, ich bin keinesfalls eine Freundin von diesen kitschigen Wandpostern mit motivierenden Sprüchen.«

»Du meinst, so was wie ›Lächle und die Welt lächelt zurück‹?«

»Genau. Oder so was wie ›Oh, it's wine o' clock‹. Nicht ganz mein Stil.«

Obwohl dieser Spruch in den letzten Tagen durchaus Potenzial entwickelt hatte, zu meinem Lebensmotto zu werden.

»Schade. Eigentlich wollte ich genau deshalb eine Frau als Mitbewohnerin. Damit es hier ein bisschen kitschiger und motivierender wird.«

Er hob bedauernd die Hände und mein Lächeln wurde echter. Mein Körper entkrampfte sich, ich sank wieder gegen die Lehne des Stuhls und überschlug die Beine. Die Tatsache, dass Bela es schaffte, so gelassen und freundlich mit mir umzugehen, obwohl wir uns nicht kannten und er gerade dreißig Minuten lang meine Liebeskummertirade ertragen hatte, machte ihn vermutlich zum wundervollsten Typen in ganz Goldhain. »Ich finde, du hast einen sehr hübschen Einrichtungsstil«, sagte ich und ließ den Blick durch die Küche schweifen. Der schmale Holztisch, an dem wir saßen, war mit Brandflecken und Kerzenwachsabdrücken übersät, an der Wand darüber hing eine Pinnwand mit grobkörnigen Fotos aus Einwegkameras. Ein Bastlampenschirm warf Licht auf unsere Köpfe und tunkte die hellen Wände in Gold. In der Luft hing ein angenehmer Duft von frisch gemahlenem Kaffee und altem Holz.

Es war sauber, aber dennoch ein bisschen chaotisch: Über dem Herd standen Gewürzdosen ungeordnet auf einem Holzbrett, die Kaffeetassen von drei Tagen (oder ebenso vielen WG-Castings) stapelten sich neben der Spüle und auf dem Fensterbrett vertrockneten Minze und Basilikum in trauter Zweisamkeit. Es hatte genau die richtige Prise Unordentlichkeit für mich.

Bereits beim Betreten der Wohnung hatte ich diesen unaufdringlichen Hauch von Gemütlichkeit und Wohlfühlatmosphäre wahrgenommen. Dieser ging nicht nur von der Neunzig-Quadratmeter-Wohnung aus, sondern auch von ihrem Bewohner. Bela wirkte mit den weiten Jogginghosen, dem verwaschenen Shirt und dem wirren Haar etwas verpeilt, aber seine warme, offenherzige Ausstrahlung hatte mich vom ersten Moment an willkommen geheißen. Nach den anstrengenden Begegnungen der vergangenen Tage, die ich auf meiner Wohnungssuche gemacht hatte, war das so wohltuend, dass ich mich sofort entspannt hatte. Vielleicht ein kleines bisschen zu sehr. Ich rechnete jederzeit damit, dass er mich auf höfliche Art vor die Tür setzte.

»Na dann, komm. Ich zeige dir mal das Zimmer, um das es geht«, meinte er stattdessen und erhob sich.

Mein Herz machte einen Satz. Entweder war er extrem freundlich oder er wollte mich tatsächlich noch nicht loswerden.

Ich folgte ihm durch den Flur in den hinteren Bereich der Wohnung. Während wir durch das geräumige Wohnzimmer liefen, warf ich einen Blick durch die bodentiefen Fenster auf die Dachterrasse. Ich konnte bis zur Küche sehen, von der man ebenfalls auf die Terrasse kam. Sie hatte mich schon in der Anzeige begeistert, genau wie der Raum, den wir jetzt betraten.

Er war nicht allzu groß, aber selbst am späten Nachmittag noch so hell, dass ich kurz die Augen zukniff. Vorsichtig blinzelnd ging ich an Bela vorbei weiter hinein und sah mich um. Innerhalb von Sekunden beruhigte sich mein Herzschlag und auch das letzte bisschen Nervosität ebbte ab. Bis auf die dunklen Holzbalken, die sich quer durch den Raum zogen, war er ganz leer. Ich musterte die zarte Maserung des Parketts und die schmalen Lichtstreifen der Abendsonne, in denen winzige Staubkörner tanzten. Wärme, Licht, Gemütlichkeit, dachte ich und schloss erneut die Augen, um tief durchzuatmen. In der Luft lag auch hier der satte Duft von Holz und darunter ein Hauch von verblasstem Lavendel.

Alles an diesem Zimmer fühlte sich richtig an – nach einem potenziellen Zuhause.

Ich ging zu einem der Fenster, die sich an der abgeschrägten Wand befanden und durch die man in den Frühlingshimmel sehen konnte. Die Fetzen grauer Wolken hingen zerrissen über dem sonnenzerfurchten Abendblau.

»Unglaublich schön«, sagte ich leise und strich mit den Fingerspitzen über das Holz eines Balkens. Vor meinem inneren Auge sah ich, wie ich das Bett an diesen Platz stellen würde, um jede Nacht unter den Sternen einschlafen zu können. Natürlich erst, nachdem ich mir ein Bett besorgt hatte. Und nachdem ich Bela irgendwie dazu gebracht hatte, mich entgegen aller Vernunft als Mitbewohnerin in Betracht zu ziehen.

Er stand ein paar Schritte hinter mir an die Wand gelehnt. »Im Sommer auch unglaublich heiß. Ich würde gern sagen, dass man sich daran gewöhnt, aber das wäre gelogen. Ebenso wenig wie an die Treppenstufen.«

»Das ist doch durchaus von Vorteil. Damit spart man sich die Fitnessstudiogebühr. Glaub mir, ich habe meine Wadenmuskulatur schon lang nicht mehr so intensiv gespürt.« Ich deutete demonstrativ auf meine Beine, die immer noch über die fünf Stockwerke klagten.

Er grinste. »Auch wieder wahr. Das könnte ich glatt auf die Miete draufschlagen.«

»Wo du es sagt: Wieso ist das eigentlich so günstig?« Die meisten der bisherigen Zimmer hatten mehr gekostet, einige sogar doppelt so viel wie dieses. Dabei befand sich die Wohnung in einem der schönsten Bezirke der Stadt. Direkt vor der Haustür lag der Götterpark, der seinen Namen den etlichen Statuen verdankte, die in der wild wuchernden Parkanlage verstreut standen. Bis zur Universität dauerte es mit dem Rad nur zehn Minuten und der nächste Supermarkt war direkt um die Ecke.

»Der Hausverwalter ist mein Onkel«, erklärte Bela leicht zerknirscht. »Vitamin B hat leider auch auf dem Wohnungsmarkt etwas Gutes.«

»Du könntest mehr verlangen und dir damit den Studentenjob sparen.

Schlecht fürs Karma, aber gut fürs Konto.« Vermutlich war es ziemlich dämlich, ihn auf diese Idee zu bringen, während ich mich um das Zimmer bewarb. Im Grunde hatte ich mich schon von der Hoffnung losgemacht, auch nur eine Chance zu haben. Das Sommersemester hatte gerade erst angefangen und in der Stadt wimmelte es von Studierenden, die nach einer Bleibe suchten. Für diese Wohnung hatte Bela sicher Dutzende Anfragen erhalten.

Er schüttelte den Kopf. »Nicht meine Art. Außerdem mag ich meinen Job. Barkeeper sein ist das perfekte Kontrastprogramm zum BWL-Studium.«

»Fällt dir auch das perfekte Kontrastprogramm zum Publizistik- und Kommunikationsstudium ein?«, fragte ich, während ich den Blick erneut durch das Zimmer schweifen ließ. Ich konnte nicht aufhören, es gedanklich einzurichten, obwohl ich wirklich versuchte, es nicht zu sehr zu wollen. Noch mehr Enttäuschungen konnte ich momentan unmöglich ertragen.

»Du könntest es als Aushilfe in der Bibliothek versuchen. Du weißt schon, fern von jeder Art der Kommunikation.«

Tatsächlich war mir der Gedanke auch schon gekommen, da ich so ziemlich jeden Job in Betracht gezogen hatte. Ich brauchte dringend Geld, wenn ich mich in den nächsten Monaten nicht nur von Tütensuppen ernähren wollte. Meine Ersparnisse waren durch die Hostelkosten beinahe komplett aufgebraucht worden. Viel mehr als die erste Mietzahlung dieses Zimmers konnte ich nicht aufbringen. Auch das war etwas, das ich vermutlich besser vor meinem potenziellen Vermieter geheim halten sollte.

Bela hatte mich nach diesen Details allerdings überhaupt nicht gefragt. Er wusste zwar alles darüber, auf welche wenig erfreuliche Art meine Beziehung jüngst in die Brüche gegangen war und dass ich deshalb seit dreizehn Nächten in einem Sechsbettzimmer auf meinen Wertsachen schlief, doch weder, woher ich kam, noch, ob ich im Stande war, Miete zu zahlen. Ich könnte eine trommelspielende, seilspringende, technoliebende Mietnomadin sein und er hätte keine Ahnung. Ebenso wenig wusste ich aber auch über ihn. Bela war zweiundzwanzig, studierte BWL im vierten Semester und jobbte in einer Bar in der Altstadt. Das waren die Informationen, die er vor meinem Monolog erwähnt hatte.

Jetzt lehnte er so gelassen an der Wand, als wäre an dieser Situation nichts Ungewöhnliches. Vermutlich hatte er selbige in den vergangenen Tagen aber auch schon haufenweise erlebt.

»Willst du noch irgendetwas über mich wissen?«, fragte ich.

Bela schirmte seine Hand gegen das Licht ab, um mich anzusehen. »Willst du mir denn etwas erzählen?«

»Ich glaube, ich habe dir schon mehr erzählt, als ich hätte sollen. Viel zu viel.« Verlegen strich ich mir eine hellblonde Strähne hinter das Ohr, die sich aus dem wirren Dutt gestohlen hatte.

Bela winkte ab. »Es gibt kein Zuviel. Reden ist immer gut. Im Grunde ist es das A und O jedes Zusammenlebens. In diesem Sinne: Wenn du magst, kannst du das Zimmer haben.«

Perplex wandte ich mich ihm zu. »Wirklich? Aber ... wieso?«

Bela lachte und rieb sich mit dem Handrücken über den Dreitagebart auf seiner Wange. »Ich mag dich, Effi. Darum.«

»Bist du dir sicher?«, hakte ich skeptisch nach. Das konnte nur ein Witz sein. Nicht einmal ich mochte die Version von mir, die Bela kennengelernt hatte. Ich war ein weinerliches, anstrengendes Nervenbündel.

»Du musst wirklich dringend daran arbeiten, wie du dich selbst verkaufst«, erwiderte er amüsiert. »Aber ich versuche immer, auf mein Bauchgefühl zu hören. Und das sagt mir, dass wir gut miteinander auskommen werden.« Er sah sich erneut in dem Zimmer um, hob dann die Hände und bildete mit den Fingern ein Rechteck, als würde er durch eine Kamera blicken. Mit der Handlinse fokussierte er mich, kniff ein Auge zusammen und lächelte zufrieden. »Außerdem passt du ins Bild. Das Zimmer sieht aus, als hätte es auf dich gewartet.«

Das war das erste Mal, dass mir in den Sinn kam, dass Bela vielleicht auch etwas seltsam war. Und dass er recht hatte: Wir würden mit Sicherheit gut miteinander auskommen.

Kapitel 2

Mit letzter Kraft schob ich mich an Asta vorbei, stellte Daphne neben dem Fenster ab und richtete mich auf. Meine Hände waren mit roten Striemen übersät und pochten, ebenso wie meine Arm- und Beinmuskeln. Einen Umzug in ein Dachgeschoss ohne Aufzug zu machen, war kein nachahmenswertes Unterfangen. Ich war dennoch ungemein glücklich, als ich mich im Zimmer umsah, das vom Licht der hereinfallenden Sonne besprenkelt wurde. Noch immer konnte ich nicht glauben, dass ich hier wohnte.

Nachdem ich gestern die Wohnung verlassen hatte, hatte ein Teil von mir fest damit gerechnet, Bela würde es sich anders überlegen und mir absagen. Stattdessen schrieb er mir morgens und bot an, meine Sachen mit dem Auto einzusammeln und mir beim Umzug zu helfen. Ich hatte zwar immer noch die leise Sorge, dass er mich entweder veralberte oder ein Psychopath war, der mich lebendig einmauern wollte, aber ich war so verzweifelt, dass ich sogar das in Kauf nahm. Endlich hatte ich vier Wände, die ich *meins* nennen konnte.

Asta ließ sich schwer atmend auf den Boden fallen und streckte sich der Länge nach aus. »Ich schwöre bei meinem verstorbenen Hamster Goldie, wenn du hier ausziehst, bevor du dir eine Umzugsfirma leisten kannst, bringe ich dich um.«

Grinsend sank ich ebenfalls auf das Parkett und musterte ihre erhitzten Wangen und den leichten Schweißfilm, der sich auf ihrer Stirn gebildet hatte. »Aber du würdest mir trotzdem helfen, oder?«

»Nachdem ich dich umgebracht habe, meinst du? Klar doch.« Sie lächelte zu mir auf. »Dafür sind Freunde doch da. Sie fangen sich für dich den Muskelkater ihres Lebens ein und jammern dir die Ohren voll.« Sie zwinkerte mir zu, ehe sie mit einem theatralischen Stöhnen erneut ihre Augen schloss.

In diesem Moment war ich wieder einmal unendlich froh, diesen Menschen kennengelernt zu haben. Asta und ich waren uns vor knapp einem halben Jahr am ersten Einführungstag des Studiums begegnet. Sie hatte sich neben mich gesetzt und mir wortlos eine Tüte Kekse gereicht. Mehr hatte es nicht gebraucht, um meine Zuneigung zu gewinnen.

»Ich habe ein Gespür für die Leute, die ich gernhaben werde«, hatte sie mir später verraten. »Und dich habe ich gesehen und sofort gewusst, dass das mit uns was Gutes ist.«

Und das war es. In Astas Nähe war es von Anfang an ganz leicht gewesen, ich selbst zu sein. Und das Gefühl zu haben, dass das absolut genug war.

Wir waren beide erst zum Wintersemester hergezogen und hatten niemanden gekannt in Goldhain, dieser postkartentauglichen Studentenstadt. Bis heute hatte ich es nicht geschafft, diesen Bekanntenkreis groß zu erweitern. Was vor allem daran lag, dass ich die vergangenen Monate hauptsächlich mit Levi und seinen Freunden verbracht hatte. Immerhin war ich ihnen zuliebe überhaupt hierhergezogen. Levi zuliebe. Der Band zuliebe. Ihrem Traum zuliebe.

Nach dem Abitur hatten die Jungs in eine größere Stadt ziehen wollen, um ihre Musik voranzubringen. Dass sie damit ein Jahr gezögert hatten, hatte an Levi gelegen, der auf mich warten wollte, bis ich ebenfalls meinen Abschluss hatte. Damals hatte ich das wahnsinnig romantisch gefunden. Ich hatte nicht einmal darüber nachgedacht, ob der Umzug – unabhängig von Levi – das Richtige für mich sein würde. Etwas unabhängig von Levi zu überdenken war ein Vorgehen, das ich seit Jahren nicht praktiziert hatte.

Jetzt, sechs Monate, unendliche Demütigung und ein gebrochenes Herz später, saß ich in einem neuen Zimmer in einer neuen Wohnung mit meiner einzigen richtigen Freundin. Ohne Möbel, dafür mit etlichen Kleidersäcken, wenigen Kisten und meinen Pflanzenkindern. Diese hatten im Gegensatz zu mir in Astas winzigem Zimmer im Studierendenheim Unterschlupf finden können, als ich überstürzt aus Levis und meiner gemeinsamen Wohnung ausgezogen war. Mir hatte sie fünf Tage lang ihre für mich viel zu kleinen Klamotten geliehen, ehe sie darauf bestanden hatte, in die Wohnung zu gehen, um meine restlichen Besitztümer zu holen. Viel war es nicht gewesen. Die Möbel hatten Levi und ich gemeinsam gekauft, als wir hergezogen waren. Ich hätte mich mit ihm streiten können, was davon mir gehörte, aber dazu hätte ich mit ihm sprechen müssen. Und das war etwas, das ich in den nächsten hundert Jahren dringlichst vermeiden wollte.

»Wusstest du, dass man im Ellbogen Muskelkater bekommen kann?« Mittlerweile hatte Asta sich auf den Bauch gerollt und das Gesicht gegen das Parkett gepresst. Ihr schwarzes Haar schimmerte im Sonnenlicht, das durch das Dachfenster hereinbrach. Es war erst April und noch dazu später Nachmittag, aber in diesem Zimmer so nah am Himmel war der warme Atem des Frühlings deutlich spürbar.

»Ich glaube eher, das liegt daran, dass du gegen das Treppengeländer gelaufen bist«, erklang eine Stimme von der Tür. Bela hatte die Arme verschränkt und ein unverschämt breites Lächeln im Gesicht. Anders als wir sah er nicht so aus, als hätte er einen Triathlon absolviert.

Asta schnaubte und hievte sich auf die Unterarme. Ihr Shirt klebte feucht an ihrem Rücken, darunter zeichnete sich ihre Wirbelsäule ab. »Du hast leicht reden. Du hast Armmuskeln. Und lange Beine. Und du bist diese Folter gewöhnt.«

Asta war von Natur aus zart gebaut und hatte es daher nie nötig gehabt, Sport zu machen, um sich den Tragekomfort der Lieblingsjeans zu erhalten. In meinen schwachen Momenten beneidete ich sie darum. Insbesondere, weil mich das Joggen, mit dem ich mich mehrmals die Woche abquälte, nicht davor bewahrt hatte, dass ich zwischenzeitlich meine Lungen kollabieren spürte. Dabei hatten wir nur jeweils dreimal hoch- und runterlaufen müssen, um meine Sachen herzubringen. Mittlerweile freute ich mich darüber, keine Möbel zu haben. Auch wenn ich das sicher widerrufen würde, sobald ich mir überlegen musste, wie ich heute Nacht schlafen wollte.

Als hätte Bela den gleichen Gedankengang gehabt, musterte er skeptisch den verstreut herumstehenden Kram. »Hast du überhaupt keine Möbel?«

»Keine, die sie sich traut, einzufordern.« Unter meinem grimmigen Blick hievte sich Asta auf die Knie.

»Das ist nicht so einfach«, setzte ich im Verteidigungstonfall an, aber sie unterbrach mich.

»Natürlich ist es das. Du gehst in diese Wohnung, nimmst dir, was dir gefällt, und verschwindest wieder. Hab ich mit deinem Kleinkram doch auch so gemacht.«

»Und wenn Levi da ist?«

»Umso besser, dann kannst du ihm gleich noch in seine beschissenen Eier treten.«

»Sehr erwachsen«, murmelte ich und strich mir die Haare ins Gesicht, um meine heißen Wangen zu kaschieren. Im Grunde musste mir vor Bela nichts mehr peinlich sein, er kannte die ganze Geschichte ja bis in die Details.

»Ohne mich da einmischen zu wollen«, sagte er jetzt in behutsamen Tonfall, »aber seine Freundin aus einer langjährigen Beziehung derart zu betrügen, ist auch nicht erwachsen. Es ist einfach nur scheiße. Er hätte weit mehr verdient als den Verlust von ein paar Möbeln oder einen Tritt.«

Asta klatschte in die Hände. »Meine Rede!«

Ich ließ mich frustriert gegen die schräge Wand in meinem Rücken sacken. Diese Diskussion hatte ich in den vergangenen Tagen zur Genüge geführt. »Ich werde diese Wohnung nicht mehr betreten. Nie wieder. Und ganz ehrlich – ich will diese Möbel gar nicht. Das waren *unsere* Möbel. Und wenn es kein Uns mehr gibt, dann will ich auch die nicht mehr. Das Du aus diesem Uns soll aus meinem Leben verschwinden, okay? Ich will nur mein Ich. Ich will *meine* Möbel.«

»Aber du hast keine Möbel, Effi.« Astas Blick hatte sich erweicht und sie musterte mich mit dieser bekannten Mischung aus Mitgefühl, Besorgnis und Frustration.

»Ich habe ein Dach über dem Kopf, eine Yogamatte und einen Haufen Klamotten. Das sind alles Dinge, von denen andere Menschen träumen. Ganz ehrlich: Wir sind mittlerweile viel zu verweichlicht.« Energisch stand ich auf und bemühte mich um einen entschlossenen Gesichtsausdruck, auch wenn ich mir dabei den Kopf am Holzbalken anstieß. »Früher gab es auch keine

Federkernmatratzen oder Daunendecken. Die Menschen haben auf Strohballen oder harten Pritschen geschlafen. Ich bin in einer privilegierten Situation und ich werde bestimmt prima schlafen, in dem Wissen, dass ich nicht länger in dem Bett liegen muss, in dem mein Freund wochenlang mit einer anderen Frau kopuliert hat.«

Asta und Bela hatten sich meine Rede schweigend angehört, jetzt tauschten sie einen langen Blick.

»Irgendwelche Ideen?«, fragte sie ihn resigniert.

»Sie kann heute Nacht in meinem Bett schlafen. Ich kann bei einem Kumpel übernachten«, überlegte Bela. »Der, wenn ich mich nicht täusche, auch noch eine Matratze übrig hat.«

Asta nickte zufrieden. »Guter Mann.«

Bela bedachte mich mit einem leichten Kopfschütteln. »*Kopulieren* – wirklich?«

Meine Wangen wurden erneut mit Hitze geflutet, aber da drehte er sich schon lachend um. »Ich bestelle uns jetzt Pizza«, meinte er beim Rausgehen. »Und in zwei Stunden muss ich zur Arbeit und bestehe darauf, dass meine neue schräge Mitbewohnerin mich begleitet.«

Ich streckte ihm die Zunge heraus, obwohl er das nicht mehr sehen konnte. Asta schon. Sie grinste breit und knuffte mir in die Seite. »Er ist wirklich ein guter Mann«, flüsterte sie. »Ich habe ein prima Gefühl bei ihm.«

»Ich auch.« Mit einem Lächeln ließ ich mich auf den Rücken sinken. Mein Blick tastete über die dunklen Holzbalken, hin zu dem schräg liegenden Fenster, hinter dem vereinzelte Wolkenbäuche gemächlich vorbeizogen.

Zum ersten Mal seit Tagen erlaubte ich es mir, in mich hineinzuhorchen. Noch immer fühlte sich die Trennung von Levi seltsam surreal an. Es war so absurd, dass man vier Jahre lang beinahe jeden Tag mit jemandem verbringen und ihn dann von einen auf den anderen Moment verlieren konnte – und mit ihm so viel mehr. Levi hatte mir gezeigt, dass ein Zuhause nicht immer ein Ort war. Manchmal war es ein Mensch, der in das Leben stolperte und in dessen Nähe man sich auf Anhieb geborgen und aufgehoben fühlte. Mich von ihm zu trennen, hatte mich auf so viele Arten entwurzelt. Seit wir auseinandergegangen waren, war es, als hätte ich Heimweh nach einem Ort, den ich nicht erreichen konnte.

In diesem Moment ließ ich den Gedanken zu, dass das nicht daran lag, dass es diesen Ort nicht mehr gab, sondern daran, dass es ihn *noch* nicht gab. Vielleicht musste ich ihn einfach wiederfinden. Ein neues Zuhause, eine neue Zuflucht, eine neue Heimat. Und diese Suche fing genau hier an.

Ich brauchte keinen untreuen Freund oder erinnerungsbelastete Möbel, solange ich ein Zimmer hatte, von dem aus man zu den Sternen sehen konnte, eine Freundin, die Muskelkater für mich in Kauf nahm, und einen Mitbewohner, der Pizza bestellte. Alles zurück auf Los. Das hier war mein Neuanfang.

***

Das Katergold, die Bar, in der Bela als Barkeeper jobbte, lag zentral in Goldhains Altstadt. Schon von außen wirkte das Backsteingebäude einladend und gemütlich. Die Fassade war von wild wucherndem Efeu überzogen und eine Laterne beleuchtete die plakatverklebte Tür und das rostige Schild darüber. Die Bar selbst bestand aus zwei großen Räumen.

Während im vorderen neben zusammengewürfelten Tischen und Stühlen ein langer Verkaufstresen mit beachtlichen Alkoholregalen wartete, erinnerte der hintere Bereich an einen Club. Ein Kicker und eine altmodische Jukebox standen an einer Seite, samtige Polstersessel auf der anderen. Die Mitte war als Tanzfläche frei gelassen, nur am Ende war eine schmale Holzbühne angebracht.

Bela arbeitete heute an der kleinen Bar im hinteren Raum. Ich setzte mich auf einen Hocker am Tresen und sah mich um, während er seine Kollegen begrüßte. Bis jetzt war es recht leer. Lediglich vereinzelte Gesprächsfäden flochten sich über die Musik. Die Luft war noch frei von übermäßig viel Parfum, Schweiß oder abgestandener Atemluft. Aus den Boxen neben der Bar drang ein ruhiger Remix eines Beatles-Songs. Zusammen mit den goldgelben Lichterkettenköpfen, die auf den Regalbrettern hinter der Bar in leeren Alkoholflaschen leuchteten, wirkte der Raum so behaglich, wie man es sich von außen erhoffte. Bela passte ins Katergold ebenso gut wie in die Wohnung und genau wie dort fühlte ich mich hier auf Anhieb wohl.

Es dauerte nicht lang, bis er zurückkam und sich hinter den Tresen schob. Auf dem Bruststoff seines dunkelblauen Shirts prangte das Logo des Katergolds: der Umriss eines Katers, der eine Krone trug.

»Was hat es eigentlich mit dem plötzlichen Anflug von Farbe auf sich?«, fragte er, während er anfing, längst saubere Gläser zu polieren.

Ich sah an mir hinab. Bevor wir losgegangen waren, hatte ich die grauen Umzugsklamotten gegen ein grasgrünes T-Shirt-Kleid getauscht. Bela hatte mich bisher nur in Grau gesehen. Das lag daran, dass ich jeden Tag beim Aufstehen aus dem Bauchgefühl heraus entschied, welche Farbnuance meine Stimmung am besten einfangen würde. Und heute fühlte ich mich zum ersten Mal seit Wochen wieder mehr als grau.

»Grün ist die Farbe der Hoffnung«, teilte ich ihm lächelnd mit und nahm dankend das Bier entgegen, das er mir über den Tresen zuschob.

»Du ziehst dich wirklich jeden Tag stimmungsabhängig an?«

»Das ist ein Tick, ich mache das schon, seit ich meine Klamotten selbst auswählen durfte. Allerdings kann sich meine Stimmung auch im Laufe des Tages ändern. Und manchmal versuche ich mich selbst zu überlisten. Du weißt schon, wenn ich eine wichtige Prüfung habe, dann ziehe ich Rot an, fürs Selbstbewusstsein. Wenn ich bedrückt bin, ziehe ich Gelb an, für den Optimismus. Und wenn ich denke, dass ich nie wieder glücklich sein werde, dann ziehe ich Grün an, für die Hoffnung ...« Ich verstummte, weil ich merkte, wie ich wieder ins Reden verfiel.

Bela hob amüsiert die Augenbrauen. »Dann willst du also heute Hoffnung empfinden?«

»Heute und morgen und übermorgen«, bestätigte ich und prostete ihm zu. »Und deswegen wechseln wir jetzt auch das Thema. Wie lange arbeitest du hier schon?«

»Seit etwa drei Jahren. Ich habe angefangen, kurz nachdem wir hergezogen sind.«

»Ihr?«

»Ja, ich bin nach unserem Schulabschluss mit meinen besten Freunden hergezogen. Wir wollten raus aus unserem Heimatkaff.« Er bedeutete mir mit der Hand, kurz zu warten, ehe er sich zwei Frauen zuwandte, die an den Tresen getreten waren. Während er ihre Getränke fertig machte, pulte ich am Etikett meines Biers herum.

»Goldhain ist aber auch nicht unbedingt der Nabel der Welt«, fuhr ich fort, als er wieder vor mir stand. In dieser Stadt fand man alles, was man brauchte, aber sie war trotzdem keine Großstadt.

»Nee.« Bela griff nach einem weiteren Bierkrug und rieb sorgsam mit dem Geschirrtuch darüber. »Aber es hat sich irgendwie richtig angefühlt. Groß genug, sodass du nicht jeden Menschen kennst, aber so klein, dass du keine Stunde fahren musst, um deine Freunde zu besuchen.« Er musterte mich aufmerksam. »Was ist mit dir? Gefällt es dir hier?«

Es war vermutlich ein schreckliches Zeichen, dass mir darauf auf Anhieb keine Antwort einfiel. Da ich nie darüber nachgedacht hatte, ob ich überhaupt herziehen wollte, hatte ich auch nie darüber nachgedacht, ob ich Goldhain mochte.

Ich zuckte mit den Schultern und rang mir ein Lächeln ab. »Ich habe das Gefühl, ich muss die Stadt irgendwie noch mal von vorne kennenlernen.« Immerhin fielen durch meine Trennung von Levi etliche Orte weg, die ich bisher gemocht hatte. Im Grunde hatte er alles bekommen: Unsere Freunde, unsere Wohnung, unsere Möbel und unser Goldhain. »Das Katergold ist ein guter Anfang. Hier war ich noch nie«, fügte ich betont optimistisch hinzu. Energisch klopfte ich auf das Holz, sodass sich die losen Etikettfetzen auf dem Tresen verteilten.

»Dann wurde es aber mal Zeit. Und heute ist ein guter Tag dafür«, erwiderte Bela. Belustigt half er mir dabei, das Papier zusammenzuschieben, und warf es in einen Mülleimer hinter dem Tresen. »Es wird später ziemlich voll werden. Diese Band tritt bei uns auf.«

Das Lächeln fiel auf einen Schlag aus meinem Gesicht. Meine Hand hielt auf dem Weg zum Mund inne, in Zeitlupe ließ ich das Bier sinken. »Welche Band?«

»Ich vergesse den Namen immer. Der ist ein bisschen abgedroschen. Aber die Jungs sind gerade ganz gut im Geschäft.« Bela kratzte sich am Nacken, als wollte er eine Erinnerung dahinter wachrütteln.

Bitte nicht, bitte nicht, bitte nicht.

» *No Longer Yours* oder so was?«

Mein Herz zog sich zusammen, um sich kurz darauf krampfhaft auszudehnen. Ich spürte den Schmerz in jeder Faser meines Körpers, und obwohl ich wusste, dass er in meinem Kopf entstand, fühlte es sich so an, als würde er mich umbringen können. Physisch. Psychisch. Mit allem, was ich war.

»*No More You*«, brachte ich hervor.

Bela nickte. »Stimmt. Typischer Boybandname. So sehen sie ehrlich gesagt auch aus. Aber ihre Musik ist echt ganz gut.«

Ich machte ein seltsames Geräusch, von dem ich selbst nicht wusste, ob es Lachen oder Schluchzen war. Das durfte einfach nicht wahr sein. In dem Moment tauchte einer von Belas Kollegen im Durchgang auf. »Kannst du eine Kiste Gin aus dem Lager holen?«, rief er ihm zu. Bela zeigte ihm einen hochgestreckten Daumen und der Typ verschwand wieder im Vorderraum.

Bela legte das Geschirrtuch auf die Arbeitsfläche und musterte mich noch einmal. Was immer er in meinem Gesicht bemerkte, es führte dazu, dass er die Stirn runzelte. Als hätte er Sorge, ich könnte jederzeit vom Hocker fallen. Womit er nicht mal unrecht hatte.

»Bin gleich wieder da, okay?«

Ich rang mir ein Nicken ab und umklammerte meine Bierflasche fester. Nichts war okay. Diese Situation war nur einen Wimpernschlag davon entfernt, extrem schrecklich zu werden. Langsam drehte ich mich um und sah zu der Holzbühne am anderen Ende des Raums, der ich beim Reingehen nur einen kurzen Blick zugeworfen hatte. Der Bühne, auf der jetzt ein paar Menschen dabei waren, Instrumente aufzubauen.

Sie waren zu weit weg, um ihre Gesichter zu erkennen, aber das musste ich auch gar nicht. Ich hatte vier Jahre lang meine gesamte Freizeit mit diesen Leuten verbracht, ich erkannte ihre Gestik aus jeder Entfernung.

Mats, der mit geübtem Griff das Keyboard aufstellte und die Beine feststeckte. Ari, der sich den Gitarrengurt um die Schulter geschwungen hatte und sich aus Nervosität häufig durch die schwarzen Haare fuhr. Mo, der am Schlagzeug saß und mit den Sticks auf seinen Knien trommelte, sodass er permanent blaue Flecken hatte.

Mich durchzog ein feiner Schmerz und ich rutschte reflexartig vom Hocker. Diese Jungs, das waren vier Jahre lang auch meine Freunde gewesen. Meine Familie. Die Menschen, die mich zum Lachen brachten, wenn es mir schlecht ging, die da waren, wenn ich das Gefühl hatte, an mir selbst zu scheitern, die mir sagten, dass ich zu ihnen gehörte. Ich hatte geglaubt, ich würde ihnen etwas bedeuten. Bis mich ihr Frontsänger betrog und keiner von ihnen mir davon erzählte.

Ich war mir sicher, dass sie alle von Levis Affäre mit der hübschen Barista aus dem *Buttercup* gewusst hatten. Die vier waren seit der Grundschule beste Freunde und standen einander so nahe wie Brüder. Ich verstand sogar, dass sie es mir nicht erzählt hatten. Ich hätte es mir trotzdem gewünscht. Ebenso, wie ich mir gewünscht hätte, dass mich einer von ihnen in den vergangenen Tagen einmal angerufen hätte. Ich wusste, dass ich so nicht fühlen sollte, aber sie fehlten mir. Ich hatte auf einen Schlag nicht nur Levi verloren, sondern drei mir nahestehenden Menschen. Das Stückchen Jugend, das ich in diese Stadt mitgenommen hatte.

Gerade als ich auf sie zugehen wollte, sackte die Erkenntnis auf den Grund meines Gehirns und durchwirbelte die umherliegenden Gedanken. Drei Menschen. Da waren nur drei Menschen auf der Bühne. Drei Menschen einer Band, die unmöglich ohne ihr viertes Mitglied auftreten würde. Erst jetzt realisierte ich, was das bedeutete. Levi war hier. In dieser Bar. Ich musste hier weg, bevor …

»Effi?«

Ein Wort und mein Herz sank in meine Knie, die sofort zu zittern begannen. Sämtliche Restposten an Farbe wichen mir aus dem Gesicht, während ich mich langsam umdrehte.

Levi stand nur zwei Schritte von mir entfernt. Er runzelte die Stirn und fuhr sich durch die goldblonden Locken, die vom Frühlingswind zerzaust waren. Mit aller Kraft zwang ich mich dazu, seinen Augen nicht auszuweichen, auch wenn mir sein Anblick fast den Atem raubte. Nicht auf diese überwältigende, schöne Weise, sondern auf eine, die sich nach Ersticken anfühlte. Seine markanten Wangenknochen, der leichte Bartschatten, die dichtbewimperten bernsteinfarbenen Augen: Es war alles noch da. Mein Blick verfing sich an dem weinroten Kragen seines Hemdes. Seine Lieblingsfarbe. Natürlich. Wenn ich jemanden kannte, der nahezu immer selbstbewusst war, dann war das Levi.

In mir flammten mehrere Impulse auf. Ein Teil von mir wollte in Tränen ausbrechen, ein anderer sehnte sich danach, ihm an die Gurgel zu gehen, und der, den ich am meisten verachtete, hätte sich gern in seine Arme geworfen. Schließlich räusperte ich mich und bemühte mich um einen gelassenen Gesichtsausdruck. »Hi.«

»Effi, was willst du hier?«

Ich brauchte zwei Sekunden, ehe ich seine Worte entziffern konnte. Weitere zwei, um seinen Gesichtsausdruck zu deuten. Er hatte Mitleid mit mir. Er dachte ernsthaft, ich wäre hier, obwohl ich gewusst hatte, dass die Band hier spielen würde. Nein – genau, *weil* ich es gewusst hatte.

Beinahe hätte ich gelacht, brachte jedoch nur ein Kopfschütteln zustande. »Ich bin nicht wegen dir hier.«

Er zog eine Augenbraue hoch – irgendwo zwischen Spott und Genervtheit. »Du bist also zufällig in der Bar, in der meine Band auftritt?«

»Ich«, setzte ich entgeistert an, aber er ließ mich nicht zu Wort kommen.

»Hör mal, ich verstehe, dass das eine schwierige Situation ist. Für mich ist das auch nicht leicht.«

Klar, es war sicher schwer, mich zu betrügen. Was für ein Stress es gewesen sein musste, mich derart zu hintergehen. All die Ausreden, die er sich einfallen lassen musste, all die körperliche Verausgabung, die es gekostet haben musste, am selben Tag mit mir und ihr zu schlafen. Der Arme.

»Aber du machst es mit solchen Aktionen nur noch komplizierter und ganz ehrlich – irgendwie ist das ein bisschen armselig. Tu uns das beiden nicht an.« Er hob die Hand und strich sanft über meine Schulter. Der Stoff des Kleides war heruntergerutscht und seine Finger berührten meine nackte Haut. Allein diese sachte Berührung brannte.

Entschieden machte ich einen Schritt zurück und lächelte gezwungen zu ihm auf. »Danke für deinen lieb gemeinten Rat, aber ich kann dich beruhigen. Ich bin wirklich nicht wegen dir hier. Ich bin verabredet.«

Jetzt wanderte auch die zweite Augenbraue hinauf. »Du kennst doch niemandem außer Asta hier.«

»Ein Zustand, der sich verändern lässt. Ohne Freund ist es bei Weitem einfacher, neue Leute kennenzulernen.« Mittlerweile gab es nur noch einen Impuls in mir. Ich wollte ihm an die Gurgel springen. Auf der Stelle. Ich wollte ihm eine Reaktion entlocken, ein winziges Anzeichnen von Bedauern, Reue oder Schmerz. Ich wollte ihm wehtun, wie er mir wehgetan hatte.

Sein zutiefst ungläubiger Blick machte es nicht unbedingt besser. »Willst du mir sagen, du bist mit einem Typen hier?«

»Ja.« Das Wort war heraus, ehe ich abwägen konnte, wie klug das war. Ich wusste nicht, was ich vorhatte, ich wusste nur, dass ich alles tun würde, um auch noch das letzte bisschen Herablassung aus seinem Gesicht zu beseitigen.

Zwischen Levis Augenbrauen bildete sich eine tiefe Falte. »Mit wem?«

Gute Frage. Ich ließ beiläufig den Blick durch den Raum wandern, als wäre ich auf der Suche nach jemanden. War ich ja auch. Nach jemandem, der bereit war, für zwei Minuten so zu tun, als wäre ich nicht komplett *armselig*. Ich hätte die Wahrheit sagen können, aber Bela war nicht wieder hinter der Bar und ich kannte Levi gut genug, um zu wissen, dass er mir meinen imaginären Mitbewohner nicht abgekauft hätte. Es war zwar mittlerweile voller geworden, aber die Anzahl der Menschen war dennoch überschaubar. Ich brauchte jemanden, der weit genug weg stand, eindeutig nicht in Begleitung war und noch dazu gut aussah. Richtig gut. So gut, dass ich ihn unter normalen Umständen nie, nie, nie angesprochen hätte.

Mein Blick wanderte zu der Säule, die vor dem Sofabereich stand. Und gerade als ich dachte, es wäre meine beste Option, mit Anlauf dagegen zu rennen, sah ich ihn.

Er stand seitlich zu mir, sodass ich nur sein Profil erkennen konnte, und nippte an einem Bier. Trotz des dämmrigen Lichts in der Bar konnte ich eine geradlinige Nase und einen markanten Kieferknochen ausmachen. Er trug schwarze Jeans und ein gleichfarbiges Shirt, das über seinen unaufdringlichen Armmuskeln spannte. Außerdem hatte er eine dunkle Fischermütze auf, die seinen Hinterkopf bedeckte und seine Ohren frei ließ. Normalerweise hätte mich das irritiert und ich hätte mich gefragt, ob er einer dieser Menschen war, die im Club ihre Sonnenbrille aufsetzten, um cooler auszusehen. Es war komplett bescheuert, in einer Bar eine Mütze aufzuhaben – noch dazu eine, die die kälteempfindlichsten Teile des Kopfes freiließ -, doch es stand ihm trotzdem. Und genau deswegen war mir alles andere egal. Er musste keine Intelligenzbestie sein, es reichte, dass er so attraktiv war, dass ich normalerweise einen weiten Bogen um ihn geschlagen hätte. Außerdem war er anscheinend alleine hier. Perfekt.

Mit einem hoffentlich gelassenen Lächeln sah ich zu Levi auf, der mich skeptisch beobachtete. Auf diese Art, die sagte: *Du machst dich lächerlich.* Ein Blick, den ich in den vergangenen Jahren intensiv kennen- und hassen gelernt hatte. »Wenn du nichts dagegen hast, gehe ich jetzt zurück zu meiner Begleitung.«

Levi hob erneut die Augenbrauen. Und die Mundwinkel. Er grinste spöttisch auf mich hinab. »Klar. Mach das. Ich bin gespannt.«

Ich kniff die Lippen aufeinander und schob mich ohne ein weiteres Wort an ihm vorbei, Richtung Säule. Dorthin, wo der Mützentyp stand und ahnungslos den Blick über die Bar wandern ließ. Vermutlich wartete er auf jemanden. Nur eben nicht auf mich. Mein Puls schlug mir mit Boxhandschuhen auf den Kehlkopf und ich spürte, wie mein Halsinneres sich blutergussdunkel färbte.

Was tat ich hier nur? Am liebsten hätte ich abgedreht und wäre auf die Toilette gerannt. Levis Blick, den ich deutlich in meinem Rücken wahrnahm, hinderte mich daran. Ich ballte die Hände zu Fäusten und blieb neben dem Fremden mit den kalten Ohren stehen. Er war viel größer als ich, mindestens einen Meter neunzig. Ich musste den Kopf ein wenig in den Nacken legen, um zu ihm aufzusehen.

»Entschuldige bitte.« Meine Stimme versickerte in der Musik um uns herum, aber er hörte mich trotzdem. Augenblicklich drehte er sich zu mir und sah mich an. Ich machte noch einen Schritt auf ihn zu, immerhin wäre es seltsam, einen Meter Abstand zu meiner Begleitung zu halten. Meiner Begleitung, die mich irritiert musterte.

O Gott, was für eine furchtbare Idee. Ich wusste genau, warum ich diese Art von Mann normalerweise mied. Hätte Levi mich damals in der Schule nicht angesprochen, hätte ich mich mit ihm auch niemals unterhalten. Allein die Anwesenheit eines so selbstbewusst wirkenden, attraktiven Typens reichte aus, damit ich mich klein, erbärmlich und nicht genug fühlte. Nicht schön genug, nicht schlank genug, nicht witzig genug, nicht klug genug ... Die Liste war lang und spulte sich unaufhörlich in meinem Kopf ab, während ich in seine Augen sah. Auch in dem schwachen rotstichigen Licht konnte ich erkennen, dass sie stechend blau waren.

Ich schluckte und musste mich zwingen, die nächsten Worte über meine Zungenspitze zu stoßen. »Wäre es für dich in Ordnung, wenn ich dich kurz küssen würde?«

Seine Augenbrauen wanderten hinauf. »Wie bitte?«

Sogar seine Stimme war attraktiv. Tief und warm, mit einem sanften Basston, der darin mitschwang.

Ich räusperte mich, um mein Krächzen ein wenig hübscher klingen zu lassen. »Darf ich dich küssen? Nur kurz und völlig ohne weiterführende Hintergedanken, versprochen. Ich habe weder Herpes noch bin ich eine aufdringliche Stalkerin. Ich bräuchte nur ganz dringend jemanden, der mich für ungefähr fünf Sekunden küsst. Bitte. Wäre das in Ordnung?« Die Verzweiflung meiner Stimme ließ mich vermutlich noch erbärmlicher wirken, aber darauf konnte ich jetzt keine Rücksicht nehmen. Wenn ich ihn nicht sofort küsste, würde Levi mir niemals glauben, dass ich ihn länger als dreißig Sekunden kannte.

Ich hatte mich auf eine abschätzige Musterung eingestellt. Darauf und dass er mich lachend stehen ließ. Wahlweise auch, dass er seine Freunde dazu rief und mich vor ihnen bloßstellte oder sich gleich ein Mikrofon besorgte, um die ganze Bar daran teilhaben zu lassen. Aber das tat er nicht. Er sah mir nur ernst in die Augen und legte den Kopf ein wenig schief. »Nur zu.«

Erleichterung und Unglauben durchzuckten mich, aber ich zwang beides zurück. Das war nicht der Zeitpunkt, um so etwas zu fragen wie: *Wirklich? Was stimmt nicht mit dir? Hast du mal in den Spiegel geguckt?*

Stattdessen nickte ich und stellte mich auf die Zehenspitzen, bevor mein Verstand Einspruch erheben konnte. Ich legte die Hände auf seine Schultern und dann, dann tat ich es. Zum ersten Mal in meinem Leben küsste ich einen Mann, ohne auf seinen Schritt zu warten. Zum ersten Mal seit vier Jahren küsste ich jemand anderen als Levi. Die Erkenntnis ließ mich für den Bruchteil eines Moments innehalten. Was zum Teufel tat ich hier nur?

Doch als mein Mund nur noch Zentimeter von seinem entfernt war, wurden die aufgebrachten Stimmen in meinem Kopf ganz still. Mein Körper übernahm. Und er *fühlte*. Diese weichen Lippen, die sich bereitwillig teilten, als ich sie mit meinen berührte. Seine warmen Hände, die sich auf meine Taille legten und mich dichter an sich heranzogen. Das kitzelnde Gefühl eines kurz geschorenen Haaransatzes, als sich meine Finger in seinen Nacken schoben. Der Geruch eines herben Aftershaves, der in meine Nase kroch. Der Geschmack von Bier und darunter, verblasst, der von Pfefferminz. Ein leichtes, beinahe unangenehmes Kribbeln, das sich in meinem Unterleib breitmachte, als er mit seiner Zunge sanft über meine Unterlippe strich. Auf einen Schlag war die Welt um mich herum stummgeschaltet. Keine Musik, keine Stimmen, kein Gelächter, nur mein schneller Puls in meinen Ohren und sein Atem, der sich mit meinem vermischte. Da waren nur noch wir. Ich seufzte leise in seinen Mund und umklammerte ihn fester. Seine eine Hand schob sich höher, vergrub sich an meinem Hinterkopf im Haar, die andere wanderte meinen Rücken hinab. Das war der Moment, in dem ich wieder zu mir kam.

Schwer atmend löste ich mich von ihm und sank zurück auf die Fersen. Er ließ mich langsam los und sah schweigend auf mich hinab. Seine Augen waren ein wenig dunkler, die Pupillen erweitert, doch in seinen Mundwinkeln lag ein leichtes Lächeln. Sein Blick hing auf meinem pochenden Mund.

Auf diese Art, die mich dazu brachte, ihn am liebsten erneut zu mir herunterzuziehen. Stattdessen räusperte ich mich und wich einen Schritt nach hinten, tätschelte unbeholfen seinen Arm. Hoffentlich sah das von Weitem so aus, als würde ich ihn liebevoll streicheln.

»Vielen Dank. Und gut gemacht.«

Ich deutete einen erhobenen Daumen an, ehe ich mich mit hochrotem Gesicht und wild klopfendem Herzen an ihm vorbeischob, hin zum Ausgang. Es war mir egal, ob mein plötzlicher Abgang auf Levi verdächtig wirkte. Unmöglich konnte ich länger in dieser Bar bleiben, in der sich nicht nur mein Ex-Freund, sondern auch mein Pseudo-Liebhaber aufhielt. Ich würde Bela eine Nachricht schreiben und morgen erklären, warum ich gehen musste. Und auch, warum ich ihn niemals wieder bei der Arbeit besuchen konnte.

So viel zum Thema Neuanfang.

Kapitel 3

»Du hast *was* getan?« Astas Stimme drang so hell in mein Ohr, dass ich das Handy ein wenig von mir weg halten musste.

Ich stöhnte leise und legte eine Hand über die Augen. »Du hast richtig gehört. Ich habe ihn geküsst. Du wärst bestimmt sehr stolz auf mich gewesen.«

»O Mann, Effi«, brachte sie lachend hervor. »Und wie ich das bin! Den Gesichtsausdruck hätte ich zu gern gesehen.«

»Den von dem armen Kerl oder Levis?«, hakte ich nach und strich mit der freien Hand über die Yogamatte, auf der ich die Nacht verbracht hatte. Ich hatte das Angebot nicht annehmen können, in Belas Bett zu schlafen.

»Beide«, antwortete Asta, während sie hörbar Frühstücksflocken in eine Schale kippte. »Aber ich finde, der heiße Typ mit den kalten Ohren klingt interessanter. Wie war der Kuss denn?«

Ich erwischte mich dabei, wie ich mit der Fingerspitze über meinen Lippenbogen tastete, über den vor rund vierzehn Stunden seine Zunge geglitten war. Sofort setzte wieder dieses leichte Prickeln unterhalb meines Bauchnabels an und ich riss die Hand fort. Gott, ich war definitiv armselig. »Ziemlich viel zu gut«, gab ich widerwillig zu.

»Unzureichende Beschreibung, Süße.«

Ich presste die Hand wieder auf meine Augen, als könnte ich die Erinnerung dadurch fernhalten, die mich schon die ganze Nacht begleitet hatte. Ich wollte weder ihr noch mir eingestehen, wie verdammt gut dieser Kuss gewesen war. »Es war episch. Großes Kino. Sämtliche Feen sind wieder zum Leben erwacht, Regenbögen haben sich gebildet, Einhörner wurden geboren und jedes Feuerwerk aller Silvester unserer Zeitrechnung ist erneut explodiert. So besser?«

Meine Ironie war kläglich, aber Asta lachte zufrieden.

»Viel besser. Du solltest dem Guten eine Yelp-Bewertung schreiben.« Sie hielt inne, kurz darauf hörte ich, wie sie ihr Müsli kaute. Das Geräusch war so laut, dass ich den Hörer etwas weghielt und ihre Worte kaum verstand. »Wieso bist du einfach abgehauen?« Wieder knusperte es in der Leitung. »Du hättest ihn weiterküssen sollen. Vorzugsweise an anderen Körperstellen.«

Sie ließ das Satzende bedeutungsschwer in der Luft hängen und ich konnte mir ihr anzügliches Grinsen so gut vorstellen, dass ich errötete. Vor allem, weil ich im Hintergrund Geklapper von Geschirr und leises Stimmgewirr hörte, was verriet, dass sie nicht allein in der Wohnheimküche war.

Asta hatte eine beneidenswert lockere Einstellung zum Thema Körperlichkeit. Sie war der Meinung, dass sich Sex auf der Bedürfnisskala einen Platz dicht neben Atmen und Nahrungsaufnahme verdient hatte – oder dass jeder Mensch zumindest die Wahl haben sollte, ihn genau dort anzusiedeln. Sie selbst hatte absolut kein Problem damit, in aller Öffentlichkeit zu besprechen, was sie wie mit wem getan hatte, und sie regte sich ständig darüber auf, was für ein Tabu daraus gemacht wurde. Ich wünschte wirklich, ich wäre ihr in dieser Hinsicht ähnlicher. Dann würde ich nicht nur aufhören, vor Scham zu erröten, sobald ich an einen harmlosen Kuss dachte, Astas und meine Gespräche würden mich auch nur halb so oft in Verlegenheit bringen. Ich hätte gern meinem Elternhaus die Schuld darangegeben, aber ich war weder streng religiös noch zur außerordentlichen Tugendhaftigkeit erzogen worden. Meine Eltern hatten mir nie verboten, mit Levi zu schlafen, aber sie hatten auch nicht wirklich darüber sprechen wollen. Asta hingegen hatte mich bereits in unserer ersten gemeinsamen Woche so beiläufig über mein Liebesleben ausgefragt, als ginge es um meine Lieblingsbücher. Auch nachdem sie bemerkt hatte, dass mich ihre Direktheit verunsicherte, hatte sie damit nicht aufgehört. Ich vermutete, dass das ihre Art einer Konfrontationstherapie war. Bisher verzeichneten wir einen eher mäßigen Erfolg.

Ich rieb mir über die warmen Wangen. »Ich glaube, für so etwas bekommt man Hausverbot. Oder eine Anzeige wegen Erregung öffentlichen Ärgernisses.«

Asta schluckte laut. »Dann hättest du ihm wenigstens deine Nummer geben sollen. Wie willst du ihn denn jetzt wiedersehen?«

»Mit ein bisschen Unterstützung des Universums – was es mir echt mal schuldig wäre – niemals wieder.« Das Katergold hatte es in jedem Fall geschafft, direkt auf die Liste der verbotenen Orte zu wandern. Wenn ich so weitermachte, musste ich in ein paar Wochen in eine andere Stadt ziehen.

Aus dem Wohnzimmer hörte ich die Wohnungstür aufgehen. Ruckartig fuhr ich in die Höhe und zog mein hochgerutschtes blassblaues Kleid über die Knie. Blau war für mich die Farbe der Harmonie und Ruhe – und davon konnte ich heute wirklich etwas gebrauchen.

»Bela kommt heim. Ich muss ihm erklären, warum ich gestern geflohen bin.«

Astas Grinsen wurde hörbar breiter. »Mit allen schmutzigen Details?«

Ich schnaubte und stand umständlich auf, wobei ich zum dritten Mal an diesem Tag gegen den Holzbalken stieß. Mühsam unterdrückte ich einen Fluch und ging zur Tür. »Wir sehen uns morgen in der Uni«, erwiderte ich in einem Tonfall, der hoffentlich vermittelte, dass wir nie wieder über diese neue Anekdote meiner Peinlichkeiten reden würden.

Als ich aufgelegt hatte und mein Zimmer verließ, sah ich Bela neben dem Sofa im Wohnraum stehen. Er kämpfte mit einer Matratze, die ihm immer wieder aus den Händen rutschte. Erst beim zweiten Hinsehen bemerkte ich, dass er nicht allein war.

Das andere Ende wurde von einem jungen Mann gehalten, der sichtlich amüsiert über Belas verhaltenes Fluchen war. Ich blinzelte mehrmals, bis mein Gehirn zusammensetzte, was es dort sah. Wen es sah. Einen großen Typen mit attraktiv kantigem Gesicht und stechend blauen Augen. Mein Blick huschte über seine schwarze Kleidung hin zu seinem Kopf, auf dem eine dunkle Fischermütze saß. O Gott. Ich schnappte nach Luft und gab einen seltsamen Laut von mir – schrill und doch erstickt.

Die beiden drehten sich um und bemerkten mich. Bela runzelte die Stirn und legte seine Seite der Matratze endgültig auf dem Boden ab. »Hey. Alles klar?«

Mein Mund öffnete sich, aber ich konnte nichts erwidern. Ich konnte ja nicht einmal den Blick von dem anderen abwenden. Er schaltete im Bruchteil eines Moments – der Ausdruck in seinem Gesicht wandelte von Verblüffung hin zu Begreifen und schließlich zu aufrichtiger … Belustigung.

»Bitte nicht.« Ich begriff zu spät, dass ich das laut gesagt hatte. In einem Tonfall, der nach purer Verzweiflung klang.

Bela sah zur Matratze, die sein Freund noch immer festhielt. »Ich hatte ehrlich gesagt gedacht, du freust dich darüber, nicht auf deiner Yogamatte schlafen zu müssen.«

»Ich glaube, das galt nicht der Matratze, sondern mir«, erwiderte der andere, ohne den Blick von mir zu lösen.

Meine Wangen wurden heiß und ich strich mir schützend das Haar ins Gesicht. Gut, damit war es amtlich. Ich musste wieder ausziehen. Sofort.

»Soll das heißen, ihr kennt euch?«, fragte Bela.

Die Frage war eher: Wieso kannten *sie* sich? Und wieso hatte ich von allen Anwesenden ausgerechnet ihn küssen müssen? Wieso hasste mich das Universum so sehr?

Ich glaubte, einen Hauch Missmut aus Belas Worten herauszuhören, und beeilte mich, den Kopf zu schütteln. »Nur flüchtig«, brachte ich krächzend hervor.

Das Lächeln des Typens wurde breiter. »Kaum mehr als fünf Sekunden.«

Eine weitere Welle Scham kletterte mit roten Fingerspitzen über meine Wangen, als ich meine Worte von gestern Abend wiedererkannte. Schweigend funkelte ich zu ihm auf.

Bela verfolgte aufmerksam unseren Blickwechsel. Dann zuckte er mit den Schultern. »Wie auch immer: Das ist Effi. Meine neue Mitbewohnerin. Effi, das ist mein bester Freund. Fin, mit einem N.«

»Fin wie das Ende?«, fragte ich lahm.

»Effi wie Fontanes Mädchen?« Der seltsame Ausdruck aus seinem Gesicht war verschwunden, er wirkte völlig entspannt. So, als hätten wir uns in einer Supermarktschlange kennengelernt, wo ich ihm in die Ferse getreten war. Sicherlich nicht, als ich ihn in einer Bar angefleht hatte, mich zu küssen.

»Du siehst müde aus«, schaltete Bela sich ein und musterte mich besorgt. »Hast du nicht gut geschlafen?«

»Doch«, log ich und starrte auf meine nackten Zehen, um keinen der beiden ansehen zu müssen. »Der Boden war ein bisschen hart, aber dafür hatte ich einen schönen Ausblick. Ich habe mir eingebildet, eine Sternschnuppe zu sehen. Aber eventuell war das auch nur ein sehr schnelles Flugzeug.« Ich biss mir auf die Zunge, um nicht weiterzuplappern.

»Warum hast du nicht in meinem Bett geschlafen?«

»Das erschien mir irgendwie unangebracht.« Eine Grenzüberschreitung pro Abend hatte mir gereicht.

»Wahrscheinlich hatte sie keine Lust, in deiner benutzten Wäsche zu schlafen«, meinte Fin trocken. »Du hättest ihr sagen sollen, dass das letzte Mal, dass eine Frau da drin geschlafen hat, ewig her ist.«

Bela zuckte kaum merklich zusammen. Offensichtlich war das ein wunder Punkt. Etwas in seinem Blick ließ mich ahnen, dass es dabei nicht um die Tatsache ging, dass lange niemand mehr dort geschlafen hatte, sondern eher um die Person, die es als Letztes getan hatte. Ich wusste, wie jemand mit Liebeskummer aussah. Immerhin musste ich seit Wochen in den Spiegel sehen.

»Wenigstens müsste ich meine *Bekanntschaften* nicht immer zu einem Freund bringen«, murmelte er abwesend.

»Adam beschwert sich nie.« Fin stützte gelassen den Ellbogen auf der Matratze ab. Er schien Belas Befangenheit nicht zu spüren oder bewusst zu ignorieren. Es schien ihm auch nicht unangenehm zu sein, dass ich alles mit anhörte. Er würde sich bestimmt hervorragend mit Asta verstehen.

»Adam ist auch der entspannteste Mensch der Welt«, erwiderte Bela vielsagend.

»Deswegen bin ich mit ihm befreundet.« Fin klopfte Bela auf die Schulter. »Du hingegen punktest mit deinem sonnigen Gemüt.«

»Immer wieder nett zu hören, dass du deine Freunde nach Funktionalität einordnest«, gab Bela zurück und wandte sich mir zu. »Angesichts der Tatsache, dass Fin lieber die Wohnungen seiner Freunde für diese Art von

Bettaktivitäten nutzt, ist seine alte Matratze ziemlich jungfräulich. Falls dir das wichtig ist.«

»Toll.« Mehr brachte ich nicht hervor. Ich konnte ja schlecht äußern, dass ich doch lieber auf ewig auf meiner Yogamatte schlief, wenn die Alternative *seine* alte Matratze war. Mein Gesicht glühte mittlerweile sicher kirschrot und ich war froh, dass ich mich heute Morgen gegen das orangefarbene Kleid entschieden hatte. Das hätte sich wunderbar gebissen. Von der versprochenen Ruhe des Blaus fühlte ich aber nicht mehr allzu viel.

Fin räusperte sich. »Also, können wir das Ding jetzt endlich in ihr Zimmer bringen?«

Ich sah den beiden zu, wie sie die Matratze durch das Wohnzimmer zerrten und anstelle der Yogamatte unter dem Fenster platzierten. Normalerweise wäre es mir unangenehm gewesen, dass jemand Fremdes in meinem Zimmer stand und sich umsah. Angesichts der Tatsache, dass ich nichts ausgepackt hatte und er somit nur meine Kisten, Kleidersäcke und Pflanzenkinder bestaunen konnte, kümmerte es mich kaum. So fremd war er ja auch nicht. Ich wusste immerhin, wie es war, seinen verdammt weichen Mund zu küssen. Wie das kurz geschorene Haar an seinem Kopf an den Fingerkuppen kratzte. Und wie es sich anfühlte, wenn er eine Hand in meinem Nacken vergrub, mich fest an sich drückte und …

Entschieden drängte ich mich gegen die Gedanken und brachte ein bisschen Abstand zwischen Fin und mich, während wir zurück ins Wohnzimmer gingen. »Danke für die Matratze. Das ist sehr zuvorkommend«, sagte ich steif, ohne ihn anzusehen.

Fins Mundwinkel zuckten und er warf mir einen flüchtigen, dennoch deutlich spürbaren Blick zu. »Ich helfe immer gern.«

Wieso klang alles, was er sagte, dermaßen zweideutig? Ich verzog den Mund und verschränkte die Arme vor der Brust.

Belas Stirnrunzeln war zurück. Er ließ den Blick zwischen uns umherwandern und verharrte dann damit eindringlich auf seinem Freund. »Ich parke kurz das Auto um. Alles klar?«

Fin hob die Augenbrauen und ich glaubte, ihn schwach nicken zu sehen, ehe Bela aus dem Zimmer verschwand. Sekunden später fiel die Wohnungstür ins Schloss und ich blieb mit Fin allein zurück.

»Ich brauche Kaffee«, brachte ich tonlos hervor und lief zur Küche. Mein Herz dröhnte, aber ich hörte trotzdem, dass er mir folgte. O Gott, wieso?

Sag etwas Unverfängliches, beschwor ich mich innerlich und suchte fieberhaft nach etwas, was ich zu jemandem gesagt hätte, an dessen Lippen ich nicht die ganze Nacht hatte denken müssen.

»Frieren deine Ohren nicht?« Gut. Das war nicht das, was ich mir vorgestellt hatte.

Er lachte, ein warmer, unfassbar weicher Ton, der gar nicht zu ihm zu passen schien. Meine Armhärchen stellten sich auf. Hastig wandte ich mich von ihm ab, um eine Tasse aus dem Schrank zu nehmen. »Das ist dir jetzt ziemlich peinlich, was?«, fragte er amüsiert in meinem Rücken.

Wütend knallte ich die Tasse auf die Spüle und griff nach der Kanne mit Kaffee, den ich vorhin aufgesetzt hatte. »Und du bist unsagbar feinfühlig, was?«

Ich riskierte einen Seitenblick auf ihn. Er stand neben mir – nur zwei Schritte entfernt. So nah, dass ich die Wärme spüren konnte, die von ihm ausging. Und so nah, dass ich den Geruch seiner Haut wahrnehmen konnte.

In Büchern gab es immer diese detaillierten Duftbeschreibungen, die exotische Natur- und Botanik-Vorkommen beinhalteten, aber Fin roch weder nach Meer noch nach warmem Holz oder Fichtennadeln. Da war eine Spur Aftershave, frisches Deo und ein Hauch Waschmittel, aber darunter roch er so, wie vermutlich nur er riechen konnte. Alles daran war herb und männlich und unfassbar anziehend. Einen Moment lang konnte ich nicht denken, weil mein Hirn so damit beschäftigt war, diesen Geruch abzuspeichern. Diesen Geruch, der das Kribbeln unterhalb meines Bauchnabels wachrief, das er gestern dort ausgelöst hatte.

Meine Hände zitterten, als ich den Kaffee eingoss. Am liebsten hätte ich einen ordentlichen Schuss Rum hinzugegeben, um diesen Moment zu überstehen.

»Es ist nur unangenehm, wenn du es dazu machst«, meinte er.

Fast hätte ich losgelacht. Ich hasste diesen Spruch. Manche Situationen hatten ebenso starken Charakter wie Personen. Und diese hier war unangenehm, peinlich und erniedrigend. Sie war sitcomtauglich – der schlimmste aller Situations-Charakterzüge. Ich hätte der coolste Mensch des Planeten sein können, das hätte nichts daran geändert.

»Ich gebe allerdings zu, dass es schwer ist, hierbei an einen Zufall zu glauben. So klein ist diese Stadt eigentlich nicht«, schob er hinterher.

Ich biss die Zähne aufeinander. »Das ist kein Zufall. Das ist das Universum, das mich leiden sehen möchte.«

»Andere würden es eine göttliche Fügung nennen.«

Ich schnaubte. »Wieso das?«

»Vielleicht bereust du mittlerweile, dass du mich nach diesem Kuss hast stehen lassen.«

Empört stellte ich die Kanne mit einem lauten Knall ab und drehte mich zu ihm. »Ganz sicher nicht.« Ich bereute lediglich, dass ich ihn nicht hatte stehen lassen, *bevor* ich auf diese idiotische Idee gekommen war.

Fin neigte sich zu mir hinüber, ein Schmunzeln in den Mundwinkeln. Es war nicht zu übersehen, wie sehr ihn alles an dieser Situation amüsierte. »Na, hör mal. Du hast immerhin mich geküsst.«

»Ich habe dich vorher gefragt.«

»Ja, sehr höflich von dir. Trotzdem ein bisschen schräg.«

»Besser schräg als armselig.«

Er neigte sich weiter zu mir vor. »Bitte?«

»Danke«, erwiderte ich reflexartig.

»Ja, das sagtest du bereits.« Mit einem Grinsen entfernte er sich wieder von mir. Endlich. Meine Schultern sackten etwas hinab und ich erlaubte es mir, durchzuatmen. Dann wandte ich mich ab und griff nach dem Zuckerspender auf dem Regal über mir. »Wenn das so schräg war, wieso hast du dann Ja gesagt?« Mit zittrigen Händen gab ich eine viel zu große Ladung Zucker in den Kaffee. Ein weiterer Schwung landete auf der Arbeitsfläche.

Fin lehnte sich gegen den Kühlschrank und beobachtete mich dabei, wie ich fluchend versuchte, die Zuckerkrumen auf dem Holz zusammenzuschieben.

»Du sahst verzweifelt aus«, antwortete er auf meine Frage. »Und ich hab noch nie Nein gesagt, wenn mich ein hübsches Mädchen um einen Kuss gebeten hat.«

»Ich weiß nicht, ob das etwas ist, worauf ich stolz wäre ...« Ich straffte die Schultern, atmete tief durch und wandte mich ihm zu. Wenn er Belas Freund war, würde ich ihn in Zukunft öfter sehen. Es brachte nichts, weiter um das, was gestern passiert war, herumzuschleichen. Besser, ich erklärte es ihm einmal – und nie wieder. Das hier war die perfekte Situation, um das mit dem Erwachsensein zu üben. »Hör mal, es tut mir leid, was ich gestern getan habe. Ich war sehr aufgewühlt, weil ich gerade meinem Ex-Freund über den Weg gelaufen war. Er hat mich für eine anhängliche Stalkerin gehalten und ich wollte ihm beweisen, dass er nicht der Grund für meine Anwesenheit war. Also habe ich nach einer Möglichkeit gesucht, ihm zu zeigen, dass ich wegen etwas anderem dort war. Und da kamst du ins Spiel. Wie du sicher weißt, bist du sehr attraktiv, und obwohl ich das mit der Mütze wirklich nicht verstehe und du ein bisschen düster wirkst, hast du eindeutig diese Ausstrahlung, auf die viele anspringen.«

»Diese Ausstrahlung?«, hakte er sachlich nach.

»Du weißt schon, diese ›Ich bin vermutlich nicht gut für dich, aber ich kann dir trotzdem das Gefühl geben, dass du etwas ganz Besonderes bist, während ich dich auf meinem Motorrad herumfahre und dir die tiefsinnigen Bedeutungen über meine unzähligen Tattoos erzähle‹-Ausstrahlung«, erklärte ich mit verstellter Stimme.

Als er mich weiterhin nur ausdruckslos ansah, hob ich beschwichtigend die Hände. »Damit meine ich nicht, dass du nicht bestimmt sehr nett und klug und humorvoll und all das bist. Aber das konnte ich gestern auf die Schnelle natürlich nicht bemerken. Jetzt im Grunde auch nicht. Ich nehme die Tatsache, dass du mir deine alte Matratze überlässt und mit Bela befreundet bist, allerdings als Hinweis darauf, dass du nett bist. Und alles Weitere ...«

»Effi?«, unterbrach Fin mich ruhig.

Erleichtert hielt ich inne. Hätte er mich nämlich nicht aufgehalten, hätte ich vermutlich nie wieder aufgehört zu reden. Ich sah auf in sein ernstes

Gesicht und es verunsicherte mich, bis mir das Zucken seiner Mundwinkel verriet, dass er ein Lächeln unterdrückte.

»Du redest ziemlich viel.«

»Nur wenn ich nervös bin.«

»Dann sei nicht nervös.« Mit einem entschiedenen Griff nahm er mir den Zuckerspender aus der Hand, den ich schon wieder über die Tasse gehalten hatte. Unsere Finger berührten sich flüchtig. Allein der winzige Hautkontakt reichte aus, um mich zum Zusammenzucken zu bringen. Jetzt lächelte Fin wirklich. Sein Blick strich über meine Wangen, die vor Wärme pochten. »Tun wir einfach so, als wäre das nicht passiert. Und sag Bela nichts davon, okay?«

»Wieso nicht? Es hat nichts bedeutet, du warst einfach nur da.« Ich wischte mir das Haar hinter das Ohr. Ich war nicht unbedingt wild darauf, Bela zu berichten, dass ich seinem besten Freund einen Kuss abgeschwatzt hatte, aber ich hielt es für eine weitaus schlechtere Idee, unser Zusammenleben mit einer Lüge zu beginnen.

Fin seufzte. »Sehr schmeichelhaft, aber darum geht es nicht. Ist so ein Grundsatz-Ding. Kein Sex mit der Mitbewohnerin des besten Freundes.«

Ich fuhr zurück und starrte wütend zu ihm auf. »Ich weiß ja nicht, wie das in deinem Kopf ablief, aber wir hatten ganz bestimmt keinen *Sex*. Und außerdem wusstest du da doch noch gar nicht, dass ich mit Bela zusammenwohne.«

Er schüttelte den Kopf und beugte sich an mir vorbei, um sich eine Tasse aus dem Regal zu nehmen. Sein Arm streifte dabei meine Schulter, ich zuckte zusammen. »Das sind irrelevante Details. Es wird sich nicht wiederholen, also behalt es einfach für dich, klar?«

Die Art, wie er mich ansah, wirkte sowohl bittend als auch warnend. Ich zögerte, aber ich wusste, dass ich ihm diesen Gefallen tun sollte. Ich wollte meinen neuen Mitbewohner nicht bereits nach vierundzwanzig Stunden verärgern. Außerdem, je eher dieser Vorfall in Vergessenheit geriet, desto besser.

»Ich werde es versuchen. Es wird aber echt schwer, dieses bahnbrechende Erlebnis für mich zu behalten«, sagte ich zynisch und nippte an meinem

Kaffee. Er war so süß, dass ich das Gesicht verzog und mich daran hindern musste, ihn direkt wieder auszuspucken.

Fin grinste, während er sich ebenfalls welchen eingoss. »Wenn du nicht so rot wärst, würde ich dir diese Gleichgültigkeit vielleicht sogar abkaufen.«

Ohne darauf einzugehen, wandte ich mich ab und ließ mich an den Küchentisch sinken. Die nächsten Minuten verbrachte ich trotzdem damit, meine erhitzten Wangen mit dem Handrücken zu kühlen. Als Bela zurückkam, atmete ich erleichtert durch. Sein Blick wanderte sofort zu Fin, der die Augen verdrehte und ihm eine Tasse Kaffee reichte. Anscheinend kannten die beiden einander so gut, dass sie ohne Worte kommunizieren konnten. Ich versuchte, nicht darüber nachzudenken, was Belas Anspannung zu bedeuten hatte. Stattdessen hoffte ich, dass ihm meine nicht auffiel.

»Also, woher kennt ihr euch?«, fragte er so plötzlich, dass ich mich am Kaffee verschluckte. Mein Blick huschte zu Fin, der ihn ausdruckslos erwiderte. Seine Augenbrauen waren allerdings ein wenig erhoben. Vermutlich eine Aufforderung.

»Ich bin gestern in der Bar in ihn hineingelaufen, als ich gegangen bin. Ich bin ihm quasi vor die Füße gefallen. Nicht gerade das, was ich unter einem würdevollen Abgang verstehe.« Ich log nicht gern oder gut, aber die Jungs kannten mich hoffentlich nicht lang genug, um es zu bemerken.

Belas Miene erhellte sich etwas. Keine Ahnung, womit er gerechnet hatte. Ganz gleich, was es war – die Wahrheit wäre vermutlich schlimmer. Wer wollte schon eine Mitbewohnerin, die bei der ersten Gelegenheit über die eigenen Freunde herfiel?

»Wieso bist du eigentlich so plötzlich abgehauen?«, fragte er und streute Pfeffer in seinen Kaffee. Ein Tick, der mich schon beim WG-Casting verstört hatte.

Ich zögerte und schloss die Augen. Ein bisschen Wahrheit musste ich vermutlich doch teilen. »Levi war da.«

Bela setzte sich gegenüber von mir auf einen Stuhl. »Dein Ex?«

»In seiner ganzen Prächtigkeit«, stimmte ich missmutig zu und kratzte über das Kerzenwachs auf dem Tisch. »Bescheiden wie er ist, ist er natürlich davon ausgegangen, dass ich ganz Goldhain nach ihm abgesucht habe, um mich an seiner Nähe zu ergötzen.«

»Du hättest ihm doch einfach sagen können, dass du wegen mir dort bist«, sagte Bela mitfühlend.

»Das wäre eine vernünftige Reaktion gewesen«, warf Fin ein.

Ich verkniff es mir, den Salzstreuer nach ihm zu werfen, und konzentrierte mich stattdessen darauf, das Wachs zu kleinen Häufchen zusammenzuschieben. »Ich bin aber nicht vernünftig, das ist ja das Problem. Ich bin impulsiv, naiv und absolut bescheuert. Ich habe vier Jahre damit verbracht, mein Herz sorgfältig an einen Typen zu binden, der nicht zögert, es für die nächstbeste kaffeekochende Schönheit abzureißen und zu zerquetschen. Jetzt habe ich ein Matschherz und Angst, nach draußen zu gehen und Levi über den Weg zu laufen. Weil er mich für absolut erbärmlich und bemitleidenswert hält und ich manchmal nicht weiß, ob er damit nicht recht hat.« Ich brach ab und vergrub das Gesicht zwischen den Händen.

Fins Stimme drang dennoch zu mir durch. »Für eine Zwanzigjährige klingst du ziemlich verbittert.«

»Ich bin neunzehn«, grummelte ich in meine Finger.

»Mein Fehler. Das macht es viel besser.«

Meine Hand tastete blind nach dem Salzstreuer, als sich Belas auf meine legte und sie beruhigend drückte. »Du bist nicht erbärmlich, Effi. Wenn es etwas gibt, für das du dich nie rechtfertigen musst, dann ist es dafür, wie du mit einem solchen Schmerz umgehst. Alles, was du fühlst, hat seine Berechtigung.«

Anerkennend sah ich zu ihm auf. Bela musste wirklich die Dr. Sommer abonniert haben.

Fin klopfte ihm auf die Schulter. »Das kommt davon, wenn man eine Paartherapeutin als Mutter hat. In der Schule kamen die Mädchen immer zu ihm, wenn sie Liebeskummer hatten.«

»Ich bin also quasi Experte, wenn es um problematische Beziehungen und Ex-Freunde geht«, erwiderte Bela mit einem Grinsen.

»Wenn du mich fragst, hört sich das an, als wäre dein Ex ein ziemlicher

Wichser.« Fin lehnte sich an die Spüle und zupfte am Saum seiner Mütze herum, auf die das Morgenlicht goldene Flecken warf.

»So einfach ist das nicht. Levi hatte von Anfang an Seiten, die ich schwierig fand. Aber Menschen sind immer vieles auf einmal.« Nachdenklich umfasste ich meine Tasse fester und senkte die Nasenspitze über die schimmernde Oberfläche. »Wenn man liebt, selektiert man ja nicht. Man liebt das ganze Paket an Eigenheiten.« Ich wischte eine Zuckerspur vom Rand der Tasse. »Und damit kann ich jetzt nicht von einem auf den anderen Tag ganz aufhören. Ich würde gern sagen, dass es mich kaltlässt, ihn zu sehen, aber dafür brauche ich vermutlich mehr Zeit.«

»Oder Ablenkung.«

Der Blick, mit dem Fin mich dabei ansah, war ebenso ausdruckslos wie seine Stimme. Leider sorgte er dennoch dafür, dass mein Inneres sich zusammenzog und ich beschloss, die Wohnung zu verlassen. Ich brauchte dringend frische Luft. Und neue Laken, die mich von jedem Zentimeter Stoff distanzierten, den dieser Kerl jemals berührt hatte.

Kapitel 4

Stirnrunzelnd drehte ich die kleine Puppe zwischen den Fingern. Sie war handgroß, von grauem Stoff umspannt und mit Reiskörnern gefüllt. Auf dem Kopf klebte lockiges Engelsgarn, das in der Sonne golden funkelte, und ins Gesicht waren zwei braune Augen gemalt worden. Der Mund war zu einer seltsamen Grimasse verzogen – ich befürchtete, mein eigener ahmte diese nach.

Ich sah zu Asta auf, die mir gegenüber in einem rot lackierten Stuhl saß, an ihrem Eiskaffee nippte und mich beobachtete. »Woher kannst du so was?«

Asta grinste und leckte sich Sahne aus dem Mundwinkel. »Ich habe viele Talente. Und viele Ex-Freunde. Also auch viel Übung.« Sie zupfte an einem der zwei kurzen Zöpfe, zu denen sie ihr rabenschwarzes Haar geflochten hatte. Das Sommerkleid, das sie trug, hatte dieselbe Farbe wie die Rosen, die in Tonkübeln um unseren Tisch herum blühten. Es ließ sie noch mädchenhafter und zarter wirken als sonst schon. Nichts an dieser Frau sah aus, als würde sie in ihrer Freizeit Voodoo-Puppen basteln.

»Ich will Levi aber keine körperlichen Schmerzen bereiten.« Ich glaubte zwar nicht wirklich an Götter, Geister oder mythische Voodoo-Kräfte. Trotzdem wollte ich lieber sichergehen und nichts von alledem gegen mich aufbringen, falls ich mich irrte.

Asta seufzte. »Du bist zu nett, Effi. Als mein letzter Freund aus heiterem Himmel Schluss gemacht hat, habe ich drei Puppen massakriert.« Das weiche Lächeln, das sie dabei zeigte, stand in enormen Gegensatz zu der Härte ihrer Worte.

»Hat es denn funktioniert?«, fragte ich skeptisch.

»Nicht direkt. Aber als ich ihm irgendwann über den Weg gelaufen bin, habe ich ihm ein Glas Rotwein über den Kopf geleert. Das war auch befriedigend.« Sie nickte mir zu. »Außerdem ist das ein metaphorischer Akt.

Du musst dich von deiner Wut befreien. Jedes Gefühl, das du an Levi verschwendest, ist eines zu viel.« Sie nahm die Gabel vom Teller, auf dem sich die letzten Krümel des Schokoladenkuchens sammelten, und hielt sie mir auffordernd hin. Als wollte sie, dass ich ihn sofort aufspießte.

Zögerlich griff ich danach und warf einen Blick zur Seite. Das Café im Götterpark, das zu einem kleinen Pflanzencenter gehörte, war gut besucht. Beinahe alle bunt durcheinandergewürfelten Tische, die auf der Parkwiese zwischen zum Verkauf stehenden Pflanzen verteilt standen, waren besetzt. Mir war durchaus bewusst, dass die beiden Frauen am Nachbartisch mich überaus aufmerksam beobachteten. Mit dieser Mischung aus Neugierde und Misstrauen, die nur alte Menschen beherrschten und unter der ich mich immer wie ein schlecht erzogenes Kind fühlte.

»Wie wäre es, wenn ich uns noch ein Stück Kuchen besorge, das wir aufspießen können, und wir Levi vorerst verschonen?«, schlug ich vor und legte die Gabel und den gruseligen Mini-Klon meines Ex-Freundes beiseite. Mein Lieblingscafé war nicht der perfekte Ort, um meinem Trennungsschmerz auszuleben – nicht einmal Levi war es wert, dass ich es riskierte, hier Hausverbot zu bekommen.

Asta sah mich unzufrieden an, aber sie hielt mich nicht auf, als ich über die Wiese auf das kleinste der drei Gewächshäuser zulief. Anders als die größeren, in denen allerlei Garten- und Zimmerpflanzen verkauft wurden, war dieses zu einem Kaffeehaus umfunktioniert worden. Je näher ich ihm kam, desto stärker vermengte sich der Duft der Blüten mit dem gerösteter Kaffeebohnen. Ich stand erneut etliche Minuten vor der Kuchentheke, ehe ich mich für einen Blaubeermuffin mit goldgelben Streuseln entschied. Eigentlich hatte ich mir vorgenommen, meinen Sommerkleidern zuliebe weniger Süßes zu essen, aber momentan war es mir egal, wie viel ich wog oder ob mein Risiko für Karies stieg. Kuchen machte nicht alles gut, aber vieles besser.

An einem Aufsteller dicht am Ausgang fiel mir ein Zettel ins Auge und ich hielt abrupt inne.

*Mitarbeiter*in Teilzeit gesucht.*

Schnell überflog ich die Angaben, während sich ein sachtes, vorfreudiges

Kribbeln in meiner Magengrube ausbreitete. Während des Abis hatte ich in einem Café gekellnert, und obwohl die Launen der Gäste anstrengend sein konnten, machten die unterschiedlichen Menschen, die gemütliche Atmosphäre und der Geruch nach frischem Kaffee alles wieder wett. Außerdem brauchte ich endlich einen Job. Andernfalls würde ich nicht drum herumkommen, meine Eltern um mehr Unterhalt zu bitten. Da mir jeder Cent, den ich von ihnen bekam, sowieso unangenehm war, wollte ich das unbedingt vermeiden.

Ehe ich eine Entscheidung treffen konnte, legte sich eine Hand an meine Schulter. Ich fuhr herum. Und sah direkt in Aris Gesicht. Das halbe Lächeln, das sich gerade auf meinem Mund ausgebreitet hatte, rutschte hinab. Mir war bewusst gewesen, dass ich den Jungs aus der Band früher oder später wiederbegegnen würde, aber bereit war ich dafür noch lange nicht. Und schon gar nicht bei Ari. Mit ihm hatte ich mich immer am besten verstanden. Er war derjenige, zu dem ich ging, wenn ich mich mit Levi gestritten hatte, der mir mit Engelsgeduld zum dritten Mal die Grundsätze der Wahrscheinlichkeitsrechnung erklärte und mich abends auf dem Gepäckträger seines Fahrrads nach Hause fuhr, damit ich nicht alleine laufen musste. Ich hatte immer gedacht, dass es sich so anfühlten musste, einen großen Bruder zu haben.

Mein Inneres zog sich schmerzhaft zusammen.

Ari nahm die Hand von mir und fuhr sich durch die Haare. Das Lächeln auf seinen Lippen war etwas schief, aber aufrichtig. »Effi, dachte ich mir doch, dass du das bist.«

»Hey«, sagte ich gedehnt. Ich wusste nicht, wie ich mich ihm gegenüber verhalten sollte. Wie reagierte man auf jemanden, den man jahrelang als einen seiner engsten Freunde betrachtet hatte und der einen vermutlich trotzdem wochenlang belogen hatte? Ich wollte ihn gleichzeitig umarmen und ihm den Muffin gegen den Kopf werfen.

»Wie geht's dir?«

»Hervorragend«, antwortete ich, ohne meinen Zynismus zu verbergen. Ich räusperte mich und rieb mir über den Nasenrücken. »Mir geht's gut. Ich habe ein neues Zimmer in einer WG. Mein Mitbewohner findet Staubsaugen entspannend und mich ein bisschen schräg, aber witzig. Ich glaube, ich hatte ziemlich Glück.«

Ein erleichterter Ausdruck huschte über sein Gesicht, je länger ich sprach. Vermutlich hatte er damit gerechnet, allein diese Frage würde mich in Tränen ausbrechen lassen. Vor wenigen Tagen wäre das vielleicht sogar der Fall gewesen. »Das freut mich. Wo denn?«

»Da oben, um genau zu sein.« Ich deutete auf die Dachterrasse, die sich über den Baumwipfeln des Parks erhob.

Ari folgte meinem Blick und pfiff durch die Zähne. »Nicht schlecht. Und sonst so?«

Er sah mich abwartend an, aber ich antwortete nicht. Ich konnte nicht hier stehen und Smalltalk halten, als wäre nichts passiert. Und ich wollte es auch gar nicht.

»Wusstet ihr es?«, fragte ich geradeheraus und fokussierte mich auf seine dunklen Augen.

Ari schwieg und blinzelte unter seinen dichten Wimpern zu mir hinab.

»Die ganze Zeit?« Meine Stimme flackerte, Aris Blick auch. Erst in diesem Moment spürte ich, dass ein Teil von mir noch immer gehofft hatte, mich zu irren.

»Lang genug, damit ich mich wie ein Arsch fühle«, gab er kleinlaut zu.

Wenn er erwartete, dass ich sein Gewissen entlastete, täuschte er sich. Dass ich verstand, dass er es verschwiegen hatte, bedeutete nicht, dass ich es verzieh. Ich biss in meine Innenwange, um nicht aufzulachen. Ich hatte diese Typen bei den Proben besucht, ihre Bandstreitigkeiten geschlichtet und ihnen verdammt noch mal Brownies gebacken, während sie mir verheimlichten, dass mein Freund mit der Frau schlief, der ich immer extrem großzügiges Trinkgeld daließ. Wäre ich an jenem Abend nicht früher als geplant heimgekommen, wäre ich vermutlich heute noch die Einzige, die nichts von Levis doppeltem Spiel wusste.

»Ihr hättet es mir sagen können«, murmelte ich und zupfte einen Streusel vom Muffin.

»Ich weiß. Tut mir leid. Aber ...« Er brach ab und hob die Schultern.

Aber es ist Levi. Natürlich. Im Grunde hatte ich das immer gewusst: Die Freundschaft der vier Jungs würde immer mehr zählen als das, was sie für mich empfanden.

»Spielt vermutlich keine Rolle, aber wir haben ihm von Anfang an gesagt, dass er einen Riesenfehler macht«, fuhr Ari fort. »Jemanden wie dich findet er nicht wieder. Und ich glaube, das weiß er auch längst. Spätestens, seit ihr euch letztens über den Weg gelaufen seid. Er meinte, du hättest jemanden kennengelernt.«

Verdammt. Sie redeten wirklich über *alles*. Mir schoss Wärme in die Wangen und ich sah auf meine Füße, um seinem Blick zu entgehen. Dass Levi mich bei dem Kuss mit Fin gesehen hatte, hatte ich gewollt – dass er seinen Freunden von meinem angeblichen Liebhaber erzählte, nicht. Mir blieben nur zwei Möglichkeiten: Erwachsen sein und die Wahrheit sagen oder mich tiefer in eine jämmerliche, kindische Lüge verstricken. Ich brauchte zwei Sekunden, um mich zu entscheiden. »Ja. Ein Freund meines Mitbewohners.«

Ari lächelte. »Das ist doch toll. Wie ist er so?«

Tja. Welche erstrebenswerten Charakterzüge konnte ich dem seltsamen Typen andichten, der ständig bei mir zu Hause rumlungerte, ohne zu weit von meinem bisherigen Erkenntnisstand abzuweichen?

»Er ist ... interessant. Clever. Ein bisschen eigensinnig.« Ich brach ab und schluckte mehrmals, um nicht in weitere Floskeln zu verfallen. »Er trägt gern Mützen«, schob ich trotzdem lahm hinterher.

Ari betrachtete mich belustigt. Glücklicherweise kannte er mich zu gut, als dass mein Geplapper ihn sonderlich irritieren würde. »Klingt nach einem stattlichen jungen Mann«, meinte er todernst.

»Absolut.« Ich zwang mich zu einem Lächeln. Bei meinem Glück hätte es mich nicht gewundert, wenn Fin just in diesem Moment aufgetaucht wäre und mein Lügenkartenhaus zusammengepustet hätte. In letzter Zeit hatte ich wirklich das Gefühl, das Universum hätte sich gegen mich verschworen, dabei tat ich alles, um mein Karma reinzuhalten. Ich fischte Wespen aus Pfützen, ich hob Plastik vom Boden auf, ich verschonte die Voodoo-Puppe meines untreuen Ex-Freunds ...

»Wie heißt er denn?«, hakte Ari in meine abschweifenden Gedanken ein.

»Karma«, sagte mein Mund, ohne mein Gehirn zu fragen. Ari runzelte die Stirn und ich schüttelte hastig den Kopf. »Camembert, meine ich.«

Klasse, weil das viel mehr Sinn ergab. Obwohl, irgendwie schon. Immerhin war das hier alles Käse.

»Er heißt Camembert? Ist er Franzose?« In seinen Mundwinkeln hing noch immer das Lächeln, aber mittlerweile wirkte er etwas irritiert.

»Nein«, erwiderte ich mit einem bemühten Grinsen. »Ich meine, das ist natürlich nur ein Spitzname.«

»Und wie kam es zu dem?«

»Lange Geschichte.«

Er sah aus, als würde er auf eine Ausführung warten, aber da ich ihm schlecht erzählen konnte, was ich selbst nicht wusste, schwieg ich. Schließlich nickte Ari. »Jedenfalls ist Levi ziemlich mies drauf, seit er euch gesehen hat.«

Das brachte mich tatsächlich zum Lächeln. Schwach nur und eher grimmig als fröhlich, aber immerhin. Es war tröstlich zu hören, dass diese Aktion neben all der Peinlichkeit etwas Gutes hervorgebracht hatte. »Ich kann nicht behaupten, dass mir das leidtut.«

Ari seufzte und fuhr über die Narbe am Haaransatz, die er sich eingefangen hatte, als er vor drei Jahren versucht hatte, über ein Geländer zu skaten. »Nee, mir auch nicht, er ist selbst schuld. Aber es ist momentan wirklich ein Scheißzeitpunkt, um unkonzentriert zu sein. Hier.« Er reichte mir einen bunten Flyer. Meine Augen schwammen über das Papier, das einen Auftritt von *No More You* im *Dream On*, dem größten Club Goldhains, ankündigte. Das Datum war in wenigen Wochen. »Ein Produzent von *Miracle Records* will vorbeisehen. Ihm hat unser Demo gefallen und er will uns spielen sehen. Das wäre einfach eine krasse Chance für uns.« Ari wippte auf den Fersen auf und ab und fuhr sich erneut durch die Haare, bis sie wirr abstanden. Er war immer schon jemand gewesen, dessen Nervosität in hundert kleinen Übersprungshandlungen ausuferte. Der Anblick brachte mich zum Lächeln, diesmal aufrichtig.

»Das ist klasse. Ehrlich, das freut mich für euch.«

Er nickte und berührte mich vorsichtig an der Hand. »Es wäre schön, wenn du kommst. Ohne dich fehlt was. Du fehlst uns.«

Meine Mundwinkel sanken hinab. Bei dem Gedanken daran, zu einem Auftritt der Band zu gehen, ohne auf irgendeine Art dazuzugehören, wurde mir übel. Abgesehen davon, dass Levi mich dann erst recht für eine Stalkerin halten würde.

»Ich denke, es ist besser, wenn ich euch eine Weile aus dem Weg gehe. Ich würde vermutlich der Versuchung nicht widerstehen können und etwas nach Levi werfen. Und wir wissen alle, dass ich nicht allzu treffsicher bin.«

Ari grinste schwach, als erinnerte er sich ebenfalls an die vielen Male, die wir gemeinsam Bierball gespielt – und verloren – hatten. »Versteh ich. Aber ich hoffe, wir sehen uns trotzdem bald wieder. Und wenn was ist, ruf uns an.« Er wartete mein Nicken ab, dann drückte er erneut meine Schulter und lief an mir vorbei ins Café.

Ich blieb stehen und sah ihm nach, während ich versuchte, mein Gefühlswirrwarr zu verstehen. Ich freute mich für sie – nicht unbedingt für Levi, aber doch für die Band. Seit sie vor fünf Jahren angefangen hatten zu spielen, hatten sie von so einer Chance geträumt. Ich hatte sie immer dafür bewundert, diesen Weg zu gehen, der so unsicher und unvorhersehbar war. Sie alle hatten sich gegen ein Studium oder eine Ausbildung entschieden und nach dem Schulabschluss die Musik zum Mittelpunkt ihrer Leben gemacht. Ihre Leidenschaft war mitreißend und beeindruckend gewesen.

Dennoch sorgte sie oft dafür, dass ich mich schlecht fühlte. Nicht, weil ich keine hatte, sondern weil ich nie den Mut gefunden hatte, ihr einen ähnlichen Stellenwert in meinem Leben einzuräumen.

Seit ich denken konnte, liebte ich es, zu zeichnen und zu malen. Ich ging darin auf, mit Formen und Farben zu spielen und meine Sinneswahrnehmungen in Bilder zu verwandeln. Malen fühlte sich für mich an, als würde ich mit dem Herzen fotografieren. In diesen Momenten war ich ganz bei mir.

Zumindest war das früher so gewesen. Seit Wochen hatte ich nicht mehr gezeichnet. Und das lag nicht nur an allem, was mit Levi passiert war, sondern auch daran, dass ich anfing, an dem Sinn zu zweifeln. Wozu sollte ich Zeit in etwas investieren, wenn ich doch wusste, dass es, wie meine Mutter gern sagte, keine Relevanz für mein Leben haben konnte?

Sie war es auch, die mir immer wieder in Erinnerung rief, dass ich mich auf die Uni konzentrieren sollte. Auf die Ausbildung, die mich später ernähren würde. In letzter Zeit erwischte ich mich zu häufig bei dem Gedanken, dass sie recht haben könnte. Ich spürte, wie die Kreativität, dieser Drang, etwas zu erschaffen, sich in mir zurückzog. Als wäre sie eine Pflanze, die langsam, aber sicher einging, weil ich sie nicht mehr goss. Vielleicht würde sie eines Tages ganz sterben. Ich wusste nicht, ob mich dieser Moment erlösen oder umbringen würde.

Ich hatte die Jungs immer um ihren Mut beneidet, sie aber auch dafür geliebt. Dass sich all die Mühe nun lohnte, war wundervoll. Was mich störte, war die Tatsache, dass das Leben für Levi so einfach weiterlief. Und zwar im Eiltempo. Er betrog seine Freundin, kurz darauf rückte ein Plattenvertrag in greifbare Nähe. Und ich? Ich aß das dritte Stück Kuchen innerhalb einer Stunde und verbrachte meine Nächte damit, Sterne zu zählen, um nicht all meine Lebensentscheidungen infrage zu stellen. Ich wartete so sehr darauf, dass etwas passierte, das mich voranbrachte.

In diesem Moment begriff ich, dass man keinen Neuanfang erwarten konnte, wenn man auf der Stelle verharrte. Irgendetwas in mir hatte auf Pause gedrückt, als ich Levi verlassen hatte. Und so sehr ich darauf hoffte – es würde keine kosmische Fügung für mich auf Play schalten.

Mein Blick fiel erneut auf den Zettel am Brett vor mir.

Wenn das Universum dafür gerade keine Kapazitäten frei hatte, musste ich mir eben selbst in den Hintern treten.

***

Mit einer Topfpflanze, die fast so groß war wie man selbst, eine Treppe hinaufzulaufen, war eine semiintelligente Idee. Als ich es endlich geschafft hatte, uns beide in die Wohnung zu verfrachten, lag die Hälfte von Feodoras loser Erde im Hausflur verteilt, meine Armmuskeln schmerzten und ich hatte mir das Knie am Geländer aufgeschlagen. Trotzdem konnte ich nicht aufhören, über beide Wangen zu strahlen, während ich durch das Wohnzimmer lief.

»Es ist mir zwar egal, aber du läufst geradewegs auf die Sofakante zu.«

Die Stimme kam so plötzlich auf, dass ich einen Schrei ausstieß und so ruckartig stehen blieb, dass ich mir die Pflanze ins Gesicht drückte. So vertieft in meine Gedanken hatte ich nicht gehört, dass jemand im Wohnzimmer war.

Als ich an Feodora vorbeilinste, sah ich Fin auf dem Sofa sitzen. Zwei Controller lagen vor ihm auf dem Wohnzimmertisch, er selbst hatte die Hände im Nacken verschränkt und zupfte am Saum seiner Mütze herum. Allmählich glaubte ich, dass diese an seinem Kopf angewachsen war. Ebenso wie ich befürchtete, dass er in dieser Wohnung verwurzelt war. In der letzten Woche hatte ich Fin viermal gesehen – viermal zu oft, wenn man berücksichtigte, dass ich jedes Mal rot anlief und mein Kopfkino anfing, unser erstes Aufeinandertreffen zu wiederholen. Nach meinem Gespräch mit Ari waren die Aufnahmen umso intensiver. Der Regisseur meines Hirns war eindeutig sadistisch veranlagt. Der meines Lebens auch.

Fin – alias Camembert, mein Alibifreund – hob die Augenbrauen und ich befürchtete schon, etwas davon laut gesagt zu haben. Wahrscheinlicher war es, dass er sich darüber wunderte, warum ich ihn wie ein verschrecktes Maki-Äffchen anstarrte. Hastig versteckte ich mein Gesicht hinter dem Blätterkleid.

»Okay«, brachte ich hervor. Es erschien mir die sicherste Erwiderung, angesichts der Tatsache, dass ich längst vergessen hatte, was er gesagt hatte. Okay passte immer. Irgendetwas war bestimmt okay.

Fins Mundwinkel zuckten, aber ehe er antworten konnte, kam Bela aus der Küche. In den Händen trug er zwei Bier, auf den Lippen ein Lächeln. »Hey, Effi.«

Belas Anblick half mir, mich auf das Wesentliche zu konzentrieren. Sofort kehrte das Grinsen zurück und ich strahlte ihn an. »Ich habe einen Job!«

»Als Pflanzensitterin?«, riet Bela amüsiert und musterte den Tontopf, den ich vor der Brust balancierte.

Ich stellte ihn behutsam vor mir auf dem Boden. Sofort setzte ein sachtes

Stechen in meinen Fingern und Oberarmen ein. »Nicht ganz. Ich kann als Aushilfe in dem Glashaus-Café im Götterpark anfangen. Erst einmal muss ich zur Probearbeit, aber der Typ, mit dem ich geredet habe, war wirklich richtig nett und wirkte auch ein bisschen verzweifelt, was für mich wie eine erfolgversprechende Mischung klingt.«

Belas Lächeln wurde breiter. »Das ist klasse, gratuliere.«

»War es ein Einstellungskriterium, dass du denen gleich eine Pflanze abkaufst?«, fragte Fin zynisch.

Leider befürchtete ich auch, dass dieser Job mich eine ganze Menge Geld kosten würde. Ich hatte es nicht über mich gebracht, an all den Pflanzenkindern vorbeizugehen, ohne eines zu adoptieren. Entschlossen, Fin zu ignorieren, drehte ich mich zu Bela. »Das ist ein Jasmin. Er ist für die Terrasse. Ist das in Ordnung?«

Er bedachte mich mit dem Blick, den ich in den letzten Tagen häufig zu Gesicht bekommen hatte. Jedes Mal, wenn ich mich – laut Bela – wie ein extrem höflicher Gast benahm. »Zum zehnten Mal: Das ist auch deine Wohnung. Aber er hat bessere Überlebenschancen, wenn du das Gießen übernimmst.«

Ich strich mit den Fingerkuppen über die blassgelben Blüten. »Keine Sorge. Ich werde mich gut um Feodora kümmern.«

»Du gibst den Pflanzen Namen?«

Ich musste ihn nicht einmal ansehen, um Fins spöttischen Gesichtsausdruck aus den Worten herauszuhören. Meine Wangen wurden etwas warm, aber ich zwang die Verlegenheit zurück. Es war absolut nicht peinlich, ein Herz zu haben.

»Klar. Meine Zimmerpflanzen heißen Daphne, Agnes, Ophelia und Minerva.«

Fin zerrte die Mütze etwas tiefer in die Stirn. Das ständige Herumgezupfe machte mich kirre. Ich war kurz davor, sie ihm abzureißen.

»Ziemlich aristokratische Namen.«

»Sie stammen ja auch aus dem Bildungsbürgertum. Von klein auf erziehe ich sie mit Mozart und Chopin.«

Er runzelte die Stirn, aber ich glaubte trotzdem, ein Lächeln zu erkennen.

Mehr in den Augen als auf den Lippen. »Irgendetwas sagt mir, dass das kein Witz ist.«

Mir war selbst bewusst, dass meine Beziehung zu Pflanzen ein bisschen intensiver war als bei vielen anderen. Als ich sieben Jahre alt gewesen war, hatte ich mir nichts sehnlicher gewünscht als ein Haustier. Mir hätte ein Hamster oder ein Vogel gereicht, doch da meine Mutter etwas gegen Tiere jeglicher Art hatte, bekam ich stattdessen zum Geburtstag eine Monstera. Damals war das eine herbe Enttäuschung. Eine Pflanze haarte und roch zwar nicht, aber sie lebte eben auch nicht so, wie ein Tier es tat. Als ich das meinem Vater sagte, sah er mich mit ernsten Augen an. »*Eine Pflanze lebt ganz genauso wie Tiere oder Menschen*«, erklärte er. »Sie hat Hunger und Durst, sie reagiert auf Zuneigung und Stress und sie verändert sich mit dem Alter. Du musst dich um sie kümmern, sonst geht sie ein. Du musst sie kennenlernen, um zu wissen, was sie mag und was sie braucht, weil sie einzigartig ist. Nur weil wir sie auf Anhieb nicht verstehen, bedeutet das nicht, dass sie nicht mit uns kommunizieren. Es bedeutet nur, dass wir noch nicht herausgefunden haben, wie wir zuhören müssen.« Von diesem Augenblick an pflegte ich all meine Pflanzen so, wie ich es mit einem Haustier getan hätte. »Ich wette, du bist einer von diesen Menschen, die dabei zusehen, wie ihre Pflanzen jämmerlich vertrocknen.«

Fin quittierte meine Herausforderung mit einem Schulterzucken. »Wäre ich vielleicht, wenn ich Pflanzen hätte. Habe ich aber nicht.«

»Was ziemlich ironisch ist«, entgegnete Bela, der sich neben Fin auf das Sofa gesetzt hatte und ihm ein Bier reichte.

Ich hatte Fin zwar öfter gesehen, dennoch wusste ich bisher kaum etwas über ihn. Immer, wenn Bela und ich über Persönlicheres redeten, schwieg er oder kommentierte das Gesagte, ohne selbst Details preiszugeben. Bei jedem anderen hätte ich nachgefragt, aber angesichts unseres Kennenlernens befürchtete ich, das würde ein falsches Signal senden. Jetzt konnte ich trotzdem nicht anders. »Inwiefern ist das ironisch?«, fragte ich und lehnte mich gegen die Sofalehne vor mir.

Bela erwiderte Fins warnenden Blick mit beeindruckender Gelassenheit und öffnete die Bierflasche an der Tischkante, während er antwortete: »Fin wohnt in der Schrebergartensiedlung am Rande des Stadtkerns.«

Damit hatte ich nicht gerechnet. »Wirklich?«

Fin starrte Bela einen Moment lang an, ehe er sich zum Fernsehbildschirm wandte, auf dem das Intro eines Rennspiels flackerte. »Ja.«

Das war auch etwas, das Fin gut konnte: Einsilbig werden. Sollte vermutlich abschreckend wirken. Manchmal klappte das. Jetzt nicht.

»Warum?«, hakte ich interessiert nach.

Obwohl mich Fin nicht ansah, bemerkte ich, dass er die Augen verdrehte. »Warum nicht?«

»Weil es ziemlich untypisch ist, dort dauerhaft zu leben. Ist das nicht so ein Wochenends- und vor allem Rentnerding? Ich kenne niemandem in unserem Alter, der einen Schrebergarten hat.« Im Grunde kannte ich gar niemanden, der einen Schrebergarten hatte. Ich hatte nicht einmal gewusst, dass Goldhain eine solche Siedlung hatte.

Meine Vorstellungen waren recht vage – und zugegeben – klischeeverziert. Ich dachte an exakt bemessene Blumenbeete und Obstbäume, die nicht zu nah an der Grundstücksgrenze stehen durften, neugierige Nachbarn, die über den Zaun linsten, ein Plumpsklo und einen Gartenschlauch, der als Dusche diente. An eine Hängematte zwischen zwei Apfelbäumen und einen Komposthaufen, auf dem sich die Mistkäfer tummelten, an Füchse, die nachts durch den Garten streiften und Motten, die um das Kerzenlicht in alten Laternen schwirrten. An eine Luft, die schwer war vom Duft der Blumen und Gräser, an ein Meer aus Farben, das man sehen und riechen und fühlen konnte. In meiner Vorstellung waren Schrebergärten die spießige Variante eines Camping-Ausflugs. Ein künstliches Naturidyll inmitten grauer Städte. Und in jedem Fall nichts, was ich mit jemandem wie Fin in Verbindung gebracht hätte.

»Ich mag die Ruhe.« Er zuckte mit den Schultern, aber seine Gelassenheit wirkte zu gewollt. Seine Fingerknöchel stachen weiß hervor, so fest umklammerte er sein Bier.

»Weil Goldhain eine Partymetropole ist?«

Er bedachte mich mit einem genervten Blick. »Weil es hier erstaunlich viele nervtötende, ewig plappernde Menschen gibt.«

Reizend. Ein Friedhof erschien mir passendere Unterkunft für diesen Charmebolzen. Allein schon wegen seiner Kleidung, die ausnahmslos schwarz war. Ich trug nie Schwarz, außer, um ein sonst zu buntes Outfit alltagstauglicher werden zu lassen. Es war eine Farbe für Trauer. Nicht für Liebeskummer, und sei er noch so heftig, oder eine niederschmetternde Krise, von der man unter dem Dickicht aus Schmerz und Hoffnungslosigkeit doch wusste, dass sie vorübergehen würde. Schwarz reservierte ich für richtige Trauer, existenzielle Trauer, alles verändernde Trauer. Ich hätte Fin am liebsten die Mütze ab- und dafür einen bunten Pullover übergezerrt. Womöglich war die Stimmung zwischen uns deshalb so gereizt.

»Sicher besser, dass du dir keine Pflanzen zulegst. Die würden in deiner Nähe sicherlich freiwillig vertrocknen«, murmelte ich in mich hinein.

Fins Kiefer bewegte sich leicht, als würde er ein paar Worte zermalmen.

Bela räusperte sich und lehnte sich vor, um in die Pflanze zu greifen. »Was ist das hier eigentlich?«

Ich wurde etwas verlegen, als ich sah, was er in der Hand hielt. Asta hatte Mini-Grusel-Levi zwischen die Äste gesteckt, damit ich nicht vergaß, ihn mitzunehmen. Was ich, zugegeben, durchaus in Betracht gezogen hatte. Da ich nicht vorhatte, ihn zu massakrieren, wusste ich nicht, was ich damit anfangen sollte. Ich kannte zu viele Horrorgeschichten, um mir ohne dunkle Vorahnungen eine solche Puppe neben das Bett zu stellen.

»Mein Ex-Freund«, meinte ich sarkastisch.

»Das erklärt einiges.« Fins Miene hatte sich wieder entspannt. Es gefiel ihm sichtlich mehr, sich über mich lustig zu machen, als über sich selbst zu sprechen.

»Dasselbe dachte ich, als ich erfahren habe, dass du ein verschrobener Kleingartenbesitzer bist«, erwiderte ich freundlich lächelnd, ehe ich mich an Bela wandte. »Das ist eine Voodoo-Puppe. Asta hat sie gebastelt.«

»Gruselig.« Skeptisch drehte Bela sie zwischen den Fingern.

Ich musste grinsen. »Die Puppe oder Asta?«

»Eigentlich meinte ich dieses goldlockige Etwas, aber deine bessere Hälfte erscheint mir auch ein wenig seltsam.«

»Kann ich nur zurückgeben«, antwortete ich in Fins Richtung. Es war albern, aber es machte zu viel Spaß zu versuchen, ihn aus der Reserve zu locken.

Bela verfolgte unseren stummen Blickkontakt mit einem Ausdruck, der mir ebenfalls bekannt war, den ich aber nie verstand. Es wirkte wie eine Mischung aus Belustigung, Besorgnis und Resignation. »Wie wäre es, wenn wir auf deinen neuen Job anstoßen?«, fragte er, nachdem er all das fortgeblinzelt hatte.

Begeistert wandte ich mich ihm zu. »Champagner oder Sekt?«

»Ich kann dir Bier in ein Weinglas kippen.«

Ich lachte. »Klingt perfekt. Aber ich wollte euch nicht stören.« Mein Blick glitt zum Fernseher, auf dem das Intro sich in einer Endlosschleife wiederholte. Ich konnte mit Videospielen nicht viel anfangen, hatte meine Freizeit aber lange genug mit den Jungs aus der Band verbracht, um zu wissen, dass man ihre Wichtigkeit nicht anzweifeln durfte.

Bela machte den Fernseher aus. »Tust du nicht. Ich habe für heute oft genug verloren.«

»Und ich muss eh gleich los.« Fin hatte sein Bier schon ausgetrunken und verschränkte abermals die Hände im Nacken.

»Zum Schrebergarten-Mietervereinstreffen? Was steht auf der Tagesordnung – Designabstimmung der neuen Vogelbäder?«, riet ich unschuldig und fing mir dafür einen dunklen Blick ein. Ich biss mir auf die Lippe, um nicht zu grinsen, und bückte mich nach der Pflanze. »Also, dann nehme ich sehr gern ein Bier. Ich bringe nur kurz Feodora in ihr neues Reich und ziehe mir etwas Rotes an.«

»Weil du so verliebt in deinen neuen Job bist?«, rief Bela mir hinterher, als ich in Richtung Terrassentür lief. Er strengte sich wirklich an, meinen Farb-Tick zu verstehen, allein deshalb hatte ich ihn längst ins Herz geschlossen.

»Weil ich heute eine Gewinnerin bin«, rief ich laut. Ich glaubte, Fin etwas murmeln zu hören, was nach »Wie hältst du das nur aus?« klang, aber nicht einmal das konnte mein Lächeln minimieren. Heute war ein guter Tag. Es hatte ein paar graue Sprenkel gegeben, aber insgesamt war er zinnoberrot.

Kapitel 5

Die nächsten Tage verstrichen zu einem Schleier aus allerlei gedeckten Farben. Ich ging zur Uni, trug mich in die Referatslisten ein und bemühte mich darum, in jedem Seminar jemanden zu finden, der das kommende Semester erträglicher machen würde. Nach Unischluss lernte ich mit Asta in der Bibliothek oder lag mit ihr in der Frühlingssonne im Park und versuchte meinen Körper davon zu überzeugen, dass jetzt ein guter Moment wäre, das mit dem Braunwerden für sich zu entdecken. Mein Probetag im Café verlief ohne Probleme und machte mir sogar mehr Spaß, als ich erhofft hatte. Schon am Ende der Woche hielt ich einen Arbeitsvertrag in den Händen. Die Ablenkung tat mir gut und ich verliebte mich von Stunde zu Stunde mehr in die einzigartige Atmosphäre des Glashauses. Umgeben von Pflanzen, Kaffee und den Götterstatuen des Parks wurde ich während der Schichten völlig aus meinem Alltag gerissen. Dabei konnte ich mich im Grunde nicht beschweren. Asta schaffte es täglich, mich zum Lachen zu bringen, und ich freute mich jeden Abend darauf, nach Hause zu kommen. Bela war das Herz der Wohnung und in seiner Nähe entspannte ich mich innerhalb weniger Tage so, wie ich es bisher nur nach etlichen Monaten bei Levi und den Jungs geschafft hatte. Die Abende, die er nicht in der Bar oder bei Freunden verbrachte, nutzten wir, um uns besser kennenzulernen. Wir kochten zusammen, schauten alte Trash-Filme oder saßen auf der Terrasse und sahen dabei zu, wie die Abendsonne bunte Farbschlieren in das Blau über den Dächern der Stadt zog.

Es war alles in Ordnung, in vielen Momenten sogar gut, aber trotzdem lag ich oft ewig wach und starrte mit brennenden Augen in den silbern gesprenkelten Himmel. Das war vermutlich das Schlimmste am Liebeskummer. Er war keine absehbare Kurve, die sich allmählich abbaute und nach gewisser Zeit verebbte. Er kam in Wellen, die sich ohne Vorwarnung aufbauten und über mir zerbrachen. Sie drückten mich unter Wasser, pressten mir die Luft aus den

Lungen, ließen mich glauben zu ertrinken. Und trotzdem schaffte ich es jedes Mal wieder, schwer atmend aufzutauchen und an die Oberfläche zu schwimmen. Doch immer, wenn ich dachte, mich auf dem Wasser treiben lassen zu können, ohne Angst zu haben, baute sich eine neue über mir auf. Ich sah sie nie kommen, sie erwischten mich jedes Mal mit einer Heftigkeit, die sich tödlich anfühlte. Mir war bewusst, dass das nicht stimmte. Natürlich würde ich es überleben. Ich brauchte lediglich Zeit, um all das zu verarbeiten. Nach vier Jahren Beziehung war dieser Schmerz gerechtfertigt und ich musste ihn akzeptieren, um mit ihm abzuschließen. All das wusste ich – aber das machte es nicht einfacher. Es war zermürbend und anstrengend und ich war so erschöpft davon, mich so ... schiffbrüchig zu fühlen. Ich wollte ein verdammtes Boot, das mich vor den Wellen schützte. Oder wenigstens Schwimmflügel.

Die Uni war dabei wenig hilfreich. Rückblickend konnte ich nicht sagen, warum ich mich für das Publizistikstudium entschieden hatte. Vielleicht, weil ich nicht gewusst hatte, was ich eigentlich wollte. Im Sommer nach dem Abschluss hatte ich mit dem Studiengangskatalog im Garten gesessen und mir mit meiner Mutter jede einzelne Fachbeschreibung durchgelesen. Nichts davon hatte sich wirklich richtig angefühlt, also hatte ich letztlich das gewählt, was sich nicht komplett falsch anfühlte. Außerdem hatte ich gedacht, damit einen Kompromiss zu treffen zwischen den sicherheitsorientierten Vorstellungen meiner Mutter und meinem Wunsch, irgendetwas Praktisches zu studieren. Zumindest hatte ich mir das eingeredet. Bis jetzt waren die Vorlesungen und Seminare jedoch eher trocken und theorielastig. Ich lernte aus Pflichtbewusstsein, nicht aus echtem Interesse. Meine Noten spiegelten das leider wider. Beflügelnd war es nicht. Beschwimmflügelnd noch weniger.

Auch heute musste ich gegen den Drang ankämpfen, den Kopf auf die Lektüre sinken zu lassen und die Augen zu schließen. Dass ich in meinem Bett lag, war dabei nicht sonderlich hilfreich. Asta hatte eine Schicht in dem Zeitungsbüro, in dem sie als Rechercheassistenz jobbte, deswegen hatte ich mich gegen die Bibliothek entschieden und war nach Hause gegangen. Ein schwerer Fehler.

Gerade, als ich den Kampf gegen die Schwerkraft verlor, klopfte es an meinem Türrahmen. Träge wandte ich den Kopf zur Seite und erstarrte. Bei dem Kerl in der Zimmertür handelte es sich eindeutig nicht um meinen Mitbewohner.

Fin trug wie üblich schwarze Jeans, ein gleichfarbiges Shirt und eine seiner Fischermützen. Mittlerweile konnte ich sie anhand der Krempen auseinanderhalten. Eine Tatsache, die dafürsprach, dass er zu oft hier war.

Bela hatte mich zwar schon einige Male eingeladen, wenn er seine Freunde anderswo traf, aber bis jetzt hatte ich abgelehnt. Es fiel mir schwer, mich in Fins Nähe zu entspannen. Vor allem, weil er diese Angewohnheit hatte, mich wortlos anzustarren. Ich schaffte es nie, den Blickkontakt länger zu halten als er. Jetzt auch nicht.

Hoffentlich sah man mir nicht an, dass ich vor Kurzem geweint hatte. Das passierte mir in den vergangenen Tagen ständig, als wären meine Tränenkanäle defekte Wasserhähne. Ich wischte mir beiläufig über die Augen.

»Bist du mit Bela hier?«, fragte ich heiser.

»Der ist in der Uni.« Er betrachtete das Blätterchaos, das sich um meinen Kopf ausbreitete. »Was machst du?«

»Ich prokrastiniere«, erwiderte ich und hievte mich auf die Ellbogen. Misstrauisch ließ ich den Blick über ihn wandern, und versuchte, nicht darauf zu achten, wie sich seine Armmuskeln anspannten, als er sich im Türrahmen abstützte. »Und was machst du hier? Das ist nicht so eine ... Bettaktivitäten-Situation, oder?« Das Letzte, was ich jetzt ertrug, war es, Fin dabei zuzuhören, wie er sich mit seinen Bekanntschaften vergnügte.

Er grinste schief. »Keine Sorge. Ich bin allein. Bela ist einverstanden damit, dass ich herkomme, wenn es sich nicht lohnt, nach Hause zu fahren.« Die Art, wie er mich dabei ansah, wirkte wie eine Frage.

Ich rollte mich auf den Rücken, ohne ihn aus den Augen zu lassen. »Du störst mich nicht, wenn du das denkst.«

Fin ließ den Blick über die verstreuten Uniunterlagen und anschließend gemächlich über meinen ausgestreckten Körper wandern. Augenblicklich spannten sich meine Muskeln an und mein Atem wurde flacher. Seit unserem ersten Treffen in der Küche hatten wir nie wieder über den Kuss geredet. Trotzdem schwebte die Erinnerung jedes Mal zwischen uns, wenn wir in einem Raum waren. Ein leichtes Flimmern, das über mich hinwegkroch und meinen Herzschlag beschleunigte. Wenn wir alleine waren, wurde es schlimmer. Ich nahm meine – und seine – Körperlichkeit so deutlich wahr, dass ich nicht wusste, wohin mit mir. Auch jetzt drückte ich die Finger in die Matratze, um damit nicht unruhig durch mein Haar zu fahren. Oder, noch verheerender, sie nach ihm auszustrecken.

Fins Blick war wieder bei meinem Gesicht gelandet, strich über meinen Mund. Ich biss mir auf die Unterlippe. Bei meinen Augen angekommen, nickte er. »Zieh dir was über.«

»Wie bitte?« Ich blinzelte mehrmals, während ich versuchte, die Worte in Einklang zu bringen mit dem, was sich in mir abgespielt hatte. Mehr anzuziehen war nicht der unheilvolle Gedanke, der sich gerade in mir gebildet hatte.

Fin lächelte spöttisch auf mich hinab. »Jetzt guck mich nicht so verschreckt an. Ich will, dass du dich anziehst, nicht, dass du dich ausziehst.«

Verschreckt? Ich fühlte mich eher ertappt. »Ich frage mich nur, warum du überhaupt etwas von mir willst.«

»Weil ich es nicht länger mit ansehen will, dass meine Matratze auf dem Boden rumliegt.« Fin deutete auf mein provisorisches Bett, das seit diesem Tag, an dem er es hergebracht hatte, nicht komfortabler geworden war. Es störte mich nicht, ich hatte mich damit längst abgefunden.

»Du kannst mit Pflanzen also nichts anfangen, aber für eine Matratze empfindest du Mitleid?« Im nächsten Moment begriff ich, wie er es gemeint hatte, und setzte mich auf. »Wie oft hast du dir in letzter Zeit meine Matratze angesehen?«

Fin federte sich mit den Händen am Türrahmen auf und ab. »Wie gesagt, ich bin hier ein gern gesehener Gast.«

Ich schnaubte. Bela hatte mir zwar erzählt, dass Fin den Zweitschlüssel hatte und ab und zu herkam, wenn er nicht nach Hause fahren wollte, er hatte aber nicht erwähnt, dass er damit einen Stalker willkommen geheißen hatte. »Und das nutzt du, um dich in mein Zimmer zu schleichen?«, hakte ich misstrauisch nach. »Starrst du mein Bett auch manchmal an, wenn ich darauf schlafe?«

»Erstens war das lange Zeit meine Matratze, ich würde mir also durchaus ein Besuchsrecht einräumen«, wandte er ungerührt ein, »und zweitens habe ich kein übermäßiges Interesse daran, dir beim Schnarchen zuzuhören. Ich bin kein gruseliger Vampir.«

An dieser Aussage verdiente vieles ein Kommentar, aber eines überwog doch deutlich. »Du hast *Twilight* gelesen?«

Ich versuchte wirklich, das Grinsen auf meinem Mund kleinzuhalten, Fin verdrehte dennoch die Augen.

»Nein.«

»Also hast du den Film gesehen? Ist Edward dein Idol?« Auffordernd streckte ich die Hand nach ihm aus, auf die das Abendlicht goldgelbe Flecken warf. »Komm mal in die Sonne, ich will sehen, ob du glitzerst.«

»Wenn du so weitermachst, beiße ich dich«, konterte er genervt. »Der einzige Grund, mir diese zwei Stunden pure Folter anzusehen, war die Aussicht, dass ich mir danach ausführlich etwas ansehen durfte, worauf ich seit längerer Zeit ziemlich Lust hatte.«

»Was soll das«, setzte ich verwirrt an, aber ein Blick auf Fins breites Grinsen ließ mich verstehen. Ich verzog den Mund. Über Fins *Lust* wollte ich sicher nicht sprechen. »Das wollte ich gar nicht wissen.«

»Ich habe ja gar nichts gesagt. Deine Gedanken sind einfach zu schmutzig.«

Der vielsagende Blick, den er mir dabei zuwarf, ließ mich erröten. Mit aller Macht stemmte ich mich gegen die aufsteigende Erinnerung an durchaus schmutzige Gedanken, die ich in Bezug auf diesen selbstgefälligen Typen gehabt hatte. Aber das zählte nicht, immerhin war er damals nur ein persönlichkeitsloser, attraktiver Mann mit seltsamen Modegeschmack und wahnsinnig weichen Lippen gewesen. Ich riss mich von seinem Anblick los und fokussierte mich auf das Wichtige: »Ich wiederhole mich nur ungern, aber was willst du hier?«

»Eigentlich wollte ich nur eine Stunde totschlagen, bis ich zur Uni muss.«

»Aber?«

»Aber jetzt habe ich beschlossen, dass wir stattdessen etwas anderes machen.« Er machte zwei Schritte in mein Zimmer hinein, zu den Kleiderstangen. Ich hatte sie – natürlich – nach Farben sortiert.

Meine Wangen wurden heißer. Gott sei Dank ließ er gerade die Hand über die Bügel meiner roten Kleider wandern und hatte keinen Blick für meine ähnlich anmutende Gesichtsgestaltung. Ehe ich mich gesammelt hatte, flog mir eine himbeerfarbene Strickjacke zu.

»Ich wiederhole mich auch nicht gern. Zieh dir was über.«

Mein skeptisches Stirnrunzeln hatte gleich mehrere Ursachen. Zum einen, weil ich keinen blassen Schimmer hatte, was er vorhatte, zum anderen, weil er offenbar über keinerlei Farbbewusstsein verfügte. Zu meinem lilafarbenen Rock konnte ich unmöglich Rot anziehen.

»Kein Wunder, dass du immer Schwarz trägst.« Ich legte die Jacke ab und griff stattdessen nach einem taubengrauen Hoodie, der neben dem Bett lag. »Dein Stilgefühl ist eine Katastrophe.«

Fins Mimik erstarrte und ich glaubte schon, ihn damit beleidigt zu haben. Ehe ich zurückrudern konnte, zuckte er mit den Schultern und wandte sich zum Gehen. »Jetzt komm endlich. Wenn ich mein Seminar ausfallen lasse, will ich die Zeit nicht mit Warten verschwenden.«

Er verschwand durch die Zimmertür, ohne eine Antwort abzuwarten. Ich zögerte kurz, bis ich mir einen Ruck gab und ihm folgte. Dabei verkniff ich mir, ihn darauf hinzuweisen, dass ich ihn nicht darum gebeten hatte – worum auch immer.

***

Eine halbstündige, ziemlich schweigsame Fahrt später stand ich mitten im Nirgendwo. Ein paar schlichte Einfamilienhäuser auf der einen Seite, die Waldgrenze mit einem Heer aus meterhohen Bäumen auf der anderen. Während Fin das rostige, kopfhohe Gartentor aufschloss, beäugte ich misstrauisch die dunklen Hecken dahinter. In der Luft lag der würzige Duft des

Baumharzes, der aus dem Wald hinüberwehte, und darunter das unverkennbare Raucharoma eines Grills. Das Tor quietschte unangenehm, als Fin es aufstieß und hindurchging.

Ich folgte ihm nicht. Ich wusste generell gern, was geplant war – und das galt ganz besonders dann, wenn ich jemandem hinterherlaufen sollte, der sich grundsätzlich weigerte, mehr als fünf Wörter mit mir zu sprechen.

»Wenn du mich umbringen möchtest, hättest du mich einfach von der Terrasse schubsen können. Das hätte Sprit gespart.«

Das Dämmerungsblau zeichnete weiche Schatten auf Fins Gesicht, als er sich zu mir umdrehte. »Zu viele Zeugen.« Seine Stimme klang tiefernst. Nicht sonderlich beruhigend. Lediglich das leichte Zucken in seiner Wangenmuskulatur ließ erahnen, dass er diese Situation schon wieder um einiges amüsanter fand als ich. »Jetzt komm schon.« Er deutete mir mit dem Kopf, ihm zu folgen, ehe er weiterlief.

Mit einem resignierten Seufzen setzte ich mich in Bewegung. Leider war meine Neugierde stärker als meine leichte Befürchtung, dass ich gerade horrorfilmmäßig einem Fremden folgte, um irgendwo im Dickicht verscharrt zu werden.

Hinter dem Tor entfaltete sich ein Labyrinth aus engen Heckengassen. Ich musste mich beeilen, um mit Fin Schritt zu halten, sodass ihr dunkles Grün neben mir mit der einsetzenden Dunkelheit zu einem undurchsichtigen Schleier verschwamm. Erst nachdem wir einige Minuten gelaufen waren, wurden die Hecken niedriger und ich konnte dahinter blicken. Und da begriff ich endlich, wo ich war.

Das hier war eine Schrebergartensiedlung. Und mit Sicherheit nicht irgendeine, sondern die, in der Fin lebte. Ich verlangsamte meinen Schritt, um die Gärten näher betrachten zu können. Sie kamen meiner Kitschklischeeeinschätzung erstaunlich nahe. In einem Meer aus Gras saß jeweils eine kleine Holzhütte, umgeben von Obstbäumen, die mit knorrigen Ästen in den Himmel ragten, und gepflegten Beeten, deren satter Blütenduft den des Waldes verdrängte. Das Knirschen meiner Schritte auf dem Erdboden vermengte sich mit dem melodischen Zirpen von Grillen und dem Rattern einiger Rasensprenger. Alles an dieser Siedlung war wie von Bilderbuchseiten stibitzt.

Der junge Mann, der vor mir über den unebenen Weg stapfte, war in dieser Umgebung völlig fehlplatziert. Mit seiner dunklen Kleidung und der angespannten Körperhaltung wirkte er eher, als hätte er sich aus dem Teenie-Horrorbuch fortgeschlichen, in dem ich mich vor wenigen Minuten noch als potenzielles Opfer gesehen hatte. Inmitten der bunt getupften Gärten und der malerischen Idylle, die sich um uns herum entfächert hatte, wurde dieser Gedanke absurd.

Ich war so abgelenkt von der Kulisse, dass ich fast in Fin hineinlief. Er war vor einem halbhohen Zaun stehen geblieben und kramte den Schlüssel aus seiner Hosentasche. Nachdem er aufgeschlossen hatte, hielt er mir das Tor auf. Leider war es mir nicht möglich hineinzugehen. Ich war zu beschäftigt damit, den Anblick zu verdauen.

»Das kann unmöglich dein Ernst sein«, brachte ich fassungslos hervor.

Er hob die Augenbrauen. »Was?«

»Das, das ist …« Ich brach ab und starrte auf den Garten vor uns. Wenn man das einen Garten nennen konnte. Das etwa dreißig Quadratmeter große Rechteck war völlig farblos. Und das lag nicht an der einsetzenden Dämmerung. Es lag daran, dass Fin *wirklich* keine einzige Pflanze hatte. Es gab zwar eine Grasfläche in der Mitte des Gartens, aber die Seitenbereiche, in denen Beete blühen sollten, waren reine Erdbereiche. Die Hütte selbst war aus dunklem Holz und wirkte zwar recht geräumig, aber trostlos.

Es lagen nur wenige Zentimeter Hecke zwischen diesem Garten und den angrenzenden und doch war es, als befände sich eine unsichtbare Blase um ihn herum. Eine Barriere, an der sämtliche Gerüche und Geräusche der Umgebung abprallten. Alles an diesem Fleck Erde war still und blass. Es sah nicht so aus, als würde dieser Garten Teil der Siedlung sein. Und ganz und gar nicht so, als würde hier jemand leben. Das war kein Zuhause. Es war einfach nur traurig.

»Hier kannst du nicht wohnen.«

Fin seufzte und legte mir eine Hand auf die Schulter, schob mich grob durch das Tor. Mit einem Scheppern warf er das Gatter hinter uns zu. Der Ton wirkte unnatürlich laut in der Stille um uns herum.

»Fin, das ist der toteste Garten der Welt«, fügte ich eindringlich hinzu.

»Tot kann man nicht steigern.«

»Wenn man das hier gesehen hat, schon.«

Ungerührt hob er die Schultern. »Mir gefällt es.«

»Unmöglich.«

»Du weißt, dass man über Geschmack nicht streiten soll?«

Ich schnaubte. »Über seine Ausprägung nicht. Über seine Existenz durchaus.«

»Jetzt sei still und komm mit.«

Er lief zielstrebig auf die Hütte zu. Noch immer ungläubig folgte ich ihm bis dahinter. An der Rückwand standen eine Schubkarre, ein paar Schaufeln und Spaten sowie irgendetwas, das von einer dicken Plastikplane verdeckt wurde. Fin zog sie mit einem raschelnden Ruck beiseite. Zögerlich trat ich näher auf ihn zu.

»Was ist das?«

»Eine Sackkarre.« Er zerrte das Metallding unter der Plane hervor und entfernte ein paar Spinnweben.

Verständnislos sah ich ihm dabei zu. »Die ist sehr hübsch. Aber hast du mich ehrlich hierhergebracht, damit ich mir deine Gartengeräte-Sammlung ansehe?«

Er warf mir einen belustigten Blick zu. »Nein. Halt mal.« Ohne eine Reaktion abzuwarten, drückte er mir zwei Fahrradgurte in die Hand, die er von einem Haken genommen hatte. »Und jetzt komm.«

»Kannst du mir endlich verraten, was das werden soll?«, fragte ich ohne große Hoffnung, während ich Fin und seinem Spielzeug hinterherlief. Statt es an den vorgesehenen Rollen zu schieben, trug er es. Wieso war mir schleierhaft. Der Boden hatte nichts an Schönheit zu verlieren.

Neben dem Hütteneingang blieb Fin stehen. »Du hast echt ein Problem damit, Kontrolle abzugeben, was?«

Meine Wangen pochten verräterisch, aber ich bemühte mich um einen gelassenen Tonfall. »Wenn du doch noch vorhast, mich auf eine Sackkarre zu binden und im Tümpel um die Ecke zu versenken, würde ich mich gern mental darauf vorbereiten.«

Er sah mich spöttisch an und lehnte sich zu mir vor. »Dafür, dass du gern wildfremde Männer mit Küssen überfällst, um deinen Ex eifersüchtig zu machen, schiebst du die Psychopathen-Karte ziemlich gern anderen Leuten zu.«

Trotz all dem Spott in seiner Stimme trafen mich die Worte unvermittelt. Besser gesagt: Ein Wort. Ein Wort, an dem eine Erinnerung hing, die ich eigentlich seit Wochen zu verdrängen versuchte. In diesem Moment war ich kurz davor, alles zu vergessen, was dagegensprach. Gegen die Erinnerung an diesen Kuss. Und dagegen, ihn zu wiederholen. Ich musste mich davon abhalten, mich zu ihm vorzubeugen, um ihn besser wahrnehmen zu können. Besser zu sehen, zu hören, zu riechen. Zu *fühlen*. Energisch biss ich die Zähne aufeinander. »Ich dachte, wir reden darüber nicht mehr.«

Er zuckte mit den Schultern. »Bela ist nicht hier. Und ich weiß eh, dass du permanent daran denkst.«

»Ich ... was?« Empört sah ich zu ihm auf, aber da hatte er sich schon abgewandt und lief zur Hütte, in der er verschwand.

Ich war zwar neugierig, ob es drinnen ähnlich trist aussah, aber ich bezweifelte, dass er begeistert davon wäre, wenn ich ihm folgte. Außerdem haderte ich noch mit der Erkenntnis, dass er hier lebte. Wie um alles in der Welt sah sein Alltag aus? Setzte er sich morgens mit einem Kaffee auf die Veranda – oder wie man diesen hölzernen, überdachten Vorbau der Hütte nennen konnte –, sah dabei zu, wie um ihn herum alle Gärten zum Leben erwachten, und genoss die Trostlosigkeit seines eigenen Grundstücks, bevor er sich auf den Weg zur Uni machte? Das war doch absurd. Mir fiel einmal mehr auf, wie wenig ich eigentlich über Fin wusste. Und leider auch, dass ein Teil von mir das nur zu gern ändern wollte. Dabei strahlte alles an Fin aus, dass er wenig Interesse daran hatte, mir mehr von sich zu erzählen. Resigniert verschränkte ich die Arme vor der Brust und schlenderte an den kahlen Beeten vorbei.

Mittlerweile war es so dämmerig, dass alles um mich herum zu einem Schleier aus Graustufen zerlief.

Als Fin zurückkam und die Tür hinter sich zuzog, sah ich ihn fragend an. »Was studierst du eigentlich?«, fragte ich.

»Ich fange an, das hier zu bereuen«, murmelte er tonlos.

»Das hättest du dir vorher überlegen können. Also?«

»Informatik und Filmwissenschaft.«

Ich musste mir ein Lächeln verkneifen. Die Mischung war ungewöhnlich genug, um zu ihm zu passen. »Ach so«, sagte ich trotzdem gespielt enttäuscht. »Ich hätte auf Landschaftsgestaltung getippt.« Seinen Blick verpasste ich, weil ich in die Hocke ging, um einen Regenwurm von der Wiese zu pflücken und in die feuchte Erde der leeren Beete zu setzen. »Was würdest du tun, wenn ich hier heimlich ein paar Pflanzen eingrabe?«

»Dich daneben begraben.«

»Du bist ein trostloser Charakter, Fin Winter.« Der Nachname, der am Gartentor stand, passte erstaunlich gut zu diesem Eisjungen. »Ich meine, wenn du keine Blumen magst, könntest du Obst anbauen.«

Ich erhob mich und drehte mich um meine Achse, während sich vor meinen Augen ein Bild entfaltete, das all die wundervollen Möglichkeiten beinhaltete, die Fin nicht nutzte. »Himbeeren, Brombeeren, Johannisbeeren oder Stachelbeeren. Du könntest auch einen Apfelbaum pflanzen, oder einen Kirschbaum oder ...«

Weiter kam ich nicht. Fin hatte zwei Schritte auf mich zugemacht und ehe ich mich versah, presste er eine Hand auf meinen leicht geöffneten Mund.

»Gibt es irgendeinen legalen Weg, dich dauerhaft zum Schweigen zu bekommen?«

Selbst wenn er mich nicht aktiv daran gehindert hätte zu antworten, hätte ich es in diesem Moment sicher nicht einmal gekonnt. Seine Haut roch nach Pfefferminzseife und ein bisschen nach Erde. Meine Lippen wurden unter seiner Berührung weich, ebenso wie der Inhalt meines Kopfes. Alles war samten und goldgelb wie Honig. Paralysiert blinzelte ich zu ihm auf. Die Schatten des Abends ließen sein Augenblau dunkler wirken als sonst. Und um einiges tiefer.

Wenn ich mich nicht irrte, war er mir plötzlich näher als noch vor wenigen Sekunden. Und wenn es nicht am Licht lag, hatte sich etwas in seinem Blick verdunkelt. Beinahe glaubte ich, dass wir in diesem Moment an dasselbe dachten. An die beste Möglichkeit, jemandem zum Schweigen zu bekommen.

Schließlich blinzelte Fin und löste sich von mir. Wortlos drehte er sich um und lief mitsamt Sackkarre zum Gartentor.

Ich folgte ihm, langsam und mit zittrigen Knien. »Wie wäre es mit Tomaten?«, rief ich ihm nach, um irgendetwas zu sagen, das den seltsamen Moment verscheuchte, dessen Schatten in meinen Gedanken umherkroch.

Fin stöhnte, aber er drehte sich nicht nach mir um. Sein Murmeln war so leise, dass ich es nicht ganz verstand. Es hörte sich nach irgendetwas wie »Wenn ich Tomaten hätte, würde ich sie nach dir werfen« an. Und es brachte mich unangebrachterweise zum Lächeln.

***

»Was machen wir hier?«

Fin hatte das Auto auf den verlassenen Parkplatz gelenkt und stellte sich auf eine Markierung, etwa zwanzig Meter vom Eingang eines rot-weiß gestrichenen Gebäudes entfernt. »Wonach sieht es denn aus?«

»Als würden wir einen Baumarkt besuchen, der seit einer Stunde geschlossen ist.« Mit hochgezogenen Brauen wandte ich mich ihm zu. »Ist das eins deiner Hobbys? Kommst du hierher, um dir all die Dinge anzusehen, die du für deinen Garten kaufen könntest, wenn du dein Geld nicht für Fischermützen ausgeben würdest?« Mein Spott konnte meine Nervosität nur halbwegs verbergen.

Fin sah mich ernst an, auf seiner Stirn hatte sich eine tiefe Falte gebildet. »Beruhige dich und tu einfach, was ich sage, klar?« Er nickte zum Handschuhfach. »Da drin liegen zwei Skimasken und eine Pistole. Hol sie raus.«

Ein Schwall heißer Ungläubigkeit schwappte in meinen Nacken, ich starrte ihn entsetzt an. »*Was?*«

Fin lachte. Wieder dieser warme, bassdominierte Ton, der meine Armhärchen aufstellte. »Jetzt entspann dich.«

Ich hätte ihm gern gesagt, dass er lieber mal darüber nachdenken sollte, warum ich diese Ansage von ihm nicht sofort als Scherz erkannte, aber da hatte er bereits das Auto verlassen. Zögerlich tat ich es ihm nach und kletterte aus dem Wagen. Fin hievte die Sackkarre aus dem Kofferraum und hängte sie sich über eine Schulter. Mit einem auffordernden Nicken wies er mich an, ihm zu folgen. Einerseits nervte mich dieses Herumkommandieren, andererseits war ich zunehmend gespannt, was Fin vorhatte. Und sofern es weder Skimasken noch eine Waffe einschloss, konnte es so verheerend nicht sein.

Das dachte ich zumindest, bis sich Fin mit einem Messer an einem Gatter am Seitenbereich des Gebäudes zu schaffen machte. Das große Tor, das sich an der Hausfront abzeichnete, war den Schildern zufolge der Liefereingang des Baumarkts. Ein paar Autos standen auf der Parkfläche davor, ansonsten konnte ich nichts sehen. Nichts, das den Drang erklären würde, hier einzubrechen.

»Soll uns das Gatter nicht sagen, dass wir das nicht tun sollten?«, flüsterte ich und trat nervös von einem auf den anderen Fuß. Das Gebäude schien zwar verlassen und ich konnte weder Wachleute noch eine Kamera entdecken, aber das fühlte sich trotzdem nicht richtig an. Mein Puls vibrierte in meinem ganzen Körper, ungewohnt und prickelnd. Etwas Verbotenes zu tun war nicht unbedingt meine Spezialität. Und schon gar nicht, wenn ich nicht wusste wieso. Ich versuchte, nicht darüber nachzudenken, warum es nicht so aussah, als würde Fin das zum ersten Mal tun.

»Das ist Auslegungssache.« Er gab sich nicht einmal Mühe, leiser zu sprechen. Nervös wirkte er auch nicht, eher hoch konzentriert. Mit gezielten Bewegungen fummelte er mit seinem Taschenmesser am Schloss herum.

»Inwiefern?«, fragte ich skeptisch.

»Wenn du ein Hindernis siehst, dann kannst du entweder beschließen, dass du aufgibst. Oder du suchst nach einem Weg, es zu überwinden. Koste es, was es wolle. Nach dem Motto: Jetzt erst recht«, erwiderte er so leichthin, als wäre das absolut logisch.

Leider war ich nicht der Typ »Koste es, was es wolle«. Eher der Typ »Sag mir, wie teuer es ist, und ich gucke mal, ob ich es mir leisten kann«. Unschlüssig sah ich über meine Schulter. »Damit machst du dir das etwas einfach.«

Fin atmete laut aus, dann drehte er sich ganz zu mir. Die Hand mit dem Messer verharrte bewegungslos. »Okay. Wovor hast du Angst? Was wäre das Schlimmste, was passieren könnte?«, fragte er geduldig.

Verständnislos sah ich ihn an. Musste ich das wirklich erklären? »Wir könnten erwischt werden.«

»Und dann?«

»Dann rufen sie die Polizei.«

Er schüttelte den Kopf. »Unwahrscheinlich, weil der bürokratische Aufwand verhältnismäßig zu hoch ist, aber gut. Tun wir mal so. Und dann?«

»Dann werden wir angezeigt und müssen ins Gefängnis.«

Ein belustigter Ausdruck huschte über sein Gesicht. »Für das Aufbrechen eines Bauzauns? Das gibt ein paar Stunden gemeinnützige Arbeit, maximal eine Geldstrafe. Und dann?«

Ungeduldig trat ich von einem Fuß auf den anderen. Mir war schleierhaft, was er hiermit bezwecken wollte. Das beruhigte mich nicht, es machte mich nur nervös. »Dann … bin ich *vorbestraft*, Fin.«

Er hob die Schultern. »Und dann?«

Ich schüttelte den Kopf. »Ich meine … was?«

Fin seufzte und zupfte mit der freien Hand an seiner Mütze. Er hatte gut reden. Vermutlich konnte er sich die als Skimützen-Ersatz übers Gesicht ziehen, sollten wir doch erwischt werden. »Deinem Studium nach schließe ich jetzt einfach mal aus, dass du Richterin oder Polizistin werden möchtest. Also, was wäre daran so schlimm? Sollte eine dieser potenziellen Folgen eintreten, was sehr unwahrscheinlich ist, dann würde dein Leben weitergehen. Du hättest niemanden damit Schaden zugefügt, du hättest keinen Grund, das zu bereuen. Das Schlimmste, was passieren könnte, wäre nicht so schlimm, als dass du es nicht riskieren könntest.« Er sah mir eindringlich in die Augen, mit diesem Blau, das mir leuchtender und klarer vorkam als je zuvor. Weil er von etwas sprach, an das er wirklich glaubte. Er teilte etwas Wahres mit mir. »Es gibt immer Grund, Angst zu haben. Aber wenn du deshalb nichts mehr wagst, dann wird dein Leben immer unter seinen Möglichkeiten bleiben. Ich weiß ja nicht, wie es dir geht, aber ich denke, es ist sinnvoll, ein Leben mit Hochs und Tiefs einer gleichmäßigen Linie vorzuziehen. Du musst dich nur fragen: Könnte ich mit der schlimmstmöglichen Konsequenz leben? Du wirst erstaunt sein, wie oft die Antwort ein klares Ja ist.«

Mein Inneres wummerte, aber ich fand keine Erwiderung. Seine Worte fühlten sich neu und fremd an, doch als sie sich in mein Gedankengewebe nisteten, kamen sie mir dort nicht fehlplatziert vor. Fin musterte mich kurz intensiv, dann nickte er zufrieden. Ohne ein weiteres Wort wandte er sich wieder dem Schloss zu. Eine letzte ruckartige Bewegung mit dem Messer und ein leises Klacken ertönte.

»Nach dir, Bonnie.« Fin schob das Gatter einen Spalt auf. Das Quietschen jagte mir eine Gänsehaut über den Körper, ebenso wie die Berührung mit Fins Schulter, als ich an ihm vorbeilief. Mein Puls vibrierte, aber zum ersten Mal ließ ich den Gedanken zu, dass das ungewohnte Kribbeln nicht unbedingt schlecht war. Vielleicht fühlte es sich so an, mutig zu sein.

»Du weißt, wie unsere Geschichte endet, Clyde?«, wisperte ich, nachdem er sich ebenfalls hindurchgeschoben hatte und voranlief.

»So wie alle guten Geschichten«, erwiderte er leise. »Mit einem erschütternden Knall und einem unwiderrufbaren Ende.«

»Mit einem Moment Ewigkeit«, bestätigte ich amüsiert und vergaß für einen Augenblick sogar, warum wir hier waren. Oder, besser gesagt, dass ich nach wie vor keinen blassen Schimmer hatte, warum wir hier waren.

Fin lief zielstrebig an den Lieferwagen vorbei, hin zum heruntergelassenen Eingangstor. Fast erwartete ich, dass er versuchen würde, auch das mit seinem Messer aufzuhebeln. Stattdessen blieb er daneben stehen, direkt vor einem Stapel Verpackungsutensilien, die vermutlich von der letzten Lieferung übrig geblieben waren.

»Da wären wir«, sagte er zufrieden.

»Erst die Sackkarre, jetzt das. Ich weiß gar nicht, wovon ich meinem Tagebuch zuerst berichten soll.«

Er ignorierte mich und machte sich an dem Stapel zu schaffen. Entschieden schob er ein paar Plastiksäcke beiseite, sodass mehrere Holzpaletten zum Vorschein kamen.

»Willst du ein Lagerfeuer machen, Rumpelstilzchen?«, fragte ich, half ihm aber dabei, die drei Paletten hervorzuziehen.

»Sei nicht so frech.« Ich konnte deutlich sehen, dass sich ein Lächeln gegen seine Mundwinkel stemmte. »Die sind immerhin für dich, nicht für mich.«

»Was?« Verständnislos sah ich von Fin zum Holz und wieder zurück. Sein Blick wirkte ein wenig skeptisch, als verstünde er nicht, dass ich noch immer nicht verstand.

»Die sind für deine Matratze. Da du dein Geld scheinbar lieber für Pflanzen als für Möbel ausgibst, dachte ich, das wäre ein passabler Bettgestell-Ersatz.«

Ich blinzelte mehrmals und versuchte den wahren Kern dieser Aussage zu erkennen. Das war zu ... nett. »Und die liegen hier einfach so rum?«

»Quasi.«

»Quasi?«

Erneutes Augenverdrehen. Irgendwann trug ich bestimmt Schuld daran, dass er anfing zu schielen. »Der Baumarkt sortiert die Dinger aus, wenn neue Lieferungen kamen. Die haben dafür keine Verwendung mehr.«

»Und die kann man sich einfach mitnehmen?«, hakte ich skeptisch nach.

»Quasi.«

»Quasi?«

Fin stöhnte. »Willst du sie jetzt oder nicht?«

Ich beeilte mich zu nicken, auch wenn ich mehr als verwirrt war. »Ja, klar, das ist toll, aber ... wieso?«

Fragend sah Fin mich an. »*Wieso?*«

»Ich meine, du kennst mich doch kaum und du magst mich auch nicht sonderlich und jetzt willst du für mich stehlen?«

»Nicht stehlen. Nur entwenden.« Er griff nach den Gepäckbändern, die ich mir um den Hals gehängt hatte.

»Aber wieso?«, hakte ich nach.

Fin ging in die Hocke. Geschickt band er das erste Seil um zwei der Paletten und verknotete es. »Es ist verdammt schwer, nett zu dir zu sein, weißt du das?«

»Vielleicht nur, weil du darin ganz offensichtlich nicht allzu viel Übung hast. Was auch der Kern meiner Verwunderung ist.« Seit ich Fin kannte, war er damit beschäftigt, mich in Verlegenheit zu bringen, sich über mich lustig zu machen oder abblitzen zu lassen, wenn ich versuchte, ein normales Gespräch mit ihm zu führen.

Er hielt in der Bewegung inne und sah zu mir hoch. Seinem Gesichtsausdruck zufolge hatte sich das mit dem Nettsein wieder erledigt. »Ich wollte mir nur nicht weiter ansehen, dass du meine Matratze auf dem Boden herumliegen lässt. Außerdem hat Bela mich gebeten, nett zu dir zu sein, selbst wenn ich gelegentlich den Drang verspüren sollte, dir den Mund zuzukleben.« Er warf mir einen vielsagenden Blick zu. »Ich versuche *ihm* ein Freund zu sein. Nicht dir. Also bewerte das nicht über, klar?«

Wenn er grummelig sein wollte, bitte. Ich ließ mich nicht darauf ein. Gespielt entrüstet sah ich auf ihn hinab. »Dann darf ich dir jetzt kein Freundschaftsbändchen flechten oder dich in mein Poesiealbum eintragen lassen?«

»Du darfst den Mund halten und hier warten, während ich die Sackkarre hole«, erwiderte er ernst, aber ich sah dennoch, dass seine Mundwinkel aufzuckten. Er zerrte das zweite Band mit einem entschiedenen Ruck fest, ehe er sich erhob.

»Schon gut, schon gut«, sagte ich mit einem halbherzigen Lächeln, als er an mir vorbeilief. »Ich wollte mir ja nur kurz einreden, dass das hier bedeutet, dass ich etwas Besonderes bin.«

Fin hielt inne und drehte sich zu mir um. Mit einem Mal war jeglicher Anflug von Belustigung aus seinen Zügen gewichen. »Das«, sagte er entschieden, »ist eine Frage, die du dir nie von anderen beantworten lassen solltest.«

***

Als Fluchtwagenfahrer wäre Fin eine Vollkatastrophe. Die Dunkelheit, die sich mittlerweile über uns ausgebreitet hatte, führte dazu, dass sich sein Fahrstil weiter versteifte. Seine Körperhaltung war angespannt: Die Schultern hatten sich unter dem dunklen Stoff seines Shirts versteift, die Finger waren so fest um das Lenkrad gekrallt, dass die Knöchel hervorstachen. Er untertraf nicht nur jede Geschwindigkeitsbegrenzung um mindestens 5 km/h, er verlangsamte auch vorbildlich an allen Ecken, selbst wenn er Vorfahrt hatte. Die ganze Zeit über sah er konzentriert nach vorne und ignorierte sowohl meine Nachfrage nach Musik als auch meinen freundlichen Hinweis, dass ich neben dem Wagen herlaufen könnte und schneller zu Hause sein würde. Eine Unterhaltung zu beginnen, versuchte ich nicht einmal mehr.

Stattdessen tastete ich mit dem Blick von seinen verkrampften Händen über seine Arme hin zu seinem Gesicht. Die gerade Nase, die markanten Konturen seiner Wangen- und Kieferknochen, die sachte Wölbung seiner Lippen. Es fühlte sich an, als würde ich ein Gemälde betrachten, das zwar schön, aber nicht greifbar war. Und ich starrte und starrte und begriff nicht, was mir der Maler mit diesem Werk sagen wollte. Alles, was ich von Fin erfuhr, war so widersprüchlich. Als wäre er zwei Seiten einer Münze zur gleichen Zeit. Es fiel mir extrem schwer, ihn in seiner Ganzheit zu erfassen und zu verstehen. Ich konnte mich nicht entscheiden, ob es faszinierend oder frustrierend war.

Die Wohnung war leer, als wir ankamen. Bela hatte nach der Uni eine Schicht im Katergold und würde erst nachts heimkommen. Fin half mir, die Paletten in mein Zimmer zu bringen und so anzurichten, dass sich daraus ein Bettgestell mitsamt Rückenlehne ergab. Es war so niedrig, dass es problemlos unter die Dachschräge passte.

Lächelnd sah ich Fin zu, wie er die Matratze auf den Paletten zurechtrückte. Ich bückte mich nach den umliegenden Kissen und warf sie zurück auf das Bett. »Fin?«

»Was ist?« Er drehte sich fragend zu mir um.

»Danke«, erwiderte ich und umarmte das letzte, samtene Kissen vor der Brust. »Ich glaube, das habe ich vergessen, laut auszusprechen.«

Fin verschränkte die Arme hinter dem Kopf. »Nur ein Gefallen mehr, den du mir schuldest.«

Seltsam, wie anzüglich völlig harmlose Worte klingen konnten. Sofort schoss Hitze in meine Wangen und ich wich seinem Blick aus. Leider verfing sich meiner dadurch am hochgerutschten Saum seines Shirts. Ein triumphierender Laut rutschte über meine Lippen, als ich die schwarze Linie bemerkte, die sich über der Leistenmuskulatur abzeichnete.

»Du hast ein Tattoo, ich wusste es!« Interessiert machte ich einen Schritt auf ihn zu. »Darf ich es mal sehen?«

Fin senkte die Arme, sodass der Stoff hinabrutschte. »Bittest du mich gerade darum, mich auszuziehen?«, fragte er spöttisch. Dennoch sah ich, wie sich seine Armmuskeln anspannten. Fast so, als hätte er Sorge, ich würde mich gleich auf ihn stürzen und ihm das Shirt vom Leib reißen.

»Ach, komm. Du bist doch sicher einer von diesen Typen, die liebend gern oben ohne herumlaufen. Damit auch jeder sieht, was für ein heißer Kerl du bist.« Mittlerweile stand ich nur einen Schritt von ihm entfernt, zwischen uns dreißig Zentimeter Luft und mein flauschiges Kuschelkissen.

»Soweit ich mich erinnere, musste ich mich nicht ausziehen, damit du mich heiß findest.«

Als ob ich das nicht mehr wüsste. Fin war definitiv attraktiv. Und das wusste er auch, nicht zuletzt, weil ich es ihm gesagt hatte. »Wenn ich mir ein Kleidungsstück aussuchen dürfte, das du ablegst, wäre es deine Mütze«, erwiderte ich ausweichend und betrachtete das Ding. Ich hatte mich zwar an den Anblick gewöhnt, aber es juckte mich trotzdem in den Fingern, einen Blick auf seinen Kopf zu werfen. »Jetzt mal ernsthaft. Verbirgst du darunter Geheimratsecken?«

Fin war kaum merklich einen halben Schritt von mir weggewichen. »Nein.«

»Einen Eierkopf?«

»Nein.«

»Willst du deine Ohren in Szene setzen?« Wenn mich etwas interessierte, konnte ich hartnäckig sein. Wahrscheinlich auch ein bisschen nervig.

Fin seufzte schlicht und lief an mir vorbei zur Tür. Im Rahmen hielt er inne und drehte sich zu mir um. »Du solltest wegen dem Mistkerl nicht weinen.« Die Belustigung und Genervtheit war aus seinem Blick verschwunden.

Perplex starrte ich ihn an. Durch die letzten Stunden hatte ich völlig vergessen, dass ich heute Nachmittag auf dieser Matratze gelegen und geheult hatte. Ich hatte nicht einen Gedanken an Levi oder meinen Kummer verschwendet.

»Wann sollte man dann überhaupt weinen?«, fragte ich mit belegter Stimme. Mein Herz schlug dumpf und ich umklammerte das Kissen in meinen Armen fester.

Fin lächelte freudlos. »Wenn es sich lohnt. Aber es macht keinen Sinn, über etwas zu weinen, das man nicht hätte verhindern können.«

»Also sollte man nur um etwas trauern, das man durch eigene Schuld verloren hat?«

Er hob die Schultern. »Das ist gerechtfertigter Schmerz. Die Fehler, die wir machen, müssen richtig wehtun. Das ist unsere Verantwortung. Der Rest ist nur das Leben. Da muss man drüberstehen.«

Ich schüttelte den Kopf. Nur, weil man nicht immer etwas dafürkonnte, dass man etwas verlor, hieß das doch nicht, dass es nicht wehtat. Oder dass es das nicht wert war, darum zu weinen. »Ich glaube, das ist unsinnig.«

»Ich glaube, das ist ziemlich weise.« Er sah mich an, dann klopfte er gegen den Holzrahmen und verließ das Zimmer.

Ich blieb stehen und sah ihm verwundert nach. Erst, als ich ihn an der Wohnungstür hörte, fiel mir etwas ein. Mit ein paar Schritten hatte ich das Wohnzimmer erreicht. »Du hast mir dein Tattoo nicht gezeigt«, rief ich ihm nach.

Fin warf mir einen Blick über seine Schulter zu und lächelte, ehe er wortlos die Tür hinter sich zuzog.

Kapitel 6

Die Mittagsschichten im Glashaus waren mir am liebsten. Während sich morgens meistens nie mehr als eine Handvoll Eltern mit ihren Kindern oder Rentner in den Götterpark verirrten und es ab dem späten Nachmittag oft brechend voll wurde, boten Mittage im Café die perfekte Balance aus Trubel und Ruhepausen. Die Tische waren belegt von jungen Familien und Studierenden, von kleinen Freundesgruppen ebenso wie von Alleinkommenden, die sich mit einem Buch oder Laptop in den Garten setzten. Im Glashaus selbst waren heute alle Tische leer. Dieser Frühling war zu freundlich, um freiwillig drinnen zu bleiben. Selbst durch die türkisfarbenen Stoffballen, die die Decke des Gewächshauses verschleierten, schien die Sonne wattewarm hindurch.

Ich war gerade dabei, die Efeu-Tontöpfe auf dem Tresen zurechtzurücken, als das Windspiel am Eingang einen Besucher ankündigte. Ein Lächeln breitete sich auf meinem Gesicht aus. »Welch Ehre, dich hier zu sehen.«

Bela trug ein gestreiftes Shirt zu seinen Jeans und sah aus, als käme er aus einem französischen Café. Vielleicht fand ich das aber auch nur, weil er direkt vor der Etagere mit den Croissants zum Stehen kam. »Ich habe gerade einen freien Block und dachte, ich halte dich ein bisschen von der Arbeit ab.« Er ließ den Blick über die leeren Tische wandern. »Aber anscheinend ist das gar nicht nötig.«

»Ich freue mich trotzdem. Ich will nämlich unbedingt hören, was du sagst.« Mit einer theatralischen Pose stützte ich meine Hände auf den Hüften ab. »Passe ich ins Bild?«

Bela hob seine Fingerkamera und fokussierte mich mit hoch konzentrierter Miene. »Absolut. Als hätte man dich hineingezeichnet.«

Zufrieden grinste ich. »Das wollte ich hören. Dafür hast du dir eine Belohnung verdient. Espresso?«

Bela nickte und ich wandte mich ab, um Pulver in den Siebträger zu geben.

»Ist es nicht extrem magisch hier? Es ist, als hätte jemand mein Herzhaus besucht und sich gründlich darin umgesehen, um diesen Ort zu erschaffen«, erklärte ich begeistert, während ich mit routinierten Griffen die komplexe Maschine bediente.

»In deinem Herzhaus gibt es also nur Pflanzen, Kaffee und Kuchen?«, hakte Bela belustigt nach.

Lächelnd warf ich ihm einen Blick über meine Schulter zu. »Wir haben auch eine Papeterie-Ecke, hast du die noch nicht gesehen?« Ich griff nach einer Tasse aus dem Regal und stellte sie auf die blau geblümte Untertasse. »Nur die Wanddekoration würde ich gern ändern«, fügte ich hinzu und nickte zu der Pinnwand neben dem Tresen.

Ari hatte den Besitzer nicht nur überreden können, die Flyer der Band auszulegen, sondern auch, ein A4-Plakat aufzuhängen. Das schwarz-blaue Design war ein Schandfleck in dem Mosaik aus satten Grün- und Brauntönen des Glashauses. Aber vermutlich war ich in diesem Fall voreingenommen.

Bela runzelte die Stirn. »Hast du was gegen die Band? Die Mädels in der Bar haben letztens geschwärmt, noch bevor der Auftritt überhaupt angefangen hatte.«

Ein bitteres Lächeln verzog meine Mundwinkel. Natürlich wusste ich, wie die Jungs wirkten. Und sie waren sich dessen nicht nur ebenfalls bewusst, sie setzten es aktiv ein. Ich hatte das verstanden – Musik von attraktiven Künstlern verkaufte sich eben besser –, aber es hatte mich trotzdem gestört. Die Art, wie sie sich in gewisser Weise sexualisierten, um im Gedächtnis zu bleiben, war mir zuwider. Vermutlich war das auch die Eifersucht gewesen, die jedes Mal gewachsen war, wenn ich gesehen hatte, wie mein Freund von einer anderen angeflirtet wurde. Dabei war ich mir damals sicher gewesen, dass er nie darauf eingehen würde. Tja, so konnte man sich irren.

»Ich befürchte, mir ist das Schwärmen vergangen, seit ich einen von ihnen beim Fremdgehen erwischt habe. Nenn mich spießig.« Ich versuchte es wie einen Scherz klingen zu lassen, aber Belas Miene wurde sofort entsetzt.

»Ach nee.« Er betrachtete abermals das Plakat, auf dem zentral ein dunkler Scherenschnitt von vier Köpfen abgebildet war. »Welcher ist es?«

Ich lehnte mich gegen die Theke. »Du hast die Voodoo-Puppe gesehen. Was denkst du?« Es war offensichtlich, da Levi der Einzige war, dessen wilde Locken selbst in einem abstrakten Schwarz-Weiß-Bild zu erkennen waren.

Bela pfiff durch die Zähne. »Dein Ex ist also der Frontsänger von *No More You*. Wieso hast du das nie erwähnt?«

Ich hob die Schultern und schob ihm den durchgelaufenen Espresso zu. »Weil es eine Tatsache ist, die ich gerne verdrängen würde. Ich meine, ich freue mich, dass sie langsam Fuß fassen, ehrlich, aber ... es nervt auch irgendwie, ständig daran erinnert zu werden, dass mein Ex-Freund jemand ist, den man kennt. Eigentlich versuche ich nämlich gerade, ihn zu vergessen.« Grimmig starrte ich auf das Profil mit den Locken, denen ich leider ansah, dass sie weich und golden waren.

»Das verstehe ich ziemlich gut«, meinte Bela und lächelte mich schwach an. Erneut fiel mir das Trübe auf, das in solchen Momenten in seinem Blick schwamm. Bela war einer der ausgeglichensten Menschen, die ich kannte, aber in den stillen Augenblicken bemerkte ich trotzdem, dass er litt. Bisher hatte ich es nicht angesprochen, weil ich wusste, wie nervig es war, auf einen Schmerz hingewiesen zu werden, den man doch eh permanent spürte. Jetzt sah ich ihn unsicher an. »Willst du darüber reden?«

»Worüber?«

Ich lächelte und legte einen zweiten Keks auf seine Untertasse. »Über den Grund, warum du manchmal so traurig auf dein Handy siehst, und aus dem du kein Interesse zu haben scheinst, jemanden kennenzulernen. Ich bin mir sicher, der Grund hat einen Namen.«

Bela blinzelte mehrmals, als wäre es ihm unangenehm, dass ich all das bemerkt hatte. Dann seufzte er und schob sich einen der Amaretti zwischen die Lippen. »Mila«, sagte er mit vollem Mund. Ich hörte trotzdem, wie weich er den Namen aussprach. Als wäre er eine zerbrechliche Kostbarkeit.

»Deine Ex-Freundin?«, tastete ich mich weiter.

»Ja. Wir waren ein Jahr zusammen. Aber wir haben uns schon vor sechs

Monaten getrennt, also sollte ich dem allgemeinen Liebeskummer-Konsens nach darüber hinweg sein.«

»Der Konsens ist für die Tonne.« Das war etwas, das ich nicht nur glaubte, sondern auch hoffte. Andernfalls würde Levi die nächsten zwei Jahre an meinem Herzknochen nagen.

Er lachte auf. »Du sagst es.«

»Was ist passiert?«

Bela zögerte und fuhr mit der Fingerkuppe über den Krümelsee in seiner Untertasse. Als er sprach, klang seine Stimme ungewohnt belegt. »Sie wollte Schauspielerin werden. Und hat ein Rollenangebot bekommen. Also ist sie weggezogen. Und das war's dann.«

Ich ahnte, dass es nicht so simpel war, aber verzichtete darauf, nachzuhaken. Manche Geschichten musste man freiwillig erzählen. Stück für Stück. Stattdessen legte ich einen dritten Keks auf seine Untertasse. »Ich werde ihre Filme boykottieren, wenn du magst.«

»Und ich seine Musik.« Er grinste und blickte abermals auf das Poster. »Aber das Logo ist nicht schlecht. Man erkennt die Silhouetten der Typen auf Anhieb, das ist irre.«

Mein Lächeln wurde schlagartig breiter und echter. »Vielen Dank.«

»Du hast das entworfen?«, fragte er interessiert und ging einen Schritt näher darauf zu.

»Ich habe es gezeichnet, ja. Ich habe fast meine gesamte Jugend damit verbracht, ihnen bei den Proben zuzuhören oder ihre Auftritte zu besuchen. Da hatte ich eine Menge Zeit zum Zeichnen. Ich habe etliche Skizzenblöcke, in denen nur Bilder von ihnen sind.«

Bei der Erinnerung an all die Stunden, die ich auf dem abgewetzten Sofa in Mos Garage saß und ihnen beim Leuchten zusah, wurden meine Mundwinkel schwerer.

»Früher habe ich mir immer vorgestellt, dass ich sie verkaufe, wenn die vier berühmt sind. Du weißt schon: *No More You. Die Anfänge in kohleverschmierten Skizzen.*« Kopfschüttelnd stützte ich die Ellenbogen auf der Theke ab. »Jetzt versauern sie in einem der Kartons, die ich immer noch nicht ausgepackt habe.« Gemeinsam mit all meinen anderen kindischen Träumen aus dieser Zeit.

Bela tätschelte meinen Kopf. »Dafür habe ich gesehen, dass du es endlich geschafft hast, dir ein Bettgestell zu besorgen«, meinte er aufmunternd. »Sieht gut aus.«

Ich stieß mich vom Tresen ab, griff nach einem Lappen. Mittlerweile verstand ich, warum Bela im Katergold immer etwas tun musste, auch wenn noch nichts los war. Es fühlte sich falsch an, während der Arbeit nichts zu machen. »Find ich auch. Und da er dir versprochen hat, nett zu mir zu sein, muss ich mich dafür vermutlich auch bei dir bedanken.«

»Wovon sprichst du?«

»Die Paletten«, erklärte ich und hielt in meiner Bewegung inne. »Fin hat sie mir besorgt. Ich dachte, das weißt du.«

Bela schüttelte langsam den Kopf. »Nein.«

Das war seltsam. Ich wusste zwar, dass Fin in meiner Gegenwart nicht allzu gesprächig war, aber ich hätte gedacht, mit Bela redete er über so etwas. Vermutlich war das nur ein weiteres Zeichen dafür, wie bedeutungslos dieser Ausflug für ihn gewesen war.

Ich drängte die aufsteigende Verlegenheit beiseite und räusperte mich. »Na ja, so wichtig ist das auch nicht. Er hat mich letztens mit zu sich genommen und dann zu dem Baumarkt um die Ecke geschleift. Da waren Lieferpaletten, die laut Fin keine Verwendung mehr finden, weswegen es vertretbar wäre, sie mitzunehmen. Ich zweifle ein wenig daran und vermutlich bin ich jetzt eine Komplizin in einem Strafdelikt, aber angesichts der Tatsache, wie sehr sich mein Rücken darüber freut, kann ich damit leben.« Ich lächelte ihn verschwörerisch an. Erst da bemerkte ich seinen fassungslosen Gesichtsausdruck.

»Du warst bei ihm?«

»Äh … ja, aber nur kurz. Und auch nur draußen, nicht im Haus. Allzu viel zu sehen gibt es da ja nicht. Einen so bedrückenden Garten habe ich noch nie gesehen. Nur weil er Schwarz trägt, muss das sein Garten doch nicht auch – warum starrst du mich so finster an?«

»Fin hat eigentlich nicht gern Besuch«, gab er gedehnt zu.

»Aber ihr seid doch bestimmt manchmal bei ihm, oder? Ihr gluckt doch ständig aufeinander.«

Bela starrte auf die dunkle Oberfläche des Espressos, Sorgenfältchen hatten sich in seine Stirn gegraben. »Selten. Er steht nicht so drauf, wenn Leute bei ihm sind. Ich glaube, außer Adam und mir weiß niemand, wo genau er überhaupt wohnt.«

Das überraschte mich nicht, machte unseren Ausflug aber noch seltsamer. Ein Teil von mir hatte allmählich den Gedanken zugelassen, dass Fin tatsächlich nur nett sein wollte, aber nach Belas Worten kam mir diese Möglichkeit wieder absurd vor. Womöglich war es doch wahrscheinlicher, dass Fin mir die Holzgestelle nur besorgt hatte, um Termiten in mein Zimmer zu schmuggeln. »Vermutlich hatte er einfach keine Lust, die Paletten alleine zu holen.«

»Hm.« Bela wandte sich von mir ab und trank seinen Espresso in einem Zug aus. Sein Schweigen sagte das, was ich selbst dachte: Fin wirkte nicht wie jemand, der ein Problem damit hatte, allein zu sein.

***

Ich saß auf meinem Bett und starrte seit fünf Minuten auf mein geschlossenes Skizzenbuch. Es war später Nachmittag und die Abendsonne warf orangefarbene Kleckse auf den nachtblauen Einband und zeichnete die sanften Rillen nach, die das ständige Auf- und Zuklappen in das Leder gegraben hatte. Wenn Malen wie Fotografieren mit dem Herzen war, dann war dieses Buch ein Album der Momente, die ich einmal am meisten geliebt hatte. Jetzt war schon die Erinnerung daran schwer zu ertragen. Kurz schloss ich die Augen, dann gab ich mir einen Ruck und öffnete das Buch.

Und da war es. Levis Gesicht, dessen Anblick selbst als Kohleskizze in mein Herz stach. Behutsam strich ich mit der Fingerspitze über seine markante Kinnlinie. Sie verwischte schwach unter der Berührung. Während ich den schwarzen Kohleschleier an meiner Kuppe betrachtete, fragte ich mich, ob Levis Bild eines Tages auch in meiner Erinnerung so verschwimmen würde. Ob ich mich irgendwann nicht mehr an seine Details erinnern würde. An seine Grübchen. Den Kissenabdruck, den er nach dem Aufstehen hatte.

Die Art, wie seine Bernsteinaugen strahlten, wenn er einen Einfall hatte. Die feinen Sommersprossen auf seinem Nasenrücken, die er nicht mochte und ich so liebte. Ich fragte mich, ob man einen Anblick vergessen konnte, der sich jahrelang jeden Tag aufs Neue ins Herz gebrannt hatte. Ich spürte, wie sich erneut der unheilvolle Druck hinter meinen Augen aufbaute, aber bevor ich mich dem hingeben konnte, wurde die Tür aufgerissen.

Erschrocken fuhr ich hoch und starrte in ein Gesicht, das ich nie zuvor gesehen hatte. Ein Typ mit aschblondem Man-Bun lehnte sich breit grinsend in mein Zimmer hinein.

»Ähm, hi?« Unsicher sah ich von ihm hin zu Bela, der in seinem Rücken auftauchte und mir ein entschuldigendes Lächeln zuwarf.

»Du bist also die sagenumwobene Elfe.« Mit zwei Schritten war der Fremde in meinem Zimmer und sah interessiert auf mich hinab. Umständlich rappelte ich mich auf und zog das Shirt zurecht. Mir war nicht entgangen, dass er mich intensiv musterte. Zu intensiv für meinen Geschmack.

»Eigentlich heiße ich Effi«, gab ich zurück und legte den Kopf in den Nacken, um besser zu ihm aufsehen zu können. Er war groß und schlaksig und alles an ihm schien in Bewegung. Seine Arme baumelten an seinem Körper, seine Augenbrauen, Wimpernfächer und Nasenflügel flackerten. Es machte mich bereits nach dreißig Sekunden kirre, ihn zu fokussieren.

»Papperlapapp. Du siehst aus wie eine Elfe.«

»Ich habe spitze Ohren?«

Er lachte und entblößte dabei ziemlich schöne weiße Zähne. Hundertprozentig hatte er einen Zahnarzt in der Familie. So ein Gebiss hatte nur jemand, der regelmäßig zur Prophylaxe ging.

»Du hast ein Gesicht, für das ich in jeden noch so finsteren Märchenwald spazieren würde.« Er zwinkerte mir zu und fing sich dafür einen Schlag auf den Hinterkopf von Bela ein. Ich hatte nicht einmal mitbekommen, dass er ebenfalls hereingekommen war.

»Adam«, sagte er streng.

Adam seufzte und stieß seinen Freund in die Seite. »Ist ja gut. Spaßbremse.« Im nächsten Moment war er vor mir in die Hocke gegangen und sah mir direkt ins Gesicht. So, wie man es vor kleinen Kindern oder Hunden tat. »Uns verbindet was, weißt du?«

Belustigt legte ich den Kopf schief. »Und das wäre?«

»Unser Groll auf diesen Verräter.« Er machte eine Geste hinter sich, wo Bela an einem der Dachbalken lehnte und uns skeptisch beobachtete. »Seit Wochen hat er uns einander vorenthalten. Wir könnten längst die besten Freunde sein.«

»Ich wollte sie möglichst lange vor dir schützen. Angesichts dieses Auftritts kannst du mir das wohl kaum verdenken«, erwiderte Bela ohne den Hauch eines schlechten Gewissens.

Adam rümpfte die Nase. »Du hast ihr Fin vorgestellt. Und wir wissen beide, dass ich die besseren Manieren habe. Also bitte, spar dir diese faulen Ausreden.«

Noch immer hockte er vor mir, aber selbst in dieser Position schaffte er es, auf den Zehenspitzen auf und ab zu wippen. Es sah so schräg aus, dass er mir schlagartig sympathisch wurde. Selbst wenn es mir ein bisschen unheimlich war, wie nah er meinem Gesicht kam.

»Ich bin in jedem Fall hocherfreut«, meinte ich. »Ich habe viel von dir gehört.«

»Das will ich doch hoffen. In den letzten zwei Jahrzehnten habe ich alles getan, um erinnerungswürdige Geschichten für meine Freunde zu bieten. Auch wenn sie es mir selten gebührend danken.« Er zwinkerte mir abermals zu, dann erhob er sich mit einem Ächzen und hielt mir auffordernd die Hand hin. »Legen wir los.«

Irritiert sah ich auf seine wackelnden Finger. »Womit?«

»Na, damit, diesen Abend ebenfalls erinnerungswürdig zu machen.«

»Adam«, warf Bela ein, aber der schüttelte den Kopf.

»Nichts da. Sie wohnt seit drei Wochen hier und abgesehen davon, dass du ihr einen deiner besten Freunde nicht einmal vorgestellt hast, hast du sie auch nicht gebührend willkommen geheißen!«

»Eigentlich würde ich das«, setzte ich an, doch auch mich würgte er ab.

»Schon gut. Du musst ihn nicht in Schutz nehmen. Die Wahrheit zu sagen ist kein Kündigungsgrund. Er hätte dir verdammt noch mal eine Willkommensparty schmeißen müssen.«

Abwehrend hob ich die Hände. »Oh, das ist …«

»Siehst du, Bela? Sieh dir die kindliche Freude in ihren Augen an. Das machen wir jetzt!« Er lief zurück zur Tür, nicht ohne Bela auf die Schulter zu boxen. Noch während er mein Zimmer verließ, hatte er sich sein Handy gegen das Ohr gepresst. »Fin, Alter, ich brauche dein Auto und deine Armmuskeln. Wir kaufen Alkohol. Und ruf die anderen an, wir haben zu feiern«, hörte ich seine Stimme durch die Wohnung wehen, ehe er sie mit knallender Tür verließ.

Ich sah mit leicht geöffnetem Mund zu Bela, der noch immer mit verschränkten Armen am Holzbalken lehnte. Als er meinen Blick bemerkte, hob er resigniert die Schultern.

»Tut mir leid, aber da kann ich nichts machen. Sich gegen Adams Ideen zu wehren, ist so, als würde man eine Naturgewalt bekämpfen. Kräftezehrend und sinnlos.«

Mein Lächeln war echt, als ich das Skizzenbuch mit einem entschiedenen Ruck zuklappte. Vielleicht hatte Adam recht. Freitagabende waren nicht dafür gemacht, um in Erinnerungen zu schwelgen, sondern dafür, neue zu schaffen. »Na dann. Fügen wir uns Hurrikan Adam und schmeißen eine Party.«

Kapitel 7

Die Partyvorbereitung im Hause Lindner/Malve verlief ziemlich unspektakulär. Bela staubsaugte das Wohnzimmer und holte ein paar Klappstühle aus dem Keller, ich putzte das Bad und zog mir ein blaues Kleid mit orangefarbenen Punkten über. Meine allererste WG-Party schrie nach einem Komplementärkontrast.

Adam und Fin schleppten etliche Getränkekisten an. Anscheinend hatte auch Fin sich widerstandslos dem Unternehmensdrang seines Freundes unterworfen. Er wirkte nicht einmal genervt, als er mehrmals das Treppenhaus hoch- und runterlief.

Ich lächelte ihm freundlich zu, aber er sah mich nur kurz an. So ausdruckslos, dass ich daran zweifelte, dass unser Ausflug vor ein paar Tagen tatsächlich stattgefunden hatte. Auch danach würdigte er mich weder eines Blickes noch eines Wortes. Es hätte mir egal sein können, aber es frustrierte mich trotzdem. Ich hatte nicht geglaubt, dass uns dieser eine Nachmittag zu Freunden gemacht hatte – immerhin hatte er deutlich kommuniziert, dass dem nicht so war. Aber ich hatte mir gewünscht, dass er sich ein bisschen mehr Mühe geben würde, mich nicht wie einen Parasiten zu behandeln. Vielleicht hatte ich auch einfach gehofft, dass ihm das leichter fallen würde, wenn er bemerkt hatte, dass ich nicht nur furchtbar war. Anscheinend hatte ein gemeinsamer Nachmittag ihn davon aber nicht überzeugen können.

Es war nach acht, als Bela und ich in der Küche standen und Mojitos mischten.

»Asta kommt erst später«, meinte ich, während ich ihre Nachricht überflog. Dann legte ich das Handy auf die Spüle und nahm ein paar leere Marmeladengläser aus dem Regal. Da ich keinerlei Geschirr zum Haushalt beigesteuert hatte, mussten wir uns mit Belas zufriedengeben.

Auf einen Abend mit mehr als zehn Gästen war dieses definitiv nicht ausgerichtet.

»Sicher, dass du nicht noch jemanden einladen magst?«

»Nein danke.«

»Du könntest ein paar Leute aus der Uni fragen. Manchmal muss man Menschen die Chance geben, von Bekannten zu Freunden zu werden.« Bela langte nach der Rumflasche aus dem Regal über uns.

»Ich bin aber eigentlich ganz zufrieden mit meiner aktuellen Freundschaftsbilanz. Immerhin habe ich in dieser Stadt zwei wundervolle Menschen um mich, die ich als Freunde bezeichnen kann. Und bevor du fragst«, ich neigte mich etwas zu ihm hinüber, »ja, einer davon bist du.«

Bela grinste und kippte großzügig Rum in die aufgereihten Gläser vor ihm. Im nächsten Moment legte sich ein Arm um meine Schulter.

»Das können wir dennoch schnell ändern, Elfe.« Adam lächelte auf mich hinab, während seine Finger mit dem Träger meines Kleides spielten.

Mir entging nicht, dass sein Blick dabei beiläufig mein Dekolleté streifte. Meine Figur war schon immer recht kurvig gewesen, und wenn ich zunahm, dann zuerst an den Brüsten. Eine Tatsache, um die mich viele Frauen beneideten, die aber auch dazu führte, dass Kleidung mit Ausschnitt häufig Aufmerksamkeit anzog. So wie jetzt. Ich glaubte nicht, dass Adam das mit Absicht machte, es wirkte eher so, als wäre es ein Automatismus. Räuspernd zog ich mein Kleid höher. »Freunde gucken einander in die Augen, mein Guter.«

Adam blinzelte wenig schuldbewusst auf mich hinab. »Zum Glück hast du so wundervolle Augen«, erwiderte er charmant. »Und dann auch noch so ein seltenes Silbergrau. Als würde man vor einem endlos tiefen See stehen.«

»Ist klar.« Ich tätschelte seine Hand. Bei jedem anderen hätte ich seinen Arm längst entfernt, aber seine Nähe störte mich nicht. Die Art, wie er mich ansah, hatte nichts Anzügliches. Eher etwas Schelmisches, das ich unmöglich ernst nehmen konnte.

»Versuchst du es schon wieder?«, fragte eine Stimme von der Küchentür und kurz darauf setzte Fin sich an den Tisch. Heute trug er die Mütze mit Fischgrätenmuster.

Adam erwiderte seinen Blick ohne einen Hauch Schuldbewusstsein. Stattdessen fasste er sich in ausufernder Geste ans Herz. »Für wen hältst du mich? Ich bin ein Ehrenmann und halte mich an meine Versprechen.«

»Versprechen?«, fragte ich interessiert.

Adam nickte. »Wir mussten Bela versprechen, die Finger von seiner nächsten Mitbewohnerin zu lassen.« Er lehnte sich mit ernstem Gesichtsausdruck zu mir hinunter. »Du weißt schon – mit Blutsschwur, geopfertem Lamm und mitternächtlichen Lagerfeuertänzen.«

Bela warf schwungvoll die Zitronenschnitze in die Gläser. »Tatsächlich habe ich euch lediglich darum gebeten, einmal daran zu denken, dass ihr meine besten Freunde seid.«

»Und das tun wir«, stimmte Adam zu und streichelte meine Schulter, ehe er mich losließ. »In diesem Sinne: Es tut mir leid, das zu sagen, aber, Effi, du musst dir das mit uns beiden aus dem Kopf schlagen.«

»Ich«, setzte ich an, doch Adam fiel mir erneut ins Wort. »Ich weiß, ich weiß. Dein Schmerz ist mein Schmerz, Elfe. Aber solltest du jemals ausziehen und bestenfalls auch noch die Stadt verlassen, kannst du mich jederzeit anrufen. Ich könnte dir ein Dutzend Gründe aufzählen, warum es das definitiv wert wäre.« Er holte tief Luft, als wollte er direkt damit anfangen, doch weiter kam er nicht.

»Adam«, sagten gleich zwei Stimmen entschieden. Belas genervt, Fins ... warnend.

Ich hielt mich davon ab, zu ihm zu sehen, und ging stattdessen zur Fensterbank, um ein paar Minz-Blätter aus dem Kräutertöpfchen zu pflücken. »Das bedeutet also, dass ihr es bei der vorherigen Mitbewohnerin nicht hinbekommen habt, euch fernzuhalten?«

»Bei der davor und der davor und der davor ...« Bela ließ das Satzende vielsagend in der Luft hängen.

Adam hob die Hände und ließ sich auf den Stuhl gegenüber von Fin sinken. »Ich habe es versucht. Das mit Anabel war nicht mein Fehler. Ich wasche meine Hände in Unschuld!«

Bela seufzte. »Da brauchst du eine Menge Seife. Wir wissen alle, dass du nicht die Finger von ihr gelassen hast, weil du es nicht wolltest, sondern lediglich, weil jemand schneller war als du.«

Mein Blick huschte zu Fin. Sie mussten es nicht sagen, ich wusste instinktiv, dass von ihm die Rede war.

Adam hatte wohl gemerkt, dass ich eins und ein zusammengezählt hatte, und lachte. »Sie ist erst so kurz hier und kennt dich schon ziemlich gut, was?«

»Manche Dinge sind offensichtlich.« Mit den Händen voll mit Minze ging ich zurück zu Bela.

»Dass man mit mir Sex haben möchte?«, riet Fin, ohne mit der Wimper zu zucken.

Meine Wangen brannten, aber ich zwang mich, ihn gelassen anzusehen. »Dass es dir egal ist, mit dem, was du tust, Chaos auszulösen.«

Seine Augenbrauen wanderten höher, gleichzeitig spannte sich seine Kiefermuskulatur an. »Diese Aussage aus deinem Mund ist ein bisschen ironisch, meinst du nicht?«

Mir war klar, worauf er anspielte. Auf meine impulsive und dämliche Entscheidung, ihn zu küssen, ohne ihn zu kennen. Allerdings war das einzige Chaos, das ich ausgelöst hatte, jenes in meinem Inneren gewesen. Nichts, was Fin anklagen durfte. Ich zerdrückte die Minze zwischen meinen Fingern, während ich deutlich spürte, dass uns Adam und Bela beobachteten. »Ich glaube nicht, dass irgendeine meiner Handlungen etwas ausgelöst hat, unter dem du zu leiden hast.«

Fin sah mich an und schwieg. Drei, vier Sekunden lang, dann wandte er sich an Adam. »Außerdem hast du die Sache mit Eva vermasselt. Und die war – laut Belas Abschlussschimpftirade – eine deutlich angenehmere Mitbewohnerin als Anabel mit ihrer Zuckerwattemusik und den Haaren, die ständig den Abfluss verstopft haben.«

»Eva.« Adam seufzte gedehnt und fasste sich ans Herz. »Dafür konnte ich nichts. Das war Fügung. Die Bibel hat unsere Verbindung vorhergesagt.«

»Deswegen hast du sie nach dem Sex auch nie wieder angerufen und stattdessen ihre beste Freundin angemacht«, meinte Bela zynisch und schob mich sanft zur Seite, um zum Regal zu kommen.

Hin- und hergerissen zwischen Belustigung und Skepsis schüttelte ich den Kopf und wandte mich an Bela, der großzügig braunen Zucker in die Gläser kippte. »Du hättest dir doch einen Mitbewohner suchen können.«

»Zum einen hätte das Adam nicht eingeschränkt«, setzte Bela an und Adam hob grinsend die Hände.

»Liebe ist Liebe, Mann.«

»Und zum anderen«, fuhr Bela fort, »komme ich mit Frauen in der Wohnung besser klar. Das Aufwachsen mit einer alleinerziehenden Mutter und drei Schwestern hat mich gebrandmarkt.«

»Deine entzückenden Schwestern könnten eigentlich auch mal wieder zu Besuch kommen.« Adams Grinsen war so vielsagend, dass Belas Miene sich schlagartig verfinsterte.

Ich räusperte mich. »Tja, ich bin euch irgendwie dankbar.«

Fin legte den Kopf leicht zur Seite. Die Mütze war tief in den Nacken gezogen und zeigte den Ansatz seines kurz rasierten dunklen Haars. »Inwiefern das?«

»Wenn ich das richtig verstehe, hätte ich dieses Zimmer nicht, wenn ihr nicht nach und nach alle meine Vorgängerinnen vergrault hättet.«

Adam schlug auf den Tisch. »Du cleveres, wunderbares Mädchen.« Mit einem strahlenden Lächeln wandte er sich an Bela. »Siehst du? Ich habe dir immer gesagt, dass das für irgendetwas gut sein wird!«

Ich grinste halbherzig und lehnte mich mit dem Rücken gegen die Spüle. »Ich schätze, im Gegenzug muss ich hinnehmen, dass ihr alle Sex in meinem Zimmer hattet, richtig?«

»Alle bis auf du, wie es aussieht«, stellte Fin feinfühlig fest.

Adam blinzelte zu mir auf. »Ich würde dir liebend gern meine Hilfe dabei anbieten, diesen Umstand zu ändern, aber ich glaube, dann bringt mich Bela um.«

»Korrekt«, erwiderte dieser ungerührt und tippte auf meine verkrampften Finger. »Magst du die Minze weiter mit den Händen zerquetschen oder wollen wir dafür doch den Mörser nutzen?«

Mit warmen Wangen drehte ich mich um und half ihm dabei, die Drinks fertig zu machen. Als wir schließlich alle ein Cocktailglas vor uns stehen hatten, war es schon recht voll in der Wohnung. Vom Wohnzimmer her drang gelegentlich das Summen der Klingel und der Geräuschpegel stieg an. Ich fragte mich, ob es mich beunruhigen sollte, dass Bela sich nie die Mühe machte, selbst aufzumachen. Woher er dieses Urvertrauen nahm, dass keine wildfremden Leute reinkamen, war mir schleierhaft. Aber da ich sowieso keinen der Gäste kannte, konnte ich kaum helfen. Meine Lust, daran etwas zu ändern, hielt sich in Grenzen, deswegen blieb ich in der Küche. Bela verschwand ab und zu im Wohnzimmer, um die Neuankömmlinge zu begrüßen, Adam und Fin blieben am Tisch sitzen. Ich hörte amüsiert Adams Alltagsanekdoten zu und trank den viel zu starken Cocktail vor mir.

Er steckte gerade in einer absurden Erzählung über seine Architektur-Dozentin, die angeblich mit ihm flirtete, als Bela mit zwei Mädchen in die Küche kam. Die Art Mädchen, die ich schon zu Schulzeiten beneidet hatte, weil sie eine tief verankerte Selbstsicherheit im Umgang mit sich selbst und der Welt ausstrahlten. Ihre Bewegungen wirkten so gelassen, als wären sie auf Partys wie diesen zu Hause. Ihr Anblick reichte aus, dass ich mich sofort unsicher und kindlich fühlte.

»Bier, ja?«, fragte Bela und ging zum Kühlschrank.

Eine der beiden nickte, ehe ihr Blick zum Tisch schweifte und an Fin hängen blieb. Innerhalb von Sekunden bekam ihre Selbstsicherheit einen leichten Knacks. Vorteilhafte Farbe kletterte auf ihre Wangen. »Hey, Fin.«

Sie lächelte halbherzig zu ihm hinüber und zupfte am Saum ihres Kleides herum. Es war sonnengelb, aber sie wirkte gar nicht optimistisch. Eher nervös. Mich überkam eine Welle des Mitgefühls. Der Wunsch, von ihm gesehen – richtig gesehen – zu werden, wummerte so laut in der Luft um uns herum, dass ich mir am liebsten die Ohren zugehalten hätte.

Fin musterte sie beiläufig und nickte ihr zu. »Vio.« Mehr sagte er nicht, aber allein dieser Kosename reichte aus, sie stärker erröten zu lassen.

»Hier, Viola«, meinte ihre Freundin und gab ein Bier an sie weiter. Dem Blick zufolge, den sie Fin dabei zuwarf, hätte sie es ihm lieber über den Kopf geschlagen.

»Ingrid, du Schönheit«, schaltete Adam sich mit einem einladenden Lächeln ein. »Dich habe ich eine Ewigkeit nicht gesehen.«

Ingrid sah ihn nicht einmal an, sie hakte sich bei ihrer Freundin unter und lächelte dem schweigsamen Bela zu. »Wir sagen mal den anderen Hallo.«

Kaum dass sie den Raum verlassen hatte, stöhnte Fin auf und verschränkte die Hände hinter dem Kopf. »Du hast Viola eingeladen?«, fragte er anklagend in Belas Richtung.

Der zuckte mit den Schultern. »Ich habe dir gesagt, dass ich meinen Freundeskreis nicht weiter reduzieren werde, nur weil du dich nicht im Griff hast.«

Fin schüttelte den Kopf. »Das ist grausam, Mann.«

Bela öffnete ein Bier an der Spülkante und reichte es seinem Freund. Die Jungs hatten ihre Cocktails längst ausgetrunken. Im Gegensatz zu mir schienen sie davon nichts zu bemerken. Meine Wahrnehmung war schon um einiges weicher geworden.

»Sie hat ihren Freund für dich verlassen und du ignorierst seit Wochen ihre Anrufe. Findest du das nicht eher grausam?«

Fin zuckte mit den Schultern. »Ich habe ihr nie gesagt, dass sie ihren Freund verlassen soll.«

»Komm schon, Fin«, sagte Bela müde und nahm sich selbst auch ein Bier.

Ich erstarrte. Zwei, drei Sekunden nur, dann stocherte ich mit Hingabe auf die Zitronen in meinem Drink ein. »Du hast mit einer Frau geschlafen, die in einer Beziehung war?«

»Offensichtlich war sie in dieser nicht allzu glücklich. Ansonsten hätte sie nicht nur zwei Drinks gebraucht, um mit zu mir zu gehen.« Seine offen ausgelebte Gleichgültigkeit sorgte dafür, dass ich die Zähne fest zusammenbiss.

»Beziehungsweise zu mir«, warf Adam ein. »Ich versuche immer noch, diese einprägsamen Geräusche zu vergessen. Für so ein zartes Ding war sie wirklich laut.«

Mein Herz stampfte, ich konnte spüren, wie Hitze in mein Gesicht kroch. Entschieden presste ich auch noch die Lippen aufeinander, um keines der Worte herauszulassen, die sich dahinter zusammenschoben.

Fin musterte mich aufmerksam. »Bist du sauer?«

»Es geht mich nichts an, was du tust«, erwiderte ich tonlos. Dem Frieden zuliebe hoffte ich, dass er es darauf beruhen ließ. Was er natürlich nicht tat.

»So siehst du aber gar nicht aus.«

»Fin«, ging Bela leise dazwischen, aber dieser hob eine Hand, ohne den Blick von mir abzuwenden. Ich spürte ihn wie eine drückende Decke auf meinem Gesicht.

»Nein. Das interessiert mich.« Er klang herausfordernd, fast schon provozierend. Als wollte er unbedingt, dass ich wütend wurde.

Einen Moment lang zögerte ich, doch der Alkohol hatte sich auf meine Zunge gelegt und lockerte sie. Schulterzuckend zermatschte ich den nächsten Zitronenschnitz am Grund meines Glases. »Ich frage mich nur, wie du so tun kannst, als wäre das völlig okay. Zum Fremdgehen gehören immer zwei.«

»Sofern du keiner dieser Menschen bist, die Selbstbefriedung als Betrug ansehen, würde ich dir da sogar zustimmen.«

Ich kniff die Augen zusammen und versuchte das Kribbeln der Wut in mir kleinzuhalten, ohne vom Zitronenfruchtfleischmassaker abzulassen. »Also räumst du ein, dass du auch Schuld daran trägst, dass sie ihren Freund betrogen hat?«

Aus dem Augenwinkel sah ich, wie er den Kopf wog. »Vielleicht. Viel interessanter finde ich aber die Frage, wie man sich wochenlang betrügen lassen kann, ohne es zu bemerken.«

Seine Worte ließen mich erstarren. In Zeitlupe hob ich das Kinn, nahm nur vage Belas und Adams kurzen Blickaustausch wahr. Alles um mich herum verschwamm, einzig allein Fins Gesicht blieb scharf.

»Was soll das bedeuten?«, fragte ich mit schneidender Stimme. »Dass ich selbst schuld bin, dass er mich betrogen hat?«

»Ich wusste gar nicht, dass wir jetzt über dich sprechen.«

Das Funkeln in seinen Augen machte deutlich, dass das nicht stimmte. Er ruderte dennoch nicht zurück, er hob nur leicht die Schultern. »Um das zu beurteilen, weiß ich zu wenig über eure Beziehung. Allerdings denke ich schon, dass jemand, der wochenlang nicht bemerkt, wie er betrogen wird, sich dazu entschieden hat, es nicht zu bemerken.«

»Wie bitte?« Meine Stimme brach. Ich wünschte mir, er würde aufhören zu reden. Ich wollte das nicht hören.

Aber Fin fuhr ungerührt fort. »Ich meine, es gab doch sicher Anzeichen? Anrufe, die er weggedrückt hat? Nachrichten mitten in der Nacht, die er vor dir nicht lesen wollte? Treffen, die auf einmal sehr viel öfter und länger vorkamen? Fremdes Parfum an seinen Klamotten? Nein?« Er musterte mein erstarrtes Gesicht und nickte. Seine Mimik wirkte nicht triumphierend, doch so, als fühlte er sich bestätigt. »Na siehst du.«

Ich brauchte einen Moment, ehe ich es schaffte, den Kloß in meinem Hals hinunterzuschlucken. »Interessant, wie gut du dich damit auskennst. Aber du solltest dir nicht einreden, dass irgendetwas davon es besser macht, jemanden zu betrügen. Ganz egal, auf welcher Seite du dabei stehst. Und ganz sicher kannst du die Schuld daran nicht an den Betrogenen abgeben. Das ist deine verdammte Entscheidung, kein zufälliges Ausrutschen. Und es gibt absolut nichts, was das rechtfertigt, klar?«

»Sie hat recht, Fin«, warf Bela gedämpft ein. »Und das weißt du auch.«

Fin seufzte leise. Selbst dieser Ton wirkte durch und durch herablassend und entfachte einen neuen Schwall Hitze in meinem Nacken. »So meinte ich das doch auch gar nicht. Ich wollte nicht sagen, dass du schuld bist, Effi. Ich wollte nur sagen, dass dir ein bisschen weniger Naivität ganz guttun würde.«

Für den Bruchteil eines Moments hatte ich nur einen Gedanken: Er hatte recht. Es hatte Anzeichen gegeben. Keine, die ich damals als solche bemerkt hätte, aber solche, die ich jetzt erkannte. Hätte ich sie früher wahrgenommen, hätte ich womöglich anders davon erfahren. Vielleicht hätte es das einfacher gemacht. Und doch … wäre es nicht besser gewesen. Nicht für mich. Nicht für das Ich, das ich sein wollte.

Mit einem entschiedenen Knall stellte ich mein Glas zurück auf den Tisch und beugte mich zu Fin vor. »Weißt du was? Ich will überhaupt nicht weniger naiv sein. Wenn ich mit jemandem zusammen bin, dann will ich bedingungslos vertrauen. Ich will nicht misstrauisch sein und hinter jedem Anruf, hinter jedem längeren Wegbleiben einen Betrug wittern. Du kannst in allem das

Schlechte sehen, wenn du willst, aber dann musst du dich nicht wundern, wenn sich nie etwas wirklich gut anfühlt.«

Fin blinzelte nicht einmal, er erwiderte nur schweigend meinen stechenden Blick. Dunkel, drückend und seltsam aufgeladen. Langsam fühlte ich, wie die Wut meine Wirbelsäule hinabrann. Ich wischte mir über die Augen und starrte wieder in meinen Massaker-Drink.

Kurz war es still in der Küche, dann pfiff Adam durch die Zähne. »Temperament und schöne Augen. Herausragender Fang, Bela. Halt sie bloß fest.«

Bela bedachte mich mit einem stolzen Blick. »Hab ich vor.« Er zog mich sacht am Zopf. »Noch einen Cocktail?«

Ich nickte und erhob mich mit zittrigen Knien. Während Bela mir einen neuen Drink mischte, machte ich mich daran, mehr Knabberzeug-Tüten aufzureißen und umzufüllen. Mein Herzschlag war noch immer unregelmäßig, aber ich bemühte mich darum, das Prickeln in mir herunterzufahren.

Ich hasste es, laut zu werden. Aber obwohl ich mir wünschte, es wäre nicht nötig gewesen, hätte ich jedes Wort erneut gesagt. Zur Not auch noch dreimal lauter. Was Fin gerade behauptet hatte, war so was von nicht fair. Natürlich war es einfacher, die eigene Schuld auf andere Menschen umzuverteilen, aber ich würde mir von niemandem einreden lassen, dass es mein Fehler war, was passiert war.

Ich wusste es besser. Und genau deswegen sollten mir die Worte dieses x-beliebigen Typens egal sein. So egal, wie es mir auch sein sollte, dass er im Grunde dasselbe getan hatte wie die Barista, die wochenlang bereitwillig mit meinem Freund geschlafen hatte. Das Problem war nur, dass es mir eben nicht egal war. Und was noch viel schlimmer war: Das, was ich fühlte, war nicht nur Wut. Es war auch Enttäuschung. Ich wollte gern denken, dass Fin mir völlig unwichtig war, aber das stimmte offensichtlich nicht. Sonst würde es mich nicht so stören, etwas an ihm zu entdecken, das mir nicht gefiel.

Ich drängte mich gegen die Hitze meiner Gedanken und bemühte mich um einen freundlichen Blick, als ich mich kurz darauf zum Esstisch umdrehte. In der Hand hielt ich eine Tüte Salzbrezeln, die andere streckte ich nach einer der Schüssel auf der Holzplatte aus.

»Kannst du mir mal bitte die rote Schüssel geben?«, fragte ich an Fin gerichtet.

Ohne hinzusehen, griff er nach einer und hielt sie mir kommentarlos hin. Genervt registrierte ich das blaue Porzellan. *Tief durchatmen,* befahl ich mir selbst.

»Die rote, bitte.«

Er stellte die Schüssel wieder ab. Adam neben ihm öffnete den Mund, aber ein Blick von Fin brachte ihm zum Schweigen. Dann hielt er mir eine andere Schale hin. Sie war grün.

Ich ließ die Hand fallen. »Ernsthaft jetzt?«

Fin verschränkte die Arme vor der Brust. »Dann nimm sie doch einfach selbst. Du stehst zwei Schritte vom Tisch entfernt, ist es zu viel verlangt, dass du deinen Hintern hierherbewegst? Ich bin nicht dein Diener.«

»Zwischen Dienen und Helfen liegt ein Unterschied, findest du nicht?«

Ich machte einen Schritt auf Fin zu und er erhob sich im selben Moment, sodass er vor mir stand. Seine Schultern bebten leicht, seine Hände waren zu Fäusten geballt. Im Wohnzimmer war es laut, aber die Musik und das Stimmgewirr schienen an uns abzuprallen. Nicht einmal die Anwesenheit der anderen drang zu mir durch. Für einen Moment gab es nur ihn und mich – und diese unangenehme Spannung, die mit flammenbesetzter Zunge an uns leckte.

»Nicht, wenn man mit jemandem spricht, der so herrisch ist wie du«, erwiderte Fin gepresst.

In mir platzte etwas. Es ging nicht um diese bescheuerten Schüsseln, es ging um *alles.* Fin gab sich heute die allergrößte Mühe, sich mir gegenüber wie ein Arschloch zu benehmen. Als würde er es nicht ertragen, dass er bei unserer letzten Begegnung derart freundlich gewesen war.

»Was zum Teufel ist dein verdammtes Problem? Ich habe es kapiert, okay? Du bist unnahbar und wahnsinnig cool und nichts auf der Welt kann dir etwas anhaben. Gratuliere, du bist ein menschlicher Eisklotz und es ist absolut unmöglich, dich gernzuhaben! Aber würde es dich wirklich umbringen, einfach mal nett zu sein?«

Fin presste die Lippen aufeinander und funkelte auf mich hinab. Seine Wangenmuskulatur zuckte so heftig, dass ich ahnte, wie viele Worte sich von innen dagegen warfen. Ich hob herausfordernd die Augenbrauen, rechnete fest mit einer provokanten Antwort oder einer subtilen Beleidigung. Doch stattdessen schob Fin sich wortlos an mir vorbei und trat durch die offene Terrassentür. Ich zuckte zusammen, als er sie hinter sich mit einem Scheppern zuwarf.

Laut ausatmend ließ ich die zittrigen Hände sinken. Jetzt, wo Fin weg war, spürte ich Belas und Adams drückende Anwesenheit umso deutlicher. Missmutig wandte ich mich ihnen zu.

»Was?« Ich hörte selbst, dass meine Stimme wankte. Mein Gewissen hatte sich längst an die Stimmbänder geklammert. Ganz gleich, wie Fin sich benommen hatte, ich war die Herrin meiner eigenen Handlungen und Worte. Und auf die der vergangenen zwei Minuten war ich nicht allzu stolz. »Ist doch wahr. Er benimmt sich manchmal wie ein Arschloch«, murmelte ich, mehr für mich als für sie.

»Das mit der Schüssel war keine Absicht, Elfe.« Adam wog behutsam die Bierflasche zwischen den Händen. Es war das erste Mal, dass ich ihn mit so ernstem Gesichtsausdruck sah.

Ich runzelte die Stirn. »Was meinst du damit?«

»Er konnte dir die rote Schüssel nicht geben, weil er nicht wusste, welche die rote ist.«

Etwas in mir zog sich zusammen, aber ich bekam es nicht zu fassen. »Was soll das heißen?«, fragte ich tonlos.

Sie tauschten einen langen Blick, dann schloss Bela kurz die Augen. »Fin ist farbenblind, Effi.«

Die Erkenntnis sprang über mein Bewusstsein wie ein Stein über glattes Wasser. Mehrere sanfte Hüpfer huschten hinüber, ehe sie mit einem heftigen Platschen in der Tiefe versank und den Grund erreichte. Und da sah ich sie. Die Anzeichen. Fin, der immer Schwarz trug. Fin, der mir völlig unpassende Kleidungsstücke zuwarf. Fin, der so aufmerksam Auto fuhr, dass es mich unruhig machte. Fin, der mir die falsche Schüssel reichte. Meine Knie wurden weich, ich umfasste die Stuhllehne vor mir.

»Aber … warum hat mir das niemand gesagt? Und …«

»Alles Weitere sollte er dir selbst sagen«, unterbrach mich Bela leise und reichte mir den fertigen Drink.

***

Fin stand am Geländer der Terrasse und blickte über die Dächer hinweg. Der Abendhimmel war noch bunt getupft. Es sah aus, als hätte man mit einem breiten Pinsel über das Blau gespritzt, die Farbe zerlief in allerlei Nuancen. Zum ersten Mal in meinem Leben machte mich dieser Anblick traurig, weil ich verstand, dass Fin es nicht sehen konnte. Nicht so jedenfalls. Dieses Meer aus Farben konnte für ihn nicht mehr sein als ein Mosaik aus Graustufen.

Es war ziemlich leer hier draußen, nur am Eingang zum Wohnzimmer lehnte eine kleine Gruppe Raucher und unterhielt sich. Weit genug weg, sodass sie mich nicht hören konnte, als ich auf Fin zutrat.

»Hey.« Meine Stimme klang verwaschen und so fühlte ich mich auch. Verwässert und verlaufen, konturlos. Meine Unsicherheit schwemmte mich auf.

Fin drehte sich langsam zu mir um. Er stützte sich am Geländer hinter sich ab, als wüsste er nicht, was er sonst mit seinen Händen tun sollte.

Ich blieb eine Armlänge vor ihm stehen, umklammerte das Glas fester. Entschuldigungen fielen mir schwer. Nicht, weil ich sie nicht fühlte oder ein Problem damit hatte, sie auszusprechen, sondern weil ich nie die richtigen Worte fand. Etwas Schlimmes, das man gesagt hatte, verschwand nicht, nur weil man etwas Nettes hinterherschob. Ein »Tut mir leid« machte nichts ungeschehen. Worte konnten verletzen und ja, sie konnten auch trösten, aber nichts auf Anhieb heilen.

»Bela und Adam haben mich darüber aufgeklärt, dass ich ein taktloses Miststück bin«, brachte ich hervor.

Ein müdes Lächeln huschte über Fins Gesicht. »Ich denke nicht, dass sie das gesagt haben.«

»Nein. Das ist mein eigener Schluss. Ihr seid alle zu höflich.« Ich stockte und machte einen Schritt auf ihn zu. »Deswegen weiß ich auch, dass du niemals so reagieren wirst, wie du es tun solltest. Also werde ich das für dich machen.« Ohne zu zögern, hielt ich mir das Cocktailglas über den Kopf.

»Was tust du da?«, fragte Fin entgeistert, doch da kippte ich es schon um.

Die eisgekühlte Flüssigkeit benetzte im Bruchteil eines Moments meinen Scheitel, tränkte mein Haar und zerlief in winzigen Kanälen über meinem Kopf. Eine dicke Saftspur rann direkt über mein rechtes Auge und ich kniff beide hastig zusammen, als das Brennen einsetzte.

»Du bist seltsam«, stellte Fin nüchtern fest.

Mir fiel kein Argument ein, das diese These entkräften konnte. Die Säure zerfraß meine Augäpfel, die Kälte meine Poren und ich hüpfte schwer atmend auf einem Fuß.

»Nur, damit du es genießen kannst – in dem Drink ist Zitrone und das brennt höllisch.«

»Um das klarzustellen: Ich wollte nicht, dass du das tust.«

Ich schüttelte die Hände aus, um mir nicht über die brennenden Augen zu reiben. »Aber ich schon.«

Er machte einen seltsamen Ton – Seufzen, Stöhnen und Lachen gleichermaßen. »Du bist so schräg, Effi.«

Ich lachte heiser auf und zwang mich dazu zu blinzeln. Es gab Dinge im Leben, die man mit offenen Augen sagen musste. »Ich weiß. Und es tut mir wirklich leid, was ich gesagt habe. Ich würde mir ein ganzes Bierfass über den Kopf leeren, um es zurücknehmen zu können.«

Seine Konturen verschwammen immer wieder, aber ich konnte dennoch die Skepsis in seinem Blick erkennen. Skepsis und noch etwas. Irgendetwas Wärmeres.

»Du konntest es doch nicht wissen«, sagte er leise.

Nein, aber darum ging es ja auch nicht. Das, was Fin in der Küche gesagt hatte, war nicht richtig gewesen. Aber auch wenn er sich so unfair und unangebracht benahm, gab mir das keinen Freifahrtschein, mich ebenso zu verhalten. Dass ich keine Entschuldigung von ihm hörte, bedeutete für mich nicht, dass ich ihm keine schuldete. »Man kann nie wissen, was jemand in sich verbirgt. Wir haben alle unsere kleinen Schmerzbaustellen, die wir in uns verstecken und die uns verletzlich machen. Gerade deshalb hätte ich nicht so gemein werden dürfen.«

Fin musterte mich intensiv, dann seufzte er und trat auf mich zu. »Komm her«, meinte er und fasste mir in den Nacken, bis ich den Kopf zurücklegte. Er nahm mir die Serviette aus der Hand und tupfte den Saft von meinem Augenlid. Bereitwillig schloss ich die Augen und ließ mich in seine Berührung fallen.

»Warum hast du das nicht erwähnt?«, flüsterte ich.

Fins Atem benetzte mein Gesicht, ich spürte, wie er kurz aussetzte. Seine Stimme hörte sich trotzdem nach einem Lächeln an. »Muss man immer gleich erwähnen, was mit einem nicht stimmt?«

»Natürlich nicht. Es ist deine Sache, wann und ob du das erzählst, aber ... ich hätte es gern gewusst.«

Er hörte auf zu tupfen, aber er ließ mich nicht los. Eine Hand in meinem Nacken, die andere an meiner Wange. Die Serviette kitzelte meine Haut, Fins Atem auch.

»Wozu? Damit du Mitleid mit mir haben kannst?« Es klang etwas bissig. Für jemanden wie Fin gab es vermutlich nichts Schlimmeres als das Beileid anderer. Vor allem, weil er immer so tat, als könnte ihm nichts etwas anhaben.

»Nein«, widersprach ich fest, »damit ich mich nicht wie eine gefühllose Kuh benehme, ohne es zu bemerken.«

»Okay.« Er zögerte und senkte die Stimme. »Effi, ich muss dir etwas sagen.«

Vorsichtig sah ich zu ihm auf. Sein Gesicht war mir so nahe wie damals im Katergold. Es machte mich erneut nervös, aber auf andere Weise. Situationen konnten auf verschiedene Arten intim sein. »Ich höre?«

Sein Daumen streichelte über meinen Wangenknochen, seine Augen fokussierten meine. Kein Blinzeln, kein Ausweichen. Nur er und ich und ein Bruchteil Wahrheit, der sich unfassbar entscheidend anfühlte.

»Ich habe cerebrale Achromatopsie. Umgangssprachlich auch als erworbene Farbenblindheit bekannt.«

»Verstehe«, flüsterte ich, während er mir sorgsam den Saft vom Nasenrücken wischte. »Ich muss dir auch etwas sagen.«

»Ja?«

»Ich bin allergisch gegen Kiwis.«

Er schüttelte lächelnd den Kopf. »Dabei wollte ich dich heute mit einem Kiwi-Kuchen überraschen. So ein Mist.«

»Wir haben alle unser Päckchen zu tragen«, erwiderte ich ernst. Dann, nach einem kurzen Zögern: »Du kannst also keine Farben sehen.«

»Nein.«

»Gar keine?«

Er schob beide Hände in meinen Nacken. Keinem von uns schien in den Sinn zu kommen, dass jetzt der richtige Zeitpunkt wäre, mehr Abstand zwischen uns zu bringen. Vielleicht war es der Alkohol, dass ich mich ihm so nahe fühlte, vielleicht auch nur das, was wir gerade miteinander geteilt hatten. Was er mit mir geteilt hatte.

»Ich sehe alles in Grautönen. Mein Leben ist ein ewiger Schwarz-Weiß-Film.« Er sagte es sachlich, aber die Worte lösten dennoch einen diffusen Schmerz in mir aus.

»Erworben bedeutet, dass das nicht angeboren ist?«

Der Griff seiner Finger in meinem Nacken verhärteten sich. »Ich hatte vor vier Jahren einen Unfall. Ein gebrochenes Bein, zwei Rippen. Mittelschweres Schädel-Hirn-Trauma. Eine Woche künstliches Koma. Und als ich aufgewacht bin, waren die Farben weg.« Die Klarheit seiner Worte konnte nicht darüber hinwegtäuschen, wie schwer es ihm fiel, sie auszusprechen.

»Das tut mir sehr leid.« Es war eine Floskel, aber das bedeutete nicht, dass ich nicht jedes Wort so meinte. Es tat mir leid. So unfassbar, unendlich leid. Ein Leben ohne Farben, ohne all das Bunte der Welt um uns herum – ich konnte es mir nicht einmal vorstellen.

Fin zuckte mit den Schultern. »Es hätte schlimmer kommen können. Es gibt Menschen, die nach so einem Unfall gar nicht mehr aufwachen oder grundlegende Fähigkeiten verlieren. Ich hatte … Glück.« Er spuckte das letzte Wort aus, als würde es ihm in die Zunge beißen.

Vorsichtig legte ich eine Hand auf seine Brust, streichelte über den dunklen Stoff und den heftigen Rhythmus, den sein Herz dagegen schlug. »Nur, weil es anderen schlechter geht, heißt das nicht, dass du nicht traurig sein darfst.«

Er grinste schwach. »Ich dachte, heute wollen wir nicht traurig sein. Dafür ist eine Party doch da, oder?«

Meine Sicht war noch immer leicht verschwommen. Ich kniff die Augen zusammen, um ihn zu fokussieren. »Fin?«

Er hob die Brauen. »Hm.«

»Ich schätze, ich werde jetzt gegen eine Regel verstoßen.«

»Wäre ja nicht das erste Mal, Bonnie.«

Ich nickte und im nächsten Moment hatte ich eine Bewegung nach vorne gemacht und die Arme um ihn geschlungen. Entschieden drückte ich mich gegen ihn, presste das Gesicht an sein dunkles Shirt. Ich spürte, wie er sich unter meiner Berührung anspannte, aber ich umarmte ihn nur fester. Und dann, nach vier, fünf Sekunden, entspannten sich seine Muskeln und er erwiderte die Umarmung. Seine Arme legten sich um meinen Rücken und er zog mich näher an sich heran.

»Du bist ziemlich nass. Und du riechst nach Rum«, sagte er leise an meinem Haar.

»Und ich dachte, da stehen die Männer drauf.«

Fin lachte. Seine Brust vibrierte, ich spürte es bis tief in meinen Körper. Ein leichtes Zittern lief über meine Wirbelsäule, meine Nackenhärchen stellten sich auf. Ich atmete ein – diesen Geruch, den ich überall wiedererkannt hätte. Meine Wahrnehmung zog sich wummernd zusammen.

Alkohol, beruhigte ich mich selbst. *Das ist nur der Alkohol.* Warum auch immer – ich fühlte mich so geborgen in seinen Armen, dass ich kein Zeitgefühl mehr hatte und längst vergessen hatte, weshalb er mich überhaupt festhielt.

Als es hinter uns an die Scheibe klopfte, zuckte ich zusammen. Fin hob den Kopf und was immer er in der Küche sah, es brachte ihn dazu, sich wieder anzuspannen. Sanft, aber entschieden drückte er mich von sich weg. Sein

Blick tastete ein letztes Mal über mein Gesicht und er wischte eine feuchte Strähne aus meiner Stirn.

»Komm mit, Kobold«, sagte er und trat an mir vorbei.

»Kobold?« Verständnislos sah ich ihm nach.

Fin lief rückwärts auf die Tür zu, die Hände in den Hosentaschen vergraben. »Das finde ich irgendwie passender als Elfe.« Er grinste schief, ehe er sich abwandte und in die Wohnung ging. Hätte er das nicht getan, hätte er gesehen, dass ich lächelte. Vermutlich hätte er gewusst, dass das das erste Mal war, dass ich mich über eine seiner subtilen Beleidigungen freute.

***

»Meinst du, wir sollten eingreifen?« Skeptisch betrachtete ich den Cockerspaniel, den irgendein Gast mitgebracht hatte. Er kaute mit Hingabe auf dem Kopf meines Ex-Freundes herum. Zumindest dem seiner Miniatur-Version. Wenn Astas Voodoo-Zauber wirkte, spürte das Original das auch. Ich konnte nicht verhindern, dass mich der Gedanke ein bisschen erheiterte.

»Bloß nicht. Du bist doch sonst so ein Fan vom Karma.« Asta stieß mit einem grimmigen Grinsen mit ihrem Glas gegen meines. Wir saßen seit gut einer Stunde im Wohnzimmer auf dem Parkettboden und lehnten die Köpfe an die Raufasertapete. Bela hatte uns ein paar seiner Freunde vorgestellt, und obwohl die meisten von ihnen wirklich sympathisch wirkten, atmete ich erleichtert durch, als wir uns an den Rand des vollen Raums zurückzogen. Wenn man jemanden gefunden hatte, mit dem sich alles so vertraut anfühlte, war es manchmal müßig, sich in eine Situation der Fremdheit zu begeben.

Asta fuhr mit dem Finger über den Zuckerrand ihres Glases und fokussierte weiterhin den Hund. »Jetzt hat er ihm die Haare abgerissen«, meinte sie vergnügt und kicherte. »Oh, ich hoffe so sehr, dass Levi morgen mit Glatze aufwacht.«

Asta hatte Levi nie leiden können. Sie hatte mir das nicht direkt gesagt, während wir zusammen gewesen waren, aber sie war kein Mensch, der solche Einschätzungen sonderlich gut verbergen konnte. Erst vor Kurzem hatte sie mir verraten, dass sie gewisse Grundsätze bei Männern vertrat. Und einer davon war: *Traue niemals einem Typen, der seine Haare länger stylt als du selbst.* Wahrscheinlich hätte sie dieses entscheidende Detail doch früher mit mir teilen sollen.

Ich betrachtete die Menschen um uns herum, von denen ich niemanden kannte. Nun ja, fast niemanden. Adam spielte in der Küche Karten, Bela war vor einer Weile mit ein paar Leuten auf die Terrasse gegangen und Fin … Fin war überaus beschäftigt.

Nachdem wir wieder hineingegangen waren, hatte er schnell möglichst viel Abstand zwischen uns gebracht. Was nicht zwangsläufig zu bedeuten schien, dass er alleine sein wollte. Er saß auf dem Sofa, die eine Hand um eine Bierflasche geschlossen, die andere auf dem Knie einer jungen Frau. Sie saß dicht neben ihm, so dicht, dass ihre dunklen Kleider ineinander verschwammen. Möglicherweise lag das aber auch nur an der Wirkung des dritten Drinks, an dem ich nippte.

Es war seltsam, Fin beim Flirten zu beobachten. Obwohl ihn noch immer eine gewisse Unnahbarkeit umgab, war da etwas unheimlich Anziehendes in der Art, wie er sie ansah. Eine greifbare Konzentration, ein stiller Fokus, den er ihr widmete. Wenn man die beiden betrachtete, wirkte es, als wären sie gar nicht auf der Party. Eher so, als würden sie in einer Schneekugel sitzen, in die all der Trubel und Lärm nicht eindringen konnten. Womöglich war es das, was seine Anziehung ausmachte. Dass er einem – wenn auch nur für kurze Zeit – das Gefühl gab, das Zentrum seiner Aufmerksamkeit zu sein.

Ich fragte mich, ob das damit zusammenhing, dass er die Welt um sich herum nur in Schwarz-Weiß wahrnahm. Konnte man sich besser auf den Kern einer Situation konzentrieren, wenn die Buntheit fort war? War die Welt stiller ohne Farben oder war sie einfach aussagekräftiger?

»Du sabberst ja mehr als das Fellknäul dahinten.«

Erschrocken fuhr ich zusammen. »Ich sabbere gar nicht«, widersprach ich, tastete aber vorsichtshalber meine Mundwinkel ab.

Sie grinste und stieß mich in die Seite. »Das ist doch klasse. Du fängst an, dich nach anderen Kerlen umzusehen. Die Fühler auszustrecken. Deine Sinnlichkeit neu zu entdecken. Dein …«

»Okay, schon gut«, unterbrach ich sie brummend und zupfte ein paar Zitronenfleischfasern aus meinen Haaren. Nach der ungeplanten Dusche hatte ich meinen Zopf gelöst, damit sie schneller trockneten. Jetzt hingen sie mir feucht auf den Schultern und hinterließen dunkle Abdrücke auf meinem Kleid. Der Rumgeruch benebelte meine Sinne zusätzlich zu dem Alkohol in meinem Glas.

Asta sah mich unzufrieden an. »Es ist nicht gut. Levi hat sich durch die Gegend gevögelt, bevor ihr auseinander wart, und du bist nach fünf Wochen Trennung immer noch beschämt, wenn dich ein Typ auch nur anlächelt. Es wird Zeit, dich wieder ins Chaos zu stürzen.«

»Ich bin definitiv noch nicht bereit für neue Dates«, stellte ich klar. Dass ich momentan daran zweifelte, es jemals wieder zu sein, verschwieg ich ihr vorsichtshalber. Allein bei dem Gedanken daran, auf so etwas wie ein erstes Date gehen zu müssen, wurde mir flau zumute. Mir grauste es bereits jetzt vor dem Tag, an dem Asta beschließen würde, meine Schonfrist wäre vorüber, und versuchen würde, mich an den Mann zu bringen. Wortwörtlich.

Sie schnalzte mit der Zunge. »Ich rede nicht von Dates.«

»Sondern?«, fragte ich und bereute es sofort, als ich sah, wie sich ihr Grinsen vertiefte.

»Sex«, sagte sie laut und entschieden. Es war ihr natürlich egal, dass allein im Wohnzimmer etwa zwanzig Leute standen. Wieder einmal brachte mich ihre Direktheit nahe an die Schmerzgrenze und ich sackte etwas zusammen. »Ich rede von wildem, ungezügeltem, unbedeutendem, heißem Sex«, führte sie ungerührt weiter aus. »Die Art Sex, nach dem du dich unfassbar schmutzig und zugleich tiefengereinigt fühlst. Sex ist die beste Katharsis der Welt, meine Süße.«

Sie zwinkerte mir zu, was meine Wangen heißer werden ließ. Wie es zu erwarten gewesen war, war unser Gespräch nicht unbemerkt geblieben. Eine Gruppe Mädchen hatte die Unterhaltung unterbrochen und musterte uns mit skeptischen Blicken; und ein Typ hielt im Vorbeigehen inne und lächelte interessiert auf Asta hinab.

»Nette Einstellung«, meinte er vielsagend.

»Nein«, erwiderte sie schlicht, ohne auch nur zu ihm aufzusehen. Sie wartete ab, bis er weitergegangen war, dann neigte sie sich zu mir vor. »Worauf ich hinauswill, ist, dass du nicht alles so furchtbar verkopft sehen darfst. Zum ersten Mal seit der Entdeckung deiner Hormone bist du Single, Effi. Du hast Lust auf ihn? Dann hol ihn dir.«

Sie deutete in Fins Richtung, der glücklicherweise zu weit weg saß, um unser Gespräch mit angehört haben zu können. Entschieden packte ich ihre Hand und zerrte sie runter.

»Ich habe aber gar keine Lust auf ihn«, flüsterte ich.

»Wieso starrst du ihn dann an, als wäre er ein Double-Chocolate-Muffin mit Nugatkern und Zimtstreuseln?«

Betont gelassen sah ich zu Asta hinüber. »Tu ich nicht.«

Asta kannte meine Kuchenvorlieben mittlerweile ziemlich gut. Ich wünschte nur, sie würde auch meine Männervorlieben kennen. Dann wäre ihr nämlich bewusst, dass ich absolut kein Interesse an jemandem wie Fin haben könnte.

Natürlich sah er extrem gut aus. Außerdem hatte er diesen trockenen Humor und etwas beneidenswert Unaufgeregtes an sich, das mich zugleich beruhigte und risikobereiter werden ließ. Als ich spürte, wie meine Gedanken abdrifteten, nahm ich einen tiefen Schluck von meinem Drink und fokussierte mich auf seine wirklich wichtigen Eigenschaften. Fin Winter war nervtötend wortkarg, unfreundlich und dickköpfig. Und außerdem gab es noch einen relevanteren Grund, der das alles unmöglich machte.

»Und überhaupt«, setzte ich nach. »Er ist Belas bester Freund.«

Sie hob die Schultern. »Und?«

»*Und* er ist ein verschrobener, verschlossener, durch und durch widersprüchlicher Kerl.« Ich machte eine vage Geste, die all das umfassen sollte, was mir in den Sinn kam, wenn ich an Fin dachte. »Außerdem haben Belas Freunde ihm versprochen, nie wieder etwas mit einer seiner Mitbewohnerinnen anzufangen. Und abgesehen davon ist er so ein … Stoffel.«

»Klingt alles nach dem Material, aus dem Tagebucheinträge gemacht sind«, meinte sie gespielt verzückt.

Stöhnend ließ ich den Kopf gegen die Wand sacken. »Du bist schrecklich.«

Asta schnaubte und stupste mich erneut in die Seite. »Und du bist eine Heuchlerin. Tu nicht so, als hättest du noch nicht daran gedacht, wie es wäre, mit ihm rumzumachen.«

Mein Mund öffnete sich, aber bis auf ein widerstrebendes Brummen kam nichts über meine Lippen. Ich hatte es nicht über mich gebracht, Asta zu erzählen, wen ich im Katergold geküsst hatte. Es hatte diesen Moment gegeben – als sie feststellte, dass er ebenfalls ein heißer Typ mit kalten Ohren zu sein schien –, doch ich hatte mir jeden Kommentar verkniffen. Nicht nur, weil ich Fin versprochen hatte, nichts zu sagen, und Asta genug kannte, um zu wissen, dass sie sich die eine oder andere Anmerkung nicht hätte verkneifen können. Auch, weil ich ahnte, dass es mir misslingen würde, beiläufig darüber zu sprechen.

Sie tätschelte meine Schulter. »Siehst du? Du kannst mir nichts vormachen. Nicht, nachdem ich euch auf dem Balkon kuscheln gesehen habe.«

Es war ein ungünstiger Zufall gewesen, dass Asta just in dem Moment gekommen war, als Fin und ich auf der Terrasse gestanden hatten. Ich hatte ihr erklärt, dass wir uns nur kurz gestritten und wieder vertragen hatten, aber je länger sie mich mit diesem wissenden Grinsen angesehen hatte, desto weniger hatte ich mir selbst geglaubt.

»Wir haben nicht gekuschelt«, murmelte ich trotzdem lahm. Tatsächlich spürte ich seine Berührungen noch immer wie ein warmes Flimmern auf und irgendwie auch unter der Haut.

Sie hob die Augenbrauen. »Geschmust?«

»Asta.«

»Keusches Petting gemacht?«

Ich lachte und stöhnte gleichermaßen auf. »Wer hat dich noch mal eingeladen?«

»Na, du«, meinte sie mit einem breiten Grinsen. »Weil du mich liebst.« Sie tippte mir an die Nasenspitze. Die Tatsache, dass sie dabei abrutschte, sagte mir, dass sie ihren Cocktail ebenfalls bemerkte. Dadurch, dass sie so klein und zierlich war, war es erschreckend leicht, Asta betrunken zu machen. Ein Zustand, in dem sie noch direkter und unverblümter wurde als sonst schon.

»Und deswegen tanzt du jetzt auch mit mir.« Mühsam rappelte sie sich auf und zog den Bund ihrer engen Jeans zurecht. Mit der einen Hand umklammerte sie ihr Glas, die andere hielt sie mir hin.

Skeptisch betrachtete ich sie, dann den vollen Raum um uns herum. Es lief zwar Musik, und das nicht leise, aber nicht einer der Umstehenden tanzte. »Hier sind verdammt viele Menschen.«

»Die wir alle nicht kennen.«

»Und wir wollen dafür sorgen, dass sich das nicht ändert?«

Asta seufzte, wie immer, wenn ich ihre Spontanität ausbremste. »Wir wollen dafür *sorgen,* dass wir nur die Menschen kennenlernen, mit denen es sich lohnt. Es bringt absolut gar nichts, Zeit an jemanden zu verschwenden, vor dem du nicht du selbst sein kannst.«

»Und mein Selbst hat Lust, jetzt zu Sean Paul zu tanzen?« *Temperature* war zwar ein Lied meiner Jugend, aber keines, bei dem ich sonderlich gut verdecken konnte, dass ich über keinerlei Rhythmusgefühl verfügte.

»Zumindest sollte es das!«

Ehe ich mich versah, hatte sie mich schon an den Händen gepackt und zerrte mich auf die Füße. Ich wehrte mich nicht, als sie mich weiter in den Raum hineinzog. Vielleicht, weil ich angetrunken war, vielleicht auch einfach, weil ich mir wieder einmal wünschte, ein bisschen mehr wie Asta zu sein. Und weil ich gerne daran glauben wollte, dass es noch nicht zu spät war, alles zu sein, was ich wollte.

***

Es war spät, als ich es endlich ins Bett schaffte. Nachdem Asta und ich getanzt hatten und ich mir dabei fast den Knöchel verstaucht hatte, verbrachten wir den Rest des Abends mit Bela und ein paar seiner Freunde auf der Terrasse. Obwohl ich mich immer mehr entspannte, erwischte ich mich trotzdem jedes Mal dabei, wie ich aufschreckte, wenn die Terrassentür aufging. Aber es war nie Fin, der hinauskam. Vermutlich, weil er anderweitig beschäftigt war. Es hatte mich alles an Selbstbeherrschung gekostet, nicht mehr zum Sofa zu blicken. Es ging mich nichts an, aber ich wollte ihm nicht dabei zusehen, wie er am weiteren Verlauf der Nacht arbeitete. Als ich immer wieder an Astas Schulter eingenickt und sie ebenfalls müde geworden war, hatten wir beschlossen, ins Bett zu gehen.

Bela half mir, ein paar seiner Freunde aus meinem Zimmer zu werfen, und küsste mich auf die Stirn, ehe er die Tür hinter sich zuzog. Mit einem weichen Gefühl der Zuneigung im Brustkorb kroch ich ins Bett und fiel beinahe sofort ruckartig in den Schlaf.

Ich wusste nicht genau, was mich wieder weckte. Womöglich war es das leichte Knarren der Tür oder der Lichtstrahl, der über das Parkett huschte und meine geschlossenen Augen benetzte. Ich blinzelte, aber ich erschrak nicht. Mein Inneres spürte, dass das nicht nötig war, weil es im Bruchteil eines Moments wahrnahm, wer es war, der in mein Zimmer hineinkam. Da war dieser unverkennbare Duft, der in meine Nase kroch und mir ein schlafschweres Seufzen entlockte.

»Fin«, sagte ich mühsam und schloss die schweren Lider wieder. »Was ist passiert?«

Die Matratze sackte leicht ab, als er sich setzte. »Keine Ahnung«, erwiderte er leise. Sekunden verstrichen, während wir beide auf etwas zu warten schienen. Mein Bewusstsein kehrte nur widerwillig zu mir zurück. Ich erinnerte mich vage an den Abend, an Fins Geheimnis, an unser Gespräch, an die Party, an ihn und die andere Frau.

»Wo ist das Schneekugelmädchen?«, fragte ich schläfrig.

»Wer?«

»Das Mädchen vom Sofa.«

»Ach so«, erwiderte er belustigt. Zumindest klang seine Stimme so. Nach einem breiten, leicht verschlagenen Lächeln. »Du hast vorhin nett getanzt«, meinte er, ohne auf die Frage einzugehen. Vermutlich hätte ich nachhaken sollen, aber ich wollte nicht über sie sprechen. Ich wollte nicht einmal, dass sie existierte.

Ich drückte das Gesicht dichter in den Stoff. Zu müde, um Verlegenheit zu empfinden. »Hast du gesehen, wie ich über die Teppichkante gestolpert bin?«

»Klar. Das war beinahe mein Highlight.«

»Beinahe?«

Fin schwieg. Ich spürte seine Nähe wie eine zweite, samtene Decke. Reflexartig tastete ich über die Matratze. Ich wollte ihn berühren. Sicher sein, dass er da war. Meine Finger stießen an sein Bein, fuhren über den Stoff seiner Hose, bis mich seine Hand festhielt.

»Mir wäre es trotzdem lieber, wenn du so was nicht in einem Raum mit einem Haufen angetrunkener Kerle tust.«

»Wieso nicht?« Verständnislos rollte ich den Kopf herum und blinzelte vorsichtig in die Dunkelheit des Zimmers. Fins Umrisse verschwammen vor mir zu einer meiner unsauberen Kohleskizzen. Sein Blick lag auf meinem Gesicht, aber ich konnte ihn nicht fassen oder gar deuten. Kapitulierend schloss ich die Augen wieder.

»Mir hat nicht gefallen, wie sie dich angesehen haben.« Die Worte kamen so blass, dass ich sie kaum entziffern konnte. Und auch dann ergaben sie keinen Sinn.

Fin war immer schwer einzuschätzen, aber unter dem Schleier aus Schlaf und Restalkohol war es unmöglich. »Das verstehe ich nicht«, meinte ich frustriert.

Er gab ein ersticktes Lachen von sich. »Ich auch nicht.«

»Wie spät ist es?« Ich war unfähig, selbst nachzusehen. Die letzten Fetzen Schlaf hingen in meinem Bewusstsein und wenn das hier ein Traum war, wollte ich ihn nicht verscheuchen.

»Fast fünf.« Seine Fingerspitzen strichen über meinen Handrücken, flüchtig und doch so intensiv spürbar, dass meine Armhärchen sich aufstellten und ein wohliges Gefühl in meiner Magengrube aufstieg.

»Du willst jetzt aber nicht Sex in meinem Zimmer haben, oder?«

Er lachte. »Ich werde mich hüten.«

Etwas Zartes wanderte über meine Wange, eine Haarsträhne wurde hinter mein Ohr gestrichen. Ich lächelte, ohne die Augen zu öffnen. Der Moment fühlte sich so flaumig und leicht an, dass ich mir mittlerweile zu neunzig Prozent sicher war, dass ich träumte.

»Bist du jetzt doch ein gruseliger Vampir, der mir beim Schlafen zusehen will?«

»Nein.«

»Bist du betrunken?«

»Ja.« Seine Stimme klang tatsächlich weicher als sonst, müde und etwas schlingernd.

»Du kannst hier schlafen, wenn du magst.« Ich entzog ihm meine Hand und rutschte ein wenig nach hinten, bis ich an die Schräge stieß. »Ist ja auch deine Matratze. Und deine Diebesware.« Die Worte kamen aufgeplustert und groß aus meinem Mund, jedes einzelne musste ich mühsam über meine Zunge rollen.

Fins Stimme lächelte. »Miese Idee. Bela ist eh schon sauer.«

»Back ihm Brownies zur Entschuldigung. Jeder mag Brownies.« Die Müdigkeit zerrte kräftiger an meiner Wahrnehmung, ich gähnte.

»Kobold?«

»Hm?«

Seine Hand war wieder an meinem Gesicht. Ich fühlte seine Finger an meiner Wange liegen und hätte sie am liebsten überall auf meinem Körper gespürt. Selbst in der Trägheit meines Bewusstseins war mir klar, dass dieses Verlangen nicht richtig war.

»Ich wusste nicht, dass sie einen Freund hatte, als ich mit ihr geschlafen habe. Ich hätte das nicht getan, wenn ich es gewusst hätte. Trotzdem: Es war nicht seine Schuld, dass er betrogen wurde. Es war ihre und meine.«

Mein Herzschlag beschleunigte, bevor ich realisierte, wovon er sprach. »Das klang vorhin anders«, gab ich leise zurück.

»Ich weiß. Tut mir leid, was ich gesagt habe. Ich wollte einfach nicht darüber nachdenken. Die ganze Sache ist«, er stockte und verlagerte das Gewicht, sodass die Decke raschelte. »Es ist einfach nichts, worauf ich stolz bin. Und ich weiß, dass es das nicht wirklich besser macht, aber ich hatte wirklich keine Ahnung. Als sie mir irgendwann erzählt hat, dass sie einen Freund hat, habe ich ihr gesagt, sie soll ihren Scheiß regeln und mich aus dem Drama raushalten.«

»Poetisch ausgedrückt, Shakespeare.«

Er lachte, ein wenig rau. Der Stoff raschelte, als er aufstand und zur Tür ging.

»Wieso sagst du mir das?«

Er antwortete nicht mehr. Einen Moment lang hörte ich ihn noch in der Tür stehen und atmen, aber als ich widerwillig die Augen öffnete, war er fort.

Ich wusste nicht, was mich mehr verwunderte. Die Vorstellung, dass er gar nicht da gewesen war und mein Unterbewusstsein ihn in meine Träume gezeichnet hatte, oder die, dass er tatsächlich an meinem Bett gesessen hatte.

Gerade als ich zurück in meine innere Dunkelheit glitt, hörte ich die Wohnungstür zufallen. Ich lächelte immer noch, als ich wieder einschlief.

Kapitel 8

Es gab Momente im Alltag, vor denen man sich regelrecht wappnen musste. Für manche galt das für Zahnarztbesuche, Seminarreferate oder Vorstellungsgespräche. Für mich waren es Gespräche mit meiner Mutter.

Seit der Trennung von Levi hatte ich alles gegeben, um diese zu umgehen oder zumindest möglichst kurz zu halten. Das lag vor allem daran, dass meine Mutter einen siebten Sinn dafür hatte, worüber ich nicht sprechen wollte. Und, wenn sie dieses Thema gefunden hatte, exakt die Worte zu wählen, die es noch unangenehmer werden ließen.

Heute dauerte es sage und schreibe vier Minuten, bis wir zu dem kamen, worüber ich unter keinen Umständen sprechen wollte. »Habt ihr euch immer noch nicht vertragen? Levi ist so ein toller Kerl.«

In diesem Moment bereute ich es stark, dass ich mich zu einem Video-Gespräch hatte überreden lassen. Andernfalls hätte ich jetzt unbemerkt den Kopf auf den Tisch fallen lassen können. Ich saß in der Küche, weil das Internet hier am besten und der Weg zum Kühlschrank am kürzesten war. Nach Telefonaten mit meiner Mutter war mir in der Regel immer nach einem Glas Wein.

Fürs Erste bemühte ich mich um einen neutralen Gesichtsausdruck. »Ich fand ihn nicht mehr ganz so toll, als ich ihn beim Fremdgehen erwischt habe.«

Meine Mutter seufzte. Sie saß ebenfalls in der Küche, den Laptop so nahe an sich herangezogen, dass ihre Stirn abgeschnitten wurde. »Ihr seid sehr lange zusammen, Effi. Für Menschen in eurem Alter ist es doch ganz natürlich, dass ihr gelegentlich Lust auf etwas Neues habt. Neugierde kann ein sehr mächtiges Gefühl sein.«

Wenn man sie so reden hörte, hätte man vermuten können, meine Mutter wäre in der Zeit der freien Liebe hängen geblieben. Was mich betraf: Ich hatte nichts gegen Neugierde. Ich fand es nur nicht okay, wenn sie mächtiger wurde als Respekt.

»Ich verurteile Levi nicht, weil er Lust auf etwas Neues hatte. Ich verurteile ihn, weil er nicht mit mir gesprochen oder Schluss gemacht hat, bevor er sich diesem Neuen zugewandt hat. Und bitte fang an, im Präteritum über ihn zu sprechen. Wir sind nicht mehr zusammen.«

Sie musterte mich unzufrieden. »Und das ist endgültig?«

»Sehr endgültig«, bestätigte ich mit Nachdruck. »Du darfst auch Plusquamperfekt verwenden.«

»Du weißt, dass es nicht heißt, dass er dich nicht liebt, nur weil er einen Fehler gemacht hat. Je erwachsener eine Beziehung wird, desto mehr muss man sich von jugendlichen Idealen verabschieden.«

Jugendliche Ideale? So etwas wie Treue und Ehrlichkeit? Ich presste zwei Finger gegen meine Schläfe und atmete tief durch, ehe ich antwortete. »Es spielt gar keine Rolle, wen oder was er liebt. Er hat eine Entscheidung getroffen und ich habe die Konsequenz daraus gezogen. Ich könnte nicht mit jemandem glücklich sein, der mich so behandelt.«

»Und jetzt bist du glücklicher?«

Die Skepsis ihrer Stimme ließ mich zusammenzucken. Natürlich war ich nicht glücklich. Es tat verdammt noch mal weh. Immer noch. Manchmal war ich mir sicher, dass das auch nie ganz weggehen würde, doch das spielte keine Rolle. Mit Levi Schluss zu machen war keine Option gewesen, sondern eine Notwendigkeit. Und wenn ich mich vor jemandem nicht dafür rechtfertigen sollen müsste, dann doch vor den Menschen, die mich angeblich liebten.

»Ist das hier echt der Verlauf dieses Gesprächs, den du angestrebt hast?« Ich grub die Finger in den Stoff meines Pullovers. Tatsächlich beruhigte mich das freundliche Aquamarinblau. Wenigstens auf meine Farben war Verlass.

Meine Mutter lehnte sich in ihrem Stuhl zurück. »Nun, ich hatte die Hoffnung, du wärst ein bisschen einsichtiger. Ich habe mit Levis Mutter gesprochen und ...«

Perplex richtete ich mich auf. »Du hast *was?*«

»Levi bedeutet uns auch etwas, Effi. Vergiss nicht, dass wir ihn jahrelang wie unseren Sohn behandelt haben.«

»Wieso rufst du ihn dann nicht an und führst diese Diskussion mit ihm?« Die Vorstellung, dass sich meine Mutter mit Levis traf, um über unsere Trennung zu sprechen, war so absurd, dass ich gerne gelacht hätte. Wenn es mich nicht so enttäuschen würde. Die Tatsache, dass meine Mutter mir Vorwürfe machte, obwohl ich im Gegensatz zu Levi an dieser Trennung keine Schuld trug, tat mehr weh, als ich in Worte fassen konnte.

»Sei nicht so schnippisch«, ermahnte sie mich. »Du kannst jetzt nicht erwarten, dass ich ihn und seine ganze Familie meide, nur weil du dich dazu entschieden hast, ihn wie einen Aussätzigen zu behandeln.«

»Ich erwarte gar nichts von dir. Ich würde mir lediglich wünschen, dass du meine Entscheidungen akzeptierst. Ich weiß, was ich tue.«

Noch ein Seufzen. »Gott, Effi. Du hast doch keinen blassen Schimmer, was du tust. Du bist neunzehn.«

»Ich weiß jedenfalls, dass ich gleich auflege«, erwiderte ich tonlos.

»Schon gut. Lassen wir das.« Sie klackerte unzufrieden mit den Fingernägeln gegen ihre Kaffeetasse. »Was gibt es sonst Neues? Wie läuft die Uni?«

Klasse. Vom Regen in die Traufe. »Ganz okay«, meinte ich vage und griff nach meinem Becher. Der Kamillentee darin war längst kalt, aber ich nahm dennoch einen tiefen Schluck – einfach, um meinen Gesichtsausdruck zu verbergen.

»Das klingt aber nicht überzeugend.«

Ich schwieg. Die Wahrheit war, dass es nicht wirklich bahnbrechend lief. Erst gestern hatte ich mein Essay in Medienkommunikation zurückbekommen. 4,0. Die Note an sich war nicht das Problem, sondern dass es mich nicht sonderlich traf. Es war mir nicht wichtig, weil mir – und ich wagte es kaum, es auch nur zu denken – dieses Studium nicht wichtig war. Aber das konnte ich unmöglich vor meiner Mutter sagen. Ich war es leid, die immergleichen Diskussionen zu führen. Ich war damit aufgewachsen, dass sie mir zu jeder potenziellen Lebensentscheidung vorhielt, was dabei alles schiefgehen könnte. Feiern im Club? K.-o.-Tropfen im Getränk. Interrail nach dem

Abitur? Ausgeraubt während des Nickerchens im Zug. Private Bilder auf Social-Media-Profilen? Stalkingopfer in spe. Kunst als Leistungskurs? Arbeitgeber wundert sich über irrelevantes Fach auf dem Abschlusszeugnis. Einen künstlerischen Beruf auch nur in Betracht ziehen? Hallo, Arbeitslosengeld. Letzteres wusste ich, ohne dass ich es jeweils mit ihr besprochen hatte. Wir kannten einander sehr gut.

Deswegen war sie auch ausgesprochen talentiert darin, mein Schweigen zu deuten. Sie kniff die Augen zusammen und lehnte sich vor, sodass ich die Sorgenfalten ihrer Stirn näher betrachten konnte.

Ein tiefes Stöhnen rutschte zwischen ihren Lippen hindurch. »Jesses, Kind. Tu mir das nicht an.«

Mein Mund öffnete sich, aber ehe ich eine Antwort finden konnte, kam Bela in die Küche. Er blickte von mir zum Laptop und verzog mitleidig das Gesicht. Ich schenkte ihm ein winziges Lächeln, ehe ich mich wieder auf meine Mutter konzentrierte. »Ihr habt endlich einen neuen Kühlschrank gekauft, oder?«, meinte ich ausweichend und betrachtete das Gerät, das ich in der Ecke hinter Mamas Kopf aufblitzen sah. »Hat Papa seinen Eiswürfelautomaten durchgesetzt?«

»Deine Ablenkungsmanöver sind genauso offensichtlich wie die deines Vaters«, erwiderte sie ungerührt.

Ich lächelte schwach. »Tja. Ich habe mir den Genpool nicht ausgesucht, in den ich reingeschubst wurde.«

Bela hustete ein unterdrücktes Lachen in seine Hand, während er mit der anderen Kaffee in einen Becher goss.

Meine Mutter hob die Augenbrauen und lehnte sich noch weiter zum Bildschirm vor. »Wer hat da gehustet?«

»Der Hausgeist.«

»Effi.«

Das auch noch. Seit Wochen lag sie mir in den Ohren, dass ich ihr endlich meinen Mitbewohner vorstellen sollte. Ich war mir relativ sicher, dass sie sich auch gern eine Kopie von Belas Ausweis und seinem Vorstrafenregister hätte zeigen lassen. Ich zögerte kurz, gab aber schließlich nach. »Mein Mitbewohner,

Mama. Und nein, er hat weder eine chronische Bronchitis noch eine Raucherlunge, er hat sich nur an seinem sehr gesunden Grünkohlsmoothie verschluckt.«

»Willst du mich nicht vorstellen?«

Ich warf Bela einen Blick zu und formte ein tonloses »Sorry« mit den Lippen.

»Ich kann dich sehen, Effi«, bemerkte sie trocken.

Wortlos drehte ich den Laptop zur Seite, sodass der Bildschirm auf Bela zeigte, der mit unschlüssiger Miene in die Kamera sah. Er fing sich schnell und rang sich ein überaus schwiegermuttertaugliches Lächeln ab. »Freut mich sehr, Sie kennenzulernen, Frau Malve. Effi hat schon viel von Ihnen erzählt.«

Meine Mutter lachte auf. »Da bin ich sicher. Über Sie hat sie leider noch gar kein Wort verloren. Wenn ich fragen darf: Womit verdienen Sie ihr Geld? Oder werden Sie von ihren Eltern finanziert?«

»Er ist Drogendealer«, mischte ich mich halblaut ein.

Bela sah mich streng an. »Ich arbeite neben dem Studium in einer Bar.«

»Alkohol ist auch eine Droge. Und dealen ist im Grunde nur verkaufen, ergo ...« Ich grinste unter Belas anklagendem Blick und hob beschwichtigend die Hände. Nach dem Gespräch, das ich gerade hinter mir hatte, brauchte ich dieses bisschen Belustigung einfach.

Meine Mutter seufzte. »Wann wirst du lernen, dass dein fragwürdiger Humor für eine Frau deines Alters unangebracht ist? Sie müssen ihr Verhalten entschuldigen. Dieses Kind ist ein Zauberwürfel, den ich nach neunzehn Jahren noch nicht gelöst habe.«

»Meine Mutter sagt immer, die besten Menschen sind uns ewig ein Rätsel«, meinte Bela und warf mir einen kurzen amüsierten Blick zu. »Außerdem kann ich Ihnen versichern, dass ich Effi als ziemlich wundervolle junge Frau kennengelernt habe.«

»So?«, hakte meine Mutter skeptisch nach. »Dann hoffe ich, dass Sie sie nicht dazu verleiten, ins Nachtleben abzudriften. Es ist sehr wichtig, dass Effi sich auf ihr Studium konzentriert und ...«

»Okay, das reicht«, schaltete ich mich dazwischen und drehte den Laptop wieder zu mir um. Bela ließ erleichtert die Schultern sinken und ich musste mir ein Grinsen verkneifen, als ich meine Mutter ansah. »Hör auf, meinen Mitbewohner zu verhören. Es ist verdammt schwer, hier ein Zimmer zu finden, mach mir das nicht kaputt.«

»Charmant, Effi«, sagte meine Mutter trocken.

»Du bist mein Idol in vielen Belangen«, erwiderte ich freundlich.

»Ich wünsche dir von ganzem Herzen, dass du auch so ein Kind bekommst, damit du endlich weißt, wie nervenaufreibend das ist. Obwohl das jetzt wieder in weite Ferne gerutscht ist.« Meine Mutter betrachtete mich mit diesem resignierten Gesichtsausdruck, der es immer schaffte, mir wuchtartig zu vermitteln, was für eine Riesenenttäuschung ich war.

»Ich hatte nicht geplant, in den nächsten zehn Jahren schwanger zu werden, Mama«, antwortete ich müde. »Wie du bereits sagtest: Ich bin neunzehn. Ich denke noch nicht einmal an so was. Und ich werde keinen potenziellen Kindern eines Typens nachtrauern, der mich betrogen hat.«

»Pass auf, dass deine emanzipatorischen Grundsätze dich nicht eines Tages alleine dastehen lassen.«

»Ich habe ja immer noch euch.« Ich zuckte mit den Schultern, auch wenn ihre Worte einen diffusen Druck in mir auslösten. Ich umfasste den Laptop fester. »Und jetzt muss ich auflegen. Ich habe noch zu tun. Fürs Studium und so.« Ich rang mir ein Lächeln ab, um die Lüge zu überdecken. »Grüß Papa von mir, ja?«

Sie wirkte etwas unzufrieden über den abrupten Abbruch, nickte aber. »Natürlich. Ich soll dir ausrichten, dass du bald mal wieder nach Hause kommen sollst.« Sie lächelte mir zu. Und trotz allem, was sie mir in den letzten Minuten an den Kopf geworfen hatte, wusste ich, dass sie es ehrlich meinte, als sie sagte: »Wir haben dich lieb.«

Mein Hals wurde enger, ich räusperte mich. »Ich euch auch. Bis bald.« Mit einem Ruck klappte ich den Laptop zu und ließ meinen Kopf direkt hinterhersinken. Erst, als ich langsam durchatmete, merkte ich, wie verkrampft mein ganzer Körper war. Ich liebte meine Mutter, aber Zeit mit ihr zu verbringen, war trotzdem alles andere als leicht.

»Wow«, sagte Belas Stimme neben mir. »Dagegen sind die Telefonate mit meiner Mutter ja reinste Spa-Wochenenden.«

Ich hob den Blick. »Sie ist nicht immer so.«

»Nicht?« Er leckte eine Spur Pfeffer vom Rand seiner Tasse. Vor ein paar Tagen hatte er mich dazu überredet, seine bevorzugte Kaffee-Trink-Art auszuprobieren. Es schmeckte exakt so eklig, wie ich vermutet hatte.

»Na ja. Nicht nur zumindest«, gab ich zu. »Die Sache mit Levi geht ihr ganz schön an die Substanz. Sie hat ihn vergöttert.« Gegenüber meinen Eltern hatte sich Levi immer vorbildlich verhalten. Obwohl meine Mutter ihre Zweifel an der Zukunftsfähigkeit seiner Musik gehabt hatte, hatte sie in ihm immer eine ausgesprochen gute Partie gesehen. Ihre Wortwahl, nicht meine.

»Die Arme.« Er schenkte mir ein spöttisches Lächeln, das ich schwach erwiderte. Bela setzte sich zu mir und stupste mit dem Fuß vorsichtig gegen meinen. »Ich habe dich die ganze Woche kaum gesehen. Viel los?«

Anscheinend war heute der Tag der brenzligen Gespräche. Ich wandte den Blick ab und umklammerte meinen Blümchenbecher fester. »Ich hatte viel zu tun. Die Uni läuft semigut und ich war zum Lernen viel in der Bibliothek und bei Asta.« Das stimmte nur zur Hälfte. In Wahrheit hatte ich es bewusst vermieden, zu viel zu Hause zu sein. Seit der Party hing ich gedanklich in diesem Moment fest, den Fin und ich an meinem Bett geteilt hatten. Ich war süchtig nach dieser flüchtigen Erinnerung und ich wollte mehr davon. Mehr von ihm. Eine Tatsache, die ich schwer vor mir selbst eingestehen konnte – und unmöglich vor Bela. Ich rieb mir über die Stirn. »Blöde Woche. Und bei dir?«

»Blöde Woche würde ich unterschreiben.« Erst jetzt fiel mir auf, dass die Haut unter Belas Augen ungewöhnlich dunkel war. Die Art Müdigkeit nistete in seinem Gesicht, die nicht von zu wenig Schlaf, sondern von zu vielen Gedanken kam. Oder zu vielen Gefühlen.

»Wir sind ein trauriger Haufen«, stellte ich fest und entlockte ihm damit ein schiefes Grinsen. Er setzte an, etwas zu sagen, als das Türklingeln durch die Wohnung schrillte. Oben, nicht unten.

»Sind bestimmt die Nachbarn. Ich habe vorhin ein Paket angenommen«, erklärte ich und stand auf. »Ich gehe schon.«

»Wenn deine Mutter wieder anruft, werfe ich vielleicht deinen Laptop aus dem Fenster«, rief Bela mir nach.

Ich warf ihm einen Blick über meine Schulter zu. »Keine Einwände meinerseits.«

Als ich das Wohnzimmer erreichte, klingelte es wieder. »Komme«, rief ich laut und schlidderte die letzten Meter auf meinen Kuschelsocken über das Parkett. Ich angelte nach dem Paket, das ich neben dem Eingang abgelegt hatte, und öffnete gleichzeitig umständlich die Tür. Dementsprechend starrte ich zuerst auf ein paar Beine. Beine, die in einer dunklen Jeans steckten. So gar nicht der Stil unserer Nachbarin, die meistens in schicken Bürokostümen durch den Hausflur huschte.

Noch immer in der Hocke ließ ich den Blick höher wandern. Über einen roten Kapuzenpullover hinweg, hinauf in ein Gesicht, dessen Ausdruck zwischen Belustigung und Irritation festhing. Ein Gesicht, das mir in den vergangenen Jahren vertrauter gewesen war als mein eigenes. Ich hatte nie das Bedürfnis gehabt, in einen Spiegel zu sehen, wenn ich stattdessen ihn ansehen konnte.

Levi stand da, mit seinen perfekten Grübchen in den Wangen, dem leichten Lächeln auf den Lippen und den wirren blonden Locken. Er sah auf mich hinunter und sagte schlicht: »Hey, Süße.«

Und ich tat das, was mir als Erstes in den Sinn kam: Ich knallte mit voller Kraft die Tür wieder zu. So heftig, dass ich auf meinen Hintern fiel. Mein Herz raste, während ich mich aufrappelte und ein paar Schritte zurückwich. Fort von der Tür und der Stimme, die sich dahinter erhob.

»Effi, komm schon, mach auf. Ich muss mit dir reden.«

Ich bemerkte Bela erst, als er neben mir stehen blieb. »Wer ist das?«

Ich schüttelte den Kopf, spürte, wie meine Gesichtsfarbe sich der hellen Wand anglich. Woher wusste Levi, dass ich hier wohnte? Was zum Teufel wollte er hier? Und wieso konnte ich mich nicht mehr bewegen?

»Effi, mach die verdammte Tür auf. Ich bleibe hier stehen, bis wir geredet haben.«

Bela hob die Augenbrauen. »Reizender Typ.«

Ich schüttelte noch einmal den Kopf. Zu mehr war ich nicht imstande. Wie schon beim letzten Wiedersehen gab mir mein Gehirn verschiedene Impulse vor: *Renn in dein Zimmer. Versteck dich auf der Terrasse. Wirf dich auf den Boden und zieh dir den Pullover über den Kopf.* Mein Körper reagierte auf keinen davon. Allein das Atmen war überfordernd.

Levi klopfte erneut gegen die Tür. »Komm schon. Ich will doch nur mit dir reden. Du benimmst dich wieder einmal extrem albern.«

Wieder einmal? Hitze schoss in meine Wangen und ich ballte die Hände zu Fäusten.

Bela beobachtete mich dabei. Ich konnte sehen, wie sich seine Wangenmuskulatur anspannte und jedes bisschen Belustigung aus seinen Zügen sickerte.

»Soll ich ihn wegschicken?«, bot er ruhig an. Am liebsten hätte ich zugestimmt, mir in meinem Bett die Decke über den Kopf gezogen und mir die Augen ausgeweint. So, wie ich es schon oft wegen Levi getan hatte. Aber ich musste Levi endlich diese Macht über mich nehmen. Mein Körper und mein Herz gehörten mir. Ich musste dafür sorgen, dass sie das nicht jedes Mal vergaßen, kaum dass Levi in Sichtweite war.

»Nein«, erwiderte ich entschieden und straffte die Schultern. »Ist schon gut. Ich kläre das.«

Bela musterte mich aufmerksam, dann drückte er lächelnd meine Hand. »Wenn was ist, ruf einfach. Ich bin in der Küche.« Er wartete mein Nicken ab, ehe er den Flur verließ.

Ich atmete weitere fünf Sekunden tief durch und gerade, als Levi wieder anfing, gegen die Tür zu klopfen, riss ich sie auf. »Na endlich.« Er schüttelte seine Faust aus und sah mich genervt an. Als wäre es meine Schuld, dass er minutenlang unsere Tür demoliert hatte.

»Was willst du hier?« Meine Stimme klang kälter und sachlicher, als ich mir zugetraut hatte. In meiner Brust stampfte mein Herz noch immer mit eisenbeschlagenen Stiefeln.

Er hob die Augenbrauen und machte einen Schritt auf mich zu. Krampfhaft presste ich die Fersen auf das Parkett, um nicht zurückzuweichen. Meine Wohnung, mein Körper, mein Herz.

»Willst du mich nicht hereinbitten?«

»Nein.«

Er seufzte. »Komm schon, Effi. Ich würde gern mit dir reden. Unter vier Augen.«

»Der Flur ist sicher so freundlich und macht seine kurz zu«, erwiderte ich barsch und verschränkte die Arme vor der Brust. Um nichts in der Welt würde ich ihn hier hineinlassen. »Woher weißt du, dass ich hier wohne?«

»Ari hat es mir gesagt. Er hat erzählt, dass ihr euch letztens getroffen habt.« Levi lehnte sich gegen den Türrahmen und zupfte an den Kordeln seines Hoodies. Ich versuchte, nicht darüber nachzudenken, wie oft ich diesen getragen hatte, wenn mir abends kalt gewesen war. Versuchte, mich nicht an den Geruch zu erinnern, der sich im Stoff vergraben hatte, ganz gleich, wie oft man ihn wusch. Levi in jeder Faser. Ein Stück tragbare Geborgenheit.

Ich umfasste meine Unterarme fester. »Was willst du hier, Levi?«

»Mit dir reden«, gab er unschuldig lächelnd zurück. Zu unschuldig. Das hier ergab keinen Sinn.

»Wirklich? Auf einmal? Ich dachte, mit solchen Aktionen machen wir es nur noch komplizierter.« Ich tippte mir gespielt nachdenklich ans Kinn. »Wie hast du es so schön ausgedrückt? Das ist ein bisschen armselig, nicht wahr? Tu uns das beiden bitte nicht an.«

Levi lachte leise – diesen Ton, den ich jahrelang als meinen liebsten beschrieben hätte. Jetzt hätte ich lieber zugehört, wie jemand mit den Fingernägeln über eine Tafel kratzte. »Okay, schon gut. Das habe ich verdient. Was ich an diesem Abend zu dir gesagt habe, war ... ein bisschen daneben. Ich war nervös wegen des Gigs und dich zu sehen, hat mich völlig aus dem Konzept gebracht.« Er lächelte zaghaft. »Tut mir leid, dass ich ein Arsch war. Wieder mal.«

Ich wusste genau, was er da machte. Diese Entschuldigungschose hatte ich in unserer Beziehung in abgewandelter Form ziemlich oft erlebt. Immer wieder, wenn Levi mich versetzte, seine schlechte Laune an mir ausließ, etwas Unbedachtes sagte, das mich kränkte, mir nicht zuhörte oder das Erzählte sofort wieder vergaß. Ich war immer bereitwillig auf seine Entschuldigung eingegangen, weil man das eben so machte. Lieben bedeutete verzeihen. Aber ich wollte ihm nicht mehr verzeihen. Und ich wollte ihn ganz sicher nicht mehr lieben.

»Sag mir einfach, was du willst. Ich habe keine Lust auf Spielchen.«

Er zögerte kurz, dann nickte er langsam. Das Lächeln verschwand aus seinem Gesicht, dafür legten sich leichte Konzentrationsfalten auf seine Stirn. »Ich wollte dich um Hilfe bitten. Nicht für mich, sondern für die Band«, fügte er hinzu, als ich bereits den Mund öffnete. »Ari hat dir von dem Auftritt im *Dream On* erzählt, oder?«

Ich nickte und Levi holte tief Luft.

»Der ist in ein paar Tagen. Wenn wir es schaffen, den Produzenten zu beeindrucken, dann könnte uns das eine Riesenchance verschaffen. Wir könnten«, er stockte und fuhr sich durch die wirren Locken. »Ich muss dir nicht erklären, wie verdammt wichtig das für uns ist. Wenn jemand das versteht, dann du.«

Mein Herz machte einen unautorisierten Satz bei der Wärme, die an seinen Worten mitklang. Dennoch verzog ich keine Miene. »Und was willst du jetzt von mir? Soll ich die Eintrittskarten für euch abreißen?«

Er schüttelte den Kopf. »Wir würden gern einen Merchandise-Stand aufbauen. Du weißt schon. Ein paar CDs verkaufen. T-Shirts. So was halt. Und wir wollen Plakate aufhängen.«

Mein Mund klappte auf, als ich begriff, worauf das hier hinauslief.

»Ich weiß, dass du sauer bist, aber du bist diejenige, die unser Logo entworfen hat. Und du bist diejenige, die uns dabei helfen kann, es auf ein paar Artikel zu drucken. Du kennst dich mit so was aus, du ...«

»Ist das dein Ernst?«, unterbrach ich ihn fassungslos. »Du bittest mich darum, euch bei der Werbung zu helfen?«

Levi zuckte mit den Schultern, als wäre es legitim, mir das Herz herauszureißen und mich kurz darauf darum zu bitten zu helfen, den Wunsch seines zu erfüllen. »Wenn du es nicht mir zuliebe tun kannst, mach es für die Jungs.«

»Die Jungs?«, wiederholte ich schrill.

Levi seufzte leise. »Ja. Die drei lieben dich wie eine Schwester. Du kannst sie nicht hängen lassen. So bist du nicht, Effi.«

Oh, das wurde immer besser. Ich stemmte die Hände in die Seite.

»Versuchst du gerade wirklich, mich emotional zu erpressen? Nach allem, was du mir angetan hast?«

Levi stöhnte. Er sollte wirklich mal mit meiner Mutter telefonieren, die beiden hatten in etwa dasselbe Repertoire an Parasprache. »Sei doch nicht immer so dramatisch. Ich habe dir nichts *angetan*. Was passiert ist, ist dumm gelaufen. Wir haben beide Fehler gemacht.«

Etwas Ähnliches hatte er schon in dem Moment gesagt, als ich ihn mit ihr erwischt hatte. Keine aufrichtige Entschuldigung, keine Reue. Nur ein resigniertes Bedauern, dass unsere Beziehung sich so entwickelt hatte. Als wäre es absehbar gewesen, dass wir auf so einen Bruch zusteuerten. Leider hatte ich davon nichts mitbekommen und er hatte es versäumt, mich darauf hinzuweisen. Ich behauptete nicht, dass ich in unserer Beziehung immer alles richtig gemacht hatte, aber an der Art, wie sie ihr Ende gefunden hatte, trug ich keine Schuld. Ich hatte es so satt, mir das anhören zu müssen.

»*Ich* habe dich nicht betrogen! *Ich* habe dich nicht wochenlang belogen und hintergangen! *Ich* habe nicht alles weggeschmissen, was wir uns zusammen aufgebaut haben! Das waren allesamt deine Fehler, Levi!«

Er warf einen Blick über seine Schulter, als hätte er Sorge, die Nachbarn könnten uns hören. Besser gesagt mich – seine dramatische, kindische und furchtbar nachtragende Exfreundin.

»Und es tut mir leid, okay?« Er senkte die Stimme und sah mich eindringlich an. »Das habe ich jetzt zehnmal gesagt. Ich bin nicht perfekt, aber ich habe dich wirklich geliebt. Ich werde dich immer lieben.«

Ich lachte rau auf. »Gott, du hörst dich lächerlicher an als in deinen schnulzigsten Liedern.«

Er lächelte. »Das fehlt mir. *Du* fehlst mir.« Zögerlich hob er die Hand und strich mir eine Strähne hinters Ohr. »Komm schon. Ich brauche dich, Effi. Wir brauchen einander, weißt du nicht mehr?«

Ich war mir nicht sicher, ob es die Worte oder die Geste war. Etwas daran legte einen Schalter in mir um. Ich konnte es mir nicht erklären, aber auf einen Schlag war meine Wut völlig verflogen. Eine weiche Leere schwemmte durch mich hindurch und verdeckte all die widersprüchlichen Empfindungen in mir. Alles, was ich wahrnehmen konnte, waren Levis Finger, die sacht meinen Wangenknochen nachzeichneten.

Mein Gehirn versuchte neue Impulse zu senden: *Schlag seine Hand fort. Beiß ihm in die Finger. Ramm ihm das Knie in die Weichteile.*

Aber mein Körper hatte sich mit meinem Herz gegen mich verschworen. Ich blieb stehen und atmete flach, während seine Finger mein Gesicht erkundeten, wie sie es schon oft getan hatten. So, so oft.

»Fass mich nicht an«, brachte ich hervor, aber ich glaubte mir selbst nicht. Und in diesem Moment erkannte ich: Ganz gleich, was Levi mir angetan hatte, ganz gleich, wie sehr ich ihn dafür hasste, ganz gleich, welche Schmerzen es mir bereitete, ihn auch nur anzusehen – es war immer noch Levi. Mein Levi. Meine erste große Liebe. Levi, der mich auf den Schultern durch die Mensa trug. Levi, der mir am Lagerfeuer Gitarrenspielen beibrachte. Levi, der mich auf dem Abschlussball küsste, unter einem Meer falscher Sterne. Levi, der dafür sorgte, dass ich mich zum ersten Mal in meinem Leben gesehen fühlte. Kein Schmerz der Welt würde jemals in der Lage sein, diese Erinnerungen auszulöschen. Oder das Glück, das an ihnen hing.

Er machte eine Bewegung auf mich zu. »Ich weiß, dass ich dir auch fehle«, sagte er leise, nur Zentimeter von meinem Mund entfernt. Nur Zentimeter von einem wirklich großen Fehler entfernt.

»Am besten lässt du sie das selbst entscheiden.« Die Stimme kam hinter ihm auf, als ich das Gefühl hatte, seine Lippen schon auf meinen zu spüren. Levi ließ mich los und drehte sich zur Seite, sodass wir beide zur Tür sehen konnten. Auf einen Schlag sickerte das bisschen Farbe, das ich in den vergangenen Minuten zusammengesammelt hatte, wieder aus meinem Gesicht.

Fin stand im Rahmen, die Hände in den Hosentaschen, der Blick ausdruckslos. Trotzdem glaubte ich, einen Funken Emotion erahnen zu können. Wut, Enttäuschung, Unverständnis?

»Und wer bist du, dass du dich da einmischst?«, fragte Levi genervt, ehe er sich zu mir wandte. »Kennst du den etwa, Süße?«

»Ich würde es begrüßen, wenn du aufhören würdest, meine Freundin so zu nennen«, kam mir Fin zuvor. Ich zuckte zusammen, aber der Blick, den er mir dabei zuwarf, hinderte mich daran, ihm zu widersprechen. Oder angesichts dieser absurden Aussage zu lachen.

Levis Stirn legte sich in tiefe Falten. »Freundin?«

Ich bemühte mich um einen gelassenen Gesichtsausdruck, während sich Fin an Levi vorbeischob und in die Wohnung trat. Er verzichtete darauf, mir reviermarkierend einen Arm um die Schulter zu legen oder Ähnliches. Zum Glück, andernfalls hätte ich hundertprozentig einen Lachanfall bekommen. Allein seine Nähe, die ich wie eine flimmernde Wand spürte, sorgte dafür, dass ich mich beruhigte. Mit jedem Herzschlag bemerkte ich, wie Levis Einfluss von mir abließ und ich mehr zu meinem Selbst zurückfand. Dem Selbst, das Levi definitiv nicht küssen, sondern loswerden wollte.

Er ließ den Blick von mir zu Fin wandern und verengte leicht die Augen. »Du bist der Typ aus der Bar. Ihr seid wirklich zusammen?«

Fin schaltete schnell. »Was dachtest du denn? Dass sie irgendeinen x-beliebigen, fremden Typen küsst, um dir etwas zu beweisen?« Er rümpfte ungläubig die Nase. »So schräg ist nicht einmal Effi«, schob er dann hinterher und musterte mich mit einem weichen Lächeln.

Er war wirklich gut. Deswegen verzichtete ich auch darauf, ihm für diese Aussage auf den Fuß zu treten.

Levis Mundwinkel sackten ab, als hätte er in etwas Verdorbenes gebissen, und er wich einen Schritt zurück von mir. Von uns. »Scheint so, als hättest du nicht lange gebraucht, um über mich hinwegzukommen.«

Ich verschränke die Arme vor der Brust. »Immerhin habe ich gewartet, bis wir getrennt waren, nicht?« In diesem Moment war es plötzlich schwer, mich daran zu erinnern, dass da mal etwas anderes zwischen uns gewesen war. Etwas Helleres als diese unendlich drückende Bitterkeit.

Fin räusperte sich und Levi riss den Blick von mir los. Er fuhr sich durch die Locken, als er weiter zurückwich. »Überleg es dir, Effi. Egal, was zwischen uns war oder ist, die Jungs zählen auf dich.«

»Deswegen haben sie auch dich vorgeschickt, was?« Ich schnaubte, obwohl ich spüren konnte, dass sich seine Worte einen Weg in meine Brust bahnten. Die Jungs bedeuteten mir viel und das wusste Levi ganz genau.

»Das war meine Idee. Ich wollte dich sehen.« Sein Blick wanderte kurz zu Fin, der sich nicht die Mühe machte, so zu tun, als würde er nicht zuhören. Levis Kiefer bewegte sich leicht, aber er verkniff sich jedes weitere Wort. Mit einem letzten Blick in meine Augen, der mich mehr traf, als er sollte, wandte er sich ab und verschwand im Hausflur.

Fin regte sich zuerst. Mit Schwung warf er die Tür ins Schloss. Das Geräusch hallte durch die Wohnung und echote in meiner hohlen Brust. Ich gab meinen weichen Knien nach und sackte zusammen, bis ich auf dem Boden kniete und die Arme um meinen Kopf schlingen konnte.

Was war gerade passiert? Und was noch wichtiger war: Was wäre passiert, wenn Fin nicht gekommen wäre? Und am allerwichtigsten: Wieso war ich so ein jämmerliches Etwas, wenn es um Levi ging?

Gott, ich hasste mich so. Nein – ich hasste ihn. Levi, mit seinen blöden, perfekten Grübchen und diesem warmen Lächeln und …

»Was macht sie da unten?«

»Darauf warten, dass mich der Boden verschlingt«, brummte ich in den Stoff meines Pullovers. Als ich es wagte, zwischen meinen Armen hindurchzublinzeln, sah ich Bela neben Fin stehen. Beide musterten mich aufmerksam – Bela besorgt, Fin eher skeptisch.

»Bier?«, fragte Bela und hielt mir eine Hand hin.

»Schnaps«, erwiderte ich und ließ mich von ihm hochziehen.

Kurz darauf saß ich am Küchentisch, ein Shotglas mit Wodka in den Händen, zwei schweigsame Männer vor mir. Ich konnte nur hoffen, dass Bela nichts gehört hatte, als Levi den Kuss zwischen Fin und mir angesprochen hatte. Allerdings wirkte er nicht verärgert, nur ziemlich mitfühlend.

»Falls es dich aufbaut: Du warst wirklich sehr gut. Energisch, entschlossen und selbstbewusst«, sagte Bela schließlich.

»Bis du beinahe mit ihm rumgemacht hättest«, fügte Fin hinzu.

Ich kniff die Augen zusammen, um ihn nicht ansehen zu müssen. Vielleicht war es nicht einmal das Schlimmste, wie ich mich vor Levi verhalten hatte, sondern die Tatsache, dass Fin es mit angesehen hatte. »Danke für die Erinnerung.«

»Gern geschehen.«

Ohne die Augen zu öffnen, legte ich den Kopf in den Nacken und kippte den Schnaps hinunter. Meine Speiseröhre brannte, mein Herz auch. Ich unterdrückte ein Husten und schob das Glas blind nach vorne, hin zu Bela und der Wodkaflasche.

»Jetzt ist es amtlich: Levi ist mein Kryptonit.« Ich nahm das Glas entgegen, das mir Bela gefüllt zurückgeschoben hatte. »Sobald er in der Nähe ist, spaltet sich meine Seele in zwei Teile. Nur nicht in Gut und Böse, sondern in Emanzipations-Effi und Erbärmlichkeits-Effi. Und Letztere übernimmt dann das Handeln.« Ich brach ab, um den zweiten Shot zu exen. Das Brennen wurde weicher, sowohl im Hals als auch im Brustkorb.

Auffordernd schob ich Bela das Glas zu, doch Fin nahm ihm die Schnapsflasche ab und stellte sie neben sich auf den Boden. »Ich glaube, das reicht erst einmal.«

Da konnte ich leider nicht zustimmen. Wenn ich irgendwie klarkommen sollte, brauchte ich mehr Alkohol. Und definitiv mehr Abstand zu Fin. Stöhnend vergrub ich das Gesicht in den Händen. »Ich will nicht mehr. Ich will nicht ständig weinen. Ich will stark und unabhängig und glücklich sein. Gott, ich habe es so satt, traurig und verwirrt zu sein.«

Belas Stimme drang nur halblaut zu mir durch. »Dann tun wir jetzt etwas, um dich glücklich zu machen.«

Unschlüssig blinzelte ich durch meine Finger zu ihm hindurch. »Wir kaufen mir ein Eis?«

»Träum ein bisschen größer, Effi.« Er lächelte und trotz der Müdigkeit in seinen Zügen wirkte er so optimistisch, dass ich die Hände sinken ließ.

»Eis und Kekse?«

Bela grinste breiter und wuschelte mir sanft über das Haar. »Zieh dir was Gelbes an. Wir gehen heute aus.«

Kapitel 9

Das *Dream On* überforderte mich auf Anhieb. Der Club befand sich in einer Art Gewölbe, sodass man erst einige Treppen hinabsteigen musste, ehe man die Tür fand. Im Eingangsbereich hingen riesige Traumfänger von den Deckenbalken und die Wände waren mit so vielen Spiegeln ausgekleidet, dass ich ständig Angst hatte, gegen einen zu laufen. Ich hatte Bela und Fin kurz nach unserer Ankunft aus den Augen verloren, als sie sich auf die Suche nach Adam und seinen Kommilitonen machten. Eine Tatsache, die mir nicht unlieb war, insbesondere, weil wir Asta vor dem Eingang getroffen hatten. Ihre Gesellschaft war weitaus angenehmer als die von Fin und Bela in Kombination.

Es war weit nach Mitternacht, als ich sie endlich dazu überreden konnte, eine Pause vom Tanzen einzulegen. Hier gab es zwar keine Teppichkanten, über die ich stolpern konnte, dafür eindeutig zu viele Menschen auf zu engem Raum.

Wir fanden eine schmale Nische zwischen Tanzfläche und Garderobe, in der die Musiklautstärke erträglicher war.

»Verrätst du mir jetzt, warum wir ausgerechnet heute deine Abneigung gegen Clubs in Angriff nehmen?«, fragte sie und löste ihren Dutt, sodass ihr das feuchte Haar auf die Schultern fiel.

»Ich hatte vorhin Besuch von Levi.« Ich lehnte mich seitlich gegen einen Spiegel. Meine Füße taten weh, obwohl ich bequeme Turnschuhe trug, und ich spürte die Hitze der anderen Menschen auf meinem Körper, als würden mich hundert Decken umhüllen. Mittlerweile sehnte ich mich nur noch nach meinem Bett, Eiscreme und einem schlechten Hollywoodfilm mit irgendeinem Ryan in der Hauptrolle und einer Happy-End-Garantie.

»Lass mich raten: Ihm ist aufgefallen, dass er den Fehler seines Lebens gemacht hat und er dich unbedingt zurückwill.«

»Nicht ganz. Ihm ist lediglich aufgefallen, dass er mich braucht, um seinen nächsten Auftritt zu bewerben.«

Astas gekonnt geschminkte Augen wurden größer. »Diese widerliche, armselige Michelangelo-Kopie für … scheiße!« Sie hielt abrupt inne und legte mir eine Hand auf den Unterarm. Ihr Blick war hinter mir hängen geblieben.

Sofort versteifte ich mich. »Sag mir bitte nicht, dass er hier ist.«

»Nicht ganz«, murmelte sie, als ich schon bemerkte, wie jemand neben uns zum Stehen kam.

»Effi, hey.«

Langsam drehte ich mich um und sah zu Ari auf. »Hi. Schon wieder.«

Es überraschte mich nicht, ihn hier zu sehen. Levis Jungs waren immer lieber ausgegangen als ich. Ich reckte unauffällig meinen Hals, um zu sehen, wer ihn begleitete, doch da war niemand. Immerhin war Levi nicht bei ihm. Zweimal an einem Tag hätte ich niemals verkraftet.

»Asta, wie geht's dir?« Er lächelte meiner Freundin zu, aber ihre Mundwinkel zuckten nicht einmal.

»Lass gut sein, Judas.« Mit gerecktem Kinn wandte sie sich an mich. »Ich besorge uns Tequila, ja?«

Und schon verschwand sie in Richtung Bar. Ari sah ihr nach und schüttelte bedauernd den Kopf. Ich wusste, dass Asta und Ari an irgendeinem Abend rumgeknutscht hatten – und auch, dass Ari durchaus interessiert daran gewesen wäre, das zu wiederholen. Vermutlich wurde ihm gerade bewusst, dass er das endgültig abhaken konnte. Wenn es eine Eigenschaft gab, die Asta über alle anderen stellte, dann war es Loyalität. Schließlich konzentrierte er sich wieder auf mich. »Auf einmal fällt einem auf, wie klein die Stadt ist, was?«

»Vielleicht ist das der Moment, dich darum zu bitten, nicht jedem zu erzählen, wo ich wohne«, sagte ich eindringlich, obwohl ich nicht wirklich wütend auf ihn war. Der ganze Tag hatte mich so zermürbt, dass ich nur noch müde war.

Ari lächelte zerknirscht. »Ja, das tut mir leid. Du weißt, wie Levi sein kann, wenn er sich etwas in den Kopf gesetzt hat. Ich hab ihm gesagt, dass du nicht so wild darauf bist, ihn zu sehen.«

»Kann man so sagen.«

»Also hat er dich gefragt?«

»Hat er.«

Die Frage glänzte in seinen dunklen Augen, aber ehe sie es zu seinen Lippen schaffte, legte sich plötzlich eine Hand auf meinen Rücken. Ich zuckte zusammen, als sich jemand neben mich schob. Jemand mit schwarzer Kleidung und einer tiefen vollen Stimme, die problemlos über die Musik hinwegdrang. »Da bist du ja.«

Ich rang mir ein Lächeln ab, obwohl mich alles an dieser Situation überforderte. Fins Körper neben meinem, seine Hand auf meinem Rücken, direkt auf dem schmalen Streifen nackter Haut unterhalb meines sonnengelben Shirts. Und Ari, der den Blick zwischen uns hin- und herwandern ließ.

Ich räusperte mich. »Ähm, ja. Das ist Ari. Einer von Levis Bandkollegen. Ari, das ist Fin. Ein Freund meines Mitbewohners.«

»Ach.« Ari musterte Fin interessiert. »Dann bist du bestimmt Camembert.«

O Gott. Das hatte ich komplett vergessen. Mein Gesicht wurde heiß und ich strich mir schützend mehr Haar vor die Wangen. Fin runzelte die Stirn. Ehe er etwas sagen konnte, lachte ich nervös auf und tätschelte seinen Arm. »Entschuldige, ich habe Ari das mit dem Spitznamen erzählt.«

»Und ich würde zu gern wissen, wie es zu dem kam«, fügte Ari wenig hilfreich hinzu.

Fins Stirn glättete sich, während seine Mundwinkel sich zu einem sachten Grinsen verzogen. »Was sagst du, Gouda? Erzählen wir es ihm?«

Ich grub die Finger tiefer in seinen Unterarm und hoffte, dass das ansatzweise so schmerzte wie das falsche Lächeln auf meinem Mund. »Nein, ich denke, das bleibt unser käsiges Geheimnis.«

Ari schüttelte grinsend den Kopf. »Schon gut, ich sollte eh langsam zurück zu meiner Begleitung. Wir sehen uns, Effi.« Er musterte Fin erneut. »Hat mich gefreut, Mann.«

Ich wartete, bis Ari Richtung Bar verschwunden war, dann ließ ich den Kopf nach vorne gegen Fins Brust sacken. Sein Shirt roch nach dem Club – Bier, verblasster Rauch, zu viel Haut. Und doch, darunter, ganz schwach, nach ihm.

»Camembert?«, wiederholte er nach ein paar Sekunden.

»Die Erklärung würde es nicht logischer erscheinen lassen, fürchte ich«, murmelte ich resigniert.

Fin lachte leise, ich spürte die Vibration seiner Brust auf meiner Haut. »Das überrascht mich nicht.«

Langsam löste ich mich von ihm und hob den Blick, hin zu seinem Gesicht, das meinem näher war, als ich geahnt hatte. Erst jetzt wurde mir bewusst, dass wir allein waren. Etwas, das ich den ganzen Abend vermieden hatte. Mit gutem Grund. Das rotstichige Licht der Nische legte sich wie ein Kokon um unsere Körper, engmaschig und warm. Die Hitze kroch durch meine Venen und streckte sich zielstrebig nach meinen Muskeln aus. Bereit, mich zu etwas zu bringen, das ich nicht tun durfte. Mein Mund wurde trocken, ich wich einen Schritt zurück, sodass ich den Spiegel in meinem Rücken spürte. »Du musst jetzt aber nicht jedes Mal an mir kleben, wenn einer der Jungs in der Nähe ist.«

»Nicht?« Er neigte den Kopf leicht zur Seite. Das Licht warf einen tiefen Schatten auf sein Gesicht, betonte seine Kiefermuskulatur. In diesem Moment schwor ich mir, ihn irgendwann einmal zu zeichnen. Nicht auf eine dramatische Rose-und-Jack-auf-sinkendem-Schiff-Weise, sondern einfach, weil er so verdammt schön war.

»Nein«, erwiderte ich verzögert und zwang mich dazu, den Blick abzuwenden. »Ich bin eine coole Freundin, weißt du? Du darfst dich auch mit anderen Leuten unterhalten.«

»Ich verstehe wirklich nicht, wie er dich hat gehen lassen können.«

Die leichte Belustigung zwickte mir in die Wangen. Ich spürte die Röte und war für den Bruchteil eines Gedankens dankbar dafür, dass er sie nicht sehen konnte. Gott, ich musste hier weg. Weg von ihm. So verwirrt, wie ich heute war, traute ich mir selbst nicht.

»Ich gehe Asta suchen«, brachte ich hervor.

Als ich an ihm vorbeigehen wollte, hielt er mich am Ellbogen zurück. Die Berührung war nicht grob, aber ich zuckte dennoch zusammen. Sein Blick war um einiges fester, als er sich auf meine Augen fokussierte.

»Effi, gehst du mir aus dem Weg?«, fragte er so ruhig, dass ich ihn einen Moment lang nur perplex anstarren konnte. Als ich versucht hatte, Fin zu meiden, hatte ich nicht einmal ansatzweise gedacht, er könnte es bemerken.

»Was? Wie kommst du denn darauf?«

Er hob die Augenbrauen. »Abgesehen davon, dass du die vergangene Woche nicht ein einziges Mal da warst, wenn ich zu Besuch war? Du bist vorhin auf der Straße gelaufen, weil ich aus Versehen deine Hand gestreift habe.«

Mein Gesicht wurde heißer. »Der Bürgersteig war einfach zu eng für drei Menschen.«

»Also, gehst du mir aus dem Weg?«

»Suchst du denn meine Nähe?«, antwortete ich mit einer Gegenfrage, aber er ließ sich nicht ablenken.

»Würde das eine das andere bedingen?«

Seine Finger waren tiefer gerutscht, lagen locker um mein Handgelenk. Ich fragte mich, ob er spüren konnte, wie schnell mein Puls dagegen schlug. Und ich fragte mich, ob er sich dessen bewusst war, dass das nur an ihm lag. Ich schüttelte den Kopf und sah an ihm vorbei, nur um Ari zu bemerken, der uns von der Bar aus beobachtete. Er grinste mir zu und hob sein Bier.

»Ganz schön viel Vergangenheit heute.«

Fins Hand lag plötzlich an meinen Hals, strich behutsam über die Beuge, hinauf an meine Wange.

Ich schauderte. »Was tust du da?«

Er lächelte. »Was glaubst du denn?«

Ich schüttelte den Kopf. Fins Nähe durchwirbelte meine Gedanken so sehr, dass ich keinen mehr zu fassen bekam. Unter all dem Chaos in mir wusste ich, dass er das hier tat, um mir vor Ari zu helfen, leider hinderte das mein Herz nicht daran, heftig gegen meinen Brustkorb zu poltern. Entnervt von mir selbst rieb ich mir über die Schläfe. »Ich weiß das zu schätzen, aber das ist nicht nötig. Und du bist betrunken. Schon wieder.«

»Ein bisschen vielleicht.« Er zeichnete die Kurve meines Ohrs nach.

Ich presste die Hände an den Spiegel hinter mir, um sie nicht nach ihm auszustrecken. »Du trinkst zu viel.«

Sein Lächeln verkrampfte sich, eine schiefe Linie auf seinem so vollkommenen Gesicht. »Ich hab in letzter Zeit das Gefühl, es ist nicht genug.«

»Wie meinst du das?«, hakte ich verwirrt nach.

»Normalerweise hilft es mir, um Dinge zu verdrängen.«

»Was willst du denn verdrängen?«

Fins Berührung hielt inne. Sein Blick auch, direkt auf meinen Augen. Dann sagte er schlicht: »Dich.«

Mein Herz stolperte, mehr Hitze kroch in meine Wangen. So viel, dass es ihm unmöglich entgegen konnte. Mein Kopf fühlte sich an wie ein Heizstrahler. »Wieso?«, brachte ich heiser hervor.

Er neigte sich unvermittelt zu mir vor, bis sein Mund vor meinem Ohr schwebte. »Weil du dich geirrt hast, Effi. Du hast verdammt viel Chaos ausgelöst.« Seine Lippen verharrten dicht an meinem Ohrläppchen. So dicht, dass ich den Kopf nur etwas hätte drehen müssen, um ...

Entschieden drückte ich ihn mit einer Hand von mir weg. »Bela ist auch hier«, erinnerte ich ihn, gerade noch so laut, dass er es über die Musik hinweg hören konnte.

»Und wenn er nicht hier wäre?«

»Dann wären wir beide vermutlich auch nicht hier.«

Er lächelte erneut. Etwas echter und wärmer jetzt. »Dein Pragmatismus ist beeindruckend.«

»Das hat nichts mit Pragmatismus zu tun, sondern mit meiner Abneigung gegen Konjunktive.«

»Inwiefern?« Er machte einen Schritt zur Seite, sodass er mir die Sicht auf die Bar versperrte.

»Konjunktive zeigen dir auf, was du haben könntest, wenn du in einem Paralleluniversum leben würdest. Aber das hat nichts mit der Realität zu tun. Sie sind der Inbegriff falscher Hoffnung. Mit Konjunktiven zu denken ist feige.«

»Ich glaube eher, es ist ziemlich mutig. Manchmal muss man sich eingestehen, was man gerne hätte, um die Chance zu haben, es zu bekommen.«

»Und hast du das getan?«, hakte ich spöttisch nach. Es war leichter, ihn aufzuziehen, als darüber nachdenken zu müssen, ob er vielleicht recht hatte.

»Ich bin hier oder nicht?«

»Fin.« Ich musste lachen, weil diese Worte aus seinem Mund – mit mir als Adressatin, in dieser schrecklich unpassenden Situation – so absurd waren. Er wusste eindeutig nicht, was er hier tat, was er mit seinen Worten und seiner Nähe in mir auslöste. Wie sehr allein seine Anwesenheit an meiner alkoholaufgeweichten Selbstbeherrschung kratzte. Frustriert rieb ich mir über die Wange. »Du bist wirklich betrunken.«

Fin machte eine halbe Bewegung auf mich zu, obwohl ich sowieso schon das Gefühl hatte, ihn überall spüren zu können. »Na und? Was wäre, wenn, Effi?«

»Dann würde ich dir raten, jetzt Wasser zu trinken.«

»Siehst du? Du bist feige.«

Er sagte es nicht bösartig, eher mit einer milden Mischung aus Belustigung und Unzufriedenheit. Dennoch sorgte es dafür, dass etwas in mir kippte. Ich hatte es so satt, vernünftig zu sein, ich hatte es so satt zu tun, was richtig war. Ich wollte tun, was sich richtig *anfühlte*. Verdammt, ich war neunzehn und ungebunden und ich stand in einem Club vor dem Mann, an den ich in den vergangenen Wochen jeden Tag denken musste. Alles an ihm forderte mich heraus, mit dem Denken aufzuhören. Also tat ich genau das.

Ich schloss die Augen, atmete tief durch und tauchte dann ein in dieses Paralleluniversum, das existierte, seit ich Fin zum ersten Mal im Katergold gesehen hatte. Das seitdem immer wieder aufflackerte, wenn er in meiner Nähe war. Hier gab es keinen Levi, der schattenartig durch meine Erinnerung kroch, keinen Bela, der uns in diesem Moment hätte sehen können, keine Selbstzweifel, die mir zuflüsterten, dass Fin betrunken war und nichts davon so meinte. Hier gab es nur ihn und mich und eine einzige Handlung, die logisch war.

Ohne ein weiteres Wort streckte ich mich zu ihm auf, legte einen Arm um seinen Hals und küsste ihn. Zum zweiten Mal. Erneut in einem lauten, bunten, vollen Raum, der auf uns zusammenschrumpfte, kaum dass unsere Lippen sich berührten. Die Stille war weich und wohltuend, so wie Fins Hände auf meinen Hüften, so wie sein Mund, der sich auf meinem bewegte, so wie sein Körper, der mich bereitwillig entgegennahm. Als hätte er die ganze Zeit darauf gewartet, dass ich das tun würde. Und während ich mich seiner Nähe hingab, verstand ich, dass ich das ebenfalls getan hatte.

Es kostete mich alles an Willenskraft, mich wieder von Fin zu lösen. Schwer atmend verharrte ich auf den Zehenspitzen, um ihm näher zu sein – und weil ich mir nicht sicher war, wie meine Muskeln funktionierten.

»Mutig genug?«, fragte ich, die Stimme kussschwer und heiser.

Fin lächelte. Seine Hände waren noch immer auf mir, eine im Nacken, die andere an meiner Taille. »Gutes Paralleluniversum«, erwiderte er leise.

Und ich wusste, dass es gedankenlos war – aber verdammt, er hatte recht. Das hier war das beste Paralleluniversum, das ich mir vorstellen konnte. Deswegen folgte ich ihm bereitwillig, als er mich an der Hand nahm und mit sich zog, fort von der Bar und der Tanzfläche, hin zum Ende des Flurs und der Ecke, in der der Notausgang lag.

Er presste mich daneben gegen die Wand und küsste mich erneut. Drängender, fordernder. Hitze schoss in meine Magengrube und breitete sich von dort aus mit zielstrebigen Bewegungen aus. Jede Nervenzelle vibrierte. Ich umklammerte Fins Schultern, schob die Hand in seinen Nacken, spürte den kurz geschorenen Haaransatz, das Anspannen seiner Nackenmuskulatur. Fin stöhnte an meinem Mund und kam näher zu mir. Ich biss ihn sacht in die Unterlippe und ließ eine Hand unter sein Shirt wandern. Seine Haut bebte unter meiner Berührung. Mein Inneres rauschte. Die Gedanken stoben in bunten Nebelfetzen auseinander, alle so bedeutungsschwer und doch nichtssagend. Ehe ich die Hand höher – oder tiefer – gleiten lassen konnte, hielt er sie mit seiner fest. Er drückte sie gegen die Wand und funkelte schwer atmend auf mich hinab. Seine Pupillen waren erweitert, sein Mund war rot und voll und unfassbar schön.

»Du musst aufhören«, murmelte er. Zwischen seinen Augenbrauen hatte sich eine tiefe Falte gebildet.

»Womit?« Ich lehnte mein Becken etwas vor, presste es gegen ihn, genau an die Stelle, an der ich spüren konnte, dass er ganz und gar nicht wollte, dass ich aufhörte.

Er keuchte leise, sein Mund nur Millimeter von meinem entfernt. »Mich so anzusehen.« Seine Stimme strich über meine Lippen und ich öffnete sie unwillkürlich.

Ich wollte ihn küssen, ich wollte ihn schmecken, ich wollte ... ihn. Mit allem, was er war.

»Wie sehe ich dich denn an?« Ich hob die freie Hand und strich seine Elle hinauf, fuhr die Sehnen auf seiner Haut nach, die sich so prägnant abhoben. Seine Armhärchen stellten sich auf und ich lächelte. Es war unfassbar überwältigend, mir bewusst zu machen, dass ich eine solche Wirkung auf ihn hatte.

»Als würdest du mich anflehen, nie wieder aufzuhören, dich zu küssen.« Fin ließ meine andere Hand los, schob seine stattdessen an meinen Hals. Seine Fingerspitzen glitten mein Schlüsselbein entlang, spielten am Saum meines Ausschnitts. Ich konnte spüren, wie meine Brustwarzen sich verhärteten, und ließ den Kopf gegen die Wand sacken.

»Wieso ist das schlimm?«, brachte ich atemlos hervor.

Fins Hand strich über den Stoff meines Shirts, verstärkte den Druck über meiner Brust. Ich wusste, dass er spürte, was das mit meinem Körper machte. »Weil ich gleich weitaus mehr tue, als dich nur zu küssen«, erwiderte er tonlos.

Sein Knie schob sich zwischen meine Beine und ich öffnete sie bereitwillig. Mein Unterleib brannte. Ich wollte ihn so sehr, dass es wehtat. Seine Hand hatte sich unter mein Shirt geschoben, seine Finger berührten meine nackte Taille, den Spitzenansatz meines BHs, die Wölbung meiner Brustwarze. Zwischen unseren Körpern war keine Luft mehr, nur noch ein Vibrieren, das mich zum Zittern brachte.

»Okay«, sagte ich und wusste nicht, was genau ich damit meinte. In diesem Moment war es alles, was ich sagen konnte. Alles fühlte sich okay an, wenn er mich berührte. Nicht nur okay. Sondern gut. Großartig. Perfekt. Unfassbar echt.

Fins sah auf meine bebenden Lippen. Seine Pupillen waren geweitet, sein Blick dunkel, lustverhangen. Dann schloss er die Augen und schüttelte den

Kopf – kurz, ruckartig. »Ich kann Bela das nicht antun.« Ein Murmeln, fast schon ein Knurren. »Nicht schon wieder.«

Es gab Situationen, in denen man beinahe alles sagen könnte und es bliebe bedeutungslos. Diese Momente, in denen man viel zu viel fühlte, um wirklich etwas zu hören. Das war ein solcher. Fin hätte so vieles sagen können und nichts davon hätte mich davon abgehalten, ihn mit jeder Zelle meines Ichs zu wollen. Bis auf das. *Schon wieder.* Es rief mir etwas ins Bewusstsein, was ich die vergangenen Minuten erfolgreich verdrängt hatte. Für Fin war das hier nichts Besonderes.*Ich* war nichts Besonderes.

Mein Körper war wie erstarrt, als er von mir zurückwich und mit der Hand an seiner Mütze zupfte. Sein Blick hing an meinem Gesicht, aber ich glaubte nicht, dass er richtig hinsah. Sonst hätte er bemerken müssen, wie sehr seine Worte mich getroffen hatten.

Er schloss erneut die Augen und kniff sich in die Nasenwurzel, ehe er weiter von mir zurückwich. »Okay. Warte hier. Ich hol uns was zu trinken. Wir sollten reden.«

Ich antwortete nicht. Schweigend sah ich ihm nach, als er mit langen Schritten über den Flur in Richtung Bar verschwand. Ich hatte keinen Plan, als ich mich zur Seite drehte und den Notausgang öffnete. Ich wusste nur, dass ich ganz bestimmt nicht warten würde, um mir von ihm etwas erklären zu lassen, was ich längst verstanden hatte.

Der Ausgang führte auf der anderen Seite des Clubs hinaus. Die Nachtluft strich über den kalten Schweiß meiner Haut, als ich die schmale Treppe hinaufstieg. Auf einen Schlag fühlte ich mich völlig ausgenüchtert. Nicht nur der leichte Rausch des Alkohols, auch der von Fins Nähe war mitsamt der stickigen Luft im Club zurückgeblieben.

Gott, was hatte ich getan? Wie konnte ich so bescheuert sein? Fröstelnd umklammerte ich meine nackten Arme und wollte gerade um die Ecke biegen, als ich ihn sah.

Direkt vor einer Bushaltestelle auf dem Bordstein saß Bela und drehte eine halb volle Wodkaflasche in den Händen. Ein ungutes Gefühl überkam mich, als ich auf ihn zusteuerte. »Was machst du denn hier draußen?«

Er hob den Kopf und sah mich aus müden Augen an. Die Ringe darunter wirkten im grellen Licht der Haltestelle noch ungesünder als vorhin.

»Hast du das ganz allein getrunken?«, hakte ich weiter nach und zeigte auf die Flasche.

Bela antwortete nicht, aber er deutete blind über seine Schulter. Ich folgte dem Wink, hin zu dem überdimensionalen Plakat an der Bushaltestelle. Es warb für irgendeine neue Vorabend-Telenovela. In der Mitte stand eine junge hübsche Frau mit schwarzen Locken und einem breiten Lächeln. Ihrem Outfit und dem Titel »Fly high« zufolge, handelte die Serie von einer Stewardess. Den zwei Männern zufolge, die versetzt hinter ihr standen, hatte diese eine wirre Liebesgeschichte.

Ich runzelte die Stirn und sank neben ihn auf den Bordstein. »Ist die Serie so mies?«

Bela schüttelte den Kopf. »Nein, sie ist bestimmt großartig. Weil *sie* großartig ist.«

Mein Blick zuckte erneut zum Plakat. Hin zu dem Namen, der direkt unter der Frau stand. Milena Deva. *Mila.*

Erschüttert strich ich ihm über den Rücken. »Ist das deine Mila?«

»Das dachte ich mal, ja.«

»Scheiße.«

Er lachte rau auf. »Du sagst es. Die ganze Woche schon laufe ich durch die Stadt und sehe nur noch sie. Und zwar nicht mehr nur, weil ich mir ständig einbilde, sie in irgendwelchen wildfremden Menschen zu erkennen, sondern weil sie einfach überall auf diesen beschissenen Werbeplakaten abgebildet ist.« Er lehnte seinen Kopf gegen die Knie und gab ein so verzerrtes Stöhnen von sich, dass ich seinen Schmerz körperlich wahrnehmen konnte.

Vorsichtig legte ich den Arm fester um ihn und das Kinn auf seiner Schulter ab. Ich sagte nichts, ich saß nur da und wartete, bis sich seine Atmung beruhigt hatte.

Als ich die Schritte hörte, wusste ich sofort, wer auf uns zukam. Diese fast schon grobe Entschiedenheit hätte ich überall wiedererkannt.

Fins Blick glitt von mir zu Bela. Schlagartig waren da nur Fokus und

Konzentration in seinen Augen. Das, was zwischen uns passiert war, spielte keine Rolle mehr. Hatte es aber vermutlich eh nie.

»Was ist passiert?«

Bela stöhnte und vergrub das Gesicht tiefer in den Händen. Ich deutete wortlos auf das Plakat.

Fins Miene verfinsterte sich. »Dieses dumme Miststück ist echt überall.«

»Rede nicht so über sie.« Belas Stimme versickerte zwischen seinen Fingern, übrig blieb ein träges Schlingern der Silben.

»Selbst betrunken noch ein Gentleman«, sagte ich mit einem leichten Lächeln und streichelte über seinen Rücken. »Na komm. Wir bringen dich jetzt nach Hause.«

***

Wir brauchten lange, bis wir Bela dazu gebracht hatten aufzustehen. Ich schrieb Asta eine Nachricht, um ihr Bescheid zu geben, und sie darum zu bitten, meine Jacke später mitzunehmen. Auf dem Weg sprach keiner von uns. Fin lief neben Bela her und zog ihn ein paarmal beiläufig zur Seite, wenn er beinahe vom Bürgersteig kippte, ich umklammerte den Wodka vor der Brust, hin- und hergerissen zwischen den Impulsen, ihn wegzuschmeißen oder auszutrinken.

Zu Hause angekommen brachte Fin Bela in sein Zimmer, während ich in die Küche ging, um eine Gemüsebrühe zu kochen. Kein allmächtiges, aber doch ein hilfreiches Mittel gegen einen anrauschenden Kater. Zumindest für die körperlicher Art. Ich wünschte, es gäbe auch ein Wundermittel gegen Seelenkater. Vor allem, weil ich spürte, wie so einer bereits an meinen Herzkammern kratzte.

Entschieden drängte ich mich dagegen und fokussierte mich auf Bela. Sein Kummer war wichtiger als meiner. Ich füllte die dampfende Brühe in seinen liebsten Kaffeebecher und gab sogar eine Prise Pfeffer hinzu. Insgeheim hoffte ich noch immer, dass auch kleine Gesten tröstlich sein konnten.

Als ich seine Zimmertür mit dem Fuß aufstoßen wollte, ließ mich Belas ungewohnt barsche Stimme innehalten. »Sicher? Ich meinte zwar, dass du nett sein sollst, aber das, was du da machst, ist viel zu nett für deine Verhältnisse.«

»Also soll ich gemeiner sein?«

Mein Herz stampfte und ich umklammerte den Becher fester, obwohl die Hitze sich bereits durch meine Haut brannte.

Bela zögerte. Als er antwortete, klang seine Stimme weich und müde. »Ich mag sie, Fin. Sie ist die Richtige für diese Wohnung. Es fühlt sich endlich nach einem Zuhause an. Ich will sie echt nicht verlieren, nur weil dir mal wieder langweilig ist.«

Die Stille, die folgte, war so laut, dass ich am liebsten gegangen wäre. Ich wusste, dass ich es tun sollte. Denn ich wusste, dass das, was sich in Fins Schweigen ansammelte, mich verletzen würde. Mehr als alles andere, was er heute zu mir gesagt hatte. Und trotzdem blieb ich reglos stehen und wartete geduldig auf diesen letzten entscheidenden Stich.

Fin holte hörbar Luft. »Bela, du kennst mich gut genug, um zu wissen, dass sie nicht mein Typ ist. Ich hab Mitleid mit ihr, okay? Und ich gebe mir Mühe, weil du mich darum gebeten hast. Wenn ich damit aufhören soll, habe ich damit kein Problem. Sie geht mir nämlich wirklich auf die Nerven.«

Belas Antwort ging im Rauschen meines Gedankengewebes unter. Es wummerte schmerzhaft, aber ich drängte jeden einzelnen Wortfaden beiseite. Ich stand nur da, atmete und konzentrierte mich auf die Leere in meiner Brust. Diese seltsame Taubheit, die sich an die Stelle genistet hatte, wo Fins Nähe vor kurzer Zeit ein Feuer gelegt hatte. Vielleicht fühlte sich so verbrannte Erde auf Seelenhaut an.

Ich kniff die Augen zusammen und zählte bis zwanzig, ehe ich die Tür mit dem Fuß aufschob. Bela lag im Bett, ein Kissen über den Kopf gezogen, die Augen geschlossen. Fin saß auf dem Schreibtischstuhl daneben. Er hatte die Unterarme auf den Knien abgelegt und sah nicht auf, als ich auf ihn zuging, um den dampfenden Becher auf der Weinkiste abzustellen, die Bela als Nachttisch nutzte. Ein Teil von mir fragte sich, ob er wusste, dass ich ihn gehört hatte. Ob er es vielleicht sogar gewollt hatte.

»Du kannst jetzt nach Hause gehen. Ich pass schon auf ihn auf.«

»Nein, ich bleibe noch.« Fin warf einen Blick auf Bela. »Das bin ich ihm schuldig. Es gab so viele Nächte, in denen es andersrum war.« Seine Stimme brach, als wären die Worte zu erinnerungsbeladen.

»Schön, dass du so ein guter Freund bist.« Es klang emotionslos, obwohl ich spürte, dass ich kurz davor war zu weinen. Mein Blick flimmerte, ich fuhr mir über die Augen.

»Effi«, setzte Fin an. Mit den Buchstaben schwang irgendetwas mit, was ich nicht ganz deuten konnte. Frustration, Erschöpfung, Unzufriedenheit? Ich wollte es nicht ergründen. Ich wollte ihn nicht verstehen. Ich wollte nur noch weg.

»Gute Nacht, Fin«, sagte ich leise, während ich das Zimmer verließ. Wissend, dass an dieser Nacht absolut nichts gut gewesen war und dass ich daran niemandem die Schuld geben konnte, außer meinem naiven Selbst. Und vielleicht dem Sog eines Paralleluniversums, das nie existieren würde.

Kapitel 10

Die Musik dröhnte in meinen Ohren, obwohl ich so weit wie möglich von der Bühne entfernt stand. Selbst direkt neben der Bar bebte der Boden vom Bass. Das Vibrieren kletterte seit über einer Stunde über meine Zehen meinen Körper hinauf. Mittlerweile hatte ich das Gefühl, dass mein Inneres so durchgeschüttelt war, dass nichts mehr am richtigen Fleck saß. Vielleicht fühlte ich mich deshalb so fremd in dieser Situation, obwohl ich sie schon oft erlebt hatte.

Hastig machte ich einen Schritt zur Seite, um einer Frau auszuweichen, die vier Shotgläser auf einmal von der Bar nahm und in Richtung Tanzfläche verschwand. Ich selbst nippte an meinem zweiten Longdrink, in dem eindeutig mehr Rum als Cola war. Als der nächste Song einsetzte, spürte ich trotz des Basses das Vibrieren meines Handys. Mechanisch nahm ich es aus der Hosentasche und drückte Astas Anruf weg. Den dritten in Folge. Ich hatte weder ihr noch Bela hiervon erzählt, weil ich genau wusste, was sie gesagt hätten. Das, was ich auch an ihrer Stelle gesagt hätte: *Es ist absolut bescheuert, Tage deiner Freizeit, eine beträchtliche Menge Geld sowie unzählige Nerven dafür zu investieren, deinem untreuen Ex-Freund einen Gefallen zu tun.*

Ich wusste das alles. Und doch war ich am Samstag nach einer schlafarmen Nacht mit der Erkenntnis aufgewacht, dass ich es tun würde. Tun musste. Für mich.

Das, was am Freitag zwischen Fin und mir passiert war, hatte mir deutlich gemacht, wie egal ich ihm war. Ich war austauschbar, bedeutungslos, eine kurzweilige Abwechslung, mehr nicht. Es sollte mich nicht kümmern, aber es tat weh. Es tat so weh, dass ich es nicht aushielt. Ich brauchte etwas, das mir bewies, dass ich wichtig war und gebraucht wurde. Ich musste etwas Gutes tun. Und wenn das bedeutete, dass ich mich tagelang in meinem Zimmer einschließen, Plakate gestalten und das perfekte Profil meines Ex-Freunds auf T-Shirts drucken musste, dann war das in Ordnung.

Es hatte mir gutgetan, so seltsam es auch klang. Allerdings hatte ich nicht eingeplant, was passieren würde, wenn ich ins *Dream On* zurückkehren würde. Kaum, dass ich den Club betreten hatte, war meine Blase aus Skizzen und Farben, in die ich mich tagelang geflüchtet hatte, zerplatzt. Da war nur noch ich. Ich und dieser diffuse Schmerz in mir. Ich wusste nicht, was ich noch dagegen tun sollte, wohin ich gehen konnte. Also blieb ich.

Ich blieb, als sie mit dem Aufbau anfingen. Ich blieb, als das *Dream On* öffnete und die Gäste hineinströmten. Ich blieb, als das Licht gedämmt wurde und die Band die Bühne betrat. Und ich blieb, als Levis volle, weiche Stimme durch den Raum floss, bis ich das Gefühl hatte, sie einzuatmen.

Es war tröstlich und toxisch zugleich. Ich war so oft dabei gewesen, wenn die Jungs einen Auftritt gehabt hatten. Noch einmal in einen solchen Moment einzutauchen, hatte etwas von Nachhausekommen. Und doch war es anders. Weil ich eben kein Teil mehr davon war. Ich war nie eine Protagonistin gewesen, aber doch immer eine Nebenfigur. Und jetzt … jetzt war ich ein nutzloses Requisit, das an der Bar stand und bittere Drinks in sich hineinkippte.

Die Jungs waren wirklich gut. Ich wusste nicht, wo der Produzent war, aber ich war mir sicher, dass es ihn begeistern würde. Die Energie, die die Band umgab, machte den ganzen Raum zu etwas Lebendigem. Jeder sich bewegende Körper auf der Tanzfläche schien Teil von etwas Großen, Echten, Dynamischen zu sein. Vor mir lag dieses wogende Meer aus Freude und Begeisterung, das an meine Zehen schwappte und mich doch nicht aufnehmen konnte.

Als sie die Bühne verließen, vibrierte das Gewölbe von Klatschen, Rufen und Stimmgewirr. Und ich, ich hatte mich vielleicht noch nie so still gefühlt wie in diesem Moment. Sobald das Licht wieder heller wurde, griff ich nach meiner Jacke und bahnte mir einen Weg zum Hinterausgang. Ich hatte keine Lust, mich an Hunderten verschwitzten Körpern vorbeizudrängen, von denen die Hälfte dabei war, an meinen Ex-Freund zu denken.

Mein Handy klingelte erneut, als ich draußen auf die Treppe trat. Diesmal war es Bela. Ich schloss kurz die Augen, ehe ich den Anruf wegdrückte. In den letzten Tagen hatte er ein paarmal versucht, ein Gespräch anzufangen, aber ich hatte mich immer schnell zurückgezogen. Ich wusste, dass wir irgendwann über Fin sprechen würden. Ganz gleich, ob Bela etwas im *Dream On* gesehen hatte, ich spürte, dass er glaubte, etwas zu wissen. Doch da war nichts, über das man reden könnte. Nur ein Fehler, der alles komplizierter gemacht und mich letztlich dazu gebracht hatte zu kommen. Genau hierher. Vor einen Club auf eine Steintreppe, auf der ich nicht weitergehen konnte, weil nur einen Meter entfernt auf einer Zwischenplattform jemand stand. Und nicht irgendjemand, sondern der Mensch, dem ich heute eigentlich unbedingt aus dem Weg gehen wollte. Bis jetzt hatte das gut geklappt, jetzt blieb mir nichts anderes übrig, als ihn zu beachten.

»Du hast wieder angefangen zu rauchen?«, fragte ich.

Levi hob den Blick und aschte an der Hauswand ab. Seine Locken waren wirrer als sonst, zerzaust von Freudenschweiß und Nervosität. Das graue Shirt klebte feucht an seiner Haut und betonte all das, was ich seit Wochen zu vergessen versuchte. Ich verschränkte die Arme vor der Brust und grub die Finger in den Stoff des langärmligen Kleids. Es war weiß. Nicht, weil ich mich heute zielstrebig, fokussiert oder unaufhaltbar fühlte, sondern weil Levi diese falsche Farbe an mir am liebsten mochte. Ich hasste mich dafür.

»Nur manchmal.« Seine Stimme klang heiser, kratzig wie am frühen Morgen. Wund gesungen, sagte er dazu. Er musterte mich und legte den Kopf zur Seite, ehe er einen weiteren Zug nahm. »Du bist also echt gekommen.«

Ich lehnte mich gegen die Backsteinwand. Der kühle Stein beruhigte meinen Puls etwas. »Nicht für dich.«

Er nickte langsam. »Danke trotzdem.«

»Ihr wart gut. Ich bin sicher, er wird sich melden.«

»Ja, vielleicht. Keine Ahnung.« Levi zuckte mit den Schultern und sah an mir vorbei. Seine Augen waren glasig, vielleicht von Alkohol, vielleicht vom letzten Magierest des Auftritts. »Fühlt sich alles so verrückt an. Wenn mir jemand vor einem halben Jahr gesagt hätte, was sich bis heute alles ändern würde … ich weiß nicht, was ich dann gedacht hätte.«

»Ziemlich viel Umbruch«, stimmte ich leise zu.

Levi lächelte schwach. »Ja.«

»Du solltest dich darüber freuen.«

»Sollte ich?« Er hob erneut die Schultern und wandte den Blick ab, aschte ab. »Wo ist dein Freund?«

Das Wort vibrierte in der Stille zwischen uns. Es klang nicht spöttisch, eher gekränkt. Obwohl ich wusste, dass es keine Rolle mehr spielte, war ich plötzlich zu müde, die Lüge aufrechtzuerhalten. Diese bescheuerte, alberne Lüge, die mir helfen sollte und die letztlich dafür gesorgt hatte, dass ich mich noch schlechter fühlte.

»Er ist nicht mein Freund. Er ist ein Kumpel meines Mitbewohners.«

Levi hob den Blick. »Du hast nichts mit ihm?«

»Nein. Er wollte mir nur helfen. Da läuft gar nichts.«

»Aber du hast ihn geküsst.«

Als ob er mich daran erinnern müsste. Mein Gedankengewebe wurde von dieser Erinnerung dominiert. »Ich wollte dir nur beweisen, dass ich das auch kann. Mit anderen rummachen. So, wie du es mir ja eindrucksvoll bewiesen hast.« Zumindest für den ersten Kuss traf das zu. Und an den zweiten Kuss ... an den durfte ich nicht denken. Nie wieder.

Levi schwieg lange, ehe er die Zigarette an der Wand ausdrückte und sie achtlos zu Boden fallen ließ. Dann machte er einen Schritt auf mich zu. »Ich weiß, dass es das nicht besser macht, aber es hat mir nichts bedeutet. Ich habe sie, seit du weg bist, nicht wiedergesehen. Mir hat keine Frau je das bedeutet, was du mir bedeutet hast. Und noch bedeutest.«

Ich sah auf meine Fingernägel, weil ich es nicht ertrug, das aufrichtige Flehen in seinem Blick zu bemerken. Levi war zwar manchmal herablassend und fast schon arrogant, aber er war eben auch mehr. Ich wollte das nicht mehr erkennen müssen. »Wenn ich dir so viel bedeuten würde, hättest du das nicht getan. Du hättest mir das nicht angetan.«

»Ich habe einen Fehler gemacht. Ich würde es rückgängig machen, wenn ich könnte, das musst du mir glauben. Ich würde alles tun, um wieder an den Punkt zu kommen, an dem es nur du und ich waren.«

»Levi«, setzte ich an, doch er machte einen weiteren Schritt auf mich zu. Seine Hand an meiner Wange ließ mich verstummen. Meine Haut pochte warm, mein Inneres auch. Jede Zelle meines Körpers erinnerte sich an ihn, an diese vier Jahre, in denen Levis Nähe eine zweite Haut geworden war.

»Du bist was Besonderes, Effi«, sagte er leise und zeichnete mit dem Daumen meinen Wangenknochen nach.

Mein Herz, dieses löchrige, zerfledderte Ding, plusterte sich auf.

»Und ich will nicht, dass du mit jemand anderem zusammen bist. Du gehörst zu mir.« Seine Lippen streiften mein Ohrläppchen, berührten meine Wange, strichen auf meinen Mund zu. »Ich war wahnsinnig vor Eifersucht, als ich euch gesehen habe.«

Seine Hand fuhr über die Knopfleiste meines Kleides, ein Finger schlüpfte zwischen den Stoff, strich sacht über meinen dünnen BH. Genau an der richtigen Stelle. Was Levi wusste, weil er mich kannte – so, so gut kannte. Ein Seufzen rutschte über meine Lippen und ich sackte nach hinten, gegen die Hauswand. Levi lächelte weich. Seine Finger lösten die ersten Knöpfe meines Kleides, falteten den Stoff beiseite.

»Und ich bin es noch«, sagte er leise, während sich seine Finger unter den Stoff schoben. »Die Vorstellung, dass ich nicht mehr der Letzte bin, den du geküsst hast, frisst mich auf.«

Mein Verstand gab mir wieder klare Impulse: Levi fortstoßen, nach Hause rennen, das Gesicht unter Wasser halten und mich in ein Kloster einweisen. Mein Körper ignorierte sie alle. Und deshalb tat ich nichts. Ich stand nur da und ließ es zu, dass er mich berührte, wie ich mir geschworen hatte, dass er es nie wieder tun würde. Denn die Wahrheit war, dass es mir auch so ging. Es fraß mich auf, dass Levi nicht mehr der Letzte war, den ich geküsst hatte. Nur nicht, weil Levi der Letzte sein sollte, sondern weil Fin es nicht sein sollte.

»Dann sorge dafür, dass es nicht mehr so ist«, forderte ich.

Levi zögerte keine Sekunde. Er hatte fest damit gerechnet, dass ich das sagen würde, dass ich nachgeben würde. Und das tat ich. Ich schob alle Gedanken, alle Zweifel, alle Reflexe meines Gehirns beiseite und ließ mich in Levis Nähe fallen. Er küsste mich, wie nur Levi das konnte – stürmisch und so entschieden, dass ich kaum Luft bekam. Seine Zunge teilte meine Lippen, erkundete all das, was Jahre nur ihm gehört hatte. Vielleicht würde es das immer tun. Vielleicht hatte ich ihm so viel von mir gegeben, dass ich ohne ihn gar nicht mehr genug war, um weiterzumachen. Ich brauchte ihn.

Er presste sich enger an mich und ließ eine Hand über meine Taille wandern, schob mein Kleid hinauf, umfasste meinen Hintern. Ich keuchte und drückte mein Becken gegen ihn. Unsere Körper konnten das so gut – sich aneinanderfügen, als wären sie dafür gemacht. Auch wenn eine Stimme in mir flüsterte, dass das nicht wahr war. Ich erstickte sie, indem ich meine Hand unter den Bund seiner Boxershorts schob. Er stöhnte und drückte sich meiner Berührung entgegen. Schließlich hielt er inne und wich etwas von mir zurück.

»Kommst du mit nach Hause?«, fragte er schwer atmend.

Vielleicht war es die Tatsache, dass er diese Worte wählte. *Zuhause.* Ich vermisste diesen Ort. Diesen gefühlsbeladenen Ort, den es vielleicht gar nicht mehr gab.

Aber vielleicht ja schon. Nicht in der Wohnung, in der Levi und ich zusammengelebt hatten und in der er mich betrogen hatte, aber in diesem jungen Mann, der mich in diesem Bruchteil Zeit so ansah, als wären wir erst frisch zusammengekommen. Als wären wir so verliebt, als hätten wir dieses Brennen füreinander, dieses untrügliche Gefühl, dass das, was wir teilten, etwas Besonderes und Unendliches war. In diesem Moment schwebte die Vergangenheit zwischen uns – ein Stückchen von diesem goldenen glänzenden Früher. Und nach alledem, was in den vergangenen Tagen passiert war, wollte ich nichts mehr, als zu vergessen, dass das Heute nicht immer besser war als das Gestern.

»Nein«, erwiderte ich deshalb und zog ihn gleichzeitig an mich heran. »Ich wohne näher.«

Kapitel 11

Die Vormittagssonne sprenkelte milchige Flecken auf meine nackten Zehen. Der Baum vorm Wohnzimmerfenster bewegte sich leicht im Wind und brachte das Lichtmuster dazu, sich immer wieder zu verändern. Gebannt folgte ich der Bewegung mit den Augen, unfähig, mir zu erlauben, an etwas anderes zu denken.

»Dann sehen wir uns heute Abend?«

Ich zuckte zusammen und hob den Blick. Levi stand in der geöffneten Wohnungstür und sah mich fragend an. Auf seiner Wange war ein leichter Kissenabdruck zu sehen und an seiner Halsbeuge ein dunkler Liebesfleck meines Mundes.

Ich räusperte mich. »Ja. Klar.«

»Gut.« Levi lächelte und zog mich an sich, küsste mich auf den Mund. Wir schmeckten beide nach der letzten Nacht. Der Rauch seiner Zigaretten, der Wein vom Späti, das Salz auf unserer Haut. Mir wurde etwas flau, als er sich von mir löste und im Hausflur verschwand.

Nachdem die Tür zugefallen war, stand ich ein paar Minuten still da. Eine Hand gegen das Holz gepresst, die andere über die Augen gelegt. Mein Herz klopfte sacht gegen mein Inneres, kaum spürbar. Ich fühlte mich sehr fremd in mir. Die letzte Nacht kam mir selbst in meinen Erinnerungen so seltsam vor, dass ich sie kaum meinem eigenen Leben zuordnen konnte. Ich bereute es nicht. Ich konnte es nur nicht mit mir selbst in Verbindung bringen.

Kopfschüttelnd lief ich durch das Wohnzimmer in die Küche. Ich brauchte Kaffee, bevor ich mich damit auseinandersetzen konnte, was passiert war.

Kaum, dass ich über die Schwelle getreten war, erstarrte ich. Es war nach elf und unter der Woche, ich hatte nicht damit gerechnet, dass Bela zu Hause war. Und erst recht nicht damit, dass er Besuch hatte.

Bela und Adam saßen am Küchentisch und an der Spüle lehnte Fin. Mein

Herz nahm mit aller Kraft Anlauf und sprang gegen meinen Brustkorb. Er zitterte, meine Knie auch.

Unwohl verschränkte ich die Arme vor der Brust. »Guten Morgen.« Die Tatsache, dass ich nur ein langes Schlafshirt über meiner Unterwäsche trug, war mir in diesem Moment egal. Die, dass sie gehört hatten, wie Levi gegangen war, nicht.

»Wer war das?« Belas Tonfall verriet, dass er es längst wusste.

»Keine Moralpredigt jetzt, okay?« Ich wandte mich ab und ging zum Regal, um mir eine Tasse zu nehmen. Fins Blick bohrte sich so heftig in meine Schläfe, dass ich mir am liebsten seine Mütze geliehen und weit über meine Augen gezogen hätte. Ein paar Sekunden lang war es still in der Küche, auf eine bedrückende, angespannte Weise. Als ich nach der Kaffeekanne greifen wollte, zog Fin sie zurück.

»Hast du mit ihm geschlafen?«, fragte er ausdruckslos.

Ich erstarrte. Meine Hand schwebte noch immer in der Luft und mein Blick fixierte die Sonnenflecken, die an Fins Pullover reflektierten. Ungewohntes Licht vor all dem Schwarz. »Wir haben jedenfalls keine Disney-Filme geguckt und Händchen gehalten«, erwiderte ich dann ebenso emotionslos, obwohl mein Brustkorb so heftig bebte, dass ich das Gefühl hatte, er schüttelte meine Stimmbänder durch.

»Ist das dein Scheißernst?« Seine Stimme war nicht laut, aber die Worte fühlten sich trotzdem an, als hätte er sie mir ins Gesicht geschmettert.

Ich biss mir in die Innenwange. »Ich wüsste nicht, dass dich das was angeht.«

Fin hielt den Griff der Kaffeekanne so fest umklammert, dass seine Knöchel weiß hervortraten. »Wem heulst du denn seit Wochen die Ohren voll wegen diesem Idioten?«

»Ich kann mich nicht daran erinnern, dich deshalb ständig anzurufen. Wenn es dir nicht passt, was ich sage, hör halt auf, bei mir zu Hause rumzuhängen.«

Wir starrten einander fest in die Augen, bis er sich abwandte. Mit einem Ruck stellte er die Kanne zurück auf die Spüle, so laut, dass ich zusammenzuckte.

Aus dem Augenwinkel sah ich, wie Bela die Lippen aufeinanderpresste. Adam hingegen seufzte.

»Fin, Alter.« Er hob beschwichtigend die Hände. »Komm mal runter. Was interessiert es dich überhaupt, mit wem Effi schläft? Solange sie eine angenehme Nacht hatte, sollten wir uns mit ihr freuen.« Er grinste und zwinkerte mir zu. »Und so, wie sich das angehört hat, war sie überaus angenehm.«

O Gott. Mir wich sämtliche Farbe aus dem Gesicht und mein Blick zuckte zu Bela. Der verzog zerknirscht den Mund – sichtlich hin- und hergerissen zwischen Bedauern und leichter Belustigung.

»Dünne Wände, Elfe.«

»Heißt das … ihr wart alle hier?«

Als Levi und ich nachts gekommen waren, hatte in der Wohnung kein Licht gebrannt. Ich hatte gewusst, dass Bela abends verabredet gewesen war, und war davon ausgegangen, er wäre erst später zurückgekommen. Mit zittriger Hand griff ich nach der Kanne und schenkte mir ein, auch wenn Koffein momentan vermutlich das Letzte war, das ich vertrug.

»Nur Bela und ich«, meinte Adam gut gelaunt. »Aber keine Sorge, wir haben uns auf die Terrasse gesetzt. Waschechte Gentlemen eben.«

Mein Blick flatterte zu Fin, der in seinen Kaffeebecher starrte. Seine Wangenmuskulatur zuckte, aber er schwieg. Meine Knie waren mittlerweile so weich, dass ich mich vorsichtshalber auf einen Küchenstuhl sinken ließ.

»Was ist passiert?«, fragte Bela behutsam nach.

Ich vergrub das Gesicht in den Händen. Ja, was war eigentlich passiert?

Ich wollte vergessen, dass ich seit Tagen nur daran denke, wie es wäre, mit deinem besten Freund zu schlafen, und dachte, Sex mit dem Ex wäre dafür eine gute Möglichkeit?

»Ich war bei ihrem Auftritt, weil ich ihnen das Merch vorbeibringen wollte. Und ja, ich weiß, dass ich das nicht hätte tun müssen. Aber … ich habe es irgendwie nicht über mich gebracht, es nicht zu tun. Als ich gehen wollte, habe ich Levi getroffen, und wir haben geredet und dann … war es plötzlich irgendwie wie früher.«

»Und mit früher meinst du, bevor er hinter deinem Rücken die Barista gefickt hat?« Fins Stimme klang kalt und verächtlich, aber ich ignorierte ihn. Zumindest versuchte ich es. Meine Wangen brannten von einem Gefühl, das ich nicht wahrhaben wollte. Scham.

»Wir waren vier Jahre lang zusammen«, erwiderte ich mit zusammengepressten Zähnen. »Unsere Geschichte ist mehr als ihr Ende. Was du vielleicht verstehen würdest, wenn du jemals in deinem Leben eine Beziehung geführt hättest, die länger als eine Nacht gedauert hat.«

Eine neue Welle angespannten Schweigens schwappte durch den Raum.

»Also wird das eine Fortsetzung der Geschichte?«, durchbrach Bela die Stille.

Unschlüssig starrte ich in den dampfenden Kaffee. »Keine Ahnung. Vielleicht. Ich weiß es nicht.« Wie sollte ich mir über die Zukunft Gedanken machen, wenn ich nicht einmal über die Vergangenheit nachdenken konnte, ohne mich am liebsten unter dem Tisch zu verstecken zu wollen?

»Ich hau ab«, hörte ich Fins Stimme, und ehe ich aufsehen konnte, war er aus der Küche verschwunden.

Reglos starrte ich ihm nach, bis die Wohnungstür mit einem Krachen ins Schloss fiel. Inmitten all meiner Verwirrung und Taubheit löste sich ein einzelner Gefühlsfaden aus meiner Brust. Wut.

Kurz entschlossen sprang ich vom Tisch auf und lief ebenfalls hinaus. Ich hörte Bela irgendetwas hinter mir herrufen, aber ich ignorierte es und rannte zur Tür. Ich hatte keinen Plan. Ich wusste nur, dass das hier nicht okay war. Dass er kein Recht hatte, sich nach allem, was passiert war, so aufzuführen.

Erst als ich unten bei der Haustür angekommen war, realisierte ich, dass ich weder eine Hose noch Schuhe trug. Ich hielt trotzdem nicht inne. Ohne zu zögern, riss ich die Tür auf und rannte hinaus. Gerade noch sah ich, wie Fin zum Eingang des Götterparks lief. Ein Fahrradfahrer klingelte mich wütend an, als ich, ohne zur Seite zu sehen, über die Straße rannte. Irgendetwas Spitzes rammte sich in meinen kleinen Zeh, aber ich wurde trotzdem nicht langsamer, bis ich den schmalen Kiesweg erreicht hatte, der sich durch das Gras schlängelte.

»Hey!«, schrie ich, als Fin wenige Meter von mir entfernt war. »Bleib sofort stehen!«

Er hielt abrupt inne und fuhr zu mir herum, während ich zu ihm aufschloss. Wir standen zwischen zwei Götterstatuen, Apollon und Artemis, die mit kalkweißen Gesichtern auf uns hinabstarrten. Ansonsten war der Park recht leer, was mir nicht einmal wichtig war. Von mir aus konnte die ganze Stadt das hier hören.

»Das kannst du einfach nicht bringen! Du kannst dich nicht so bescheuert aufführen und dann einfach abhauen!«

Die Wut brannte so sehr in meinem Körper, dass ich nur vage wahrnahm, dass die Morgenfeuchte der Erde bereits in meine nackten Zehen und von dort auf meine Beine kletterte.

Fin musterte mich mit gerunzelter Stirn, dann schüttelte er den Kopf. »Geh sofort wieder hoch. Du hast nicht mal Schuhe an.«

»Erst, wenn du mir gesagt hast, was zum Teufel dein Problem ist!«

»Ich rede nicht mit dir, während du dir sonst was einfängst«, erwiderte er barsch und wollte sich von mir abwenden, aber ich umklammerte seinen Arm.

»Und ich werde nicht gehen, bis du es getan hast. Wenn es sein muss, renne ich dir durch die ganze Stadt hinterher, klar?«

Wir starrten einander an, bis Fin sich mit einem unterdrückten Fluchen von mir losmachte und seine Jacke von den Schultern zerrte. Mit einer groben Bewegung warf er sie auf den Boden und zog mich dann nach vorne, bis meine nackten Füße im Stoff versanken.

»Was willst du hören, Effi?«, fragte er beherrscht. »Ich werde dir nicht sagen, dass ich es für eine gute Idee halte, wenn du mit deinem beschissenen Ex ins Bett gehst. Wenn du eine verdammte Absolution für diesen Scheiß erwartest, dann such sie woanders.«

»Ich will keine Absolution von dir«, erwiderte ich aufgebracht. »Das alles geht dich nämlich überhaupt nichts an! Und genau deshalb hast du kein Recht, mich zu verurteilen oder wütend auf mich zu sein.« Ich hielt inne und stemmte mich mit ganzer Kraft gegen die nächsten Worte, die sich in meinem Mund zusammenbrauten. Vergebens. »Du hast doch selbst gesagt, dass ich nicht dein Typ bin und du deine Zeit nur aus Mitleid mit mir verschwendet hast, richtig? Also wage es jetzt nicht, so zu tun, als hättest du irgendein

Anrecht darauf, eifersüchtig zu sein!« Selbst ich hörte die Kränkung, die in jeder einzelnen Silbe nistete.

Fin verzog das Gesicht, als hätten die Worte einen bitteren Beigeschmack. »Darum geht es doch gar nicht.«

»Worum denn dann?« Herausfordernd machte ich zwei Schritte auf ihn zu.

Er fluchte und drückte mich an den Schultern zurück, bis ich wieder auf der Jacke stand. »Selbst wenn dieser Scheiß, den ich zu Bela gesagt habe, wahr wäre – heißt das, nur weil ich dich nicht will, musst du dir sofort beweisen, dass jemand anderes dich will?« Seine Augen wirkten auf einmal so viel dunkler. Als würde sich ein Gewitter in seinem Augenhimmel zusammenbrauen. »Wieso kannst du nicht sehen, dass du verdammt noch mal genug bist? Dass du niemanden brauchst, der dir das zeigt? Scheiß auf Levi, scheiß auf mich! Sei dir doch einfach selbst genug!«

»Ich bin mir selbst genug.« Meine Stimme brach an den Worten, so wie etwas in mir an seinen. Ich umklammerte mich fester, weil ich mich plötzlich so instabil fühlte, dass ich wusste, ein Windhauch – oder ein weiteres Wort aus seinem Mund – würde ausreichen, mich umzuwerfen.

Fin lachte rau auf. »Das ist Schwachsinn. Weißt du was? Ich sehe dich, Effi. Ich sehe dich und ich sehe, dass du das verdammte Potenzial dazu hast, dieser umwerfende Mensch zu sein. Und es ist so eine Scheißenttäuschung, dass du dich stattdessen dafür entscheidest, eine Statistin in deinem eigenen Leben zu spielen.«

Das war nicht nur Wut in seiner Stimme, da waren auch Frustration und Bedauern. Und vielleicht tat das mehr weh als alles andere. Mein Mund war zu trocken, um etwas zu erwidern. Aber Fin wartete auch nicht auf eine Antwort. Ohne ein weiteres Wort wandte er sich von mir ab und ging.

Weiter und weiter in den Park hinein, bis sich seine dunkle Silhouette zwischen den hellen Statuen und einem Meer aus Gras verloren hatte.

***

Es war seltsam, wie sehr die Wahrnehmung eines Ortes von den daran haftenden Erinnerungen abhing. Zum ersten Mal begriffen hatte ich das, als meine Großmutter gestorben war. Ihr Haus war für mich der Ort gewesen, an dem ich ewig Kind sein würde, an dem das Leben immer aus frischen Butterplätzchen, Zeichentrickfilmen und Bastelnachmittagen bestehen würde. Als ich das Haus das erste Mal nach ihrem Tod betrat, war davon nichts mehr übrig. Es war dasselbe und doch so anders, dass ich es kaum ertrug, dort zu sein. Das, was ich schön gefunden hatte – der geklebte Sprung in meiner Kindermilchtasse, die Kerben in der Holzanrichte, wo ihr das Messer beim Brotschneiden abgerutscht war, der Brandfleck auf dem Wohnzimmertisch, als einmal beim Fernsehen eine Kerze umgestürzt war – all das war auf einmal unerträglich. Ihre Abwesenheit lag wie eine pechverschmierte Schicht über all den hellen Erinnerungen.

Ich musste daran denken, als ich jetzt das Treppenhaus betrat. Das Treppenhaus, das zu der Wohnung führte, in die ich vor gut sechs Monaten gezogen war, als ich in Goldhain angekommen war. Ich erinnerte mich an diesen Moment, so wie an all die, die danach gekommen waren. An das Willkommensessen, ein improvisiertes Picknick auf dem Balkon. An die erste Nacht, als das Bett nicht aufgebaut war, und wir auf dem Boden zwischen den Kartons schliefen. An Levis konzentrierte Miene, als er unsere Namen am Klingelschild befestigte. An das Gefühl unfassbaren Glücks, das ich spürte, als ich ihn dabei beobachtet hatte.

Mein Name stand heute noch dort, doch ich fühlte mich wie eine Fremde, als ich die Treppen hinaufstieg. Denn obwohl ich hunderte schöne Erinnerungen mit dieser Wohnung verband, zählte keine einzige mehr als die letzte. Der Moment, in dem ich die Wohnungstür aufgeschlossen und sofort gespürt hatte, dass etwas nicht stimmte.

Auf einer Zwischenplattform hielt ich inne. Noch ein Stockwerk, dann war ich da. Vor unserer Wohnung, die nicht mehr meine war. Dort, wo jemand wartete, der einmal zu mir gehört hatte. Und es vielleicht noch tat. Oder es wieder tun könnte.

Den ganzen Tag über fühlte ich mich wie in Trance. Seit dem Streit mit Fin hatte ich das Haus nicht mehr verlassen. Ich hatte in meinem Zimmer gesessen und dabei zugesehen, wie die Sonne an meinem Fenster vorbeiwanderte.

Und mich gefragt, warum mich Fins Worte so tief getroffen hatten. Er hatte kein Recht, mir irgendetwas vorzuwerfen. Er wusste nicht, was ich fühlte. Das Ding war nur, dass ich das selbst nicht so recht wusste.

Was ich wusste, war, dass ich Levi vermisste. Ich vermisste es, wie ich mich mit ihm gefühlt hatte. So … gefestigt. Wieder mit ihm zusammen zu sein hatte sich erleichternd angefühlt, als hätte man mir einen Felsbrocken von der Lunge gerollt. Bei allem, was sich im Leben vage und unvorhersehbar anfühlte, war es wohltuend, einen Nordstern zu haben. Etwas, an dem man sich festhalten konnte, wenn sich alles drehte und man drohte, die Orientierung zu verlieren.

Deshalb hatte ich auch zugestimmt, als er mich gefragt hatte, ob ich mich abends mit ihm und den Jungs treffen wollte. Wie früher, als alles simpel gewesen war. Nicht immer perfekt, aber vertraut und sicher. Ich wusste, in dieses Früher zurückzukehren, würde alles leichter machen. Wieso fühlte es sich dann so schwer an, die letzten Stufen hinaufzugehen?

Levi lehnte in der geöffneten Tür und sah mir entgegen. »Hey.« Das Lächeln auf seinem Gesicht war weder nervös noch unsicher. Es wirkte so, als wäre alles wie immer. Als wären die vergangenen Wochen, in denen wir einander nicht gesehen hatten, eine unwichtige Leerzeile unserer Beziehung gewesen.

Ich versuchte es zu erwidern, aber meine Mundwinkel regten sich nicht. Ebenso wenig wie meine Füße, die am Treppenabsatz stehen geblieben waren. Zwei Meter von der Tür und von Levi entfernt.

Er sah mich fragend an. »Kommst du rein?«

Ich nickte, aber meine Füße gingen dennoch keinen Schritt nach vorne. Es dauerte ein paar Sekunden, bis ich realisierte warum. Manchmal wusste man nicht, was man tun musste, bis man spürte, was man nicht tun konnte.

Es stimmte: Das hier war der einfache Weg. Aber einfach war nicht richtig. Nicht mehr.

Ich stieß einen tiefen Atemzug aus. »Ich kann das nicht, Levi. Und was viel wichtiger ist: Ich will es auch nicht.« Meine Worte hallten im Hausflur wider, aber sie brauchten einen Moment, bis sie bei Levi ankamen.

Dann sanken seine Mundwinkel hinab und er schloss kurz die Augen. Als er mich wieder ansah, war da keine Wut oder Verwunderung in seinem Blick. Nur tiefe Resignation. Vermutlich hatten wir beide es längst gewusst: Letzte Nacht war ein Funken Vergangenheit gewesen, aber ganz gleich, wie leuchtend und tröstlich dieser gewesen war – Vergangenes konnte nicht zukunftsfähig sein. Egal, wie sehr man sich das manchmal wünschte.

»Dann wars das wohl«, stellte er fest.

Ich lächelte schwach und wich zurück zur Treppe. Das Holzgeländer unter meinen Fingern war kühl, aber der Blick, mit dem ich Levi ansah, war aufrichtig warm. »Pass auf dich auf. Und grüß die Jungs von mir.«

Als ich das Haus verließ, weinte ich – so wie beim letzten Mal und doch ganz anders. Beide Male hatte ich das Gefühl gehabt, einen Teil von mir dort zu lassen. Aber in diesem Moment fühlte es sich nicht nach einem Verlust an.

Sondern nach einem ziemlich wichtigen Gewinn.

Kapitel 12

Der Sichelmond, der zwischen den Wolkenfetzen aufleuchtete, wirkte wie ein schiefes Lächeln. Vielleicht amüsierte sich der Himmel über mich, weil ich seit gut fünf Minuten vor dem Tor stand und es nicht über mich brachte, es zu öffnen.

Es war schon spät. Ich war noch kurz nach Hause gegangen und hatte mit Bela gesprochen. Und wieder einmal gelogen. Er hatte so erleichtert gewirkt, als ich ihm erzählt hatte, dass die Sache mit Levi endgültig vorbei war, dass ich ihm die Wahrheit einfach nicht sagen konnte. Also hatte ich behauptet, ich würde zu Asta fahren, und war gegangen. Ein schlechtes Gewissen, ein nervöses Herzflattern und Fins schwarze Jacke im Gepäck. In diese grub ich eine Hand, während ich mit der anderen das Tor öffnete.

Es spielte keine Rolle, ob das hier eine gute Idee war. In dem Moment, in dem ich Fin zum ersten Mal gesehen hatte, hatte meine Vernunft den Kürzeren gezogen. Ich hatte endlich begriffen, dass das nicht immer so verkehrt war.

Das änderte nichts daran, dass ich mich wie eine Einbrecherin fühlte, als ich durch den kahlen Garten stapfte. Ein Fenster der Laube war in Gold getunkt. Ein paar Motten saßen an der Scheibe, ansonsten regte sich nichts.

Ich umklammerte die Jacke vor der Brust und atmete durch. Mein Atem stockte jedoch, als sich auf der Veranda plötzlich ein Schatten bewegte. Ich schrie auf und fuhr zwei Schritte zurück. Wildschwein, Fuchs, Marder – feuerte mein Gehirn auf mich ab, während ich fast über meine eigenen Füße stolperte. Erst als der Schatten sich abermals bewegte, erkannte ich ihn und stieß erleichtert die Luft aus.

Fin saß auf der Holzplattform, ein Knie angewinkelt, den Arm darum geschlungen. In dem spärlichen Licht, das vom Himmel auf uns hinabfiel, konnte ich seinen Gesichtsausdruck nicht ausmachen. Seine Blickrichtung allerdings schon.

»Saßt du da die ganze Zeit?«

»Lange genug.« Seine Stimme klang zwar gleichgültig, aber ich kannte sie mittlerweile gut genug, um zu wissen, dass sich ein Funken Belustigung darin widerspiegelte. Angesichts der Tatsache, dass er mich minutenlang dabei beobachtet hatte, wie ich vor seinem Garten herumlungerte, konnte ich ihm das nicht verdenken.

»Du hättest was sagen können.«

»Ich wollte sehen, wie du dich entscheidest.« Er stand auf und trat hinab in den Garten.

Sofort beschleunigte mein Puls, der sich gerade erst beruhigt hatte. »Ich hab dir deine Jacke mitgebracht. Es sind ein paar Erdflecken darauf, aber glücklicherweise sind all deine Sachen ja schwarz«, begann ich mit nervös flackernder Stimme. »Übrigens bräuchtet ihr ein Straßennamensystem in dieser Siedlung. Wenn die bedrückende Düsternis deines Gartens nicht über die Hecken hinwegstrahlen würde, hätte ich mich komplett verlaufen.«

Fin verzog keine Miene. Mit langsamen, bedachten Schritten kam er auf mich zu. Einen Meter vor mir blieb er stehen. Die Hände in den Hosentaschen vergraben, stille Konzentration im Gesicht.

»Ich dachte, du wärst heute verabredet«, sagte er nach einem Moment des Schweigens.

»Das hat sich erledigt. Endgültig.«

»Wie das?«

»Ich habe es beendet. Beziehungsweise dafür gesorgt, dass es nicht wieder beginnt.« Ein Nachtfalter schwirrte an meinem Ohr vorbei, aber ich regte mich nicht. Seit Wochen dachte ich nur darüber nach, was ich Fin gegenüber nicht tun konnte – jetzt wollte ich daran denken, was ich tun *wollte*. Und dazu musste ich endlich ehrlich sein: vor ihm und vor mir selbst. Deswegen verlangte mir dieser Augenblick alles an Konzentration ab. Insbesondere, weil Fin offensichtlich nicht vorhatte, es mir leicht zu machen. Sein Gesicht war noch immer völlig ohne Ausdruck.

»Wieso?«

Die Antwort auf diese Frage war simpel und kompliziert zugleich. Doch ich wollte, dass er es hörte. Ich wollte, dass er verstand, dass ich verstanden hatte. Das, was er mir vorhin an den Kopf geworfen hatte, war schmerzhaft gewesen. Und wenn einen die Vorwürfe eines anderen Menschen so trafen, dann lag das meistens daran, dass sie wahrer waren, als man sich selbst eingestehen wollte.

Ich holte tief Luft. »Weil du recht hattest. Levi und ich sind Vergangenheit. Und nur, weil die Zukunft mir manchmal eine Heidenangst macht, sollte ich mich nicht davor fürchten, mir die Gegenwart anzueignen.«

Fin hob die Augenbrauen, aber ich konnte sehen, wie seine Mundwinkel aufzuckten. »Wann habe ich so etwas denn gesagt?«

»Ich habe dein Fluchen und Schimpfen ein bisschen poetischer verpackt.«

»Hm.« Er machte einen Schritt auf mich zu und neigte den Kopf zur Seite. Die Mütze saß ihm etwas zu tief im Nacken, ich konnte den Ansatz seines dunklen Haars sehen. Ich hätte gern die Hände ausgestreckt, um sie zurechtzuziehen, aber ich traute mich nicht. Wenn ich ihn berührte, hörte ich womöglich nicht mehr damit auf.

»Bist du hergekommen, um mir das zu sagen?«

»Ja.«

»Aber nicht nur deshalb.«

»Nein.«

Fins Mundwinkel hoben sich, seine Augen blieben ernst. Er kam noch näher. Mein Körper spürte seine Nähe: Meine Härchen stellten sich auf, meine Mitte zog sich schmerzhaft zusammen.

»Du warst ziemlich wütend, als du das mit Levi gehört hast.« Nicht das kleinste bisschen Unsicherheit war in meiner Stimme. Fins Nähe ließ mich aufrechter und selbstbewusster sein als je zuvor.

Er zögerte nicht. »Ja.«

»Weil du dir Sorgen um mich gemacht hast?«

»Ja.«

»Aber nicht nur deshalb.«

Sein Lächeln wurde breiter. »Nein.«

Und mehr brauchte es nicht. Nicht in diesem Moment. Ich wusste nicht, was davon zuerst passierte, aber Fins Hand war an meiner Wange, als meine sich auf seine Brust legte. Auf die Stelle, wo der Stoff des Shirts endete und seine Haut ansetzte, auf die Stelle, an der ich seine Wärme wahrnahm, die in der Abendluft um uns herum wie ein kleines Wunder wirkte. Seine Finger strichen meinen Wangenknochen entlang, bis sie mein Haar hinter das Ohr schoben und dort verweilten. Und gerade, als ich glaubte, die Berührung seines Mundes auf meinem zu spüren, räusperte sich jemand neben uns.

Ich fuhr so hektisch zurück, dass ich beinahe gestolpert wäre. Fin hielt mich am Ellbogen fest, während er sich zur Seite wandte. Er wirkte nicht im Geringsten überrascht oder erschrocken, eher ziemlich genervt.

Dort, direkt an dem Gartenzaun, der Fins Grundstück vom nächsten trennte, lehnte eine Frau. Ihr graues Haar war ein heller Fleck, ihr Gesichtsausdruck hingegen finster. »Herr Winter, haben Sie den Brief in Ihrem Briefkasten zur Kenntnis genommen?«

Fin unterdrückte hörbar ein Seufzen. »Habe ich. So wie die fünf davor.«

»Ziehen Sie es diesmal in Betracht, unserer Bitte nachzukommen und endlich mit den Arbeiten an Ihrem Grundstück zu beginnen?«

»Wir haben schon öfter darüber gesprochen, Frau Böhmer», antwortete Fin gelassen. »Ich bin weder Ihnen noch der Mietergemeinschaft gegenüber dazu verpflichtet, irgendetwas an diesem Grundstück zu verändern. Sie wissen genauso gut wie ich, dass in meinem Mietvertrag keinerlei Auflagen festgelegt wurden. Es ist nicht meine Schuld, dass es versäumt wurde, die Anlage mit ihrem überaus ambitionierten Regelwerk anzufügen.«

Langsam dämmerte es mir, worum es bei diesem Gespräch ging. Ich biss mir auf die Unterlippe, um nicht zu lachen.

»Es ist traurig genug, dass Sie nicht von sich aus etwas daran ändern wollen! Nehmen Sie doch wenigstens etwas Rücksicht auf Ihre Nachbarn«, erwiderte sie entrüstet und wandte sich Hilfe suchend an mich. »Wissen Sie, wie betrüblich es ist, Tag für Tag auf diesen Schandfleck blicken zu müssen?«

Ich räusperte mich und bemühte mich um einen unschuldigen Blick. »Meinen Sie jetzt den Garten oder den Besitzer?«

Fin zwickte mich in die Seite, doch seine Nachbarin schien meine Belustigung nicht einmal wahrzunehmen.

»Es würde Ihnen doch nichts abverlangen, wenigstens ein paar Büsche anzupflanzen. Wenigstens ein paar Rosen oder ...«

»Wenn Sie sich nach Rosen in Ihrem Leben sehnen, rate ich Ihnen, sich damit an Ihren Mann zu wenden«, fiel Fin ihr entschieden ins Wort. Diesmal war ich diejenige, die ihn in die Seite kniff. Oder es zumindest versuchte. Fin fing meine Hand ab und verschränkte seine Finger mit meinen. Ein warmes Prickeln krabbelte meinen Arm hinauf und kitzelte meine Mundwinkel nach oben. Und das, obwohl Frau Böhmer noch immer wütend zu uns hinüberstarrte.

»Ihre Freundin fände es bestimmt auch sehr nett, wenn Sie sich mal ein bisschen mehr Mühe geben würden.«

»Ich glaube, ihr sind meine Bemühungen in anderen Bereichen wichtiger«, erwiderte Fin ungerührt, während ich noch mit dem Wort *Freundin* haderte. Sofort schoss Hitze in meine Wangen und ich versuchte mit dem Ellbogen in Fins Seite zu stoßen. Er legte mir abwehrend eine Hand um die Taille und zog mich enger an sich. »In jedem Fall vielen Dank für Ihre ungefragte Meinung. Ich werde in mich gehen und mich intensiv damit auseinandersetzen.«

»Schön wäre es.« Sie wandte sich vom Zaun ab.

»Hat mich gefreut«, rief ich ihr nach. Nachdem sie in der Hütte verschwunden war, sah ich bedauernd zu Fin auf. »Du legst es aber auch wirklich darauf an, das schwarze Schaf dieser Siedlung zu sein, nicht?«

Er ließ mich los, sodass nur noch unsere Hände miteinander verschränkt waren. »Ich dachte, Frauen stehen auf die schlechten Kerle.«

Ich schnaubte. »Oh, bitte. Du bist ein bisschen griesgrämig, aber nicht schlecht.«

»Zumindest nicht in allem, was ich tue«, erwiderte er mit einem haarfeinen Lächeln, das nadelartig in meinen Unterleib stach. »Also, was ist? Kommst du mit rein?«

***

Fin bot mir keine Führung an, also gab ich mir diese selbst.

Direkt hinter der Tür befand sich eine Küchenzeile mit Herd und Spüle, einem Schrank sowie einem runden Tisch. Ich strich mit den Fingerspitzen über die Maserung des dunklen Holzes, ehe ich zur Tür ging, die an der Rückwand der Hütte lag. Grinsend erkannte ich, dass dieser kleine Anbau meine Plumpsklo- und Wasserschlauch-Theorie in Luft auflöste: Neben einer angeschlossenen Toilette und dem Waschbecken gab es sogar eine winzige Duschkabine. Ich zog die Tür wieder zu und trat stattdessen durch die Schiebetür, die den Küchenbereich vom Wohnbereich trennte. Fin hatte ähnlich wenig Möbel wie ich: Bett, Schrank und Schreibtisch. An der Wand darüber entdeckte ich einige Regalbretter, auf denen Bücher und vereinzelt Kisten standen. Es wirkte nicht unbedingt ungemütlich, aber ziemlich spartanisch eingerichtet. So, wie man es bei einem provisorischen Wochenendhäuschen erwartet hätte, aber nicht bei einem permanenten Zuhause. Keine Plakate, keine Fotos, keine Farben. Sogar Fins Bettwäsche war grau.

»Du siehst irritiert aus«, stellte Fin belustigt fest, der mit verschränkten Armen im Türrahmen lehnte.

Ich legte seine Jacke auf dem Stuhl ab. »Nicht wirklich. Ich hätte nur vielleicht erwartet, du würdest deine Mützensammlung in einer Vitrine aufbewahren.«

»Ich denke deswegen über einen weiteren Anbau nach.« Er blickte hinter sich. »Möchtest du was trinken?«

Als er sich wieder zu mir herumdrehte, stand ich schon vor ihm. Ohne zu zögern, legte ich die Hände um seinen Hals und zog ihn zu mir herunter, um ihn zu küssen. Weil ich nicht mehr warten wollte, weil sich das hier richtig und gut und wichtig anfühlte. In diesem Moment war ich mir sicher, dass ich niemals genug davon bekommen würde. Leider musste man dennoch ab und zu Luft holen.

»Ich werte das mal als Nein«, murmelte Fin an meinem Mund, ehe er sich wieder zu mir herunterbeugte.

Seine Lippen auf meinen Lippen, eine Hand auf meiner Taille, die andere in meinem Nacken, zehn Finger auf meiner Haut, die sich anfühlten wie hundert, weil er irgendwie überall zugleich war. Ich nahm kaum wahr, wie wir zurückwichen, bis meine Kniekehlen an die Bettkante stießen. Bereitwillig sank ich auf die Matratze und zog ihn über mich. Fins Mund hinterließ eine warme Spur an meinem Hals, als er sich einen Weg zu meinem Dekolleté bahnte. Ich keuchte auf, als seine Hand sich unter den Stoff meines Pullovers schob.

Er wich ein wenig von mir zurück und sah auf mich hinab, schwer atmend und mit leicht geöffnetem Mund. »Welche Farbe?«, fragte er heiser.

Verständnislos sah ich zu ihm auf. »Was?«

Er zupfte an meinem Pullover. »Welche Farbe hast du heute an?« Seine Augenbrauen waren etwas zusammengezogen, als würde es ihn einiges an Selbstbeherrschung kosten, an der Frage festzuhalten. Und als bräuchte er die Antwort dennoch unbedingt.

Ich sah an mir hinab, weil ich mich in diesem Moment beim besten Willen nicht daran erinnern konnte, was ich vorhin angezogen hatte. Die einzigen Farben, an die ich in diesem Moment denken konnte, waren seine. Das Blau seiner Augen. Das Braun der Leberflecken oberhalb seines Schlüsselbeins. Das Rot seiner leicht geschwollenen Lippen. Das Schwarz der Kleidung, die ich endlich von seinem Körper entfernen wollte. »Grün«, erwiderte ich schließlich mit einem Lächeln. »Dasselbe Grün, das ich getragen habe, als wir uns das erste Mal gesehen haben.«

»Du meinst, als du über mich hergefallen bist«, sagte er spöttisch.

Ich zog die Augenbrauen hoch. »Möchtest du dich darüber beschweren? Ausgerechnet jetzt?«

Er antwortete nicht. Stattdessen zog er mir den Pullover über den Kopf und warf das Grün vom Bett. Ich griff ebenfalls nach dem Saum seines Shirts – und hielt inne. Es war einfach zu absurd. Ich hatte zwar durchaus schon Sex gehabt, bei dem beide nicht vollständig nackt waren, aber einige grundlegende Dinge gehörten meiner Meinung nach dann eben doch ausgezogen.

»Warte«, sagte ich und schob ihn sanft von mir weg.

Fin setzte sich auf. Sein Blick brauchte länger, um den Weg von meinem BH zu meinem Gesicht zu finden.

Ich schluckte schwer und hievte mich vorsichtshalber aus dem Bett, um nicht sofort wieder zu vergessen, was ich vorhatte.

»Darf ich?«, fragte ich und streckte langsam die Hände nach ihm aus. Ich rechnete damit, dass er mich zurückstoßen würde, aber das tat er nicht. Selbst dann nicht, als ich in seinen Augen sah, dass er verstand, was ich vorhatte. Er schloss sie, als ich die Finger an den Saum seiner Mütze legte und sie behutsam nach hinten schob.

Der kurz rasierte Haaransatz kratzte unter meinen Fingerkuppen, sein Atem an meinem Brustkorb, hinter dem ich mein Herz rasen fühlte. Mein Blick strich andächtig über seinen Kopf, über den dunklen Haarschatten, der dieselbe Farbe seiner markanten Augenbrauen und der dichten Wimpern hatte. Und dann sah ich sie.

Die Narbe zog sich über seinen Schädel. Sie setzte hinter seinem linken Ohr an und führte quer nach oben bis zum Mittelpunkt seines Kopfes. Sie war uneben, als wäre sie schlecht verheilt, eine blassrote Linie, auf der kein einziges Haar wuchs. Eine ewige Erinnerung an etwas, das man nur vergessen wollte. Eine bleierne Schwere sackte in meinen Magen. Vorsichtig strich ich mit den Fingerspitzen über seinen Kopf, sparte dabei die Narbe aus, aus Angst, ihm wehzutun. Nicht physisch. Psychisch.

»Ist die vom Unfall?« Meine Stimme brach die aufgeladene Stille zwischen uns.

Fin hatte sich die ganze Zeit über nicht geregt, jetzt nickte er leicht. »Ja«, sagte er ruhig.

Ich nickte ebenfalls. Meine Hand lag mittlerweile in seinem Nacken, aber mein Blick ruhte noch immer auf seinem Kopf. Erst jetzt begriff ich, dass er diese Mützen trug, um sich zu schützen. Vielleicht vor den Blicken und Fragen anderer, vielleicht auch vor seinen eigenen Erinnerungen, die mit dieser Narbe verbunden waren. Es tat weh, ihn so zu sehen. Nicht, weil der Anblick so schrecklich gewesen wäre, sondern weil ich mir wünschte, er hätte nicht das Gefühl, diesen Teil von sich verstecken zu müssen. »Willst du darüber reden?«, fragte ich leise.

»Reden ist nicht unbedingt das, was ich gerade im Sinn habe.« Er schwang die Beine aus dem Bett, sodass ich zwischen seinen Knien stand. Seine Hände wanderten auf meine Taille. Er schob zwei Finger in die Riemen meiner Jeans und sah abwartend zu mir auf. Eine Frage. Vielleicht sogar eine Bitte, keine weiteren Antworten einzufordern.

Ich nickte langsam, doch als er nach dem Knopf meiner Jeans tastete, hielt ich seine Hand auf. »Eine Sache noch. Ehe wir das hier tun, sollte ich etwas sagen.«

Fin ließ mich los. »Okay?«

Ich schloss die Augen und sammelte mich. Es war so viel schwerer, sich seelisch vor jemandem auszuziehen als seine Kleidung abzulegen. Und trotzdem musste ich das eine tun, um das andere zu können. »Levi und ich waren sehr lange zusammen. Ich meine, ich war damals fünfzehn und meine Erfahrungen zu diesem Zeitpunkt waren auf Flaschendrehen und sieben Minuten in angeblichen Himmeln auf Partys beschränkt. Was meiner Meinung nach das schrecklichste Spiel der Welt ist, weil du quasi dazu gezwungen wirst, mit jemandem rumzumachen, den du nicht einmal sehen kannst. Vermutlich ...«

»Effi«, unterbrach Fin mich ruhig.

Ich holte tief Luft. »Richtig. Was ich damit sagen möchte, ist: Ich bin vermutlich nicht allzu gut in diesen Dingen. Erwarte einfach nicht zu viel, okay? Außerdem, seien wir mal ehrlich, erste Male sind meistens nicht berauschend. Ich meine, ich erwarte von dir auch nicht, dass du auf Anhieb weißt, was mir gefällt. Es braucht seine Zeit, bis man das herausgefunden hat. Am besten, wir erwarten beide gar nichts, dann ist da zumindest Luft nach oben.« Ich hielt inne und bemühte mich um ein gelassenes Lächeln, obwohl meine Wangen vor Wärme pochten.

Fin sah schweigend zu mir auf. Es dauerte einen Moment, bis ich begriff, was das Zucken seiner Wangenmuskulatur bedeutete. In der nächsten Sekunde lachte er schon los. Laut und so ehrlich, dass ich auch lächeln musste.

»Verdammt, Effi«, brachte er hervor und lehnte den Kopf gegen mich, sodass seine Stirn meinen Rippenbogen kitzelte. So wie seine Nähe das Ding dahinter.

»Was denn? Ich möchte doch nur nicht, dass du enttäuscht wirst.«

Fin schüttelte den Kopf. »Du bist wirklich …«

»Schräg. Schon klar.«

Er löste sich von mir und sah mit einem warmen Funkeln in den Augen zu mir auf. »Das wollte ich nicht sagen.«

»Nein?«, fragte ich spöttisch.

Fin legte die Hände wieder an meine Hüften und zog mich näher an sich heran. Unter seinen dichten Wimpern blinzelte er zu mir hinauf. »Nein«, sagte er ruhig. »Und du musst nicht darauf warten, dass ich herausfinde, was dir gefällt. Du sagst es mir einfach.«

»Einfach so?«, hakte ich mit warmen Wangen nach. Ich wäre gern selbstbewusster und gelassener gewesen, wenn es um diese Dinge ging. Aber ich war immer noch ich und ich wollte mich nicht dafür schämen, unsicher zu sein.

Fin lächelte. »Einfach so. Abgesehen davon müssen wir gar nichts tun. Wir können jederzeit aufhören.«

Ich langte nach dem Verschluss meines BHs und streifte ihn mir über die Schultern.

Fin blinzelte, aber er wandte den Blick nicht von meinen Augen ab. »Wenn du allerdings willst, dass wir aufhören, hör bitte auch auf, dich auszuziehen.«

»Ich will nicht aufhören. Ich fände anfangen ganz schön«, erwiderte ich leise und öffnete den Knopf meiner Jeans. Kaum dass sie auf dem Boden lag, zog Fin mich wieder ins Bett.

»Unfaire Verhältnisse«, stellte ich heiser fest und zupfte am Saum seines Shirts. Bereitwillig zerrte er es sich über den Kopf, ehe er sich über mich beugte. Und Gott – er war wirklich so schön. Die Armmuskeln, die sich anspannten, als er sich über mir abstützte. Die Kuhle unterhalb seines Halses mit den Leberflecken, die ein Sternbild formten, das noch nicht entdeckt worden war. Der leichte Bartschatten, der über meine Haut kratzte, als er seinen Mund an meinen Hals senkte und eine warme Spur hinabküsste.

»Du hast keine Ahnung, wie lange ich mir das schon vorstelle«, murmelte er. Seine Hand schloss sich um meine Brust, so bestimmt, dass ich aufkeuchte, noch bevor seine Lippen dort angekommen waren. Er strich mit der

Zungenspitze über meine Brustwarze und mehr brauchte es nicht – mein ganzer Körper entflammte.

Ich stöhnte und öffnete meine Beine weiter, damit er näher an mich heranrücken konnte. Meine Hände lösten die Schlaufe seines Gürtels, aber als ich versuchte, seine Hose hinunterzuschieben, hielt er meine Hand fest. Mit einem schiefen Grinsen drückte er sie in die Bettdecke.

»Sei nicht so ungeduldig.«

»Ob du es glaubst oder nicht, ich habe mir das hier auch schon ziemlich lange vorgestellt«, erwiderte ich rau und schlang ein Bein um ihn, versuchte ihn näher an mich heranzuziehen. »Und ich will jetzt nicht mehr warten.«

»Was willst du dann?« Fins Daumen strich über meine Unterlippe.

Ich hatte immer gedacht, dass diese Frage eine der am schwersten zu beantwortenden wäre. In diesem Moment war es ganz simpel.

»Dich.« Ich wölbte meinen Rücken durch, um seine Haut auf meiner zu spüren. »Ich will dich. Jetzt. Okay?«

»Mehr als okay.« Fin küsste mich erneut, während seine Hand sich hinunterschob. Seine Finger glitten unter den Stoff meines Slips und suchten ihren Weg zu diesem einen Punkt, der alles in mir ausmachte. Ich stöhnte auf, als er ihn gefunden hatte.

»Sag mir, was du willst, Effi.« Fins Stimme drang heiser in mein Ohr. Seine Finger erhöhten den Druck, sodass ich aufwimmerte.

»Genau das«, brachte ich hervor. Ich drückte mich seiner Berührung entgegen, während sich sein Mund erneut um meine Brust schloss. Ich musste Fin gar nicht sagen, was ich wollte. Er schien es instinktiv zu spüren.

Sein Mund wanderte meinen Bauch hinab. Er ließ kurz von mir ab, um den Slip herunterzuziehen. Ehe ich es schaffte durchzuatmen, spürte ich ihn auf meiner Mitte. Seine Zunge übte den gleichen Druck aus wie zuvor seine Finger, die nun in mich hineinglitten. Ich wimmerte erneut, als die feinen Stromschläge aus meinem Schoß in meine Glieder schossen. Mein Körper fühlte sich unendlich schwer an, voll und weich, jede Faser pochte. Mein

Inneres verflüssigte sich. Gott, konnte man so viel fühlen, dass man nicht mehr denken konnte?

Als ich spürte, wie sich meine Muskeln zunehmend anspannten, drückte ich Fins Kopf leicht von mir weg. Ich wollte mehr. Ich wollte ihn. So richtig. So ganz und nah und intensiv, wie es ging.

»Komm her«, flehte ich und versuchte ihn zu mir hochzuziehen. »Bitte komm jetzt her.«

»Du hast keine Vorstellung, wie gut du dich anfühlst«, murmelte er und küsste die Innenseiten meiner Schenkel, ehe er sich aufrichtete und seine Hose auszog. Seine Augen waren dunkel, das Lächeln auf seinem vollen Mund etwas schief. Ich schluckte schwer, als er zurück zu mir kam. Zwischen uns nur noch Haut, Wärme und Nähe, Nähe, Nähe.

»Ich habe ein Kondom in meiner Tasche, wenn du …« Ehe ich den Satz beenden konnte, hatte Fin schon eine Packung aus dem Nachttisch gezogen. Ich verdrehte belustigt die Augen. »Klar.«

Das Plastik raschelte, Fin hielt inne. Sein Blick fokussierte sich merklich, ich spürte, wie er mit ganzer Kraft innehielt. »Sicher?«, fragte er ernst.

Ich lachte verzweifelt auf. »Ich liege nackt unter dir. Was muss ich tun, damit du endlich mit mir schläfst?«

Er grinste. »Ich würde dich sicher nicht davon abhalten, ein bisschen mehr zu betteln.«

»Komm einfach her, du Blödmann«, murmelte ich und zog ihn wieder über mich.

Er küsste mich und kam dann endlich in mich. Ich seufzte auf und umklammerte seinen Rücken, als er sich aus mir zurückzog und wieder zustieß. Langsam, beinahe vorsichtig, als hätte er Sorge, ich könnte unter ihm zerspringen.

»Können wir das vielleicht richtig machen?«, brachte ich hervor und grub die Finger stärker in seine Haut.

Fin lachte leise und packte eines meiner Beine, zog mich näher an sich. Er atmete schwer an meinem Hals, als er das Tempo erhöhte, schneller und tiefer in mich stieß.

Und dann war er überall. In mir und auf mir und mit mir. Seine Hand schob sich zwischen unsere Körper, berührte mit kreisenden Bewegungen den Ursprung des Pochens in mir.

Die Zeit verschwamm, meine Gedanken verschwammen, unsere Körper verschwammen – miteinander. Irgendwann war da nichts mehr außer diesem Schwindel, dem ich mich bereitwillig hingab. Meine Muskeln krampften sich zusammen und ich schrie auf, krallte die Finger in seinen Körper, der nicht aufhörte, alles in mir in Brand zu setzen.

»Verdammt«, keuchte Fin an meinem Ohr und ich wusste, er spürte es auch, als ich die Kontrolle über meinen Körper verlor und sich die Welt um mich herum auflöste. Und als er seinen Mund an meiner Halsbeuge barg und schwer atmend meinen Hintern umschloss, enger an sich presste, wusste ich, dass seine Welt ebenfalls auseinanderfiel. Bis da nur noch wir beide waren, in diesem Paralleluniversum, das ich nie wieder verlassen wollte.

Träge betrachtete ich den Haufen meiner Kleidung auf dem Boden, ungewohnte Farbe auf dem dunklen Holz. Ich hatte das Gefühl, mit all dem Stoff war auch etwas von mir abgefallen. Als hätte ich mich entblättert, bis nur noch der Kern meines Selbst übrig war. Und doch, obwohl mir alle geliehenen Farben genommen worden waren, fühlte ich mich zum ersten Mal seit langer Zeit alles andere als blass.

Fins Arm lag ausgestreckt unter meinem Kopf, meine Stirn lehnte an der Kuhle seiner Halsbeuge. Sein Puls an meiner Haut, mein Herzschlag an seinem Bauch. Er hatte die Augen geschlossen, doch seine Finger malten unablässig kleine Kreise auf meine Schulter. Ich war erschöpft, aber auf eine Weise, die mich aufgedreht werden ließ. Ich konnte einfach nicht aufhören, ihn anzusehen. Besonders die Dinge, die Fin bisher vor mir verheimlichen wollte. Meine Finger strichen über die dunklen Ziffern oberhalb seiner Leistenmuskulatur, die so klein waren, dass man sie kaum lesen konnte. 120617.

»Ist das dein PIN-Code?«, fragte ich mit leisem Spott.

Fin öffnete die Augen nicht, aber ich bemerkte an seinem Brustkorb, dass er tief Luft holte. »Nein.«

»Der Geburtstag deines Hamsters?«

Er stöhnte und rollte sich auf den Rücken.

»Die ISBN deines Lieblingsmützenkatalogs?«

Das Kissen traf mich direkt im Gesicht. Ich lachte und schob es unter meinen Kopf.

»Du nervst.«

»Und du wiederholst dich. Ich habe gehört, was du zu Bela gesagt hast, schon vergessen?« Vielsagend sah ich zu ihm hinüber.

Fin rollte sich auf die Seite, bis sein Gesicht nur zwei Fingerbreit von meinem entfernt war. »Du weißt, dass das gelogen war.« Keine Frage, eine Feststellung. Eine, mit der er sich sicherer zu sein schien als ich.

Ich streichelte behutsam über sein Schlüsselbein. »Dann findest du mich also nicht nervig?«

Fin griff nach meiner Hand und führte sie an seinen Mund. Feine Stromschläge schossen meinen Arm hinab, als sich seine Lippen an meiner Haut bewegten. »Doch. Du bist eine schreckliche Nervensäge. Leider denke ich seit Wochen nur darüber nach, wie sehr ich diese Nervensäge will.«

Wärme schoss in meine Wangen und ich musste lächeln. »Seit Wochen, ja? Wer verdient jetzt hier Mitleid?«

Er seufzte. »Ich. Definitiv ich.«

Nachdenklich strich ich noch einmal über die Zahlen. Ich hätte wirklich gern gewusst, wofür sie standen. Aber obwohl wir einander gerade so nahe waren, spürte ich, dass das eine Mauer war, die ich nicht überwinden würde. Auf keinen Fall jetzt, vielleicht nie. »Wie lange hast du das Tattoo schon?«, fragte ich stattdessen.

»Etwa drei Jahre. Ich habe es mir stechen lassen, als ich angefangen habe, dort auszuhelfen.«

Perplex wich ich etwas von ihm zurück, um besser zu ihm aufsehen zu können. »Du arbeitest in einem Tattoo-Studio?«

»Am Empfang, ja«, meinte er mit einem Schulterzucken.

»Du bist ein Kaleidoskop der Eigenheiten, Fin Winter. Kann man dich eigentlich kennen?« Ich sagte es belustigt, aber Fins Miene verfinsterte sich ein wenig.

Er rückte von mir ab und fuhr sich über die Augen. Reflexartig spannte ich mich an, als er tief Luft holte. »Vielleicht hätte ich dir auch vorher etwas sagen sollen. Ich bin nicht so gut in diesen Dingen.«

»Ich finde, du hast das ziemlich gut gemacht.«

Noch immer kein Lächeln. Er richtete sich auf und rieb sich mit dem Handballen über die Stirn. »Ich meine das ganze Drumherum. Ich bin nicht der Typ für dieses verbindliche Gehabe.«

»Verbindliches Gehabe?«, wiederholte ich betont interessiert. Mir war bewusst, worauf er hinauswollte, aber ich konnte ihn ruhig noch etwas zappeln lassen. Wenn ich mit der Absicht hergekommen wäre, dieses Etwas zwischen uns zu definieren, hätten mich seine Worte sicher verletzt. So war es fast lustig, wie angestrengt er mit einem Mal wirkte.

Fin warf mir einen ernsten Blick zu. »Du weißt, was ich meine.«

»Schon, aber ich finde es zur Abwechslung mal ganz nett, dir beim Rumstottern zuzuhören.«

Er sah mich lang an, dann verzog er das Gesicht und schloss die Augen. »Ich hätte das vorher sagen sollen.«

Ich setzte mich ebenfalls auf, die Decke umständlich um meine nackte Brust geschlungen. Es war Zeit, ihn zu erlösen. »Das hätte nichts geändert, Fin. Ich will dich nicht heiraten. Ich will nicht einmal mit dir zusammen sein oder so.«

»Kommt jetzt wieder dieser charmante Satz, ich wäre eben einfach da gewesen?« Trotz des spöttischen Lächelns hing da noch immer die seltsame – und unnötige – Ernsthaftigkeit in seinen Mundwinkeln.

»So in etwa. Ich finde es schön, dass du da gewesen bist. Ich finde schön, dass du da bist. Aber weiter denke ich gerade nicht.« Es war nicht gelogen. Das alles war so verwirrend, dass ich Mühe hatte, die Gegenwart zu verarbeiten. Ein Morgen zu planen war momentan nicht möglich. Oder nötig.

»Keine Erwartungen?«

»Keine Erwartungen«, bestätigte ich. »Möchtest du, dass ich dir das schriftlich gebe?«

Fin seufzte und stieg aus dem Bett. Mein Blick tastete automatisch an ihm hinab, während er sich nach seinen Boxershorts bückte. »Was hast du vor?«

»Ich beziehe dir Bettzeug, damit du einschlafen kannst und endlich Ruhe gibst.« Er öffnete den Schrank und zog eine Decke, ein Kissen und Bezüge heraus.

»Soll ich nicht lieber nach Hause gehen? Ich glaube, so was grenzt ziemlich an verbindliches Gehabe.«

Er verdrehte die Augen, schwieg aber dazu. Ich rollte mich auf den Rücken und sah ihm dabei zu, wie er das Kissen in den Bezug stopfte.

»Hast du ein Zelt? Ich könnte mich völlig ungezwungen in deinem Garten niederlassen.« Gerade noch rechtzeitig hob ich die Hände, um das Kissen abzufangen. Ich zog es vom Gesicht und lächelte unschuldig zu ihm auf. »Eine Isomatte tuts auch. Ich bin da echt nicht so anspruchsvoll.«

Mit einer Bewegung war Fin bei mir und stützte die Arme links und rechts von meinem Kopf ab. »Würdest du jetzt endlich still sein?«

Ich legte die Arme um seinen Hals, zog ihn näher an mich heran. »Du weißt doch mittlerweile, wie du dafür sorgst.«

***

Später, als die Nacht blauschwarz und der Garten hinter der Fensterscheibe in der Dunkelheit verschwunden war, war mein Körper so warm und weich, dass ich kaum die Augen offen halten konnte. Eine unbeschreibliche Behaglichkeit nistete in mir. Fins Körper an meinem, sein Arm um meine Taille, sein Kopf auf meinem. So viel Nähe. Ich blinzelte in das goldgelbe Licht, das seine Nachttischlampe gegen die Deckenbalken warf.

»Was ist mit Bela?«, fragte ich, obwohl ich mir nicht sicher war, ob ich die Antwort hören wollte.

Fin gab einen brummenden Laut von sich und zog mich näher an sich. Seine Finger strichen träge über die Wölbung meiner Brust. »Ich rede mit ihm«, meinte er nach einem Zögern.

Ich drehte den Kopf etwas zur Seite, um ihn ansehen zu können. Er hatte die Augen halb geschlossen, das Gesicht war entspannt und friedlich. Ich konzentrierte mich auf das winzige Grübchen neben seinem Nasenflügel, um die nächsten Worte hervorzubringen. »Wir müssen es ihm nicht sagen.

Ich meine, wenn das hier nur einmal passiert, dann bringt es nichts, ihn damit zu belasten. Es wäre nur eine unnötige Komplikation.«

»Es ist bereits mehr als einmal passiert.«

Diesmal verdrehte ich die Augen. »Du weißt, was ich meine.«

»Ja.« Er zögerte, während seine Fingerspitzen über meinen Bauch strichen. Ich fühlte seine Lippen an meinem Schulterblatt, als er weitersprach. Kaum hörbar, aber umso spürbarer. »Ich rede mit ihm.«

Kapitel 13

Fin

Man sagte, in jedem Leben gebe es diese Momente, die einen Umbruch markierten. Ereignisse, anhand derer man unterteilte: Das war davor, das war danach. Manche dieser Momente waren gewaltiger als andere. Man merkte es meistens erst später: Erst dann, wenn man aufwachte und feststellte, dass die Welt sich in einem Bruchstück Zeit aufgelöst und wieder neu zusammengesetzt hatte. Die Teile waren gleich, aber dennoch war alles anders.

Als ich nach meinem Moment aufgewacht war, war sie defekt gewesen. Ich hatte das gewusst, noch bevor ich die Augen geöffnet hatte. Es klang bescheuert, aber ich *hatte gespürt,* dass ich etwas verloren hatte. Etwas, ohne das ich nie wieder derselbe sein würde. Als mir klar geworden war, dass die Farben weg waren, hatte ich deshalb zuerst nur das gedacht: Das ergibt Sinn.

Es hatte sich angefühlt, als hätte man mir nicht nur mit einem Schlag die Farben entzogen, sondern auch etwas anderes in mich hineingedrückt. Schuld bestand aus unendlich vielen Nuancen Grau. Bei jedem Wimpernschlag wurde ich seitdem daran erinnert, was passiert war. Was ich getan hatte. Dieses Leben in Grau war das Gefängnis, dem ich nie entkommen würde.

Eine meiner ersten Erinnerungen meines Danachs: Neben meinem Krankenhausbett hatten Bela und Adam gesessen und sich mit viel zu lautem Flüstern darüber gestritten, wem eine Glatze weniger stehen würde. Selbst in dem dämmrigen Zustand, in dem ich mich befunden hatte, begriff ich, dass das eine Übersprungshandlung war. Ein Versuch, irgendwie damit umzugehen, dass sich ihr bester Freund tagelang im Koma befunden hatte und jetzt mit kahl geschorenem, verbundenem Kopf vor ihnen lag. Ich regte mich so lange nicht, wie es ging. Lag nur da, mit unsagbarem Schmerz im Kopf, Bein, Brustkorb und überall dazwischen, und horchte auf ihre heiseren Stimmen und das geflüsterte Lachen, das nach Unsicherheit und Angst klang. Saugte ihre Anwesenheit auf, klammerte mich an die Tatsache, dass sie noch da waren. Ich hatte sie nicht verdient, das war mir in diesem Moment klar gewesen, ich hatte sie ebenso wenig verdient wie die Farben oder das sogenannte Glück, das ich gehabt hatte, indem ich überlebt hatte.

Das, was diese beiden Menschen danach für mich getan hatten, würde ich nie gutmachen können. Vor allem, weil ich es nicht einmal zu schätzen gewusst hatte. Ich hatte versucht, sie wegzustoßen, ich hatte mein Bestes gegeben, sie dazu zu bringen aufzugeben, weil ich selbst – und das war etwas, was ich erst viel später begriff – nach einem Grund suchte aufzugeben. Mich aufzugeben. Aber sie hatten nicht aufgegeben. Sie waren geblieben. Und sie waren mir wirklich auf die Nerven gegangen. So lange, bis ich es geschafft hatte, mit meiner defekten Welt weiterzumachen. Wenn ich meinte, dass sie der Grund dafür waren, dass ich noch lebte, dann war das keine Übertreibung oder melodramatische Scheiße. Es war schlichtweg wahr. Allerdings sprach ich es nie aus. Wir hatten vor Jahren eine Art stillschweigende Übereinkunft getroffen, die besagte, dass wir nicht darüber redeten. Nicht über den Unfall. Und nicht über das unmittelbare Davor oder Danach.

Wir zogen weg, fingen an zu studieren, lernten neue Leute kennen und ich ließ alles andere, so gut es ging, zurück. Bela und Adam waren das einzige Stück von dem Davor, das ich mitnahm. Ich hätte alles für die beiden getan.

Zumindest hatte ich das immer gedacht. Bis ich vergangene Nacht ein simples, aber für Bela ziemlich wichtiges Versprechen gebrochen hatte.

Als ich ihm schwören musste, dass ich mich von seiner nächsten Mitbewohnerin fernhielt, hatte ich nicht einen Moment gezögert. Zugegeben, ich hatte mit der einen oder anderen eine nette Zeit gehabt, aber Bela war mein bester Freund. Das zählte mehr als alles andere. Auch mehr als guter Sex.

Die Frage war nur, warum ich dann vergangene Nacht mit Effi geschlafen hatte, ohne auch nur einen Gedanken daran zu verschwenden, was für ein mieser Freund ich war. Die letzten Wochen hatte ich mir das immer wieder vorgehalten, jedes Mal, wenn dieses helle Mädchen in meinen Gedanken aufflackerte. Jedes Mal, wenn wir uns über den Weg liefen und ich nicht aufhören konnte, sie anzusehen. Jedes Mal, wenn ich nachts nicht einschlafen konnte und an ihre Lippen auf meinen dachte, an ihre weiche Haut, an diesen Geruch nach Mandelseife und Maiglöckchen. Jedes Mal, wenn ich mir einen runterholte, um sie aus meinem Kopf zu bekommen. Was immer nur bemitleidenswert kurz funktionierte. Ich sagte es mir, als ich angetrunken in ihrem Zimmer saß und sie mich wortwörtlich in ihr Bett einlud. Ich sagte es mir, als ich sie mit ihrem Ex sah und den Impuls unterdrücken musste, dem Typen die Nase zu brechen. Ich sagte es mir sogar, als sich ihr warmer Körper im *Dream On* an mich presste und dafür sorgte, dass ich eigentlich nicht mehr denken konnte. Ich sagte es mir dummerweise nicht, als ich sie vor meinem Gartentor entdeckte. Und erst recht nicht mehr, als sie nackt unter mir lag.

Allein die Erinnerung daran sorgte dafür, dass ich beinahe die Ecke verpasste, hinter der die Bar lag, in der wir uns einmal die Woche zum Billard trafen.

Adam lehnte neben dem Eingang unter dem Leuchtschild, dessen Licht das Grau der Nacht aufhellte. Er hatte vor Kurzem wieder angefangen zu rauchen, obwohl er sich selbst noch gut daran erinnerte, wie schwer es ihm gefallen war aufzuhören. Wie schwer es ihm jedes Mal fiel. Er hatte schon immer eher des Effekts wegen als wegen des Akts an sich geraucht. Adam hatte sich nie darum geschert, besonders lässig zu wirken. Allerdings war er gern ein wenig berauscht.

»Na, sieh einer an.« Er grinste und aschte an dem Backstein hinter sich ab. Das schwache Licht des Schildes warf tiefe Schatten auf sein Gesicht. Helle Zähne, dunkle Grübchen, fast schwarze Iriden.

Ich nickte ihm zu und vergrub die Hände in den Taschen meiner Jacke. Der Jacke, die ein bisschen nach Effi roch. Wenig hilfreich. »Ist Bela drinnen?«

Adam legte den Kopf zur Seite, sodass sich eine Strähne aus seinem wirren Zopf löste. »Ich denke, er weiß schon, dass du etwas zu beichten hast.« Seine Stimme triefte vor Belustigung, während er vielsagend die Brauen hob.

Resigniert schloss ich die Augen. Das erklärte, warum Bela mir auf keine meiner Nachrichten geantwortet hatte. »Woher ...«

»Woher er es weiß? Abgesehen davon, dass wir beide dich sehr gut kennen und einschätzen können?« Adam grinste und warf die Kippe auf den Boden, drückte sie mit dem Fuß aus. »Sagen wir, Effis Alibi hat sich gestern in Luft aufgelöst, als eine ziemlich ahnungslose und bemitleidenswert schlecht improvisierende Asta im Katergold aufgetaucht ist.«

Klasse. Mieser konnte das nicht laufen. Ich fluchte unterdrückt. »Wie sauer ist er?«

Adam lachte. »Finden wir es doch heraus. Aber vorher lass dir gesagt sein, dass ich durchaus Respekt für dich empfinde. Wundervolles Mädchen.«

Ich ging nicht darauf ein und zupfte am Saum meiner Mütze, bis das leichte Jucken aufgehört hatte. Die beschissene Narbe spürte jedes Mal, wenn ich nervös wurde, und setzte alles daran, es noch schlimmer zu machen. Als Adam mir zur Tür folgte, hielt ich inne. »Wäre vielleicht besser, wenn ich zuerst alleine mit ihm rede.«

Adam seufzte und legte mir eine Hand auf die Schulter. »Keine Chance. Ich meine, wie lange kennen wir uns? Du denkst doch nicht echt, dass ich mir das entgehen lasse.«

Wir fanden Bela im hinteren Raum, wo er die Kugeln auf dem Billardtisch im Dreieck anordnete. Das dämmrige Licht der Deckenlampe verwischte seine Konturen mit dem Grau des Zimmers, aber ich nahm seine Anspannung körperlich wahr, als ich auf ihn zutrat.

»Hey.« Ich hielt auf der anderen Tischseite inne. Bela schwieg und presste die Lippen aufeinander. Ich konnte seine Gesichtszüge nur halbwegs erkennen, aber das reichte schon. Ich verzog den Mund. »Wie schlimm ist es?«

»Hast du mit ihr geschlafen?«, fragte er ruhig.

»Ja.« Mehrmals. Und ich konnte seitdem nicht aufhören, daran zu denken. Ich fuhr mir über den Mund, um die wenig zielführenden Worte dahinter einzukerkern.

»Dann ist es richtig schlimm«, erwiderte Bela tonlos. »Weil du nämlich dein verdammtes Versprechen gebrochen hast, Fin. Ich habe dich nur um eine Sache gebeten, richtig?«

In diesem Moment war ich dankbar für den langen Tisch zwischen uns. Bela war ein extrem harmoniebedürftiger Mensch, umso unangenehmer war es, wenn man es geschafft hatte, ihn wütend zu machen.

»Ich habe dich darum gebeten, die Finger von ihr zu lassen. Ich habe dir gesagt, dass ich sie mag und dass ich gerne mit ihr zusammenwohne und dass ich keinen Bock darauf habe, dass du das kaputtmachst, weil du dich nicht im Griff hast! Weißt du eigentlich, wie scheiße das ist?«

»Ja, weiß ich.« Es stimmte. Ich hatte all das gewusst und es trotzdem getan. Und ich würde nicht versuchen, ihm einzureden, dass er keinen Grund hatte, wütend zu sein.

Bela atmete tief aus. Er trug das gestreifte Shirt, das ihm Mila auf irgendeinem Markt im gemeinsamen Frankreichurlaub gekauft hatte. Ich hatte schon etliche Male versucht, ihn dazu zu bringen, es endlich wegzuschmeißen. Vergebens. Wenn man es einmal in Belas Herz geschafft hatte, hielt er einen dort fest. Wäre das anders gewesen, hätte er mich schon längst aussortiert.

Wir schwiegen. Die Stille wurde nur von den Geräuschen aus dem Vorderzimmer zersetzt. Aneinanderstoßende Gläser, Lachen, Stimmgewirr, dumpfe Musik, deren Bass meine Schienbeine hinaufkletterte und mich unruhig das Gewicht von einen auf den anderen Fuß verlagern ließ.

Schließlich klopfte Adam gegen den Durchgangrahmen zum Vorderzimmer, in dem er lehnte. Die ganze Zeit über hatte er uns unangebracht gut gelaunt beobachtet. »Ist jetzt ein guter Zeitpunkt, um zu gestehen, dass ich eventuell mit Asta rumgemacht habe?«

Bela und ich fuhren gleichzeitig zu ihm herum. »Was?«, fragte Bela entsetzt, während ich meinte: »Wann?«

»Nachdem ihr uns im *Dream On* alleine gelassen habt«, erklärte er und fügte, als er Belas zu Fäusten geballte Hände bemerkte, hinzu: »Nur ein bisschen gefummelt, kein Sex. Ich schwöre. Und wenn man es ganz genau betrachtet, habe ich gegen keine Regel verstoßen. Es war nur von deiner Mitbewohnerin die Rede – nicht von deren Freunden oder Freundinnen.«

Er lächelte Bela verschmitzt zu, der nur den Kopf schüttelte und den Kiefer bewegte, als würde er ein paar Flüche dahinter zermalmen. Wortlos wandte er sich von uns ab und ging in die Ecke, um die Stehlampe näher an den Tisch zu holen.

Ich lächelte schwach. Wenn es hell genug war, musste ich nicht die Nummern der Kugeln lesen, sondern konnte sie anhand der verschiedenen Graustufen auseinanderhalten. Das war Bela. Er konnte noch so wütend sein, das hinderte ihn nicht daran, ein verdammt guter Freund zu sein.

»Ich dachte, zwischen dir und Yanik wird es ernster«, fragte ich an Adam gewandt. Bei den Entwicklungen in Adams Liebes- oder zumindest Sexleben mitzuhalten, war nicht immer leicht. Wenn man meinen Freunden glaubte, galt das aber auch für das meine.

Adam winkte ab und lehnte sich wieder gegen die Wand. »Nicht so ernst, dass ich mich wehren müsste, wenn mich so eine Frau küsst.«

»Weiß er das auch?«, hakte ich skeptisch nach. Adam hatte uns Yanik vor ein paar Wochen vorgestellt und so, wie der Kerl ihn angesehen hatte, war ich mir relativ sicher, dass Yanik es begrüßt hätte, wenn Adam keine anderen Leute küsste.

Adam schnalzte mit der Zunge. »Netter Versuch, mein Freund, aber du sitzt eindeutig tiefer in der Scheiße als ich.«

»Da hat er recht«, schaltete sich Bela ein und fokussierte mich. »Willst du dich auch damit rausreden, dass sie angefangen hat?«

Ich wiegte den Kopf. Rein faktisch stimmte das sogar. »Nein«, sagte ich trotzdem. »Wenn sie es nicht getan hätte, hätte ich es getan. Sie ist … Ich weiß auch nicht.« Ich rieb mir mit dem Handballen über die Schläfe. Bela hatte diese Angewohnheit, mich so anzusehen, dass ich mich immer irgendwie ertappt fühlte. Trotzdem: Ich hatte den Mist gebaut, also musste ich auch dazu stehen. »Es tut mir wirklich leid, Bela«, sagte ich aufrichtig. »Ich weiß, dass ich dir versprochen habe, das nicht zu tun, und ich habe es echt versucht. Ich wünschte, ich könnte mehr sagen, als dass ich einfach nicht anders konnte.«

»Ihr seid beide so triebgesteuert«, murmelte Bela genervt. Dann sah er mich resigniert an – auf die Art, die sagte, dass er die Antwort kannte, ehe er die Frage gestellt hatte. »Und was bedeutet das jetzt?«

Ich hob die Schultern. »Gar nichts.«

»Also war das wieder so eine Einmalsache?«

»Das habe ich nicht gesagt«, erwiderte ich beiläufig. *Zu* beiläufig. Adam pfiff durch die Zähne. »Oh, oh.«

Ich verdrehte die Augen. »Nichts *oh*. Ich schließe nur nicht aus, dass das, was passiert ist, wieder passiert.« Ich wandte mich an Bela und zog meine Schultern etwas nach hinten, richtete mich auf. »Es sei denn, du sagst, ich soll es lassen.«

Bela schnaubte. »Klar, das hat dich ja letztes Mal auch schwer beeindruckt.«

Ich grinste schief, obwohl ich es so meinte. Wenn Bela mir sagte, dass es für ihn keine Option war, dass ich Effi traf, dann würde ich einen Weg finden müssen, es nicht zu tun.

Bela fuhr sich mit beiden Händen durch die dunklen Haare, bis sie wirr abstanden. »Was sagt Effi zu deiner Abneigung gegen Verpflichtungen jeder Art?«

»Sie hatte keinerlei Einwände. Sie ist gerade erst aus einer Beziehung raus, mehr als ein bisschen Ablenkung hat sie eh nicht im Sinn.« Meine Stimme klang immer noch ein wenig zu gleichgültig, aber ich wusste einfach nicht, wie ich das ändern sollte. Ich fühlte mich wie ein schlechter Schauspieler, während ich die Wahrheit sagte.

Bela hatte sich auf den Billardtisch vor sich konzentriert. Er fuhr mit der flachen Hand mehrmals über die Kugeln im Dreieck, sodass sie leise klackernd aneinanderstießen. Dann holte er tief Luft. »Hast du ihr von damals erzählt?«

Ich spannte mich so an, dass ein heißer Schmerz in meine Nackenmuskulatur schoss. »Damals? Werde ein bisschen spezifischer«, erwiderte ich zynisch.

Bela verzog keine Miene. Er kannte mich zu gut, um sich auf so ein Spiel einzulassen. »Weiß sie, was passiert ist?«

»Ich habe den Unfall erwähnt.« Ich wandte mich von ihm ab, um ihm zu signalisieren, dass dieses Gespräch vorbei war. Aus dem Augenwinkel bemerkte ich, dass Adams Körper sich ebenfalls angespannt hatte.

»Und auch, wie es dazu kam?«, fuhr Bela ungerührt fort.

Ich erstarrte. Das hier war ein Regelverstoß. Und auch, wenn wir dieses Gespräch nur hatten, weil ich ebenfalls einen begangen hatte, war ich trotzdem kurz davor zu gehen. »Nein«, sagte ich beherrscht und drehte mich zu ihm um. »Ich wüsste nicht, dass sie das interessieren müsste.«

Bela rümpfte die Nase. »Klar.«

»Meine Vergangenheit geht sie nichts an. Eigentlich geht sie *niemanden* etwas an.«

»Ich glaube, du unterschätzt das Zusammenspiel von Vergangenheit und Gegenwart, Fin.« Belas Körperhaltung veränderte sich etwas. Seine Schultern sackten hinab, seine Hände entkrampften sich, sogar seine Mundpartie verlor an Härte. Ich wusste, welches Gefühl dafür sorgte. Der Ärger verblasste und wurde überschwemmt von einem deutlich dunkleren Gefühl. Sorge. Ein Gefühl, das ich nie ertrug, wenn es mir galt. Ich wollte mich nicht mit Bela streiten. Noch weniger wollte ich, dass er wegen mir beunruhigt war.

Ich rang mir ein Grinsen ab und nahm den Queue vom Tisch. »Und ich glaube, du überschätzt deine Fähigkeiten im Billard. Soll ich dir das jetzt beweisen?«

Bela schwieg. Die Anspannung vibrierte zwischen uns, bis er sich müde über die Stirn rieb und seinen Spielstock ebenfalls aufnahm. »Tu ihr einfach nicht weh, okay?«

»Meine Güte, für wen hältst du mich denn?« Ich lachte auf, obwohl seine Worte mich mehr trafen, als ich zugegeben hätte. Zu sehen, was die Menschen, die einen am besten kannten, über einen dachten, war nicht immer angenehm.

Bela lächelte halbherzig. »Für jemanden, der mir jetzt ein Bier ausgibt, bevor mir wieder einfällt, wie verdammt wütend ich auf ihn bin.«

Vor Erleichterung hätte ich beinahe laut aufgeseufzt, aber ich beließ es bei einem sachten Schlag gegen seine Schulter, als ich an ihm vorbeilief. Auf dem Weg zur Bar warf ich einen Blick auf mein Handy. Und ich fragte mich, was mit mir nicht stimmte, dass ich nach diesem ganzen Stress trotzdem enttäuscht war, keine Nachricht seines Ursprungs vorzufinden.

Kapitel 14

»Sie haben ein gutes Auge fürs Detail, allerdings führt dessen Blickrichtung definitiv nicht zum Journalismus.«

Asta hielt das Blatt quer, um sich meine Skizze besser ansehen zu können. Ich hatte meine Sitznachbarin im Seminar gezeichnet. Die Zeichnung war wirklich nicht schlecht geworden, leider war die danebenstehende Aufgabe so gut wie unbeantwortet geblieben.

Der Kommentar, den mir mein Dozent zu der Skizze dazugeschrieben hatte, war das Erfreulichste an dem Test, den wir heute zurückbekommen hatten. Die Note darunter war es definitiv nicht. Das Semester war zu zwei Dritteln rum und ich ahnte jetzt schon, dass die restlichen Prüfungen ähnlich laufen würden.

Missmutig sah ich auf Astas Test, der auf dem Tisch vor ihr lag. »Wie kannst du nur so gut in allen Kursen sein?«

»Indem ich mich für das interessiere, was ich tue. Du hingegen quälst dich dieses Semester nur durch.« Sie lächelte und tippte auf meine Zeichnung. »Wenn ich allerdings so was könnte, würde ich meine Zeit auch nicht mit den Topeinhundert der langweiligsten Kommunikationsmodelle verbringen wollen.«

Ich stopfte die Blätter zurück in den Block. »*So was* wird aber nicht meine Miete zahlen.«

»Sämtliche erfolgreiche Illustratoren und Künstler schreien gerade empört auf«, kommentierte Asta trocken.

Ich schnaubte, obwohl ich wusste, dass sie durchaus recht hatte. Es war nicht unmöglich, es war nur unwahrscheinlich. Schwierig. Herausfordernd. Unsicher.

Man musste eine Ausnahme sein, um mit der Kunst Erfolg zu haben.

Und ich war mir zwar nicht sicher, wer ich war, aber ich bezweifelte, dass ausgerechnet ich diese Ausnahme sein würde. Meine Mutter hatte recht. Realistisch zu sein, würde mich letztlich vor Enttäuschungen bewahren. Auch wenn es mich dazu zwang, meine Zeit in stickigen Bibliotheken zu verbringen, während sich draußen der Frühling ausbreitete, der versprach, das Schönste aus Goldhain herauszuholen.

Man spürte mit jedem Tag, wie die Sonne an Kraft gewann und die kühlen Steine der Altstadt aufwärmte. Das Gras wurde länger und weicher und die blütenbedeckten Flieder- und Magnolienbäume verströmten einen schweren süßen Duft.

In der Bibliothek roch es lediglich nach altem Papier, Parfumresten und illegal mitgebrachten Nusstütchen. Asta und ich saßen an einem der Gruppentische im ersten Stock, direkt neben dem kleinen Springbrunnen, der angeblich zur Konzentration beitragen sollte. Mir half das Wasserplätschern nicht dabei, mich auf die Lektüre zu fokussieren.

Ich lehnte mich zu Asta hinüber und senkte die Stimme. »Noch mal zu deiner Nachricht gestern. Du hast also mit Adam rumgemacht.«

»Und du hast mit Fin geschlafen.« Sie schüttelte den Kopf und tätschelte den meinen. »Damit hast du eindeutig gewonnen.«

»War das ein Wettstreit?«, fragte ich amüsiert nach. Ich hatte Asta erst vorhin davon erzählt, was in den vergangenen Tagen, die ich ihr aus dem Weg gegangen war, alles passiert war. Ihr anfänglicher Unmut hatte sich sofort gelichtet, als sie von der Sache mit Fin gehört hatte.

Jetzt seufzte sie. »Weißt du, ich finde, Frauen wurde lange genug eingeredet, dass sie sich für ihr Sexleben schämen müssten. Es wird Zeit, dass wir anfangen, uns darüber zu freuen und das zu zelebrieren. Du hattest Sex, Effi. Du hattest Sex, weil du einfach Lust darauf hattest und das verdammt noch mal eine ziemlich schöne Sache ist. Ich war vermutlich noch nie stolzer auf dich!«

Mit einer theatralischen Geste setzte sie mir eine unsichtbare Krone auf. Ich rückte diese mit konzentrierter Miene zurecht. »Wenn das so ist: Herzlichen Dank. Du warst eine herausragende Lehrerin.«

Der Typ am Nachbartisch drehte sich mit genervtem Gesichtsausdruck zu uns um. »Könntet ihr leise sein?«

»Könntest du nicht so tun, als müsstest du dich konzentrieren, wenn du dich seit zwanzig Minuten auf Instagram rumtreibst?«, konterte Asta so kühl, dass er sich sofort wieder umdrehte und über sein Handy beugte.

»Und jetzt?«, fragte sie weiter, als wäre nichts gewesen. »Hast du eine heiße Affäre oder darf ich dir zu deinem ersten One-Night-Stand gratulieren?«

»Keine Ahnung.« Es war nicht so, als hätte ich darüber noch nicht nachgedacht. Eigentlich dachte ich seit zwei Tagen nur darüber nach. Besonders jedes Mal, wenn ich auf mein Handy blickte und einen unangenehmen Stich spürte, weil ich keine Nachricht von Fin entdeckte. Trotzdem hatte ich es selbst nicht über mich gebracht, ihm zu schreiben.

Asta stützte den Kopf in den Händen auf. »Aber du willst schon mehr davon, oder?«

Ich verzog das Gesicht unter ihrem anzüglichen Lächeln. Es wäre mit Sicherheit leichter, es bei einem Mal zu belassen. Aus so vielen Gründen. Andererseits hatte ich die letzten Wochen damit verbracht zu versuchen, mich gedanklich und physisch von Fin fernzuhalten, und das hatte alles andere als gut funktioniert. Und ich wäre eine Heuchlerin, hätte ich behauptet, nicht an eine Wiederholung zu denken. Allein bei dem Gedanken an Fins Körper auf – und *in* – meinem, spürte ich Hitze aufsteigen. Nicht nur im Gesicht.

Entschieden schüttelte ich den Kopf. »Ich muss erst mit Bela sprechen, ehe ich darüber nachdenken kann, ob sich das potenziell wiederholen könnte.«

»Wäre wohl von Vorteil ...« Sie verzog das Gesicht zu einer zerknirschten Miene. »Tut mir übrigens echt leid, dass ich euch auffliegen ließ. Ich würde gern sagen, dass sich die Theater-AG an der Schule gelohnt hat, aber ich konnte Bela richtig ansehen, wie es klick gemacht hat.«

Das konnte ich mir vorstellen. Und das war auch der Grund, warum ich mich so davor fürchtete, Bela wiederzusehen. Er wusste, dass ich ihn angelogen hatte, als ich behauptet hatte, zu Asta zu gehen. Und er wusste hundertprozentig auch, wo ich die Nacht stattdessen verbracht hatte. Egal ob Fin bereits mit ihm gesprochen hatte oder nicht, das würde nichts mehr an der furchtbaren Art ändern können, wie er davon erfahren hatte.

»Nicht deine Schuld. Ich hätte dir davon erzählen müssen.«

»Hättest du«, bestätigte sie mit einem versöhnlichen Lächeln. »Aber dafür hatte ich jetzt die volle Dosis Neuigkeiten. Das wird mir dabei helfen, mein dröges Seminar auszuhalten.« Sie linste auf ihr Handy und richtete sich stöhnend auf. »Ich muss jetzt los. Kommst du mit?«

Eigentlich hatte ich noch eine Vorlesung, aber ich hätte mich eh nicht konzentrieren können. Bei meinen letzten Seminaren war ich so abgedriftet, dass ich am Ende der Stunde nicht einmal wusste, worüber wir gesprochen hatten. Also begleitete ich Asta nur zum Ausgang der Bibliothek und machte mich auf den Weg nach Hause.

Ich wusste nicht, ob Bela da war, aber trotzdem hielt ich vor unserer Wohnungstür inne. Mein schlechtes Gewissen wummerte in meiner Brust. Ich hatte Angst. Angst davor, dass Bela wütend war. Ich mochte ihn so sehr, ich wollte nichts tun, was ihn störte. Vielleicht hatte ich noch mehr Angst vor etwas anderem. Davor, dass er dagegen war, dass Fin und ich … was auch immer taten. Mit mulmigem Gefühl setzte ich mich auf den Treppenabsatz vor unserer Tür und legte den Kopf auf den Knien ab. Vielleicht würde es einfacher werden, wenn ich noch ein bisschen hier draußen sitzen blieb, ehe ich mich dem stellte.

Es wurde nicht einfacher. Und deswegen blieb ich weiter sitzen. Die Sonne begann orangerot am Treppenhausfenster hinabzufließen, als die Schritte im Hausflur aufkamen. Ich begriff erst, dass sie zu mir nach oben führten, als Bela schon am Ende der Treppe auftauchte.

Er hielt inne und musterte mich verwundert, als er mich dort sitzen sah. »Hey. Hast du deinen Schlüssel vergessen?«

Ich schüttelte den Kopf und umklammerte meine Knie fester. »Ich habe mich nur nicht getraut reinzugehen.«

»Verstehe.« Bela kam zu mir und setzte sich neben mich, ohne mich anzusehen. Er fragte nicht nach. Was nur bedeuten konnte, dass er es schon wusste.

»Fin hat mit dir gesprochen, oder?«

Er nickte langsam. »Ja.«

Ich biss mir auf die Unterlippe und holte tief Luft. »Und was hältst du davon?«

Bela fuhr sich schweigend durchs Haar.

»So wenig, ja?« Meine Finger waren von der Treppenhauskühle bläulich und zittrig geworden. Ich grub sie in die Ärmel meines Pullovers. Violett. Unter anderem die Farbe der Vertretung der eigenen Bedürfnisse und Wünsche. Ich hatte immer geglaubt, das wäre etwas Positives. In diesem Moment dachte ich, dass es vielleicht nur egoistisch war.

Bela seufzte. »Ich halte das einfach für keine sonderlich gute Idee. Er wird dir nicht geben, was du suchst.«

»Ich suche aber gar nichts, Bela. Ich habe gerade diese lange Beziehung hinter mir und das Letzte, was ich will, ist es, etwas in der Art in absehbarer Zukunft zu wiederholen.«

Bela musterte mich, dann rieb er sich über die Schläfe. Seine Stimme klang etwas heiser, als er weitersprach. »Fin ist kompliziert. Er kann wirklich grausam werden.«

»Grausam? Findest du das nicht ein bisschen hart?«, hakte ich nach.

Belas Blick hing am Fenster am Ende der Treppe, hinter dem das Orange auslief, als hätte man einen Farbeimer umgekippt. Er wirkte konzentriert, beinahe abwesend. »Ich kenne ihn einfach sehr gut. Er ist mein bester Freund und ich liebe ihn, aber manchmal kann ich ihn nicht ausstehen.« Sein Mund war ein wenig verzogen, als würde es ihm körperlich schmerzen, das zu sagen. Es nur zu denken. »Er tut Menschen weh, Effi. Und ich will nicht, dass er dir wehtut.«

Einen Moment lang schwiegen wir. Unten im Haus verließ jemand seine Wohnung. Die Schritte hallten an den Wänden wider, Belas Worte in mir.

Ich hatte geglaubt, Bela wäre dagegen, dass seine Freunde etwas mit seiner Mitbewohnerin anfingen, weil er keine Lust auf die daran geknüpften Komplikationen hatte. Erst jetzt begriff ich, dass es ihm nicht um sich selbst ging. Es ging ihm um mich.

Mein Herz dehnte sich ein wenig aus und ich griff nach seiner Hand. »Hör mal. Ich weiß das zu schätzen, okay? Aber ich weiß, was ich ertragen kann. Wenn du dir Sorgen um mein Herz machst, dann kann ich dich entwarnen: Ich habe nicht vor, jemanden dort hineinzulassen. Wenn du das aber aus anderen Gründen schrecklich findest, dann lass ich es.«

Bela drehte am Ring an meinem kleinen Finger und lächelte schwach. »Das hat Fin auch gesagt.«

Mein Herz zog sich wieder zusammen, ich bemühte mich dennoch um einen gleichgültigen Tonfall. »Ach?«

»Hm.« Er grinste schief, auf diese Art, die deutlich machte, dass er mich durchschaut hatte. »Ihm habe ich noch weniger geglaubt als dir. Mir war das von Anfang an klar. Wie ihr miteinander umgeht, ist ziemlich eindeutig.«

Ich dachte an all die Male, die Belas Blicke zwischen Fin und mir hin- und hergewandert waren, an all die Sorgenfältchen und unzufriedenen Gesichtsausdrücke, die ich nicht verstanden hatte. Ich hatte mir nicht eingestehen wollen, wie offensichtlich es war, dass da etwas war. Etwas, das ich zwar nicht definieren, aber auch nicht länger leugnen konnte. Meine Wangen prickelten und ich entzog Bela meine Hand, um darüber zu streichen, in der Hoffnung, die ungewollte Farbe loszuwerden.

»Ich meine es aber ernst, Bela«, sagte ich mit Nachdruck in der Stimme. »Wenn du dir allerdings nur Sorgen darum machst, dass ich ausziehe, sobald das mit ihm und mir sein unausweichliches Ende gefunden hat, dann lass dir gesagt sein, dass das niemals passieren wird.«

Er hob die Brauen. »Niemals?«

Entschieden schüttelte ich den Kopf. »Nein. Du wirst mich rausschmeißen müssen. Und selbst dann werde ich einen Weg finden hierzubleiben. Du weißt schon, wie eine heimatlose Einbrecherin, die sich heimlich in deinem Kleiderschrank versteckt und unbemerkt bei dir lebt.«

Bela lachte auf. Es klang ein bisschen heiser, aber doch ehrlich. »Das ist gruselig.«

»Du wusstest, worauf du dich einlässt«, erwiderte ich grinsend. Es zwickte ein wenig, weil ich noch immer die Sorge in Belas dunklen Augen erahnen konnte. Sorge, die ich unbedingt aus seinem Inneren vertreiben wollte.

Ganz gleich, welche unangenehmen Seiten Fin hatte, ich sah, welche anderen er auch hatte. Und das war alles, was ich gerade brauchte und wollte. Was ich zu Fin gesagt hatte, war wahr. Ich hatte keine Erwartungen. Weder an ihn noch an dieses diffuse Uns, das sich in dieser Nacht gebildet hatte.

»Es tut mir leid«, sagte ich nach einer Weile leise.

Bela winkte ab. »Dir muss das nicht leidtun.«

»Ihm tut es auch leid.« Ich war mir bei Fin nicht sicher, ob er nicht vergessen hatte, das zu erwähnen.

»Ich weiß.« Bela erhob sich, sodass er zwei Stufen unter mir stand.

»Ich könnte deine Abwaschschichten der nächsten Wochen übernehmen«, schlug ich vor und entlockte ihm damit ein amüsiertes Lächeln.

»Effi, du hast nichts falsch gemacht.«

»Willst du mein schlechtes Gewissen nicht trotzdem ein bisschen ausnutzen? Dann geht es uns beiden vielleicht besser.«

Bela schüttelte den Kopf und streckte eine Hand nach mir aus. Ich ergriff sie und ließ mich von ihm hochziehen, direkt in eine unerwartet feste Umarmung. »Pass einfach auf dich auf, okay?«, sagte er leise an meinem Ohr. Dadurch, dass ich über ihm stand, waren wir fast gleich groß. Bela roch nach unserem Lavendel-Waschmittel, seinem zitronigen Aftershave und einfach nach ihm. Mir stiegen Tränen in die Augen, als ich spürte, wie sehr das schon Zuhause war.

»Mach ich«, flüsterte ich und atmete tief durch, bis mein Herz sich ein wenig leichter anfühlte. »Und jetzt mache ich uns was zu essen, okay?«

Bela drückte mich an den Schultern von sich weg. »Willst du mich versöhnlich stimmen oder bestrafen?«

»Das saß.« Ich fasste mir ans Herz. »Aber okay. Hab ich verdient.« Tatsächlich war mir nie aufgefallen, wie dürftig meine Kochkünste waren, bis ich bei Bela lernte, wie gut selbst ein simples Nudelgericht schmecken konnte.

Er lachte und legte mir einen Arm um die Schulter, während wir auf unsere Wohnung zugingen. »Ich koche, du machst den Wein auf. Arbeitsteilung ist das A und O.«

»Ich dachte, reden ist das A und O?«

»Richtig. Was soll's. Das Alphabet hat zum Glück noch mehr Buchstaben.«

Ich lächelte noch immer, als wir die Tür hinter uns schlossen. Und ich begriff wieder einmal, wie absurd groß mein Glück gewesen war, dass mich das Leben zu diesem einen Mitbewohner geführt hatte.

Kapitel 15

Es gab einige Fragen, über die ich mir in einem bisherigen Leben nie Gedanken machen musste. Eine davon war: Wie begrüßte man jemanden, mit dem man unverbindlichen Geschlechtsverkehr gehabt hatte? Umarmung, Handschlag, High Five? Oder ein Kuss auf die Wange begleitet von vielsagendem Schlafzimmerblick? Gab es dafür einen Vorschlag im Knigge?

Ich hätte Asta danach fragen sollen. Allerdings hätte sie mir bestimmt zunächst einen Vortrag darüber gehalten, dass ich das Wort Geschlechtsverkehr erst wieder benutzen durfte, wenn ich die Achtzig geknackt hatte.

Ich biss mir auf die Unterlippe und schlenderte weiter den Bürgersteig entlang. Auf der anderen Seite lag, zwischen einem Kiosk und einem Kleidungsgeschäft, ein Tattoo-Studio. Das Gebäude bestand aus dunkelroten Backsteinen, die Tür war schwarz lackiert und darüber hing ein Leuchtschild mit dem Schriftzug *Outlined*. Der Laden befand sich am Rand der Altstadt in einer Ecke Goldhains, die ich bisher nicht erkundet hatte und die rauer wirkte als der Rest der Bilderbuchstadt.

Die Abendsonne reflektierte in der verglasten Front, deswegen sah ich nur die Reflexion der Straße, nicht das, was sich hinter dem Glas befand. Allerdings wusste ich, *wer* sich dort befand.

Als ich vergangene Nacht nicht einschlafen konnte, hatte ich es endlich über mich gebracht, seine Nummer aufzurufen. Ich setzte mehrmals an und löschte die Wörter wieder. Erst als er ebenfalls etwas schrieb, wurde mir bewusst, dass er den Chat zur gleichen Zeit aufgerufen hatte. Und mich vermutlich beim digitalen Rumstottern beobachtet hatte. Er war schneller und wie immer direkter als ich.

Ich arbeite morgen bis fünf. Du könntest mich abholen.

Nun war ich hier. Zehn Minuten zu früh und zu nervös, um reinzugehen. In diesem Moment blinkte mein Handy auf.

Die Tür ist das Ding mit dem Eingangsschild.

Ich erstarrte und warf einen Blick auf die andere Straßenseite. Noch immer konnte ich nicht erkennen, was sich hinter der Scheibe befand. Mir war nicht ansatzweise in den Sinn gekommen, dass jemand von drinnen mich sehen könnte. Zögerlich tippte ich eine Antwort.

Danke für den Tipp. Bewundere gerade die Architektur.

Die Antwort ließ keine fünfzehn Sekunden auf sich warten.

Komm einfach rein, Kobold.

Ich konnte das Augenverdrehen so deutlich vor mir sehen, dass meine Wangen pochten, als ich die Straße überquerte. Kaum, dass ich die Tür geöffnet hatte, schlug mir der klare Geruch von Desinfektionsspray in die Nase und schnelle Musik drang in meine Ohren.

Es gab diese Geschäfte, in denen man das Gefühl hatte, man würde eine andere Welt betreten. Das *Outlined* war ein solcher Ort, genau wie mein Glashaus und doch ganz anders. Die Wände waren dunkelgrau gestrichen, aber davon sah man kaum etwas. Die Farbe wurde verdeckt von ganz viel Bunt: Allerlei Tattoo-Vorlagen prangten auf weißem Papier, lockere Skizzen hingen zwischen exakt ausgearbeiteten Motiven, Bleistiftzeichnungen zwischen farbigen Bildern und Fotos der Ergebnisse auf der Haut. Und dort, inmitten all der Farben, stand dieser dunkle, ruhige Kerl neben dem Empfangstresen und sah mir entgegen.

»Hey«, sagte Fin schlicht.

Mein Gehirn spulte alle Begrüßungsmöglichkeiten ab, während ich auf ihn zulief. Als ich vor ihm innehielt, griff mein Körper wahllos eine davon auf. Halbherzig boxte ich Fin gegen die Schulter. »Hi.«

»Ich werde das unkommentiert lassen.«

»Kommt mir entgegen«. Ich wich seinem belustigten Blick aus, indem ich stattdessen das Studio betrachtete.

Die Arbeitsplätze selbst konnte ich nicht sehen, da sie durch eine Trennwand vom Empfangsbereich mit den Wartesesseln und dem Tresen abgeschirmt waren. Doch allein die Atmosphäre, die sich zwischen dem dunklen Teppichboden und den bunten Wänden breitmachte, zog mich unfassbar in den Bann. Dieses Studio war lebendig – und so sehr Kontrast zu dem Schrebergarten, in dem Fin lebte.

Ich versuchte das in Einklang zu bringen, aber ich scheiterte. Fin war mir – und mir war bewusst, wie wahnsinnig kitschig und abgedroschen das klang – ein Rätsel. Jedes Detail, das ich an ihm entdeckte, war so eigen, dass ich das große Ganze nicht sehen konnte.

Langsam drehte mich zu ihm. »Ich muss das jetzt einfach fragen: Wieso arbeitest du hier?«

Er hob die Schultern und ging hinter den Tresen. »Wieso arbeitest du in diesem Pflanzen-Kaffee-Haus?«

»Weil ich Pflanzen und Kaffee liebe. Ich hätte nur nicht gedacht, dass du so wild aufs Kundenbetreuen bist.«

»Es ging mir nicht so sehr um die Tätigkeit, mehr um den Ort. Früher wollte ich das hier selbst machen.« Er machte eine vage Geste um sich herum.

Ich brauchte einen Moment, ehe ich verstand, worauf er hinauswollte. »Tätowieren? Ehrlich?«

»Ja, aber dann ... ist passiert, was passiert ist. Und das wars dann.«

Stirnrunzelnd trat ich näher an den Tresen heran, hinter dem Fin mittlerweile ein Terminbuch aufgeschlagen hatte und eine Notiz einfügte. »Wieso denkst du das? Es gibt doch Tattoo-Künstler, die nur mit schwarzer Tinte arbeiten.«

Widerwillig legte er den Stift beiseite und richtete seine Konzentration auf mich. »Das wäre ein mieser Trostpreis. Und es geht dabei ja nicht nur um die Farben der Tinte. Du musst auch sehen, wie sie auf der Haut miteinander agieren. Die Hautreaktion im Blick behalten, die Tiefe der Linie einschätzen, die Schattierungen abschätzen. Es geht um Intuition, um Kreativität, um Gefühl. Ohne Farben ist das einfach nicht machbar.«

Menschen waren so schön, wenn sie über etwas sprachen, für das sie brannten. Ich hatte das bei Levi gesehen, ich konnte es manchmal in mir selbst fühlen, aber bei Fin war es umso eindrucksvoller, weil er sich so selten erlaubte, auch nur daran zu denken. Ich wünschte mir nichts mehr, als diesen konzentrierten, fast ehrfürchtigen Ausdruck auf seinem Gesicht festhalten zu können.

»Das glaube ich nicht«, hakte ich vorsichtig ein. »Es gibt mit Sicherheit Möglichkeiten, damit umzugehen. Du könntest anfangs mit jemandem zusammenarbeiten, der dir hilft, wenn dir etwas nicht ganz klar ist. Und wenn du unbedingt mit Farben arbeiten möchtest, dann gibt es dafür sicher auch einen Weg. Du könntest sie beschriften oder ...«

»Tätowieren ist Kunst, Effi. Kein Malen nach Zahlen.« In seiner Stimme flackerte eine verbissene Entschiedenheit auf. Ich biss mir auf die Unterlippe, um nicht zu widersprechen. Zwei Minuten bis zur ersten streitangrenzenden Diskussion – das war selbst für uns ein neuer Rekord.

Das Vibrieren meines Handys ließ mich den Blickkontakt abbrechen. Widerwillig überflog ich die Nachricht meiner Mutter und schnaubte. Das war die fünfte innerhalb von zwei Stunden. Ich würde auch diese ignorieren, solange es ging. Vorsorglich aktivierte ich die Stummtaste und verstaute das Handy wieder in meiner Tasche.

»Meine Mutter schickt mir Jobangebote«, erklärte ich Fin.

Mir entging nicht, dass sich seine Stirn bei dem Themenwechsel glättete. »Du hast doch einen Job.«

»Aber keinen, der mit meinem Studium zusammenpasst und somit einen Zweck auf meinem Lebenslauf erfüllt. Meine Mutter meint, es wäre klüger, mir eine Aushilfsstelle bei der Zeitung oder anderen Medien zu suchen.« Womit sie im Prinzip ja nicht unrecht hatte.

»Wenn du darauf keine Lust hast, ist vielleicht nicht dein aktueller Job das

Problem, sondern das Studium«, sagte Fin und traf damit diesen wunden Punkt, den ich zu verbergen versuchte. Am meisten vor mir selbst.

Hastig winkte ich ab. »Es ist schon okay so.«

»Es ist sicherer so. Das ist ein Unterschied.«

Ich seufzte gedehnt. »Schon klar.«

»Du bist feige, Effi.«

Herausfordernd sah ihn an. »Und das sagst du, während du hinter einem Empfangstresen stehst und dabei zusiehst, wie andere das tun, was du eigentlich machen möchtest.«

»Das ist was anderes.« Auf seiner Stirn bildete sich erneut die tiefe Falte. Vermutlich hatte er gehofft, dieses Thema wäre abgehakt. Aber ich war nicht bereit, mir etwas vorwerfen zu lassen, was er genauso tat.

»Gar nicht. Du bist grandios darin, Reden zu schwingen und Ratschläge zu geben, aber verdammt mies darin, sie selbst zu befolgen. Meinst du nicht, Mr Jetzt-erst-recht?«

Er schlug das Terminbuch zu. »Manchmal muss man sich eingestehen, dass die Träume, die man hat, nicht für einen gemacht sind.«

Ich lehnte mich weiter zu ihm vor, bis mein Bauch gegen die Kante des Tresens drückte. »Das, Fin, ist unfassbarer Unsinn. Du kannst deine Träume ein bisschen anpassen, aber du darfst sie niemals aufgeben.«

»Dir steht nur deine Angst im Weg. Mir ein Defekt meines Hirns«, konterte er leise, aber entschieden.

»Dein Hirn ist nicht das Problem. Der Dickkopf, der es umschließt, schon eher«, erwiderte ich frustriert.

Fin zupfte am Saum der Fischgrätenmütze herum. »Du willst wirklich mit mir darüber streiten, wer dickköpfiger ist?«

Einen Moment lang verspürte ich den Drang, genau das zu tun – einfach, um zu verstehen, warum Fin in dieser Sache so abblockte. Warum es für ihn so unmöglich zu sein schien, für sich selbst in Konjunktiven zu denken. Nach jenen Möglichkeiten für sein Leben zu suchen, auf die er mich doch immer wieder hinwies. Aber wenn ich eines mittlerweile verstanden hatte, dann dass das nichts bringen würde. Wenn Fin nicht darüber sprechen wollte, würde er es nicht tun. Letztlich war das sein gutes Recht. Vermutlich war das ein elementarer Grundstein von etwas *Unverbindlichem.*

»Nein«, sagte ich deshalb mit einem leichten Lächeln. »Das wäre nämlich ziemlich dickköpfig und das ist nicht mein Stil. Deswegen wechsle ich jetzt auch das Thema.« Ich wies mit dem Kinn zu der leeren Studentenfutterpackung, die neben seiner Wasserflasche lag. »Hast du Hunger? Ich habe noch eine Banane dabei.« Es war ein Versuch, ein unverfängliches Thema anzuschlagen. Leider gab es die mit ihm irgendwie nicht.

»Ich esse keine Bananen«, erklärte er nüchtern und warf die leere Packung in den Papierkorb neben sich.

»Wieso?«

»Weil ich unreife Bananen hasse. Und das ist ein Obst, das mittels Farbe signalisiert, wie reif es ist.« Er zuckte gelassen mit den Schultern, aber die Anspannung seiner Hände verdeutlichte, dass es ihm nicht leichtfiel, darüber zu sprechen.

Ich bemühte mich darum, ebenfalls locker zu wirken. »Bananen sind also diskriminierend?«

Er nickte ernst. »Höchste Mobbing-Liga.«

»Verstehe. Gilt diese Herangehensweise für alles, was du isst?«

»Ich mache mir generell nicht so viel daraus.«

»Aus *Essen?*« Der Schock hing so schwer am letzten Wort, dass es mir kaum über die Lippen kam.

Fin verdrehte die Augen. »Ich esse schon anständig. Ich würde behaupten, ich achte mehr auf Vitamine und Nährstoffe als das Mädchen vor mir, das ich ständig mit Gebäck in der Hand oder Schokolade im Gesicht sehe. Aber es bedeutet mir einfach nicht so viel. Ich esse, weil mein Körper das braucht. Das war's.«

Entsetzt lehnte ich mich noch ein Stück weiter über das dunkle Eichenholz. »Das ist das traurigste Statement, das ich je gehört habe. Essen ist *alles.* Komm schon.« Ich hob die Hand, um aufzuzählen. »Tiramisu, Lasagne, Pommes, Eis, geschmolzener Käse ... allein der Geschmack von reifen Tomaten! Oder Schokolade. Wie kann der Geschmack von Schokolade dich nicht glücklich machen? Ich meine, ganz ehrlich, das Leben ist so oft anstrengend und ätzend, aber wenn du dir am Ende des Tages ein Stück Zartbittermousse-Schokolade auf der Zunge zergehen lässt, dann ist doch alles irgendwie erträglich.«

»Du bist komisch.«

»Nein, *du* bist komisch.«

»Da hat sie nicht unrecht. Aber worum geht's hier gerade?«, schaltete sich eine warme Stimme ein.

Eine große schlanke Frau in den Dreißigern kam hinter der Trennwand zum Studio hervor. Sie trug ein schwarzes Tanktop mit weiten Ausschnitten unter den Achseln, sodass ich die Tattoos an ihren Armen sehen konnte. Beinahe jeder Fleck Haut dort war bunt bemalt.

»Sie findet meine Einstellung zum Essen seltsam«, erklärte ihr Fin gelassen.

Sie lachte und drehte sich das dunkle schulterlange Haar zu einem nachlässigen Dutt. »Stimmt ja auch. Du arbeitest hier seit Jahren und ich habe dich noch nie essen sehen.«

»Hier drinnen ist das auch verboten. Lies lieber noch mal die Hausordnung«, kommentierte er trocken.

»Ich bin die Hausordnung, du kleiner Klugscheißer.« Sie grinste ihn an und wandte sich dann an mich. »Hast du einen Termin ausgemacht?«

»Nein, ich bin nur hier, weil ...« Meine Stimme brach und ich deutete auf Fin, als wäre das Erklärung genug.

Was es wohl auch war. Ihr Grinsen wurde breiter. »Verstehe«, meinte sie an Fin gerichtet. »Versuchst du, sie mit deinem coolen Arbeitsplatz zu beeindrucken?«

Fin schüttelte den Kopf, während meine Wangen Farbe für uns beide annahmen. »Dann hätte ich einen Zeitpunkt gewählt, an dem meine nervige Chefin gerade nicht da ist.«

Begeistert sah ich sie an. »Dann ist das dein Studio?«

»Ja, das ist mein Baby. Ich bin Kat.«

»Effi.« Ich lächelte und deutete um mich. »Es ist irre schön hier. Der ganze

Laden ist ein Kunstwerk. Und die Tattoos sind toll. Die an den Wänden und die an dir.« Ich zeigte verlegen auf ihre Arme, die unter der Farbe zu einem wild surrenden Muster verschwammen. Ihr Körper war eine Lebenstapete, jeder Fleck erzählte eine Geschichte.

»Danke«, erwiderte sie mit aufrichtigem Stolz in der Stimme. »Hast du welche?«

»Nein. Ich meine, ich habe mal darüber nachgedacht, aber ... sagen wir, ich fand mich schon rebellisch, als ich mir ein zweites Ohrloch gestochen habe.« Ich verschränkte die Arme und sah mich erneut im Laden um, um nicht Fins Blick erwidern zu müssen. »Ich schätze, ich habe einfach ziemlich großen Respekt vor derart permanenten Entscheidungen.«

»Klingt ja endlich mal nach einer Herausforderung. Ich bin stolz auf dich, mein Kleiner«, meinte Kat amüsiert in Fins Richtung.

Der seufzte und nahm seinen Rucksack vom Tresen. »Wenn du nicht noch mehr Weisheiten auf Lager hast, mache ich jetzt Feierabend.«

Kat grinste noch immer, als wir uns verabschiedet hatten und das Studio verließen. Auf dem Bürgersteig hielt Fin inne. Die Dämmerung setzte allmählich ein und das Himmelsblau wurde tiefer und satter. Beinahe hatte es die Farbe seiner Augen erreicht.

»Worauf hast du Lust?«, fragte er.

Ich zog den Kragen meiner Jeansjacke höher und lächelte. »Zeig mir irgendetwas Schönes.«

***

»Ernsthaft? Normale Unternehmungen sind echt nicht so dein Ding, oder?« Ich rieb mir fröstelnd die Arme und trat von einem auf den anderen Fuß, während Fin in die Hocke ging und den Maschendrahtzaun weiter auseinanderbog.

»Willst du lieber, dass ich mit dir ins Kino gehe? Oder brunchen?«

»Nee, es ist natürlich viel witziger, irgendwo einzubrechen.«

Mein Zynismus beeindruckte ihn wenig. Mit einem Ruck riss er den Zaun so weit hoch, dass sich zwischen Erde und Draht ein kniehohes Loch bildete.

Wir befanden uns am Rande des Stadtkerns. Das Gebäude vor uns stand allein zwischen ein paar alten Fabrikhallen. Es sah etwas heruntergekommen aus, als wäre es vor langer Zeit in Vergessenheit geraten. Die Backsteine waren mit etlichen Graffitis besprüht, ähnlich bunt wie die Wände des *Outlined.*

»Was ist das hier?«, fragte ich zum dritten Mal, während ich über meine Schulter blickte. Es dämmerte schon und weit und breit war keine Menschenseele zu sehen, aber ich fühlte mich trotzdem nicht wohl dabei, etwas so offensichtlich Verbotenes zu machen. Schon wieder.

»Du bist wieder mal ungeduldig.«

»Nenn es neugierig.«

»Ich nenne es nervig.« Er richtete sich auf und klopfte sich Staub von der Hose, ehe er sich zu mir umdrehte. »Nach dir.«

Ich stöhnte, als ich begriff, was er von mir wollte. »Wieso tust du das bloß?«

»Weil es dir ganz guttut, wenn man dich ab und zu aus deiner Komfortzone lockt.« Er winkte mich an sich heran.

Ich verschränkte die Arme und presste die Fersen in die Erde. »Zufällig mag ich meine Komfortzone.«

Fin seufzte. »Komm schon, Bonnie. Was wäre das Schlimmste, das passieren könnte?«

Ich zog die Jacke fester vor meiner Brust zusammen. »Dazu müsste ich wissen, was du überhaupt vorhast. Und wieso. Ich meine, fallen dir keine anderen Dinge ein, die du mit mir anstellen kannst, bei denen du deinen Spaß hast, ohne dass ich gegen irgendwelche Gesetze verstoßen muss?« Erst als die Worte heraus waren, hörte ich, wie sie klangen. Mein Gesicht erhitzte im Bruchteil einer Sekunde so sehr, dass ich das Gefühl hatte, in Flammen zu stehen. »Du weißt, wie ich das meinte«, schob ich heiser hinterher.

Fin grinste so breit, dass ich es nicht ertrug, ihn anzusehen. Schützend strich ich mir mehr Haar ins Gesicht.

Langsam kam er auf mich zu. »Kein Grund, rot zu werden.«

»Woher willst du das denn eigentlich immer wissen?«, schoss ich zurück und bereute es sofort.

Er wirkte allerdings nicht verletzt oder wütend – eher zutiefst belustigt. Er hob die Hände und umfasste vorsichtig mein Gesicht, jeweils fünf Finger auf meinen erhitzten Wangen. »Ich habe es dir doch gesagt: Ich sehe dich«, sagte er leise und ließ den Blick zu meinem Mund wandern. Als ich mich auf die Zehenspitzen wippen ließ, brachte er jedoch etwas Abstand zwischen uns. »Erst die Arbeit. Also. Was könnte Tragisches passieren?«

Ich verdrehte die Augen, nahm die Ablenkung aber an. »Na gut. Ich nehme mal an, dass das hier ein verlassenes Gebäude ist. Auf Platz drei hätten wir: Unfalltod, der erst bemerkt wird, wenn wir angefangen haben zu verwesen. Platz zwei: Ein Wachtmeister, dessen Rottweiler mir ins Bein beißt. Auf Platz eins, unangefochten und am allerwahrscheinlichsten: Eine unheimliche Begleitung, die doch entschieden hat, mich an einem einsamen Ort umzubringen.«

»Ich kann alle drei mit einem Satz entkräften.«

»Ach, echt?«

Er nickte und hob den Zaun weiter an. »Ich passe auf dich auf. Versprochen. Und jetzt komm – es wird dir gefallen.«

Ein paar Sekunden lang erwiderte ich schweigend seinen auffordernden Blick, während sich in mir hundert Gegenargumente formten. Dann fluchte ich leise und ging auf ihn zu. Ich wusste nicht, was er an sich hatte, dass ich immer wieder den Drang verspürte, entgegen meiner Vernunft zu handeln. Als müsste ich ihm beweisen, dass ich mutig sein konnte. Oder vielleicht auch nur mir selbst.

Fin kletterte nach mir durch das Loch im Zaun, ehe er es wieder halbwegs zuzerrte. Während ich auf jeden meiner Schritte achtete, lief er gelassen vor. Die breite Eingangsflügeltür war aus schwerem Holz, weit würde Fin dort mit seinem Klappmesser nicht kommen. Doch er versuchte es auch gar nicht, stattdessen führte er mich zielstrebig auf einen Hintereingang zu. Eine schmale Tür, deren Schloss so weit verbogen war, dass sie sofort aufsprang, als Fin sich dagegen drückte.

»Wie oft machst du das hier?«, fragte ich misstrauisch, während ich ihm in das Innere folgte. Die Fenster des Gebäudes waren abgedunkelt, sodass ich einen Moment lang nichts sehen konnte, als Fin die Tür hinter uns wieder zugezogen hatte. Reflexartig blieb ich stehen und blinzelte. Ein kühler, leicht abgestandener Geruch drang in meine Nase.

»Gelegentlich. Aber ich war schon eine Weile nicht mehr hier.«

Fins warme Hand an meinem Rücken ließ mich vorsichtig vorwärtsgehen, während meine Augen sich an die Dunkelheit gewöhnten. Die Umrisse klärten sich langsam. Hohe Wände aus grauem Stein, ab und zu ein verlorener Lichtstrahl, der es durch die Fensterabdichtung geschafft hatte.

Ich ließ den Blick fasziniert über das hohe Deckengewölbe wandern und spürte kaum, dass Fin seine Hand um meine schloss, während er mich weiterzog. Unsere Schritte wirbelten Staub und Sägespäne auf, sodass ich mehrmals niesen musste. Das Geräusch kroch hastig durch den langen Flur. Ich glaubte, in der Ferne tippelnde Geräusche zu hören, und war plötzlich dankbar dafür, nicht zu genau zu sehen, was sich in der Verlassenheit dieses Orts niedergelassen hatte.

»Und?«, raunte Fin mir zu. »Wie schlimm ist es?«

Fröstelnd rieb ich mir über den Arm. »Es ist gruselig.«

»So ist das Leben.« Die Dunkelheit zeichnete das Lächeln auf seinem Mund weicher, als es vermutlich war.

»Das Leben ist gruselig?«, fragte ich nach.

»Das Leben ist intensiv.«

Ich wollte etwas darauf erwidern, aber da hielt Fin vor einer Flügeltür inne und ließ mich los, um sie zu öffnen. Mir stockte der Atem, als sie mit einem Knarren aufschwang und ich endlich verstand, wo wir hier waren.

Eine große Halle tat sich vor uns auf. An den Seiten standen steinerne Säulen, dazwischen vereinzelt hölzerne Sitzbänke. In die Mitte der hohen Decke war ein Mosaikfenster aus bunten Gläsern eingelassen. Das Licht, das hindurchfiel, flutete den Grund des leeren Schwimmbeckens, das den meisten Raum der Halle einnahm. Es war irritierend intakt, als hätte jemand erst vor kurzer Zeit das Wasser abgelassen. Dabei war dieses Schwimmbad sicher schon seit Jahren geschlossen.

Mein Mund öffnete sich und ich drehte mich einmal um die Achse, versuchte den Zauber dieses Ortes zu fassen bekommen. Die Fensterflächen an den Seiten waren zwar abgedunkelt, aber im Licht, das durch die Decke in die Halle brach, schimmerte der Raum in allerlei Farben. »Wie schön.«

Fin lächelte zufrieden und zeigte zum Becken. »Komm.«

Ich folgte ihm zum Beckenrand und stieg vorsichtig die rostige Leiter hinab. Den letzten Meter musste ich springen. Das Aufprallen meiner Füße echote in der Leere der Halle. Ohne auf Fin zu warten, lief ich zur Mitte des Beckens, dort, wo sich das Licht bündelte, und atmete tief durch. Der verblasste Duft von Chlor erinnerte mich an meine Kindheit und für einen Moment konnte ich mir vorstellen, wie dieser Ort einmal ausgesehen haben musste. Das Geplätscher des Wassers, die Oberfläche, in der sich das Licht spiegelte, das Kinderlachen, das leise Summen der Gespräche, die zwischen den Säulen widerhallten. Ich setzte mich auf den kühlen Boden und ließ mich der Länge nach zurücksinken. Ich tauchte das Gesicht in das Farbnetz aus Licht und schloss die Augen.

»Wie hast du das hier gefunden?«, fragte ich.

»Zufall. Als wir hergezogen sind, war mir manchmal alles zu laut. Irgendwann hab ich mich auf die Suche nach den stillen Orten dieser Stadt gemacht. Und das hier gefunden.«

Ich hörte, wie er neben mich sank, und als ich die Augen öffnete, war sein Gesicht nur etwa zwanzig Zentimeter von mir entfernt. Das Licht brach auf seiner hellen Haut. Blau, orange, grün, rot, gelb. Von allem ein bisschen. So viel mehr, als man auf den ersten Blick erahnte. Einen Moment lang starrte ich ihn nur an, diesen seltsamen, schönen Mann. Dann räusperte ich mich und fokussierte mich auf das Grübchen neben seinem Nasenflügel.

»Wo wir schon hier sind ... du hast mit Bela geredet.«

»Ja.«

»Ich auch. Er war nicht begeistert.«

»Nein.«

Bisher hatte ich gedacht, Fin wollte einschüchternd wirken, wenn er so einsilbig wurde. Vielleicht brauchte er manchmal aber auch einfach nicht mehr Worte, weil er viel klarer als ich wusste, was er sagen wollte.

»Und machen wir das trotzdem?«, hakte ich nach.

Fins Mundwinkel zuckten. »Was machen wir denn?«

Ich sah ihn streng an. »Ich will nur nicht, dass es irgendwie kompliziert wird, okay? Zwischen uns. Zwischen Bela und uns.«

Fin rollte sich auf die Seite. Ich tat es ihm gleich, sodass wir näher beieinanderlagen. Sein Körper eine warme Wand in der Kälte des Beckens.

»Keine Sorge. Wenn Bela gesehen hat, wie unfassbar lässig du mich neuerdings begrüßt, wird er davon überzeugt sein, dass das alles überhaupt nicht seltsam wird.« Er packte meine Hand, als ich versuchte, nach ihm zu schlagen. »Du kannst auch eine anderweitige Begrüßungsformel vorschlagen, wenn dir meine nicht passt.«

Er lächelte flüchtig, ehe er sich zu mir vorbeugte und mich auf den Mund küsste. Und in diesem Moment war es nicht mehr schlimm, dass es kalt war, weil mein Inneres sich ganz warm anfühlte. Mein Herz übersprang zwei Schläge und fing sich gerade, als er wieder von mir zurückwich.

»Akzeptable Begrüßungsformel?«, fragte er rau.

Ich rang mir ein hoffentlich ansatzweise lässiges Schulterzucken ab. »Von mir aus.«

Fin grinste so selbstgefällig, dass ich ihm gegen das Schienbein trat. Er wich aus und fing mein Bein ab. In einer Bewegung rollte er sich auf den Rücken und zog mich dabei näher an sich heran. Mein Bein lag über seiner Hüfte, mein Arm über seiner Brust, meine Hand noch immer in seiner. Ich legte den Kopf auf seiner Schulter ab und schloss die Augen, spürte, wie seine Nähe mich entspannte.

Die Unruhe floss aus mir heraus und verlor sich in dem Abfluss, der ein paar Meter neben mir im Boden lag. Egal ob Ratten, Rottweiler oder Menschen – in diesem Moment war ich davon überzeugt, dass nichts von alledem es schaffen würde, uns zu erreichen. Wenn es einen Ort gab, der wie für ein Paralleluniversum gemacht war, dann dieser.

»Spielen wir ein Spiel«, schlug ich vor. »Eine Frage, eine Antwort. Keine Ausflüchte, keine Lügen. Jeder hat einen Joker, mit dem er eine Frage weiterschieben kann. Okay?«

Fins Brustkorb hob sich an, als er tief Luft holte. »Ein einfaches Gespräch wäre nicht denkbar?«

»Mit dir? Leider nein.«

Er kniff mich leicht ins Bein, das um ihn geschlungen war. »Gut. Aber ich fange an.« Er wartete kurz ab, doch als ich nicht widersprach, nickte er. »Wie hast du von der Sache zwischen Levi und der Barista erfahren?«

Ich rollte mich von ihm herunter, sodass wir nebeneinanderlagen. »Fiese Frage.«

»Dann nimm den Joker.«

»Nein, schon gut.« Ich wandte den Blick ab und schloss kurz die Augen, zog die Erinnerung an diesen einen Moment hervor, den ich eigentlich immer nur verdrängen wollte. »Ich habe es auf die schlimmste aller Weisen erfahren. Indem ich sie in flagranti erwischt habe.«

»Autsch.«

Ich lachte trocken. »Absolut. Ich war bei meinen Eltern zu Besuch und habe mich mit meiner Mutter gestritten. Also bin ich früher zurückgefahren. Ich hatte es Levi nicht gesagt und stand daher überraschend in der Wohnung, als er gerade mit ihr auf unserer Waschmaschine zugange war. Er hat fast zwei Minuten gebraucht, um mich zu bemerken.«

Zwei Minuten, die sich endlos angefühlt hatten, angesichts der Tatsache, dass ich mein Leben an mir vorbeiziehen sah. Oder zumindest das Leben, das ich mir mit Levi ausgemalt hatte. Ich sah vorüberziehen, was wir hätten haben können.

Ich seufzte leise. »Lag wahrscheinlich daran, dass ich sehr still und sie sehr laut war. Jedenfalls habe ich seitdem ein gestörtes Verhältnis zu Waschmaschinen.«

»Zum Glück hast du so viele Klamotten.«

Ich lächelte schwach. »Stimmt. Und jetzt bin ich dran.« Ich musste nicht lange überlegen, welche Frage ich zuerst stellen wollte: »Wieso hast du mich mit zu dir genommen? Als wir uns noch kaum kannten. Wieso hast du mir dein Zuhause gezeigt, obwohl du das – laut deinen Freunden – nie tust?«

Fin schwieg, dann grinste er schief. »Joker.«

Hastig stützte ich mich auf die Ellbogen. »Was? Ist das dein Ernst? Das ist die erste Frage und sie ist doch komplett harmlos. Dafür ziehst du deinen Joker?«

»Du hast die Regeln aufgestellt.«

»Oh, komm schon. Das wirst du bereuen. Ich werde dir jetzt nur noch richtig fiese, intime Fragen stellen.«

Er schüttelte den Kopf. »Wirst du nicht. Dafür bist du viel zu rücksichtsvoll und gutherzig.«

»Du überschätzt mich, Fin Winter«, warnte ich eindringlich, aber er lächelte nur noch breiter.

»Ich glaube, ich schätze dich besser ein, als dir lieb ist, Effi Malve. Aber weil ich nett bin, darfst du direkt die nächste Frage stellen.«

Kurz sah ich ihn unzufrieden an, dann gab ich nach und ließ mich wieder zurücksinken. »Wie siehst du das hier?«, fragte ich und deutete um uns herum.

Fin folgte der Bewegung mit den Augen und runzelte die Stirn, als hätte er diese Frage nie zuvor beantwortet. Vielleicht hatte er sie sich nicht einmal so direkt in seinen Gedanken gestellt. »Ich vermute so, wie man es in einem Schwarzweißfilm sehen würde. Alles ist da, aber eben ohne Farben. Grau in Grau. Die Wände der Halle sind dunkel, abseits der Fenster beinahe schwarz. Das Becken ist hellgrau, da, wo das Licht hinfällt, fast weiß. Das Licht ist unterschiedlich hell. Als wäre es mehrfach gebrochen.« Er zögerte und fuhr sich über die Augen, ehe er meinen Blick erwiderte. »Es ist trotzdem schön. Auf gewisse Art vielleicht schöner als mit Farben. Zumindest möchte ich das denken.«

»Heißt das, du kannst es nicht mit früher vergleichen?«, fragte ich nach, leise, aus Sorge, er könnte sofort wieder zumachen.

Er schüttelte den Kopf. »Ich weiß nicht mehr, wie es vorher war. Ich kann mich nicht an die Farben erinnern.«

»Nicht einmal in deinen Gedanken oder Träumen?«

»Nein. Wie gesagt: Das Gehirn ist defekt. Die Fähigkeit, Farben zu visualisieren, ist weg. Ich höre die Worte, aber alles, was ich dazu sehe, ist Grau.

Immer wieder Grau.« Ein paar Sekunden vergingen, bis Fin sich mir zuwandte. Sein Blick wirkte so ausdruckslos, dass ich unmöglich sagen konnte, was in ihm vorging.

»Wenn du überhaupt keine Angst hättest, was würdest du tun?«, fuhr er fort und ich brauchte kurz, bis ich verstand, dass er weiterspielte.

Nachdenklich zwirbelte ich eine Haarsträhne zwischen meinen Fingern. Wenn ich wirklich alles tun könnte, ohne Angst vor den Konsequenzen zu haben, was würde ich tun wollen? Konnte es eine schwierigere Frage geben? »Ich glaube, ich bin noch dabei, das herauszufinden«, stellte ich fest. »Also bleibe ich dir diese Antwort wohl vorerst schuldig.«

»Ich werde dich daran erinnern.« Mit einem halben Lächeln und einem Nicken deutete er mir fortzufahren.

»Wo ist dein Zeichenbuch?« Als er mich irritiert ansah, holte ich weiter aus. »Wenn du tätowieren wolltest, dann hast du bestimmt auch gezeichnet.« Fin schwieg und ich richtete mich auf. »Ich wusste es. Darf ich mal sehen?«

»Wieso höre ich diesen Satz so oft von dir?« Der Spott in seiner Stimme wirkte gezwungen.

»Komm schon. Ich zeig dir meins, wenn du mir deins zeigst.« Ohne eine Antwort abzuwarten, begann ich in meinem Rucksack zu kramen, den ich neben mir abgelegt hatte.

Fin zog die Mütze etwas aus der Stirn. »Warum denkst du, ich würde es herumtragen? Wenn ich überhaupt eins hätte?«

»Weil es so ist«, sagte ich und sah zu ihm auf. »Inspiration kommt immer dann, wenn man sie am wenigsten erwartet, und oft dann, wenn man sie nicht wirklich gebrauchen kann. Jeder, der irgendetwas Kreatives macht, weiß das. Und nur, weil du aufgehört hast zu zeichnen, heißt das nicht, dass du aufgehört hast, so zu denken. Ich wette, du nimmst es immer noch mit, wenn du rausgehst.«

Fin zögerte lang, aber schließlich langte er nach seinem Rucksack. Ich verkniff mir einen triumphierenden Laut, als er mir kurz darauf ein dunkles Buch hinhielt.

»Ich habe seit vier Jahren nichts damit gemacht.«

»Aber du hast es immer noch dabei.« Ich griff danach und reichte ihm meins. Als unsere Hände sich berührten, lag zwischen uns der Hauch eines Zögerns. Das ergab nur Sinn. Jemanden einen solchen Blick in den Kopf werfen zu lassen, war, als würde man Seele und Herz offenlegen.

Man konnte Kunst nicht in Gut oder Schlecht unterteilen. Sie war immer subjektiv, jede Wahrnehmung war das Ergebnis von Erfahrungen und Persönlichkeit. Und trotzdem war das Erste, was ich dachte, als ich Fins Zeichenbuch sah: *Er ist so gut.* Er arbeitete ganz anders als ich. Klare Linien, detailgetreue und sehr exakte Ausführungen. Kaum Schattierungen, dafür viele Farbblöcke und Kontraste. Mit den Fingerspitzen strich ich über das Bild eines Geckos, dessen Rücken in einem fein gestuften Farbverlauf leuchtete. Ich blickte auf das Datum, das winzig in der Ecke des Blatts stand. 2017, vier Jahre war das her. Mein Hals wurde eng, ich schluckte krampfhaft, als ich Fin ansah. Er betrachtete mein Skizzenbuch mit einer winzigen, konzentrierten Falte auf der Stirn.

»Die sind wirklich schön«, sagte er und hob den Blick.

Ich versuchte zu lächeln, aber ich spürte selbst, wie schief es geriet. »Deine auch.«

Seine Stirnfältchen vertieften sich. »Warum guckst du so?«

Ich starrte auf den Gecko, der sich unter meinen Fingern im bunten Licht zu bewegen schien. »Ich weiß nicht«, flüsterte ich. »Ich finde es nur traurig, dass du so vieles mit den Farben aufgegeben hast.«

»Ich habe nichts aufgegeben. Es wurde mir genommen.« Er nahm mir das Buch aus der Hand. Ohne einen Blick darauf zu werfen, stopfte er es zurück in den Rucksack.

Obwohl ich wusste, dass es ein Fehler war, konnte ich die Worte nicht zurückhalten. So gereizt, wie Fin immer wieder auf dieses Thema reagierte, musste darunter eine Wunde liegen. Und ich ahnte, worin sie ihren Ursprung hatte. »Das mit dem Unfall. Du willst nicht darüber reden, oder?«

»Nein.« Die Antwort kam schnell, doch dann zögerte er. »Aber wenn du eine Frage stellst, werde ich nicht lügen. Ich bin ein ehrlicher Spieler.«

Wortlos lehnte ich mich mit dem Rücken gegen seine Knie. Ich würde nicht fragen und vermutlich hatte Fin das gewusst. Weil er mich vielleicht doch ganz gut einschätzen konnte.

Die Sonne draußen sank hinab, durch das Glasmosaik hindurch schimmerte eine schmale orangerote Sichel. Mir war etwas kühl, aber sein Körper an meinem war warm und sehr nah. Ich schloss die Augen, atmete die Stille und Fin ein. Seine Hände wanderten durch mein Haar, zogen vorsichtig die Strähnen über meine Schultern.

»Weißt du noch, als du bei der Fahrt zum Baumarkt so genervt von meinem Fahrstil warst?«, fragte er nach einer Weile leise.

»Ja«, erwiderte ich, unsicher, worauf er hinauswollte.

Fins Finger strichen noch immer durch mein Haar, ebenso stockend, wie seine Stimme einsetzte. »Es gibt einen Grund dafür, wieso ich so fahre.«

Mein Herzschlag beschleunigte, aber ich regte mich nicht. »Ich dachte, das liegt an den fehlenden Farben.«

»Nicht nur.«

»120617.« Zögerlich sah ich zu ihm auf. »Das ist ein Datum, oder?«

Fin nickte. Und ich verstand im Stillen. Griff vorsichtig nach seiner Hand an meinem Kopf und drückte sie. Und mehr sagte, mehr tat ich nicht.

Wir lagen lange da, bis der Abend sich kühl und graublau über unseren Köpfen ergossen hatte. Er prallte an uns ab und zerlief an dem Dachfenster. Ich war nicht sicher, ob Fin recht hatte und das Leben wirklich immer so war, so intensiv, aber dieser Moment war es. Irgendwie waren es alle Momente mit Fin. Und obwohl ich nicht wusste, ob das immer nur gut war, fühlte es sich in diesem Bruchteil Zeit so an.

Kapitel 16

Die Zeit mit Fin verschwamm, so wie es im Sommer die warmen Tage taten. Da war diese Kette aus hellen glänzenden Momentperlen, die sich zu etwas Ganzem, ziemlich Schönem zusammensetzten. Wenn Bela oder die anderen dabei waren, verhielten wir uns so, als wäre nichts zwischen uns. Und das fiel mir nicht unbedingt leicht.

Jedes Mal, wenn er mich beiläufig streifte, musste ich meinem Körper untersagen, sich gegen ihn zu lehnen. Es kostete mich alles an Kraft, ihn nicht ununterbrochen anzustarren. Vor allem, weil ich dabei so oft auf seinen Blick stieß. Warm und aufmerksam und von Erinnerungen gefärbt, die nur wir beide hatten.

Die meiste Zeit zu zweit verbrachten wir bei Fin. Vermutlich, weil wir uns beide unter Belas Aufmerksamkeit schon bei simplen Unterhaltungen beobachtet fühlten. Und weil es umso unmöglicher war, bei mir etwas zu tun, das über ein Gespräch hinausging. Dabei war das etwas, das ich wirklich gerne tat. Mit ihm. Wieder und wieder und wieder.

Es war seltsam: Alles, was ich über Sex wusste, hatte ich mit Levi herausgefunden, und doch war es mit Fin so anders, dass es sich anfühlte, als würde ich alles noch einmal neu entdecken. Es stimmte, was er in jener ersten Nacht gesagt hatte: Ich konnte ihm einfach sagen, was ich wollte oder nicht wollte. Und obwohl ich ab und zu Unsicherheit aufflackern spürte, tat ich das auch. Mit ihm war das irgendwie ganz leicht. Es gab nichts Unangenehmes oder Peinliches, es fühlte sich so an, wie es sein sollte: natürlich.

Je mehr Zeit verging, desto wohler fühlte ich mich. Sogar in seiner karg eingerichteten Hütte. Selbst wenn ich mich immer noch wie eine Einbrecherin fühlte, wenn ich sein Zuhause betrat. So auch heute.

Das Wasser im winzigen Bad rauschte und ich nutzte die Zeit, um die Tüten zur Küchenzeile zu tragen. Während ich die Tupperdosen aus der

Tasche nahm, kam Fin aus dem Bad. Obwohl er gerade erst geduscht hatte, trug er neben Jogginghose und Shirt schon wieder seine Mütze. Als sein Blick auf den Tisch fiel, hielt er inne. »Was ist das?«

Ich lächelte zerknirscht und ging einen Schritt auf ihn zu. Auf ihn und die Pflanze, die in einem Terrakottatopf auf der Holzplatte stand. »Nicht böse werden.«

Er schüttelte entschieden den Kopf. »Effi, du weißt, dass ich keine Pflanzen habe.«

»Komm schon, Fin.« Vorsichtig streichelte ich über eines der wächsernen Blätter. Ich hatte sie vorhin bei der Arbeit entdeckt und kurzerhand beschlossen, ihr ein neues Zuhause zu schenken. »Siehst du denn nicht, wie viel freundlicher es hier gleich aussieht?«

Fin würdigte die Pflanze keines Blickes. »Das Ding kommt weg.« Er wollte sich von mir abwenden, aber ich umfasste seine Taille und sah eindringlich zu ihm auf.

»Bitte. Gib ihm eine Chance.«

»Ihm?«

»Ich weiß, dass du zu Frauen ruppig sein kannst. Also habe ich dir Ferdinand ausgesucht.«

Fin vergrub das Gesicht zwischen den Händen. »Warum?

Ich lachte. »Weil ich finde, dass du einen Freund gebrauchen kannst.«

Fin musterte die Pflanze, als hätte er etwas Vergleichbares nie zuvor gesehen. »Das Ding wird sterben«, stellte er nüchtern fest, aber ich nahm wahr, dass die Unnachgiebigkeit in seinem Blick zu flackern begann.

»Ferdinand ist eine Sukkulente. Er ist zäh. Ich bin sicher, ihr zwei werdet euch bestens verstehen.«

Als ich mich umdrehen wollte, hielt er mich am Unterarm fest und zog mich an sich heran. »Ich dachte, es gefällt dir, wenn ich ein bisschen ruppig bin«, meinte er mit einem winzigen Lächeln.

»Das kommt auf den Kontext an.«

»Ach so.« Er grinste und beugte sich zu mir vor, küsste mich auf den Mund. Seine Hand schob sich in meinen Nacken und er zog meinen Kopf sacht am

Haar etwas nach hinten, intensivierte den Kuss. Mein Unterleib zog sich zusammen und instinktiv schlang ich die Arme um Fins Hals. Es kostete mich alles an Willenskraft, mich wieder von ihm zu lösen. Schwer atmend wich ich ein paar Zentimeter von seinen Lippen zurück.

»Also wenn du das mit Ferdinand machst, informiere ich den Pflanzenschutz.«

Fins Mundwinkel zuckten. »Halt den Mund«, murmelte er, ehe er dafür sorgte, dass ich genau das tat.

Ich erwiderte den Kuss, aber als seine Hände unter mein Shirt wanderten, drückte ich ihn von mir weg. »Das muss warten. Ich habe eine Überraschung für dich.«

Fins Blick zuckte zur Pflanze. »Noch eine?«

»Was soll ich sagen? Heute ist dein Glückstag. Du musst allerdings etwas dafür tun.« Ich zog eines der Halstücher aus der Tasche, die ich extra eingesteckt hatte.

Fin sah vom Stoff hin zu den Tupperdosen. »Hast du etwa gekocht?«

Ich versuchte den skeptischen Unterton nicht allzu persönlich zu nehmen. Fin wusste mittlerweile auch, dass Kochen nicht mein ausgeprägtestes Talent war.

»Vertraust du mir?«, fragte ich stattdessen ernst.

»Die Frage ist ja eher, ob ich deinen Kochkünsten vertraue.«

Ich verdrehte die Augen und entwirrte das schwarze Halstuch. »Keine Sorge, Bela hat mir geholfen.«

»Ach, echt?«

»Das klingt irgendwie immer noch misstrauisch.«

Fin wiegte den Kopf. »Bela ist momentan nicht allzu gut auf mich zu sprechen.«

»Ich dachte, ihr habt euch ausgesprochen.« Bela und ich redeten nicht über Fin, aber mir gegenüber hatte er nie wieder den Eindruck vermittelt, er hätte ein Problem damit, dass wir uns trafen.

»Schon«, meinte Fin vage. »Geht auch mehr um das, was er nicht sagt.«

Da es nicht so aussah, als würde er weiter darauf eingehen, zuckte ich mit den Schultern. »Dann vertrau einfach darauf, dass er mich nicht vergiften möchte, okay?«

Kurz danach hatte ich Fin tatsächlich dazu gebracht, sich auf einen der Küchenstühle zu setzen und sich die Augen verbinden zu lassen. Während ich das Essen auf seinem Herd erwärmte, fluchte er zwar viel, aber das war weitaus weniger Widerstand, als ich erwartet hatte.

Schließlich lud ich Nudeln und Tomatensoße auf zwei Teller und platzierte sie vor uns, ehe ich zurück zur Spüle ging und das Licht ausschaltete.

»Das ist so schräg, Effi«, meinte Fin resigniert. Hinter dem Stoff verdrehte er mit Sicherheit gerade schon wieder seine Augen.

»Ich verbinde meine Augen jetzt übrigens auch. Wenn du mich noch einmal dankbar anlächeln möchtest, wäre jetzt der richtige Moment.«

Er lächelte nicht, aber seine Mundwinkel zuckten dennoch sichtbar. »Keine Angst im Dunkeln?«

»Ich habe mich nie vor dem Dunklen gefürchtet«, erwiderte ich, während ich das Tuch hinter meinem Kopf verknotete. »Es gibt immer einen Weg, ein bisschen Licht im Inneren anzumachen. Es muss ja nicht gleich ein Deckenfluter sein. Ein Teelicht reicht für den Anfang.« Ich lächelte, obwohl er das nicht sehen konnte. »Und jetzt hör auf zu meckern und fang an wahrzunehmen. Und zwar richtig.«

Der Duft der Tomaten lag süßschwer zwischen uns. Diese Soße war Belas Werk. Ich hatte zwar die Zutaten geschnippelt, aber gewürzt, gerührt und abgeschmeckt hatte er sie. Weil er das um einiges besser konnte. Und weil er wusste, wie Fin sie gegessen hatte, damals, als dieses Essen sein liebstes gewesen war.

Ich wusste, dass er den Geschmack erkannte, auch wenn ich ihn nicht sehen konnte und er nichts dazu sagte. Seit unserem Gespräch im Tattoo-Studio hatte ich immer wieder an Fins Einstellung zum Essen denken müssen. Auch wenn er es nicht gesagt hatte, ging ich davon aus, dass diese ebenfalls mit seiner Farbenblindheit zusammenhing. Das Sprichwort ›Das Auge isst mit‹ traf durchaus zu, und wenn ich versuchte, mir vorzustellen, jedes Essen wäre grau, konnte ich nachvollziehen, dass das die Freude daran minderte. Solange man einem eingeschränkten Sinn Aufmerksamkeit schenkte, würden alle anderen automatisch an Kraft verlieren. Das war zumindest das, was ich glaubte. Dabei war das Sehen beim Essen nicht vorrangig. Es ging ums Spüren der Textur auf der Zunge, um das Riechen des Aromas und natürlich, in erster Linie, um den Geschmack, der sich im Mund ausbreitete und bis ins Herz sickerte. Essen war Fühlen, auf so viele Arten.

Ich wartete, bis das leise Klirren des Bestecks mir sagte, dass er zu essen begonnen hatte. Dann tastete ich nach meiner Gabel und stocherte so lange herum, bis ich spürte, dass ich eine Nudel getroffen hatte. Vorsorglich hatte ich statt Spaghetti Farfalle genommen – und selbst so rechnete ich fest damit, die Soße später von meiner Kleidung kratzen zu müssen. Aber Gott, das war es wert.

Es schmeckte wirklich fantastisch. Die Tomaten waren reif und aromatisch und Belas Gewürzmischung ließ jeden Bissen außergewöhnlich schmecken. Es war seltsam, das Essen nicht sehen zu können, aber irgendwie war es dadurch besser. Intensiver. Ich musste lächeln. Noch ein intensiver Moment.

»Bela hat wirklich gekocht«, stellte Fin nach einer Weile fest. »Es schmeckt wie früher.«

»Ist das gut?«

Er zögerte so lang, dass ich kurz davor war, das Tuch abzunehmen. »Ja und nein.« Seine Stimme klang nach einem Lächeln. »Aber vor allem ja.«

Fin war vor mir fertig. Das lag auch daran, dass ich Schwierigkeiten hatte, den Teller zu treffen, und oft mehrmals ansetzen musste, ehe ich die Nudeln aufgespießt hatte.

»Bist du bereit für das Dessert?«, fragte ich, als ich hörte, dass er seinen Teller wegschob. »Es gibt Bananen.«

Fin antwortete nicht, aber ich nahm wahr, wie er seinen Stuhl zurückschob. Ich legte die Gabel beiseite und wandte mich dorthin, wo ich ihn vermutete. Seine Schritte hielten bei mir inne und seine Hände tasteten nach mir. Fanden mein Gesicht, glitten meine Wangen hinab. Eine verharrte an meinem Hals, die andere suchte meine Hand und zog mich hoch. So plötzlich, dass mein Knie gegen den Tisch knallte.

»Was tust du?«, fragte ich, aber da berührte sein Mund schon meine Haut. Meine Wange, meinen Mundwinkel, meine Lippen. Fin schmeckte nach der Tomatensoße und mit einem Mal kam sie mir noch perfekter vor. Als meine Hände nach seinem Gesicht tasten, spürte ich, dass er um seine Augen das Tuch ebenfalls noch trug. Seine Hand schob sich tiefer, glitt unter den Saum meines Shirts. Meine Armhärchen stellten sich auf und ich seufzte leise in seinen Mund.

Halbherzig drückte ich ihn von mir weg. »Es gibt wirklich Nachtisch. Ich habe Apfelkuchen von der Arbeit mitgebracht.«

»Später«, murmelte er und küsste meine Halsbeuge. Er musste mich nicht sehen, um auf Anhieb die Stellen zu finden, an denen ich ihn so sehr spürte.

Wir stolperten blind durch die Hütte, unsere Füße und Ellbogen und Knie stießen gegen Möbelstücke, die ich nicht hätte benennen können. Die ganze Zeit über hörten wir nicht auf, uns zu küssen. Und ich schloss die Augen, obwohl ich sowieso nichts sehen konnte, nichts sehen wollte. Nur fühlen, fühlen, fühlen.

***

Draußen dämmerte es bereits, als wir die Tücher wieder abnahmen. Nachdenklich betrachtete ich das Nest aus Kleidung, das um uns herumlag. Meine bunt, Fins dunkel.

»Ich muss dich jetzt was fragen.«

Fin seufzte. »Dich müde zu bekommen, ist echt eine Unmöglichkeit.«

Ich lächelte schwach. »Wieso trägst du nur Schwarzes?«

Fin rieb sich über die Schläfe, an der das Tuch einen schmalen Abdruck hinterlassen hatte. »Wozu sollte ich etwas Buntes anziehen, wenn ich es nicht sehe?«

»Sollte es dir nicht gerade dann egal sein?«

»Ich mag es lieber, wenn ich die Sachen so sehe, wie sie sind«, erwiderte er und strich mir mit dem Daumen über die Augenbraue, ließ ihn gemächlich meinen Kieferknochen hinabgleiten.

Obwohl das Gefühl seiner Finger sich angenehm warm in meinem ganzen

Körper ausbreitete, zog ich behutsam seine Hand von meinem Gesicht, suchte seinen Blick. Das hier war etwas, über das ich schon lange nachgedacht hatte. Und obwohl ich nicht wusste, ob ich mit meiner Vermutung richtiglag, hatte ich das Gefühl, etwas dazu sagen zu müssen.

»Es ist eine Sache, wenn du dich damit wirklich wohler fühlst, aber wenn du das nur tust, weil du Angst davor hast, von anderen Menschen verurteilt zu werden, könntest du daran arbeiten. Ganz gleich, wie sehr man versucht, sich anzupassen, andere werden immer einen Grund finden, über einen zu reden. Und deswegen ist es nicht schlimm aufzufallen. Es ist manchmal ein bisschen unangenehm, aber solange man dabei man selbst bleibt, wird es sich letztlich immer richtig anfühlen. Weißt du noch, was du mal zu mir gesagt hast? Du hast gesagt, du würdest ein Leben mit Hochs und Tiefs immer einer gleichmäßigen Linie vorziehen.«

Fin runzelte die Stirn, sichtlich irritiert darüber, dass ich mich so gut an seine Worte erinnern konnte. »Das kannst du nicht vergleichen.«

»Kann ich doch«, beharrte ich. »Du könntest definitiv auch damit anfangen, mehr Risiken einzugehen.« Als ich seinen spöttischen Blick sah, hob ich abwehrend die Hand. »Schon klar, ich weiß, wie schwer das ist. Es ist angenehm, wenn man Dinge kontrollieren kann. Aber man kann ja im Kleinen daran arbeiten. Schritt für Schritt. Geh in eine Boutique und kauf Kleidung danach, wie sie dir gefällt, und nicht danach, dass sie schwarz ist. Und iss eine Banane, Fin. Iss diese verdammte Banane.«

Fin sah mich einen Moment lang schweigend an, dann schüttelte er sacht den Kopf. »Wie wäre es vorerst mit Kuchen und Tee?«

Es war nicht schlimm, dass er das Thema wechselte. Weil mir etwas in seinen Augen verriet, dass meine Worte es dennoch geschafft hatten, zu ihm vorzudringen. Lächelnd nickte ich. Mein Körper fühlte sich warm und seltsam bedürfnislos an, aber für Kuchen war immer Platz.

Fin richtete sich auf und rieb sich erneut über die Schläfe. »Ich geh nur kurz ins Bad.« Mein Herz machte einen Satz, als er ging, ohne seine Mütze vom Boden aufzuheben.

Alles in mir lächelte, während ich aufstand und mir Unterwäsche und mein Shirt überzog. Fins Teeauswahl war ziemlich beschränkt, aber auf dem Regal über dem kleinen Esstisch stand immerhin eine halb gefüllte Box. Ich stellte mich auf die Zehenspitzen und erwischte ihre Ecke gerade so. Ich hatte nur nicht bedacht, dass ich durch das Ziehen an der Box auch die danebenstehende Kiste bewegen würde. Erschrocken versuchte ich sie aufzufangen, aber sie fiel ungehalten zu Boden. Der Deckel löste sich und der Inhalt kippte aus, noch bevor die Kiste aufschlug.

»Verdammt.« Hastig sank ich auf die Knie und schob die verteilten Papiere mit beiden Händen zusammen.

Es fehlte noch, dass Fin mich dabei erwischte, wie ich seine Rechnungen durchstöberte. Erst auf den zweiten Blick erkannte ich, dass es keine Rechnungen waren. Das schlichte Papier war unliniert, manche Seiten waren gefaltet, andere ein wenig zerknickt. Und alle waren mit feiner schwarzer Handschrift beschrieben.

Ich hielt inne und starrte auf das oberste Blatt des Stapels, den ich gerade zusammengeschoben hatte.

Es gibt keine Worte für so etwas. Für etwas, was unaussprechbar bleiben wird. Da ist nichts, was ich sagen könnte, was irgendetwas besser machen könnte. Erträglicher. Leichter. Da ist nichts, was es ungeschehen machen würde. Nichts, das etwas an dem ändern würde, was passiert ist. Was ich getan habe. Und ich weiß das und sitze trotzdem seit Jahren hier und suche nach Worten, die es nicht geben kann.

Ich stockte und legte das Blatt zur Seite, zog ein anderes aus dem Haufen vor mir.

Es tut mir leid. Wenn ich könnte, würde ich zurückreisen und alles tun, um den Verlauf dieses Abends zu ändern. Aber das kann ich nicht. Wenn ich könnte, würde ich unsere Rollen tauschen. Ich würde die Konsequenzen tragen, jede einzelne, für immer. Aber das kann ich nicht. Es tut mir leid. Es tut mir leid. Es tut mir leid.

Mein Mund wurde trocken und ich griff mechanisch nach einem anderen Blatt.

Ich würde gerne sagen, dass diese Nacht mich zu einem besseren Menschen gemacht hat. Dass das, was passiert ist, mich zu einer besseren Vision meiner Selbst hat werden lassen, dass ich es wiedergutmache, Schritt für Schritt. Aber das wäre Heuchlerei, das wäre nichts als ein Haufen Lügen. Ich bin keine bessere Version meiner Selbst. Ich bin nicht einmal mehr ich selbst. Wenn ich es wäre, hätte ich vielleicht den Mut, diesen Brief abzuschicken. Aber ich habe keinen Mut. Ich habe nichts mehr.

Mein Blick verschwamm, die Worte tanzten vor meinen Augen. Ich bemerkte Fin erst, als es zu spät war, als er bereits im Rahmen des Zimmers stand.

Er brauchte nur wenige Sekunden. Innerhalb eines einzigen Augenblicks veränderte sich seine Mimik. Sein Lächeln zerfiel, sein Mund verharrte in einer schiefen, grimassenhaften Linie. Seine Augen verengten sich und sein Kiefer spannte sich so sehr an, dass der Knochen prägnant herausstach.

»Was soll der Scheiß?«

Ich zuckte vor der Härte seiner Stimme zurück und spürte, wie ich rot anlief. Hastig fuhr ich fort, die Papiere zusammenzuschieben.

»Es tut mir leid«, brachte ich hervor und stockte, als ich bemerkte, dass ich die Worte wiederholte. Seine Worte. *Es tut mir leid. Es tut mir leid. Es tut mir leid.* »Es war ein Versehen, der Karton ist heruntergefallen und ich ...«

»Hör auf«, unterbrach er mich barsch. »Fass das nicht an.«

Zögerlich hielt ich inne und sah zu ihm auf. Er stand zwei Schritte von mir entfernt. Groß und dunkel und so ... wütend.

»Es war ein Versehen«, wiederholte ich leise, ließ das Papier aber los und erhob mich. »Fin, was ist das?«

»Das geht dich nichts an.« Er lief an mir vorbei zurück zum Bett. Dabei umging er die Blätter so weiträumig, als wären sie aus Lava.

Vorsichtig folgte ich ihm. Mein Herz flimmerte vor Nervosität. »Du kannst trotzdem mit mir sprechen.«

»Ich will aber nicht mit dir sprechen.« Ohne mich anzusehen, bückte er sich nach seinen Sachen und begann sich anzuziehen. Jogginghose, Pullover, Mütze.

»Wenn du so etwas schreibst, möchte ein Teil von dir vielleicht auch darüber reden«, sagte ich leise.

Fin erstarrte und drehte sich zu mir um. »Du hast es gelesen?«

Unter seinem ausdruckslosen Blick spürte ich erneut die Hitze aufsteigen. »Es war keine Absicht, ich …«

»Du solltest jetzt gehen.« Er hatte sich wieder von mir abgewandt und bückte sich erneut. Diesmal nach meiner Kleidung. Ehe ich mich sammeln konnte, warf er mir meinen Rock zu. Sonnenblumengelb. Die unpassende Farbe trieb mir die Tränen in die Augen. Ich fühlte die Hilflosigkeit wie zentnerschwere Gewichte auf meinem Brustkorb, jeder Atemzug war schmerzhaft.

»Fin«, setzte ich an, aber er ließ mir keine Chance.

»Ich will, dass du gehst«, beharrte er und warf mir meine Strickjacke zu. Ich fing sie reflexartig auf, grub die Hände in den Stoff, obwohl ich sie lieber nach ihm ausgestreckt hätte.

»Tu das nicht«, flüsterte ich. »Wir müssen nicht darüber sprechen, aber …«

»Soll ich dir ein Taxi rufen oder fährst du mit dem Bus?« Sein Arm streifte meinen, als er einen Schritt an mir vorbei machte, ohne mich anzusehen. Ich nahm die Kälte, die von ihm ausging, innerlich und äußerlich wahr.

»Fin.« Meine Stimme zitterte, ebenso wie meine Knie. Ich stand reglos zwischen Küche und Schlafbereich und sah ihm dabei zu, wie er meine Sachen in meinen Beutel stopfte, als wollte er innerhalb von Sekunden jede Spur von mir aus seinem Zuhause löschen. Aus seinem Leben.

Schließlich hielt er mir die Tasche hin und starrte mich an. Und in diesem Moment wirkte sein Augenblau nicht im Geringsten beruhigend. Da war kein Funken Harmonie in ihm, da war ein verdammter Sturm. Ein Sturm, den ich ausgelöst hatte. Alles, was noch vor wenigen Minuten zwischen uns gewesen war, all die Wärme, die Nähe, die Ungezwungenheit – nichts davon war übrig. Ich hatte immer gewusst, dass das, was wir hatten, fragil war. Aber nicht, dass eine einzige unbedachte Handlung alles zerspringen lassen würde.

»Geh«, wiederholte er ruhig. »Sofort.«

Ich wollte nicht gehen, ich wollte für ihn da sein. Wenn er allein sein wollte, war das in Ordnung, aber die Art, wie wir gerade auseinanderzugehen drohten, war es nicht. Aber ich wusste, dass er weder bereit war, mir zuzuhören, noch mit mir zu sprechen. Alles an ihm strahlte aus, dass er mich nur noch loswerden wollte.

Meine Augen brannten, als ich mir ein schwaches Nicken abrang. »Okay. Schon gut.«

Ich brauchte mehrere Anläufe, ehe ich es geschafft hatte, in meine Kleidung zu schlüpfen. Fin stand die ganze Zeit in der Küche und starrte aus dem Fenster, hinter dem der Garten dunkel zerflossen war. Als ich an ihm vorbei zur Tür ging, drehte er sich nicht um. Ich suchte seinen Blick in der Scheibe, dort, wo sein Gesicht als weiße Fläche reflektierte. Entweder er nahm mich nicht wahr oder er ignorierte mich bewusst. Ich wusste nicht, was davon mehr wehtat.

»Es tut mir leid«, wiederholte ich. Meine Stimme klang belegt, so wie sich mein Herz anfühlte. Da waren Hunderte Sorgenschichten, die sich darum gewickelt hatten. Er reagierte nicht, auch nicht, als ich an ihm vorbeiging. Jeder Schritt, mit dem ich die Hütte und Fin hinter mir ließ, fühlte sich falsch an.

Ich befand mich in der Mitte des Gartens, als ich es hörte. Ein Klirren, so laut, dass meine Nackenhärchen sich aufstellten. Ruckartig blieb ich stehen. Schwankte zwischen den Impulsen, umzudrehen und zurückzugehen, und dem, fortzurennen. Ich schloss die Augen, horchte auf die Hütte in meinem Rücken.

Ein Geräusch und ich würde zurückgehen. Ein einziges weiteres Geräusch und ich würde zurückgehen und bei Fin bleiben, egal, ob er es wollte oder nicht. Ein einziges weiteres winziges Geräusch.

Doch das Haus in meinem Rücken blieb still. Und ich ging. Hinaus aus dem Garten, fort von einer Dunkelheit, hinein in eine andere.

Kapitel 17

Fin

An manchen Tagen bestand der Himmel nur aus Wolken, an anderen war er wolkenlos. Für mich sahen diese beiden Zustände gleich aus. Der Moment, in dem ich das erkannte, füllte mich mit einer seltsam klaren Erkenntnis. Als hätte ich irgendein absurdes Mysterium der Welt gelöst, das den Menschen seit Urzeiten Rätsel aufgab. Ich begriff, wie ähnlich sich gegensätzliche Extreme waren. Hass und Liebe. Glück und Trauer. Freude und Schmerz. Etwas derart Starkes zu fühlen, führte einen immer an die Schwelle zu einem großen, alles verschluckenden Nichts. Es war berauschend, solange man auf ihr balancierte. Es war vernichtend, wenn man abrutschte. Ich war abgerutscht. Und seitdem versuchte ich mich von der Schwelle fernzuhalten. Das Seichte, das Dumpfe, das Wenige, das war das, was für mich noch geblieben war. Leicht bewölkt – das war das, womit ich klarkam. Der Kompromiss, den ich mit mir selbst geschlossen hatte.

Heute fiel mir das schwer. Im Grunde fiel es mir seit etwas mehr als einer Woche schwer. So lange war es her, dass Effi die Briefe gefunden und ich sie rausgeschmissen hatte. Die Blätter hatten stundenlang auf dem Boden gelegen, ein Meer aus Papier, in dem ich zu ertrinken drohte, wenn ich mich ihm näherte. Effi hatte nicht nur diese Kiste geöffnet, sie hatte damit weitaus mehr ausgeschüttet. In mir. Ich befand mich gefährlich nah an der Schwelle, die ich seit vier Jahren mied.

Ich hatte nicht geschlafen in dieser Nacht, hatte nur dagesessen und die Worte geatmet, die nie jemand hätte lesen dürfen, die ich selbst nie wieder gelesen hatte, nachdem ich sie aufgeschrieben hatte. Es spielte keine Rolle, wie viel sie gelesen hatte, es spielte nicht einmal eine Rolle, ob mit Absicht oder ohne. Es war, wie es war, und es war scheiße. Ich wollte wütend sein. Wut machte vieles leichter, klarer einordbar. Aber wenn ich an ihren

Gesichtsausdruck dachte, als sie von dem Papier aufgesehen hatte, fühlte ich mich anders. Verwundet vielleicht.

Trotz allem hatte ich damit gerechnet, dass sie sich melden würde. Effi konnte nervtötend hartnäckig sein, es sah ihr nicht ähnlich, die Sache auf sich beruhen zu lassen. Aber sie meldete sich nicht. Und ich tat es ebenfalls nicht. Ich sah keinen Weg, wieder mit ihr zu reden, ohne darüber zu sprechen, was passiert war, und das war keine Option.

Ein paarmal war ich bei Bela, aber Effi war nicht da. Ich fragte nie, wo sie war, weil ich wusste, dass ihn das nur dazu bringen würde nachzuhaken, aber ich erwischte mich dabei, wie ich es hinauszögerte zu gehen, in der Hoffnung, sie doch noch zu sehen. Nur kurz. Nur so lange, bis ich sah, dass alles okay war. Nicht zwischen uns. Nur mit ihr. Doch ich sah sie nie. Effi war gut darin, mir aus dem Weg zu gehen. Das sollte mir im Grunde recht sein und machte mich trotzdem unruhig.

»Was ist eigentlich los mit dir?« Belas Stimme riss mich aus den Gedanken und ich hob widerwillig den Blick. So, wie er und Adam mich ansahen, hatte ich irgendeine Frage verpasst. Schon wieder.

Wir saßen auf Belas Dachterrasse, auf den leicht zerfledderten Korbsesseln, die er letztens auf einem Flohmarkt gekauft hatte, auf den ihn Effi geschleift hatte. Die einsetzende Dämmerung machte den Druck auf meinen Kopf besser, trotzdem pochten meine Schläfen noch immer dumpf. Laut den Ärzten war der Schmerz vor allem psychosomatisch begründet, was es nicht weniger zermürbend machte, ständig mit ihm aufzuwachen. Ich hatte mir vor Jahren geschworen, deswegen nie krank zu machen. An den richtig miesen Tagen hatte ich Angst, ich würde das Bett nicht mehr verlassen, wenn ich einmal damit anfing drinzubleiben. Dennoch bereute ich es längst, heute hergekommen zu sein. Ich war heute einfach nicht in der Verfassung dafür, ein Freund zu sein.

Als ich nichts erwiderte, hob Adam die Augenbrauen. »Ich trete dir jetzt mal zu nahe und sage dir: Du siehst ziemlich beschissen aus. Deine Augenringe sind fast dunkler als das Veilchen, das du dir in der Elften eingefangen hast.«

»Kopfschmerzen«, sagte ich schlicht und fokussierte das Himmelsgrau, das sich über uns verdüsterte. Immerhin, keine ganze Lüge.

»Hast du es mal mit dem Autogenen Training probiert, das dir meine Mutter empfohlen hat?«, fragte Bela.

Ich seufzte schwer. »Ich habe es dir zehnmal gesagt: Ich werde nicht anfangen zu meditieren. Der Esoterik-Tick deiner Mutter ist langsam echt besorgniserregend.«

»Das eine hat mit dem anderen nichts zu tun.«

Es wäre so viel einfacher, wenn Bela leichter zu provozieren wäre. Ich würde mich lieber mit ihm streiten, als ihn ständig so besorgt zu sehen.

Mein Handy begann auf dem Tisch zu vibrieren. Schon wieder. Ich starrte ein paar Sekunden auf den flimmernden Namen, ehe ich den Anruf wegdrückte und das Display umdrehte.

Bela hob die Brauen. »Wieso ruft sie dich an?«

»Nicht wichtig.«

»Woher willst du das wissen, wenn du nicht rangehst?«

Ich verdrehte die Augen und bereute es, als ein feiner Schmerz in meine Stirn schoss. Genervt kniff ich mir in die Nasenwurzel und lehnte den Kopf gegen die Wand in meinem Rücken. In der Luft lag der Geruch von Belas viel zu starkem Pfefferkaffee und des blütenschweren Jasmins, der neben der Sitzecke stand. Die Mischung schlug mir unangenehm heftig in den Magen. Trotz der geschlossenen Augen spürte ich, wie Bela und Adam einen Blick austauschten. Gerade, als Letzterer tief Luft holte, drang das Zuknallen der Wohnungstür zu uns nach draußen. Mein Magen verkrampfte in einem Schub noch mehr. *Nicht jetzt*, dachte ich, aber da kamen die schnellen Schritte schon durch die Küche auf die geöffnete Terrassentür zu.

Und dann war da diese unverkennbare Stimme. »Bevor du mich verurteilst, hör zu, okay? Ich wollte wirklich joggen gehen, aber dann bin ich an diesem neuen Laden vorbeigekommen und mein Gott – ich habe hier etwas, das dein Leben in völlig neue …« Effis Stimme brach ab, als sie über die Schwelle getreten war und uns entdeckte. Besser gesagt: mich. Ihr Blick sprang so ruckartig auf mich zu, als wäre ich eine orangefarbene Boje im

Meer. Klasse. Jetzt fing ich auch schon mit diesem Farbblödsinn an. Ausgerechnet ich.

Ich lächelte nicht, ich sah sie nur an. Die helle Haut, das fast weiße Haar, die schönen, tiefen Augen. Sie räusperte sich und wischte sich eine Strähne hinters Ohr, die sich aus ihrem Zopf gelöst hatte. Sie trug Sportklamotten, sah aber nicht im Geringsten verschwitzt aus. Ich musste den Blick abwenden, als ich daran dachte, dass ich genau wusste, wie sie aussah, wenn sie es war. Wie sie sich anhörte, wenn sie außer Atem war. Wie sie schmeckte, wenn auf ihrer Haut Salz lag. Der Schmerz aus meinem Kopf sackte tiefer, das Atmen wurde schwierig.

»Entschuldige, ich wusste nicht, dass du Besuch hast«, sagte sie schließlich an Bela gerichtet.

Er schüttelte belustigt den Kopf. »Ich hatte auch irgendwie gedacht, du wärst länger weg. Was hast du da?«

Effi blickte auf die Schachtel, die sie vor sich balancierte, als hätte sie vergessen, dass sie da war. Jetzt breitete sich ein schwaches Lächeln auf ihrem Mund aus. »Das sind Muffins, die in Waffelteig gebacken wurden. Ist das nicht absolut genial? Hätte ich gewusst, dass ihr hier seid, hätte ich mehr mitgebracht.«

Sie stellte sie vor Bela auf den schmalen Beistelltisch. Mein Blick rutschte automatisch zum Ausschnitt ihres Tops, der sich dabei vergrößerte. Hitze stieg in meinen Nacken und ich fokussierte schnell wieder den Himmel.

Adams spöttischen Blick bemerkte ich trotzdem. »Du meinst mehr als diese Familienpackung?«, hakte er nach, während Bela die Schachtel öffnete.

Sofort mischte sich ein süßlicher Duft unter die anderen Gerüche um uns herum. Ich nahm es kaum wahr. Meine Sinne waren damit beschäftigt, Effis Nähe zu verarbeiten. Und die Tatsache, dass sie es vermied, mich anzusehen. Alles an diesem Augenblick war falsch. Es war, als würde ich in einem meiner Seminare einen Film sehen und da war diese eine Szene, die nicht hineinpasste. Die die falsche Ästhetik hatte, die die Handlung in eine Richtung trieb, in die sie nicht laufen sollte. Und obwohl ich wusste, dass es nicht stimmte, hatte ich das Gefühl, keinen Einfluss darauf zu haben. In den wichtigen Momenten hatte ich diesen nie. Als hätten all die falschen Entscheidungen, die ich getroffen hatte, mir die Fähigkeit entzogen, in meinem Leben Regie zu führen. Vermutlich war das nur fair. Ich fühlte mich trotzdem elend, krank, als hätte ich innerhalb weniger Sekunden Fieber bekommen. Die Narbe juckte, ich rieb über die Mütze.

»Macht euch nicht über mich lustig, bevor ihr probiert habt. Wirklich – die sind zum Sterben gut.« Effis Stimme flatterte leicht, ebenso wie ihre Mundwinkel.

Ich wollte etwas sagen, irgendetwas, aber da waren keine Worte, die Sinn ergaben. Ich war leer, erschöpft und seltsam stumpf.

Bela klopfte auf den Korbsessel neben seinem. »Wir wollten Pizza bestellen. Willst du auch?«

»Das ist lieb, aber ich wollte noch zur Uni.«

»Jetzt noch?«

Sie wich einen Schritt zurück zur Tür. »Die Bib hat bis Mitternacht auf.«

Bela musterte sie aufmerksam, ehe er nickte. »Okay, klar. Dann viel Erfolg.«

»Danke. Und esst diese Dinger. Wirklich, das wird euer Leben bereichern. Dankt mir später!« Sie winkte flüchtig über ihre Schulter, ehe sie im Inneren verschwand.

Die Erleichterung, mit der sie uns verließ, war greifbar. Ein schwerer Dunst, der blieb und mich kaum atmen ließ.

Erst als ihre Zimmertür zufiel, fiel mir auf, dass ich während der vergangenen fünf Minuten kein Wort gesagt hatte. Und dass es Bela mit Sicherheit registriert hatte. Er verschränkte die Arme vor der Brust und starrte mich an. So finster, dass ich genervt aufstöhnte.

»Was?«

»Das frage ich dich. Was ist zwischen euch vorgefallen?«

Ich versteifte mich. »Hat Effi behauptet, dass etwas vorgefallen ist?«

»Nein. Aber als ich sie gefragt habe, was los ist, dass sie in den letzten Tagen so schweigsam ist, hat sie mit *nichts* geantwortet.«

Erleichtert sackte ich gegen die Wand. »Und warum nervst du dann jetzt?«

Bela neigte sich zu mir vor. »Weil ich mit drei Schwestern aufgewachsen bin und fünf verschiedene Bedeutungen dieses Begriffs kenne, Fin. Und weil dieses *Nichts* eindeutig gesagt hat, dass du irgendetwas getan hast.«

Ich umfasste die Lehne des Korbstuhls, um die Hände nicht zu Fäusten zu ballen. »Ich habe nichts getan. *Sie* hat sich in Sachen eingemischt, die sie nichts angehen, und ich habe ihr gesagt, dass sie das lassen soll. Das ist alles.«

Meine Stimme klang gepresst, aber Bela ließ sich davon nicht einschüchtern. »Was für Sachen?«

»Sachen, die dich genauso wenig angehen. Klar?«

Wir starrten einander an, bis er sich über die Augen rieb und damit den Blickkontakt abbrach. Ich atmete durch, bis er doch noch einmal etwas sagte. So leise, dass ich es kaum hören konnte. »Nur weil du so kaputt bist, musst du nicht immer alles um dich herum kaputtmachen.«

Ich spannte mich an und richtete mich langsam auf. »Sag das noch einmal.« Ich hörte selbst, wie lauernd es klang. Das hier war eine Grenze zu etwas, das Bela und ich selten taten. Streiten. Als wir jünger waren, hatten wir uns öfter gestritten, aber seit dem, was vor vier Jahren passiert war, so gut wie gar nicht mehr. Vermutlich konnte in einer Freundschaft einer von beiden nicht fast sterben, ohne dass das Spuren hinterließ. Bela hatte immer Verständnis, auch für die Dinge, die man nicht verstehen konnte. Er wurde manchmal wütend, ja, aber er griff mich nie an. Das hier war neu. Die Falte zwischen seinen Augenbrauen. Der angespannte Zug um seinen Mund. Die Augen, die mich, ohne auszuweichen, fokussierten. Bela liebte Harmonie. Aber er war kurz davor, das zu vergessen. Ein Teil von mir, vielleicht der, den ich am meisten hasste, wollte, dass er es tat.

»Sag das noch einmal«, wiederholte ich, eine Spur lauter.

Adam räusperte sich. »Fin, komm schon, Alter. Du weißt, dass er das nicht so meinte.« Er stieß Bela sacht in die Seite. »Stimmt doch?«

Bela schwieg. Sein Kiefer bewegte sich leicht, als würde er die Worte dahinter aussieben. »Du rennst weg«, sagte er dann. Ruhiger, aber entschieden.

Ich schüttelte den Kopf. »Was weißt du schon?«

»Dass du nie irgendwo ankommen wirst, bis du mal einen Blick über deine Schulter geworfen hast und dich der Scheiße gestellt hast, die dort auf dich wartet. Dass du einfach alles abblockst, weil du denkst, das würde es irgendwie besser machen – aber das tut es nicht. Es macht alles nur schlimmer. Du sabotierst dich selbst, Fin. Und jetzt ziehst du sie da auch noch mit rein und das ist einfach nur scheiße!« Er hielt inne und atmete schwer. Worte, die man lange zurückhielt, wogen mehr als alles andere, ich wusste das. »Effi ist toll und wirklich herzensgut und ihr liegt etwas an dir und du …«

»Und du denkst, das wüsste ich nicht?« Die Worte waren raus, bevor ich sie bewusst gedacht hatte. Aber es war wahr, natürlich. Ich wusste, dass Effi gut war. Sie war gut und hell und so echt. Und schön. Schön auf so ziemlich jede Art, auf die ein Mensch es sein konnte. Zu schön für mich, zu gut für mich, zu hell für mich. Scheiße, nichts davon musste er mir sagen.

Belas Gesichtszüge entspannten sich, als hätten meine Worte seine Wut verdampfen lassen. »Okay. Dann benimm dich einfach auch mal so.«

Ich schwieg und starrte auf meine Hände, die um die Lehne gekrampft waren. Als wäre das so einfach. Als wäre irgendetwas daran einfach.

Adam seufzte gedehnt. »Bela, manchmal bist du wirklich ein Metaphermonster.« Er klopfte ihm auf die Schulter, ehe er sich erhob und in der Wohnung verschwand. »Ich bestelle jetzt die Pizza. Niemand kann sich streiten, wenn heißer Käse im Spiel ist.«

Bela und ich verdrehten gleichzeitig die Augen. Adam war ein Scheidungskind und konnte mit Konflikten nicht sonderlich gut umgehen. Weswegen er sie am liebsten von Anfang an umging. Als Bela mich wieder ansah, war sein Blick zwar weicher, aber noch immer betrübt. Dämmerungshimmelgrau.

»Ich mache mir nicht nur Sorgen um sie. Ich mache mir auch Sorgen um dich, das weißt du, oder?«

»Ich komme klar.«

»Tust du nicht.«

Ich stöhnte und lehnte den Kopf zurück, um ihn nicht ansehen zu müssen. Meine Schläfen schmerzten, die Gedanken dahinter auch. »Seit wann bist du so eine verdammte Nervensäge?«

»War ich schon immer. Wäre meine Toleranzgrenze nicht so hoch, hätte ich dich längst in den Wind geschossen.«

»Reizend.«

»Dito.«

Wir grinsten einander an, halbherzig und erschöpft. Der Tag kroch schattenartig durch mein Inneres, dazwischen – weiß und zerfranst – etliche Erinnerungen an Effi, die ich nicht verdient hatte. Ich sehnte mich danach, mein Gesicht in ihrem Haar zu vergraben, einzuatmen und nicht mehr aus. Ein Innehalten, eine Denkpause, ein Bruchteil Friedlichkeit.

»Ich liebe dich, Fin«, sagte Bela nach einer Weile leise. »Du bist mein bester Freund und ich liebe dich, Mann. Aber du musst an dir arbeiten.«

Ich schwieg. Über unseren Köpfen sprang die Solarlichterkette an, die Effi angebracht hatte. Weiße Leuchtköpfe, die so in den Augen schmerzten, dass ich sie wieder zusammenkniff. »Dir ist klar, dass sie deine Wohnung völlig eingenommen hat?«, fragte ich ablenkend.

»Mir gefällt es. Nur die Namen von dem ganzen Grünzeug kann ich mir nicht merken.«

Meine Mundwinkel hoben sich sacht. »Mir hat sie auch so ein Ding geschenkt. *Ferdinand.*«

»Letztens habe ich sie dabei beobachtet, wie sie mit dem Basilikum geredet hat. Ich glaube, der heißt Greta.«

»Sie ist schräg.«

»Und du hast schon lange nicht mehr so gelächelt wie jetzt.«

Ich blinzelte zu ihm hinüber, nur um sein ziemlich vielsagendes Grinsen zu sehen. Entschieden schloss ich die Augen wieder. »Fick dich, Bela.«

Er lachte und klopfte mir auf die Schulter. »Wie gesagt. Ich dich auch.«

Kapitel 18

Sommerregen war eines dieser Dinge, die eigentlich alles besser machten. Im Winter gab es nichts Tröstlicheres als Sonne, im Sommer nichts Schöneres als Regen. Aber heute schafften es nicht einmal die satten Tropfen, die gegen das Fensterglas unserer Küche fielen, mich aufzumuntern.

Ich zuckte zusammen, als Asta ihren Kugelschreiber gegen meine Schulter drückte. Sie war vorbeigekommen, damit wir uns gegenseitig zum Lernen motivieren konnten. So hatte sie es ausgedrückt, dabei wussten wir beide, dass Asta keine Hilfe brauchte, um sich mit dem Stoff zurechtzufinden. Ich hingegen schon. Obwohl sie sich Mühe gab, geduldig die Inhalte der letzten Seminarstunden durchzugehen, spürte ich, wie die Worte durch mich hindurchwehten, ohne sich in meinem Bewusstsein zu verankern. Jetzt musterte sie mich intensiv und sackte gegen die Lehne ihres Stuhls. »Okay. Was ist los?«

Möglichst konzentriert sah ich auf meine Notizen, die vor meinen Augen zu einem unverständlichen Buchstabenwirrwarr verschwammen. »Was meinst du?«

Sie nahm mir den Hefter aus der Hand und warf ihn auf den Tisch. »Effi, du sitzt seit über einer Woche nur rum und starrst die Wand an. Ernsthaft, du bist schlimmer drauf als nach der Trennung von Levi und das heißt schon was.«

»Mir geht es gut. Siehst du, was ich anhabe?« Ich machte eine vage Geste, die mein Outfit umfasste.

»Ein Kleid mit Schokoladenflecken?«

»Ein türkises Kleid«, korrigierte ich. »Und zufällig stellt diese Mischung aus Blau, Gelb und Grün ein inneres Gleichgewicht her, indem es extreme Emotionen kontrolliert.« Außerdem hatte ich gelesen, dass Türkis Einsamkeit lindern konnte. Und so fühlte ich mich seit Tagen. Einsam, unruhig, traurig und verwirrt. Vieles auf einmal und trotzdem leer.

Das letzte Mal mit Fin geredet hatte ich vor zwei Wochen. Ihn das letzte Mal gesehen vor zwei Tagen, als er plötzlich mit Bela auf unserer Terrasse saß und mich so teilnahmslos ansah, als wäre ich irgendeine von Belas Mitbewohnerinnen, die er schon fast wieder vergessen hatte. Als hätte es die vergangenen Wochen nicht gegeben. Vielleicht war es auch so für ihn, vielleicht war das hier der normale Verlauf von Fins unverbindlichen Bekanntschaften und ich jetzt eine von vielen, obwohl sich alles an diesem absurden Uns für mich besonders angefühlt hatte.

Ich versuchte wirklich mir nichts von alledem anmerken zu lassen. Astas Blick zufolge kaufte sie mir allerdings nicht ab, dass mein Inneres türkis und damit emotional ausbalanciert war. Schließlich schnaubte sie frustriert.

»Sag das deiner Ausstrahlung. Zwei Minuten mit dir und ich habe das Bedürfnis, mich in einer Ecke zusammenzukauern und mir jedes Album von Adele reinzuziehen.«

»Es ist wirklich nichts«, erwiderte ich, obwohl ich verlegen daran denken musste, dass Adele meine Musikauswahl der letzten Tage tatsächlich geprägt hatte.

»Und dieses Nichts hat nicht zufällig etwas damit zu tun, dass du einen gewissen grummeligen Mützenträger mit keinem Wort mehr erwähnst?«

»Wir reden gerade einfach nicht miteinander«, gab ich widerwillig zu.

»Ihr habt gestritten?« Ich konnte ihrer Stimme entnehmen, dass sie versuchte, geduldig zu bleiben. Etwas, was ihr schwerfiel. Asta war ein so direkter Mensch, dass es ihr fast körperlich wehzutun schien, wenn jemand um den heißen Brei herumredete.

»Ich glaube, damit man streiten kann, muss der andere bereit sein, etwas von sich preiszugeben. Aber er wollte einfach nicht mit mir darüber reden, was ihn belastet.«

Ich biss mir in die Innenwange, um nicht weiterzusprechen. So gern ich darüber reden wollte, was ich in Fins Hütte gesehen hatte, ich wusste, dass es mir nicht zustand, jemandem davon erzählen. Jene Worte, die ich in dieser Nacht gelesen hatte, fühlten sich allein in meinem Kopf unfassbar schwer an. Ich würde es nie wagen, sie auszusprechen. Fin hatte ein Recht auf seine

Geheimnisse. Was nichts daran änderte, dass ich alles dafür getan hätte, sie verstehen zu können.

»Bei so lockeren Geschichten ist Reden nicht unbedingt die Basis«, gab Asta zu bedenken. »Außerdem kannst du das auch nicht von ihm erwarten. Ich meine, ich liebe dich, echt. Du bist ein lieber Mensch und ich weiß, dass du nur das Beste für die Leute um dich herum willst. Aber du kannst andere nicht dazu zwingen, auf dieselbe Art mit ihren Gedanken und Gefühlen umzugehen wie du. Nicht jeder will über seinen Kram reden. Nicht jeder braucht das.« Sie klackerte ungeduldig mit dem Kugelschreiber gegen die Tischplatte, als würde sie mir etwas erklären, das jeder wusste und das einfach so stimmte. Wieso fiel es mir dann so schwer, das zu begreifen? »Aber wie soll ich ihm denn helfen, wenn er nicht mit mir redet?«, hakte ich skeptisch nach.

Asta legte den Stift beiseite und griff stattdessen nach meinen Fingern, die unruhig über einen Bleistiftstrich auf der Tischplatte wischten. Sanfter Händedruck, noch sanfteres Lächeln. »Wenn du ihm helfen willst, musst du auf das hören, was er will – nicht das, was du willst. Wenn er dich braucht, wird er es dich merken lassen. Und wenn nicht, dann ist es vielleicht nicht er, der dich braucht, sondern du, die gebraucht werden will.«

Ich schluckte schwer. »Ganz schön hart.«

Sie grinste und drückte noch einmal meine Hand, ehe sie sie zurückzog und wieder nach dem Stift griff. »So ist das eben. Freunde sagen dir auch das, was du nicht hören willst.«

Ein paar Sekunden lang dachte ich darüber nach. Auch wenn es mir schwerfiel, es einzusehen, wusste ich tief in mir, dass es stimmte. Fin war in so vielen Belangen anders als ich. Ich konnte nicht davon ausgehen, dass er mit … was auch immer so umging, wie ich es tun würde. »Schon gut. Du hast recht. Ich mache ihm auch keinen Vorwurf«, gab ich leise zu. Höchstens wegen der Art, wie er damit umgegangen war – und mit mir. Vor allem machte ich ihn mir selbst. »Ich kann mich trotzdem nicht gut konzentrieren, seit … wir so mies auseinandergegangen sind.«

»Wieso sprichst du nicht noch mal mit ihm und versuchst die Sache zu klären?«

Ich zuckte unter Astas unzufriedenen Blick mit den Schultern. Letztlich stimmte, was sie gerade gesagt hatte: Würde Fin mit mir reden wollen, würde er sich melden. Ich brachte es nicht über mich, einen Schritt auf ihn zuzumachen, um erneut zurückgestoßen zu werden.

Asta knuffte mich in die Seite. »Du kannst deine Gefühle nicht mit ein bisschen Stoff unterdrücken, Effi. Egal, welche Farbe er hat.«

»Ich dachte auch eher, ich übergieße sie mit ordentlich Portwein«, erwiderte ich und blickte sehnsüchtig auf die Flasche, die auf der Anrichte stand.

»Trinken ist wirklich nicht die beste Art, damit umzugehen. Und das sagt dir eine, die auf ein Dutzend Post-Trennungs-Blackouts zurückblickt. Was machst du sonst, wenn du loslassen musst?«

»Wie meinst du das?«

Sie wedelte ungeduldig mit den Händen. »Jeder Mensch hat seinen Weg, um mit einer Gefühlsüberdosis umzugehen. Meine Schwester backt tonnenweise Kuchen, mein Bruder zieht von Club zu Club, ich gehe zum Kickboxen.«

Ich hob die Augenbrauen. »Ich dachte, Sex ist dein Katharsis-Wundermittel.«

Asta grinste. »Es gibt Momente, die verlangen danach, jemanden auszuziehen, und solche, die verlangen danach, auf etwas einzuschlagen. Beides zu verbinden ist mir dann doch zu krass.« Ihr Blick wurde wieder streng. »Aber du lenkst ab. Also, was ist dein Weg?«

Ich zögerte und dachte kurz darüber nach. Was war die Antwort, wenn es sonst keine mehr gab? »Ich male.«

»Na dann, malen wir jetzt was.« Entschieden warf sie ihren Ordner zu und stand auf.

»Ich habe ewig nicht mehr einfach so gemalt. Von der Sache für die Band mal abgesehen. Ich wüsste gar nicht, wie ich anfangen soll.«

Ich sah auf meine Fingerspitzen, erinnerte mich an die Zeit, in der sie nahezu immer gefärbt gewesen waren. An den Kohleschleier, den ich nie ganz losgeworden war, egal, wie oft ich die Hände gewaschen hatte. An das Gefühl, getrocknete Acrylfarbe in den Hautrillen festsitzen zu haben. Die Art, wie sich die verschiedenen Farbkleckse auf meinen Fingern zu etwas

Unbeabsichtigtem arrangierten. Ein Aus-Versehen-Kunstwerk. Meistens waren das die schönsten. Oder die schmerzhaftesten.

Mein Herz zog sich zusammen und ich vergrub die Hände im Stoff meines Kleides. Ich konnte nicht einmal an etwas anderes denken, ohne dass sich sein Name darüber schob.

»Wenn man nicht weiß, wie man anfangen soll, fängt man am besten einfach an.« Ohne meinen widerwilligen Blick wahrzunehmen, räumte Asta den Tisch ab und stapelte unsere Unisachen auf dem Boden. Aus ihrer Tasche holte sie ein paar Zeitungen hervor, die sie auf dem Tisch ausbreitete.

Asta war der einzige Mensch, den ich kannte, der sich noch jeden Tag eine kaufte. Selbst meine Eltern waren bereits auf das Online-Angebot umgestiegen.

»Asta«, setzte ich skeptisch an, während sie ein paar mit Leitungswasser gefüllte Marmeladengläser vor mich auf die Tischplatte stellte.

»Kein Aber, Effi«, unterbrach sie mich entschieden. »Du bekommst auch ein Glas Wein dazu, okay?«

In diesem Moment wurde die Wohnungstür aufgeschlossen und ein paar Stimmen wehten zu uns herein. Kurz darauf kamen Bela und Adam in die Küche. Ich versuchte, nicht allzu erleichtert auszuatmen, als ich sah, dass sie alleine waren.

»Neue Tischdecke?«, fragte Adam mit Blick auf das Zeitungsmosaik, nachdem wir uns begrüßt hatten.

Asta band sich die dunklen Haare zu einem kurzen Zopf. »Wir veranstalten ein spontanes Drink-and-Draw. Seid ihr dabei?«

Ohne eine Antwort abzuwarten, bedeutete sie Adam, ihr zu folgen. Vermutlich in mein Zimmer, um meine Kunstsachen zu holen, die in einer der unausgepackten Kisten verstaut waren. Bela und ich blieben in der Küche zurück. Er sah mich fragend an und ich hob resigniert die Schultern.

»Ich habe auch so eine Naturgewalt-Freundin.«

Bela grinste schief und fuhr sich durch die Haare. Er sah seit Wochen permanent müde aus. Letztens hatte ich ihn dabei erwischt, wie er sich eine Folge der Telenovela mit Mila angesehen hatte. So gerötet, wie seine Augen seitdem immer wieder waren, bezweifelte ich, dass es die einzige Folge geblieben war. Ich hatte ihm angeboten, mitzuschauen oder alternativ das WLAN-Kabel durchzuschneiden, aber er hatte abgelehnt. Mit einem traurigen Lächeln, das mir tief ins angeknackste Herz getreten hatte.

»Na schön. Dann fang ich schon mal mit dem Trink-Teil an«, meinte er jetzt mit einem Seufzen.

Ich musste lächeln und warf den Bleistift auf den Stapel mit Unisachen. »Die beste Idee des Abends.«

Das stimmte nicht ganz. Im Grunde war Astas Idee ziemlich wundervoll. Sie schleppte sämtliche Malutensilien aus meinem Zimmer an und bald war unsere Küche ein Chaos aus Papier, Acrylfarben, Wassermalkästen und Pinseln, die mit ihren nassen Köpfen die Zeitung durchweichten. Im Hintergrund spielte *Radiohead* und wir hatten statt des Deckenlichts die Lichterketten am Fenster angemacht. Bela und ich saßen auf dem ebenfalls mit Papier ausgelegten Boden, und obwohl Asta Bela überreden musste, einen Pinsel in die Hand zu nehmen, konnte ich ihm ansehen, wie er sich zunehmend entspannte.

Asta hatte recht gehabt. Wenn der Kopf zu laut war, half es, einfach etwas zu tun. Kein Grübeln, kein Druck, kein Ziel. Nur malen. Meine Hände entkrampften sich, je länger ich den Pinsel zwischen den Fingern hielt. Ich spürte, wie ich in die Bewegungen zurückfand, die ich wochenlang nicht ausgeführt hatte. Strich für Strich für Strich. Der Druck auf meinem Brustkorb wurde leichter und das Lächeln auf meinem Mund immer echter.

Irgendwann ging Bela los, um beim Spätkauf mehr Wein zu besorgen. Die Flasche, die Asta mitgebracht hatte, war längst leer. Was auch daran lag, dass Adam etwas davon verschüttet und kurzerhand als Wasserfarbenersatz genutzt hatte. Er war mittlerweile zu seinem gewohnten Enthusiasmus übergegangen. Ich hatte noch nie jemanden kennengelernt, der so unkompliziert und begeisterungsfähig war. Kunst war nicht unbedingt seine Lieblingsbeschäftigung, was ihn nicht davon abhielt, ein Bild nach dem anderen zu malen und um seinen Stuhl herum auszulegen.

Asta stand auf und beugte sich zu ihm, um auf sein Blatt zu linsen. Selbst von meinem Sitzplatz aus konnte ich sehen, dass es sich vor Feuchtigkeit stark wellte. Sie schüttelte den Kopf. »Wieso sehen all deine Bilder so anrüchig aus?«

Adam legte den Pinsel beiseite und sah zu ihr. Auf seinem hellen Shirt waren mehrere Spritzer Rotweinfarbe, was zu dem Chaos in seinem Haar und seinem Blick passte. »Vielleicht siehst du nur das, was du sehen willst.«

»Davon träumst du.«

»O ja.« Er grinste verschmitzt. »Nicht nur davon.«

Eigentlich war es absehbar gewesen, dass Hurrikan Adam und Tsunami Asta früher oder später etwas miteinander anfingen – auch wenn das laut Asta ein einmaliges Ereignis bleiben würde. Sie entschied innerhalb von Sekunden, ob sie sich mit jemandem eine Beziehung vorstellen konnte. Wenn nicht, dann galt dieselbe strenge Einmalnutzungs-Regel wie für Abschminktücher und Servietten. Ihre Vergleiche waren zwar seltsam, aber Asta hielt an diesem Grundsatz entschieden fest. Seit ich sie kannte, hatte sie keinen Typen zweimal geküsst.

Adam stützte den Kopf auf der Hand auf und blinzelte zu ihr hinüber, während sie sich wieder setzte. Es war ihm anzusehen, dass er mehr als interessiert daran war, an ihren Grundsätzen zu rütteln.

Ich räusperte mich. »Wenn ihr dieses Gespräch vertiefen wollt, sucht euch bitte ein Zimmer.«

Adam drehte sich zu mir um. »Stellst du uns deins zur Verfügung, Elfe?« Er zwinkerte mir zu. »Ich verspreche auch, dass ich danach aufräume.«

Im Wohnzimmer fiel die Tür ins Schloss und Schritte kamen auf. Gut, dass Bela zurück war. Mit den beiden allein zu sein war eine echte Herausforderung. Ich hob die Stimme. »Bela, würdest du deinem Freund sagen, dass er keinen Sex in meinem Zimmer haben darf?«

Erst als der Satz hinaus war, sah ich auf. Auf einen Schlag spannte sich alles in mir an. Das Lachen, das mir schon auf der Zunge gelegen hatte, verendete in einem kratzigen Husten.

Adam und Asta folgten meinem Blick. Sie verzog das Gesicht, er hingegen lächelte breit. »Na sieh mal einer an. Das Phantom unserer Herzen kehrt zurück. Ich dachte, du bist heute Abend raus«, sagte er dabei gut gelaunt.

Ich wagte es nicht, zu Fin aufzusehen, der neben Bela im Türrahmen stand. Stattdessen starrte ich auf das Papier, das vor mir lag, und meine Hand, die den Pinsel umklammert hielt. Fins Anwesenheit schwemmte alles fort. Die Musik, die Gerüche und Farben um uns herum, die Gedankenweichheit durch den Wein und das Malen.

»Er wollte nicht zu uns, Adam«, sagte Bela und ging an Fin vorbei, um den Wein auf der Anrichte abzustellen.

Ich spürte Fins Blick an meiner Schläfe kitzeln. Er machte zwei Schritte auf mich zu, bis er so dicht vor mir stand, dass ich ihn unmöglich ignorieren konnte.

»Kann ich kurz mit dir reden?«

»Ich bin eigentlich beschäftigt.« Ich versuchte möglichst würdevoll auszusehen, während ich rote Farbspritzer von meinen sicher ähnlich farbigen Wangen rieb.

»Bitte, Kobold.« Die Worte kamen so leise, dass ich sie kaum hören konnte. Fühlen leider schon. Etwas Warmes dehnte sich in meiner Magengrube aus. Ich stemmte mich dagegen, ehe es meinen Brustkorb erreichen konnte.

»Wenn du dich nicht wie ein Troll benommen hättest, hätte sie vielleicht mehr Lust darauf, mit dir zu reden«, sagte Asta, die sich in ihrem Stuhl zurückgelehnt und die Arme vor der Brust verschränkt hatte.

Ich sah sie gleichermaßen beruhigend und bittend an, doch sie starrte weiterhin kühl zu Fin auf. Er drehte sich nicht einmal zu ihr um. Sein Blick lastete noch immer auf mir. So wie die aller anderen.

Das hier war seltsam. Es passte nicht zu Fin. Vor den anderen benahmen wir uns nie so, als wäre etwas zwischen uns, das nur uns gehörte. Und nach dem, was vor zwei Wochen vorgefallen war, hätte ich auch nicht gedacht, dass sich daran etwas ändern würde.

Kurz schloss ich die Augen, dann rappelte ich mich auf und wischte mir die Hände am Kleid ab. Wortlos ging ich zur Terrassentür und trat nach draußen. Der Duft des verregneten Parks schwemmte zu uns herüber. Die Luft hatte sich deutlich abgekühlt und ich fror in meinem dünnen T-Shirt-Kleid. Ich blieb neben Feodora stehen und lehnte mich mit dem Rücken gegen das

Geländer. Fins Umrisse gingen wie immer nahtlos in die Dunkelheit über, als er neben mir innehielt. Unten auf der Straße lief eine Gruppe laut singender Mädchen vorbei, trotzdem war alles zwischen uns still. Plötzlich war ich mir unserem Alleinsein so bewusst, dass ich nicht wusste, wohin ich sehen sollte. Ich musterte seine dunkle Kleidung, die ungewohnt eng an seinem Körper klebte.

»Du bist nass«, stellte ich fest.

Fin schob sich die feuchte Mütze tiefer in den Nacken. »Ich stand eine Weile unten, bis Bela rauskam.«

»Konntest du dich nicht entscheiden?« Ich musste halbherzig lächeln, weil ich daran dachte, dass ich vor gar nicht langer Zeit ebenso unentschlossen vor seinem Garten gestanden hatte.

»Die Entscheidung war nicht das Problem. Ich war nur ... ich hab so was noch nie gemacht. Aber du hast gesagt, dass ich anfangen soll, Risiken im Kleinen anzugehen. Du weißt schon. Schritt für Schritt.«

»Sollte ich jetzt Angst bekommen?« Ich bemühte mich darum, belustigt zu klingen, aber meine Stimme wankte. Weil ich wirklich Angst hatte. Angst davor, dass das hier das Ende war – was ich seit Tagen befürchtete.

Fin zögerte, dann lächelte er. Ein wenig krumm, fast unsicher. »Ich wollte dir eigentlich Brownies backen. Aber ich habe keinen Backofen.«

Meine Mundwinkel hoben sich und ich rieb mir über die Wange, um es zu kaschieren. Um es ihm nicht so einfach zu machen.

»Also habe ich dir stattdessen was anderes mitgebracht.« Er ging zur Tür, die zum Wohnzimmer führte, und zog sie auf. Als er wieder heraustrat, hielt er ein sperriges Ding unter dem Arm geklemmt. Eine Plastiktüte war drumherum geschlungen, aber ich konnte trotzdem erkennen, dass es sich um eine Art Holzstativ mit DIN-A0-großem Aufsatz handelte.

»Was ist das?«, fragte ich, als er es zwischen uns gegen das Geländer lehnte.

»Ein Zeichenboard.«

Perplex sah ich zu ihm auf. »Wo hast du das her?«

Er zupfte am Saum seiner Mütze herum. »Ich habe es selbst zusammengebaut. Ich dachte, das würde dich vielleicht dazu motivieren, wieder richtig mit dem Zeichnen anzufangen.« Er lächelte schwach. »Falls mal kein Wein greifbar ist.«

Einen Moment lang war ich sprachlos. Das war zweifellos eins der schönsten und durchdachtesten Geschenke, die ich je bekommen hatte. Aber dennoch löste es eine bleierne Schwere aus, die meine Mundwinkel hinabdrängte, als sie lächeln wollten. »Das ist wirklich schön. Aber so funktioniert das nicht, Fin.«

Er nickte langsam. »Ich weiß.«

»Was mit dieser Kiste passiert ist, war keine Absicht.«

»Ich weiß.«

»Du hättest mich nicht so behandeln dürfen.«

»Ich weiß.«

»Du hättest ...«

Er unterbrach mich, indem er meine Hand nahm. Vorsichtig, als wollte er mir die Möglichkeit geben, sie ihm wieder zu entziehen. »Es tut mir leid. Ich kann dir nicht versprechen, dass ich dir alles erkläre oder dass es nicht mehr vorkommen wird, dass ich dich nicht so behandle, wie es richtig wäre. Ich kann dir nur sagen, dass es mir leidtut.«

In seinem Blick flackerte leichte Unsicherheit auf und das war so ungewohnt, dass ich es kaum ertrug, ihn anzusehen. Nicht, weil ich es schlimm fand, dass seine Hülle aus Selbstsicherheit und Gleichgültigkeit Risse bekam, sondern weil es in mir den Wunsch verstärkte herauszufinden, warum er sich überhaupt diesen Panzer gebaut hatte. Ich wollte wissen, was es mit diesen Briefen auf sich hatte. Gleichzeitig wusste ich, dass ich ihn danach nicht fragen konnte. Weil er nicht darüber sprechen wollte und weil wir nicht zusammen waren. Wir waren *unverbindlich*. Das bedeutete auch: Ich bin dir keine Erklärung schuldig, wenn ich mich danebenbenehme. Entweder du akzeptierst das oder du beendest es. Du hast die freie Wahl, aber keinen Anspruch auf mehr.

Ich hatte das gewusst und ich hatte mich darauf eingelassen. Ich hatte gedacht, das wäre in Ordnung so. Einfacher. Genau das Richtige. Jetzt fühlte es sich falsch an, so, so falsch. Und doch immer noch erträglicher als die

Alternative: ihn ganz gehen zu lassen. Das war etwas, das ich nach den vergangenen Tagen besser wusste, als ich mir eingestehen wollte.

Ich sah auf unsere Hände und dachte: *Ich wäre gern da für dich, Fin. Ich würde dir gerne dabei helfen, das, was du auf ungelesene Blätter schreibst, auszusprechen. Ich würde dir gern zeigen, dass es okay ist zu leiden, dass es okay ist, das Gefühl zu haben, an etwas zu zerbrechen, weil man sich, wenn man es durchgestanden hat, stabiler fühlt als zuvor.*

Ich sagte nichts davon. Stattdessen löste ich mich von ihm und hob das Zeichenboard an. Es war schwerer, als ich vermutet hatte. Ich presste es an mich und sah zu Fin auf.

»Wenn du bleibst, wirst du etwas malen müssen. Asta führt ein strenges Regiment.«

»Soll ich denn bleiben?« Er verlagerte das Gewicht, sodass sein Gesicht in den Schein der Lichterketten fiel. Da hing ein Lächeln in seinen Mundwinkeln, obwohl sein Blick angespannt wirkte. Vielleicht hatte er damit gerechnet, dass ich ihn wegschicken würde. Und obwohl ein Teil von mir ahnte, dass das der sicherere Weg wäre, wusste ich, dass ich es nie tun würde. Die Tatsache, dass Fin hergekommen war, bedeutete, dass er mich in seinem Leben wollte. Dass er mich brauchte. Das zählte mehr als alles andere.

»Willst du es denn?«, fragte ich leise zurück.

Wir sahen einander an und dachten das Ja, das wir nicht sagen konnten, wollten, mussten. Als wir zurück in die Küche gingen, berührte Fins Hand meinen Rücken. Es fühlte sich mehr nach einer Umarmung an.

Unsere Freunde gaben sich Mühe, so zu wirken, als hätten sie nicht auf unsere Rückkehr gewartet. Ich war mir fast sicher, dass Bela den anderen eingetrichtert hatte, darauf zu verzichten nachzufragen. So drückte Adam Fin lediglich sowohl ein Weinglas als auch einen Pinsel in die Hand und machte seinen Platz frei. Er selbst setzte sich auf den Stuhl, der näher an Astas war.

Diese lehnte gerade über einem zweiten Karton, den sie aus meinem Zimmer geholt hatte. »Was ist das für Zeug?«

Erst, als ich zu ihr ging, erkannte ich, was sie meinte. Das Paket war vor einigen Tagen angekommen, aber ich war zu abgelenkt gewesen, den Inhalt zu begutachten.

»Die Mittsommer-Sachen«, erklärte ich und zog eine der Girlanden heraus. Das rosafarbene Papier entfaltete sich mit einem leisen Rascheln in feingliedrige Blütenköpfe.

»Mittsommer?«, fragte Fin, während er den Pinsel unschlüssig zwischen zwei Fingern drehte.

»Das schwedische Fest zur Sommersonnenwende«, erklärte ich und strich mit den Fingerspitzen über die rosafarbenen Papierblumen. »Meine Mutter ist früher mit ihren Eltern jedes Jahr nach Schweden gefahren und hat dort mit siebzehn meinen Vater kennengelernt. Er hat nach dem Abitur ein Auslandsjahr gemacht hat. Sie haben sich bei einem Mittsommerfest kennengelernt. Deswegen feiern sie jedes Jahr zur Sommersonnenwende eine Gartenparty. Sie laden ihre Freunde ein, es gibt eine Maistange und haufenweise Essen, die Kinder flechten Blumenkränze, es wird getanzt und ...« Ich brach ab und hielt kurz in meinen Kopfbildern inne, tauchte in meine allerliebsten Kindheitserinnerungen ein. Lächelnd konzentrierte ich mich auf Fin. »Es ist einfach wahnsinnig schön. Ich habe diesen Tag immer mehr geliebt als Weihnachten und Geburtstag zusammen. Eigentlich wollte ich auch dieses Jahr nach Hause fahren, aber meine Eltern haben frei und fahren deswegen richtig nach Schweden. Als ich Bela davon erzählt habe, hat er vorgeschlagen, dass wir stattdessen hier feiern. Eine Terrasse ist zwar nicht optimal für den Anlass, aber immerhin besser als nichts.« Fragend sah ich Bela an, der noch an der Spüle lehnte. »Du hast Fin doch bestimmt eingeladen, oder?«

Bela kratzte sich im Nacken und wich sowohl meinem als auch Fins Blick aus. »Ich wusste ehrlich gesagt nicht, wie gut diese Idee ist. Immerhin seid ihr zwei euch die letzten Wochen mühsam aus dem Weg gegangen. Und es ist deine Party, ich wollte dir die Entscheidung selbst überlassen.«

Meine Wangen wurden warm und ich beugte mich so weit über die Kiste, dass meine Haare schützend vor mein Gesicht fielen. »Es ist auch deine Party«, erwiderte ich und umging damit bewusst die anderen Aspekte seiner Aussage. »Immerhin steuerst du deinen Freundeskreis bei.«

Außerdem würde er vermutlich mehr Arbeit mit dem Buffet haben als ich. Ich war ihm so dankbar dafür, dass er von sich aus angeboten hatte, die Feier zu veranstalten. Ich hatte mich zwar längst damit abgefunden, dieses Jahr auf Mittsommer verzichten zu müssen, aber erst, als wir beschlossen, es selbst auszurichten, erkannte ich, wie sehr mir dieser Tag gefehlt hätte.

»Mach es bei mir«, schlug Fin so unvermittelt vor, dass ich zusammenzuckte. Er hatte sich ein wenig am Tisch vorbei zu mir vorgebeugt und die Arme auf den Knien abgestützt. Sein Gesicht wirkte völlig gelassen, nicht unbedingt so, als hätte er gerade etwas absolut Absurdes vorgeschlagen.

»Was?«, hakte ich nach.

»Ich habe einen Garten. Was besser ist als eine Terrasse. Du kannst diese Sache bei mir machen, wenn du willst.«

Ich richtete mich weiter auf und sah ihn eindringlich an. »Nur um das klarzustellen: Diese Sache ist eine *Party*. Mit Menschen. Musik. Deko. Es wird getanzt und geredet und …«

»Schon klar, Effi«, unterbrach er mich mit einem Lächeln. »Ich war auch schon mal auf einer Party, du musst mir nicht den Wikipedia-Artikel dazu vorlesen.«

»Und trotzdem wärst du bereit, das zu tun?«

»Sagte ich doch.«

Bela und ich tauschten einen skeptischen Blick, der Fin zum Stöhnen brachte.

»Mann, macht daraus nicht so ein Riesending. Macht es hier oder macht es bei mir, mir ist das völlig egal. Ich wollte nur nett sein.«

Asta schnaubte. »Und du bist ja immer nett, nicht?«

»Und ob«, fügte Adam hinzu. »Weißt du noch, als ich dich unbedingt dazu überreden wollte, meinen Geburtstag bei dir feiern zu dürfen?«

Fins Miene verfinsterte sich. »Das kannst du nicht vergleichen.«

»Natürlich nicht.« Adams Blick huschte kurz zu mir und ein weiches Grinsen grub sich in seine Mundwinkel. »Genau das meine ich ja.«

Ich strich über eine Tischdecke mit feinem Blütenmuster, die ich gerade aus dem Paket gezogen hatte. »Ein Garten wäre schon toll.« Unsicher sah ich zu Fin auf. »Aber du musst das nicht machen, Fin. Brownies und Zeichenboard sind eine Sache, aber das ist nicht nötig.« Mehr wagte ich nicht zu sagen. Nicht, solange die anderen uns aufmerksam beobachteten.

»Es ist okay«, sagte er mit einem Schulterzucken. »Ich muss meine Komfortzone auch ab und zu mal verlassen. Gleiches Recht für alle. Solange es bei diesem Fest auch irgendein alkoholisches Getränk gibt, ertrage ich alles.«

Dabei sah er mich auf eine Art an, die sich anfühlte, als hätte er erneut nach meiner Hand gegriffen. Und auch dieses Mal zog ich sie nicht weg.

Ich lächelte nur und sagte: »Okay.«

Kapitel 19

»Hast du auch das Gefühl, dass auf deinem Kopf ein Insektenhotel aufgemacht hat?« Asta richtete vorsichtig ihren Blumenkranz. Tatsächlich entdeckte ich auf Anhieb eine Biene, die sich auf der Margerite über ihrer Stirn niedergelassen hatte.

»Traditionen haben ihren Preis«, erwiderte ich feierlich und schob meine eigene Blütenkrone etwas nach hinten.

Wir hatten Margeriten, Frauenmantel, Schleierkraut und Klee um Drahtkronen geflochten und dafür, dass ich die Kränze das erste Mal ohne meine Mutter gemacht hatte, war ich ziemlich zufrieden. An das ständige Summen um den Kopf herum musste man sich allerdings gewöhnen.

Asta ließ von ihrer Blütenkrone ab, stemmte die Hände in die Hüften und sah sich um. »Und, was sagst du?«

Ich folgte ihrem Blick und spürte, wie sich das Lächeln auf meinen Lippen festigte. »Ich liebe es.«

Zu sagen, Fins Garten zu dekorieren, wäre eine Herausforderung, wäre noch untertrieben. Und dennoch hatte es gerade deshalb Spaß gemacht. Dieser Garten war wie eine weiße Leinwand und seit ich ihn das erste Mal gesehen hatte, hatte ich mich danach gesehnt, ihn zu bemalen. Ich hatte nur nie gedacht, dass er mir das irgendwann – und wenn es nur für einen Tag war – gestatten würde. Ich hatte über die Bäume in den Nachbargärten Girlanden durch Fins Garten gespannt, deren pastellfarbene Wimpel sich sacht im Wind bewegten. Außerdem hatten wir Papierlampions an der Veranda aufgehängt und die Holzpfeiler mit Lichterketten umwickelt. Aus Belas Freundeskreis hatten wir Tapeziertische geliehen, die ich mit blümchenbestickten Tischdecken überworfen hatte. Ein buntes Sammelsurium aus Holz- und Gartenstühlen stand im mittlerweile knöchelhohen Gras. Auf den Tischen befand sich Porzellangeschirr, das Adam geerbt und seitdem im Keller aufbewahrt hatte. Ich hatte meine alten Messingkerzenleuchter vom Flohmarkt aus meinem Zimmer mitgenommen und Asta hatte Blumensträuße vom Markt besorgt – vor allem Kornblumen, Margeriten und Klatschmohn. Fin hielt sich mit Meinungsbekundungen zu alledem zurück, obwohl ich ihm ansehen konnte, wie seine Stirnfältchen mit jeder weiteren Dekoration tiefer wurden. Als Asta jedoch traditionelle schwedische Musik angemacht hatte, die über Boxen durch den ganzen Garten schallte, verzog er sich in die Hütte und kam erst heraus, als die ersten Gäste ankamen.

Mittlerweile war es nach fünf und im Garten tummelten sich um die fünfzig Leute. Belas Freundeskreis war so bunt gemischt, dass ich mir nie merken konnte, wen er über welche Verbindung kennengelernt hatte, aber einige von ihnen kannte ich schon so gut, dass es sich doch nach meiner Feier anfühlte. Vermutlich waren auf einen Schlag mehr Menschen hier, als Fin jemals eingeladen hatte. Er selbst stach in dem Meer aus Farbtupfern von Dekoration, Blumen und Kleidern der Gäste heraus wie ein dunkler Pixelfehler.

Asta stieß mich in die Seite. »Du hast schon wieder diesen Double-Chocolate-Muffin-Blick.«

Ertappt zuckte ich zusammen. Ich hatte nicht bemerkt, dass ich ihn angestarrt hatte, aber mein Blick verirrte sich ständig zu ihm. Seit der Nacht des Drink-and-Draws hatte ich ihn nicht mehr gesehen und heute waren wir noch nicht dazu gekommen, unter vier Augen zu sprechen.

»Findest du, er sieht unglücklich aus?« Ich wusste, dass Fin das hier getan hatte, um mir eine Freude zu bereiten. Obwohl er mir versichert hatte, es wäre in Ordnung, wenn wir hier feierten, fühlte ich mich schuldig. Das hier war dermaßen jenseits von Fins Komfortzone, ich bezweifelte, dass er so viel trinken konnte, dass er das vergaß.

Asta betrachtete Fin ebenfalls, der auf einem Stuhl an einem der Tische am Rand des Gartens saß und sich mit Adam und einer Frau, die ich nicht kannte, unterhielt. Ich versuchte, nicht darüber nachzudenken, wie nah sie ihm war oder wie verdammt gut ihr eng anliegendes zitronengelbes Sommerkleid saß.

»Ich finde, Fin sieht immer ein bisschen unglücklich aus. Ist wahrscheinlich Teil seines Images«, sagte Asta und schenkte mir ein anzügliches Grinsen. »Ich bin mir sicher, du wirst Wege finden, ihn am Ende des Tages ebenfalls glücklich zu machen.«

Ich verzog den Mund. »Ich will gar nicht wissen, an was du dabei denkst.«

Asta lachte. »Schon gut. Zur Feier des Tages verzichte ich heute darauf, dich erröten zu lassen. In dem weißen Kleid fällt das umso mehr auf.« Sie zwinkerte mir zu, ehe sie mir das leere Marmeladenglas aus der Hand nahm. »Ich hole uns jetzt noch ein bisschen Bowle und besorge dir irgendetwas Süßes zum Sehnsuchtskompensieren. Das ist ja nicht auszuhalten«

Ich streckte ihr die Zunge heraus, aber da hatte sie sich schon von mir abgewandt und war zurück zur Veranda gelaufen, auf der wir das Buffet aufgebaut hatten. Allein ließ ich mich an einen freien Tisch sinken. An dem Tisch schräg gegenüber saßen nur noch Adam und die Frau im Sommerkleid. Er gestikulierte beim Reden so heftig mit den Armen, dass sie lachend gleich beide Gläser vor sich festhielt.

Fin stand einige Meter abseits des Tischs und sprach mit einem älteren Mann. Ich brauchte einen Moment, ehe ich ihn erkannte. Ich war vorhin zu den angrenzenden Gärten gelaufen und hatte diejenigen, die dort gewesen waren, auf die kleine Feier vorbereitet und eingeladen dazuzukommen. Etwas, das ich Fin vorenthalten hatte, weil ich wusste, dass das Verhältnis zu seinen Nachbarn eher angespannt war. Das Gespräch, das er gerade mit dem Mann von gegenüber führte, wirkte dafür jedoch überaus entspannt.

Ich atmete zufrieden durch. In der Luft lag der nahende Sommer, flaumig und warm, und die Himbeerbowle, die ich getrunken hatte, legte sich ähnlich angenehm über mein Inneres. Meine Füße schmerzten und ich schlüpfte aus den Sandalen, vergrub die nackten Zehen im Gras. Die Dämmerung war so fortgeschritten, dass die solarbetriebenen Lampions angingen und weiches Licht über unsere Köpfe warfen.

Ich bemerkte Fin erst, als er neben mir zum Stehen kam. Mit einem stillen Lächeln rutschte ich zur Seite, damit er neben mich auf die Holzbank rutschen konnte. Einen Moment lang saßen wir schweigend da, während das Stimmgewirr der Gäste sich mit dem einsetzenden Grillenzirpen vermengte.

»Also«, meinte Fin und rutschte kaum merklich etwas näher an mich heran, legte einen Arm über die Lehne hinter mir. »Du hast meine Nachbarn eingeladen?«

Ich musste mir ein Lächeln verkneifen. »Ich dachte, das wäre ganz sinnvoll. Sie sind diejenigen, denen auffallen muss, dass du seit Tagen nicht mehr zu sehen warst und vermutlich schwer verletzt in der Hütte liegst.«

»Ich bin sicher, ihnen würde meine Abwesenheit auffallen. Frau Böhmer lässt eigentlich keinen Tag vergehen, an dem sie mich nicht an ihrer Weisheit teilhaben lässt.«

Ich schnaubte. »Ja, aber sie würden vermutlich eher eine Party feiern, als die Polizei zu rufen, wenn du verschwindest.« Ich zögerte, dann schob ich ernster hinterher: »Ist es schlimm, dass ich sie eingeladen habe?«

»Nein.« Er zupfte eine gelöste Blüte aus meinem Haarkranz und drehte sie zwischen zwei Fingern. »Besser so, als wenn wir hier nachher die Polizei wegen Lärmbelästigung stehen haben. Und eigentlich habe ich mich gerade ganz nett mit einem von ihnen unterhalten.«

»Ach, ist das so?«

»Tu nicht so, als wäre es dir nicht aufgefallen.« Er neigte sich zu mir, bis sein Mund mein Ohr streifte. »Ich spüre deinen Blick den ganzen Tag schon quer durch den Garten.«

Ein warmes Kribbeln kletterte meinen Nacken hinab und ich rutschte ein Stück näher an ihn heran, bis ich seinen Körper an meinem spürte. »Und, wie lief es so?«

Fins Hand schob sich in meinen Nacken, seine Finger strichen sanft über meine Haut. »Er hat mir angeboten, mir vor dem Winter mit dem Ausbessern der Dämmung zu helfen.«

»Sehr nett«, meinte ich möglichst teilnahmslos.

Fins Lächeln wurde breiter. »Hm. Dafür habe ich angeboten, ihm beim Fällen des toten Kirschbaums in seinem Garten zu helfen. Das Ding erzeugt nur noch Schatten.«

Ich biss mir auf die Unterlippe, um mein Grinsen zu kaschieren. »Auch sehr nett.«

Fin schwieg dazu. Er ließ seine Hand hinabgleiten, bis sie am Saum des tiefen Rückenausschnitts meines Kleides lag. Ich lehnte mich der Berührung entgegen und den Kopf gegen seine Schulter. Um uns herum waren zwar Menschen, aber ich nahm sie nicht wahr. Wir waren in unser Paralleluniversum eingetaucht, in diese stille, schimmernde Blase, in der nur wir existierten. Keine Befangenheit, kein Nachbeben des Streits, keine pechverschmierten Geheimnisse, die die Nähe zwischen uns verklebten. Ich schloss die Augen, als Fin sein Kinn auf meinem Kopf ablegte. Einen Moment lang saßen wir nur da, dann löste ich mich und drehte mich zu ihm. »Du hättest das nicht tun müssen.«

Sein Finger fuhr über meinen Nackenwirbel. »Ich weiß.«

»Und wieso hast du es getan?«

Fin sah mich lang an, ehe er antwortete. »Weil ich nicht so gut mit Worten bin.«

Ich verstand, was er meinte. Es gab Menschen, die begabt darin waren, sich mit ausufernden Reden zu entschuldigen. Sätze zu finden, die die Wut oder Enttäuschung für unwichtig erklärten, obwohl man es – rational gesehen – besser wusste. Aber Worte zählten nicht. Nicht, wenn sie leere Hüllen blieben. Vielleicht war es also in Ordnung, wenn man manchmal keine fand. Man musste nicht alles aussprechen, wenn man es stattdessen schaffte, es zu zeigen. Ich hob die Hand und strich über seinen Wangenknochen. »Danke.«

Fin hielt meine Finger an seiner Wange fest und schloss kurz die Augen. Ein seltsam intimer Moment, der sich mit Wattefingern eine Kuhle in mein Herz grub.

Gerade, als ich dem Drang nachgeben wollte, um den letzten Abstand zwischen uns zu überbrücken, räusperte sich jemand neben der Bank. Ich zuckte zurück und spürte Hitze in meinen Nacken aufsteigen.

Bela klemmte noch die Kornblume hinter dem Ohr, die Asta vorhin dort hingesteckt hatte, außerdem hatte er zwei Gläser Bowle dabei, von denen er eins vor Fin abstellte. »Dein Handy liegt übrigens drinnen und klingelt nonstop.« Er sank auf den Stuhl neben mir. »Es ist wieder deine Mutter.«

»Okay«, erwiderte Fin knapp, aber seine Stimme und die ruckartige Bewegung, mit der er das Glas vor sich vom Tisch nahm, sagte genau das Gegenteil.

»Vielleicht ist etwas passiert«, fuhr Bela unbeeindruckt fort.

Fin nahm einen tiefen Schluck von dem roten Getränk. Sofort verzog er das Gesicht und wischte sich mit dem Handrücken über den Mund, als wollte er den Geschmack loswerden. »Es ist nichts passiert«, antwortete er heiser.

»Woher willst du das wissen? Wann hast du das letzte Mal mit ihr gesprochen?«

»Ich weiß es einfach«, fuhr Fin ihn an. Sein Blick flatterte zu mir, dann schloss er die Augen. Als er sich wieder auf Bela fokussierte, wirkte er gefasster. »Sie will mich nur daran erinnern, dass bald diese Hochzeitstagfeier ist. Was sie schon getan hat. Und es gibt dazu nichts mehr zu sagen.«

Bela runzelte die Stirn, während sein kleiner Finger leise gegen den Glasrand klopfte. Die Bewegung wirkte ein wenig fahrig, vermutlich hatte er schon weit mehr getrunken als das halbe Glas vor sich. Und vermutlich war genau das der Grund dafür, dass er das Thema nicht auf sich beruhen ließ, obwohl alles an Fin ausstrahlte, dass er nicht bereit war, weiter darüber zu sprechen. »Also fährst du nicht hin.«

Fins Kiefermuskeln bewegten sich leicht. Ich wusste, dass es eine miese Idee war, und konnte dennoch nicht anders, als mich einzuschalten.

»Fährst du überhaupt manchmal heim?«, fragte ich.

Fin sprach kaum über seine Familie. Alles, was ich wusste, war, dass seine Eltern noch zusammen waren und in demselben Haus lebten, in dem er aufgewachsen war. In einem kleinen Ort, nicht weit von der holländischen Grenze entfernt. Fin sprach weder über seine Kindheit noch über das Verhältnis zu seinen Eltern. Wenn wir auf das Thema kamen, wechselte er es so beiläufig, dass es mir immer erst hinterher auffiel.

»Hm, ab und zu.« Er blickte an mir vorbei in den Garten. Ich konnte ihm ansehen, dass es ihm lieber wäre, sich unter die anderen zu mischen, als bei uns sitzen zu bleiben.

»Die Übertreibung des Jahrhunderts«, murmelte Bela. »Du fährst ja nicht einmal an Weihnachten nach Hause.«

Ich richtete mich hellhörig auf. »Ist das wahr?«

»Ich mache mir nicht viel aus Weihnachten«, sagte Fin knapp.

»Möchtest du denn gar nicht nach Hause?«, hakte ich vorsichtig nach.

Fins Finger verkrampften um das Glas, sein Blick wurde trüber. Mit einem Mal erschien mir das ganze Leben um uns herum unpassend. Alles an dem, was Fin umgab, war dunkel und drückend. Ich bemerkte aus dem Augenwinkel Belas bekümmerten Blick, aber ehe er etwas sagen konnte, schüttelte Fin den Kopf. »Es geht nicht darum, was ich will. Ich kann einfach nicht nach Hause. Nicht an diesen Tagen.«

Er wirkte nicht genervt. Nicht einmal traurig oder wütend. Eher erschöpft. Als würde die Bedeutung dieser Worte seine Gedanken zentnerschwer machen.

Bevor einer von uns etwas sagen konnte, ließ sich ein breit grinsender Adam neben Bela fallen. »Asta hat es in dreißig Minuten geschafft, sich zwei Nummern zu klären.« Er stieß einen tiefen Seufzer aus. »Gott, diese Frau ist eine Inspiration auf jeder Linie.«

»Kein Sex in meinem Haus«, mahnte Fin ihn trocken.

Ich wusste nicht, ob es mich beeindruckte oder irritierte, wie schnell er die Ernsthaftigkeit aus seinen Zügen schütteln konnte, während ich noch an seinen letzten Worten knabberte.

Adam lachte. »Immer wieder niedlich, dass du das ein Haus nennst. Ich hab mir allein heute dreimal da drinnen den Kopf gestoßen.«

»Mir gefällt es. Seit Ferdinand da ist, ist es zumindest annähernd wohnlich«, meinte ich mit einem schwachen Lächeln und fasste nach Fins Hand. In diesem Moment war es mir egal, dass das etwas war, das wir eigentlich vor den anderen nicht taten. In diesem Moment wollte ich ihm nur zeigen, dass ich da war.

Adams Grinsen wurde breiter. »Ich würde ja auch mal behaupten, dass ihr zwei da drinnen weitaus mehr Zeit in der Horizontalen als in der Vertikalen verbringt.«

Fin seufzte nur und drückte beruhigend meine Hand. Das hinderte meine Wangen nicht daran, rot zu werden.

Adam registrierte meine Verlegenheit mit einem charmanten Zwinkern. »Wie siehts aus, Elfe? Zeigen wir diesen Langweilern, wie man auf jugendfreie Art Spaß hat?«

Er erhob sich in einer fließenden Bewegung und deutete direkt neben mir eine theatralische Verbeugung an.

»Ich werde dir furchtbar schmerzhaft auf die Füße treten, Adam«, sagte ich ernst, als ich begriff, dass das seine Art einer Tanzaufforderung war.

Er lachte und zog mich zu sich. »Leid und Freud gehen Hand in Hand, meine Liebe.«

Ich hatte hundert Widerworte auf der Zunge, schluckte sie aber alle hinunter. Stattdessen ließ ich mich bereitwillig von ihm mitziehen, hinein in das bunte, laute Gewirr aus Menschen und Stimmen und Lachen. Fins Worte und die Bedeutung, die an ihnen hing und die ich nicht begreifen konnte, pochten noch immer in meinem Hinterkopf, aber in diesem Moment versuchte ich sie auch dort zu lassen. Vielleicht, weil *What a Wonderful World* durch den Garten schallte und ich mich daran festhalten wollte, dass es stimmte. Dass diese Welt, dieses Leben und auch dieser Moment schön waren. Nicht nur, aber auch. Und während Adam mich über das Gras wirbelte, bis mir fast der Blumenkranz vom Kopf fiel, sich die Welt um mich herum zu einem Schleier aus Buntheit verwob und ich die ganze Zeit über Fins Blick auf mir spürte, war es irgendwie ganz einfach, sich daran zu erinnern.

***

Es war nach Mitternacht, als die Letzten gingen. Bela, Asta und Adam halfen mir, die Kleinteile der Dekoration in die Hütte zu räumen, ehe sie sich auf den Weg machten, um an der Hauptstraße ein Taxi zurück in die Innenstadt zu nehmen.

Ich spielte mit dem Gedanken, sie zu begleiten, aber da ich Fin nirgends finden konnte, blieb ich. Ich hatte gerade die letzte Tischdecke zusammengefaltet, als er wieder am Tor auftauchte. Vor dem Blau der Nacht hob sich seine Silhouette wie ein dunkler Scherenschnitt ab. Erleichtert sah ich ihm entgegen, als er auf mich zulief. »Ich dachte schon, ich muss den Tümpel nach dir absuchen.«

»Ich musste nur etwas erledigen.« Eine Schrittlänge von mir entfernt hielt er inne und mir die Hand hin. Die Hand, mit der er einen kleinen Strauß Blumen umfasste.

Irritiert starrte ich darauf, dann in sein abwartendes Gesicht. »Was ist das?«

Fin hob die Augenbrauen. »Du erkennst keine Blumen?«

»Ich verbringe zu viel Zeit in deinem Garten, schätze ich.« Erneut musterte ich den Strauß mit den ungleichen Blumen: rosafarbenes Schmuckkörbchen, hellblaues Vergissmeinnicht, rote Anemone, violette Ranunkel, dunkelblaue Kornblume, orangefarbene Ringelblume, gelbe Butterblume. Die Stiele waren unterschiedlich lang und an dem einen hing sogar ein Klumpen Erde. »Es sind sieben.«

Ein seltsames Gefühl machte sich in mir breit und ich musste das Lächeln mit aller Kraft zurückdrängen, das sich auf meine Lippen schieben wollte. »Hast du dich über Mittsommer-Traditionen informiert?«

»Du solltest meine Allgemeinbildung nicht unterschätzen.«

Vorsichtig nahm ich ihm den Strauß ab und strich über die Blütenköpfe. »Du hast also sieben Blumen gepflückt.«

»Ich bin sogar über sieben Gartenzäune geklettert.«

»Hoffentlich mit Erlaubnis der Besitzer.«

Er grinste. »Nein. Aber dafür habe ich dabei geschwiegen. Der wichtigste und beste Teil dieses albernen Brauchs.«

Belustigt und überfordert gleichermaßen schüttelte ich den Kopf. Ich hatte diesen Brauch schon als Kind geliebt und jedes Jahr darauf bestanden, dass ich zumindest in unserem eigenen Garten sieben verschiedene Blumen pflücken durfte. Ich hatte sie mit einem Faden zusammengebunden, unter das Kopfkissen gelegt und war jedes Mal unglaublich aufgeregt gewesen, wovon ich träumen würde. Von *wem* ich träumen würde. Und ich war jedes Mal unfassbar frustriert gewesen, wenn ich aufgewacht war und festgestellt hatte, dass ich mich an meine Träume nicht erinnern konnte. Der Legende nach träumte man von der Person, die man einmal heiraten würde. Mir war bewusst, dass dieser Brauch eben genau das war – eine mythisch aufgeladene Legende. Aber nur, weil ich rein logisch wusste, dass es keinen Sinn gab, daran zu glauben, bedeutete das nicht, dass ich es nicht trotzdem tun wollte. Die Tatsache, dass sich Fin, der mit solchem Aberglauben nichts anfangen konnte, damit auseinandergesetzt hatte, berührte mich mehr, als ich in Worte fassen konnte.

Ich musste mich räuspern, um meine Stimme wiederzufinden. »Ich glaube, der wichtigste Teil ist eigentlich, dass ich das selbst mache, damit ich wirklich vom Richtigen träume.«

Fin hob die Schultern. »Ich habe nur eigentlich kein übermäßiges Interesse daran, dass du von jemandem träumst.«

Ich umklammerte den Strauß fester und versuchte den Gedanken zu erwischen, der mir seit langer Zeit immer wieder durch den Kopf huschte. »Dazu wollte ich auch noch was sagen. Wir haben nie darüber gesprochen«, setzte ich stockend an. »Ich meine, alles Verbindliche ist tabu, aber … es wäre einfach nett, wenn du es mir sagen würdest, wenn du jemanden triffst. Weil ich mir nämlich nicht auch noch ein gestörtes Verhältnis zu Geschirrspülmaschinen oder anderen Haushaltsgeräten leisten kann und …«

»Effi«, unterbrach Fin mich ruhig. »Du forderst sämtliche Kapazitäten, die ich habe.«

Meine Wangen wurden warm, ich zupfte an der Wurzel herum. »Ich hoffe, du meinst in intellektueller Hinsicht.«

Er grinste. »Klar.«

»Dann schicke ich die drei Liebhaber hinterm Haus lieber weg?«, fragte ich mit einer vagen Geste zur Hütte.

Fin nickte und rieb sich mit dem Handballen über die Schläfe. »Dafür wäre ich dir sehr dankbar. Ich glaube, in nächster Zeit kann ich hier keine Menschen mehr sehen.«

»Schließt das mich mit ein?«

Er nahm den Stapel Tischdecken von der Holzplatte neben mir. »Lass uns reingehen, Kobold.«

Lächelnd stellte ich mich auf die Zehenspitzen und küsste ihn flüchtig aufs Kinn. »Gute Antwort.«

Kapitel 20

Fin

Als die Leute gingen und der Garten stiller wurde, wurden meine Gedanken lauter. Ich lag wach, Effis warmen Körper dicht an meinem, strich ihr das Haar aus der Stirn, betrachtete ihre leicht geöffneten Lippen, die zuckenden Augenlider, die zeigten, dass sie träumte. Es war nach zwei, als ich die Hütte verließ, mich auf die Holzveranda setzte und den dunklen Garten betrachtete.

Ich hatte die Nächte immer lieber als die Tage gemocht. Früher, weil ich sie an Möglichkeiten reicher empfand. Nächte machten mich mutiger: Das, was im Dunkeln geschah, war wie eine Grauzone des Lebens. Es gab kein Richtig oder Falsch, es gab nur einen Moment nach dem anderen, bis die Sonne wieder aufging und die Nacht – und das, was in ihr passiert war – surreal wurde. Es zählte nicht und gleichzeitig mehr als tagsüber. Gefühle wirkten konzentrierter, Gedanken bedeutender. Erst nach dem Unfall fing ich an zu begreifen, dass Nächte auch stiller sein konnten als Tage. Die Dunkelheit wurde zu einer Pause für mich. Tagsüber hatte ich immer wieder vor Augen, dass etwas mit mir nicht stimmte. Dass ich kaputt war. Es war offensichtlich: Tage sollten nicht grau sein, sondern farbenfroh. Nächte hingegen waren nur dunkelbunt. Insbesondere hier. Vielleicht waren sie der Hauptgrund dafür gewesen, dass ich mich dazu entschied, in die Siedlung zu ziehen. Ich war der einzige Pächter, der dauerhaft hierblieb, und dadurch gab es um mich herum keine künstlichen Lichter. Keine Reklamen, keine Laternen, keine Lampen oder Fernseher, die durch die Fenster strahlten. Es gab die Sterne und den Mond und mehr nicht.

Wenn ich nachts hier saß, hatte ich nicht das Gefühl, etwas zu verpassen. Hier konnte ich mir einreden, dass ich normal war. Und wenn es wieder einmal einen Abend gab, an dem mir meine Träume vor Augen hielten, wie falsch das war, war es angenehmer wachzubleiben. So wie heute.

Ich tastete mit den Augen über die Papiergirlanden, die durch den Garten gespannt waren und dumpf in der Dunkelheit leuchteten. Helle Flecken im Schwarz. Ich musste an das denken, was Effi mir bei dem Essen mit den verbundenen Augen gesagt hatte. Dass es immer einen Weg geben würde, ein Teelicht anzumachen. Was ich gedacht, aber nicht ausgesprochen hatte, war: Effi war auch ein Teelicht. Ein winziges, flackerndes Licht, das sich in mir entzündet hatte. Erst als es wieder fort war und die Dunkelheit zurückkam, begriff ich, dass das nicht stimmte.

Sie war kein Teelicht, sie war eine Lichterkette, die sich durch meine Dunkelheit flocht. Ich spürte es daran, wie leicht es mir fiel, in ihrer Nähe durchzuatmen. Innezuhalten. Kurz zu vergessen, wer ich war, und mich daran zu erinnern, wer ich einst hatte werden wollen. Dabei wusste ich, dass es ein Fehler war, sich an das Helle zu gewöhnen. Sobald sich die Augen an das Licht angepasst hatten, fühlte sich die Dunkelheit umso schwärzer an, wenn es wieder fort war. Und das würde früher oder später passieren. Denn das war es, was Menschen taten – sie gingen. Diese Versöhnung war ein egoistischer Aufschub, mehr nicht. Und ich wusste das und hasste mich dafür und hatte trotzdem nicht anders handeln können. Seit sie da war, verstand ich mich selbst nicht. Ich war zu müde, um es weiter zu versuchen.

Das Holz der Laube ächzte leise und ich bemerkte Effis Schatten, der ihr voraneilte und im Licht der Küchenlampe durch die Tür huschte. Kurz darauf stand Effi im Rahmen.

»Kannst du nicht schlafen?«

Sie hatte sich die Bettdecke um die Schultern geschlungen, ihr Haar war zerzaust, die Augen müde und gleichzeitig wachsam. Das Licht warf einen hellen Kegel um unsere Körper.

»Nein.«

»Du kannst oft nicht schlafen.«

Sie rutschte neben mich und ich zog sie an der Hüfte etwas näher an mich heran. Ihr bettwarmer Körper lehnte sich an mich, ich legte den Kopf auf ihrem ab und schloss die Augen. Nur kurz. Nur kurz durchatmen, innehalten, vergessen, warum ich nicht einschlafen konnte. Warum ich so oft nicht einschlafen konnte.

»Willst du reden?«, fragte Effi nach einer Weile.

Ich wusste, dass sie die Frage ernst meinte, dass sie ein Nein ebenso akzeptieren würde wie ein Ja.

»Noch eine Runde Wahrheit?« Ich roch an ihrem Haar, glaubte den letzten Rest Blütenduft des Blumenkranzes darin zu finden. Der Druck auf meiner Brust wurde leichter.

»Okay«, sagte sie und ich fragte mich, ob sie dasselbe dachte wie ich: dass wir kein Wahrheitsspiel mehr brauchten. Irgendwann zwischen Frühlingsende und Mittsommer war es leicht geworden, ehrlich zu sein. Zu leicht. Es gab Momente, in denen ich vergaß, dass ich ihr niemals alles über mich erzählen könnte. Nicht, wenn ich nicht wollte, dass sich die Art veränderte, wie sie mich ansah. Mit dieser stillen Zuversicht in den Augen, als wäre sie sich sicher, dass ich, auch wenn ich mich nicht immer so benahm, ein guter Mensch wäre. Als wäre da so viel mehr in mir zu entdecken, als man auf Anhieb sah. Es war unfair und es würde nicht mehr lange gut gehen, aber ich wollte nicht, dass sie erkannte, wie sehr sie sich damit irrte.

»Welche Farbe vermisst du am meisten?«, fragte sie.

Ich musste nicht überlegen. »Die vom Himmel. Morgens aufwachen, aus dem Fenster sehen und wissen, wie das Wetter wird. Die Art, wie abends alle Äderchen platzen und er ausblutet. Das dunkle Blau kurz vor Nachteinbruch. Den Himmel fand ich immer schön, egal wie er aussah.«

»Ich … ich hätte das nicht fragen sollen«, sagte sie leise.

»Das macht mir nichts. Ich vermisse es nicht mehr oder weniger, wenn ich darüber rede. Das Vermissen ist immer da. Wie so eine Art Phantomschmerz.«

Effi nickte langsam. »Das kenn ich. Fühlt sich an wie ein blinder Fleck irgendwo in den Herzkammern.«

»Was vermisst du am meisten?«

Sie legte den Kopf an meiner Brust ab und zögerte, ehe sie antwortete. »Manchmal vermisse ich es einfach, ein Kind zu sein. Nicht, dass damals alles besser gewesen wäre, aber seit ich mit der Schule fertig bin, erwarten alle, dass ich einen Plan habe. Vom Leben. Von mir. Und ich bin irgendwie immer noch genauso planlos wie vor einem Jahr. Ich hatte immer so viele Ideen, aber an die Umsetzung habe ich nie gedacht. Keine Ahnung. Irgendwie war es einfacher zu träumen, als man ein Kind war.«

Ihr Blick hing im Garten fest, aber ich spürte, dass sie gedanklich weggeglitten war. Das passierte öfter. Effi verbrachte viel Zeit damit, jede potenzielle Entscheidung sofort auf mögliche negative Konsequenzen oder schädliche Folgen zu untersuchen. Sie suchte nach einem Grund, sich nichts trauen zu müssen. Sich selbst einzureden, dass der sichere Weg der bessere war.

Ich wünschte, sie würde erkennen, dass es sich lohnte, auch mal an die positiven Konsequenzen zu denken. Ich wünschte, ich könnte ihr klarmachen, dass da eine verdammte Welt voll von Optionen vor ihr lag, wenn sie nur den Mut hätte, einen Schritt ins Freie zu machen. Es war unmöglich zu fliegen, wenn man solche Angst vorm Fallen hatte. »Aber jetzt hast du die Möglichkeit, deine Träume auch umzusetzen. Du musst niemanden um Erlaubnis für irgendwas bitten.«

Effi lächelte schief. »Ja, aber so einfach ist das dann eben doch nicht. Und das weißt du auch.« Ihre Finger schoben sich unter der Decke vorsichtig auf meine, ehe sie die nächsten Worte sagte. »Andernfalls würdest du deinen eigenen Traum nicht absichtlich ins Unerreichbare schießen.«

Ich spannte mich an und versuchte reflexartig mich von ihr zu lösen. Effi umklammerte meine Hand fester und sah mich mit einem Blick an, der sagte: *Du weißt, dass ich recht habe.* Und ja, vielleicht war das sogar so. Nur, dass ich weitaus mehr Grund dafür hatte zu wissen, was für mich unmöglich war.

»Ich werde nie tätowieren, Effi«, sagte ich ruhig.

Sie biss sich auf die Unterlippe, als würde sie hundert Einwände zurückhalten wollen, und schwieg. Blickte wieder hinaus in den Garten und strich über meine Finger. Als sie sich gerade entspannten, holte sie tief Luft.

»Ich würde dir meinen Körper anbieten, weißt du?«

Belustigt hob ich die Brauen. »Ach, echt?«

Das Grau ihres Gesichts verdunkelte sich kaum merklich. Mittlerweile war ich den Anblick so gewöhnt, dass ich wusste, was das bedeutete. Ich strich trotzdem behutsam mit den Fingerkuppen über ihre Wange. Ich mochte das

Gefühl der Hitze und das in mir, wenn ich mir bewusst machte, dass ich der Auslöser dafür war.

Sie kniff mich in die Seite. »Als Leinwand, Perversling.«

Ich brauchte einen Moment, ehe ich begriff, wovon sie sprach. Entschieden schüttelte ich den Kopf, aber meine Mundwinkel zogen sich dennoch hinauf. So ein Vorschlag konnte nur von Effi kommen. Es war absurd, wie viel sie bereit war zu geben, um jemand anderen glücklich zu machen. Eine seltene, selbstlose und selbstgefährdende Eigenschaft.

»Ich werde dir kein Tattoo stechen, Effi. Das ist eine persönliche Entscheidung und so eine solltest du nie für jemand anderen treffen als für dich.«

Sie seufzte resigniert. »Okay. Aber wenn du jemals doch damit anfangen möchtest, versprichst du mir, mir die Wahl zu lassen, deine erste Kundin zu sein?«

»Dazu wird es nicht kommen.«

»Versprich es mir.«

Ich schwieg, aber als sie mich eindringlich anstarrte, gab ich nach. »Okay. Versprochen.«

In diesem Moment spürte ich wieder, was ich früher an Nächten geliebt hatte. Dass Träume sich so greifbar anfühlten. Alles war möglich. Für jeden, sogar für mich. Und ich wusste, morgen früh würde nichts davon mehr übrig sein, aber jetzt war mir das egal. Ich legte das Kinn auf ihrem Kopf ab und schloss die Augen. Durchatmen, vergessen, innehalten. Und festhalten. An ihr. An uns.

Kurz nur, bis die Nacht vorbei war.

Kapitel 21

Der Tag danach war fast so schön wie Mittsommer selbst. Wir verbrachten ihn bei Fin, blieben im Bett, aßen die Reste des Buffets und sahen uns Filme an, die Fin während des Studiums kennen- und lieben gelernt hatte. Ich mochte es, mit ihm über stilistische Filmelemente oder Plot-Entwicklungen zu diskutieren, aber noch mehr mochte ich es, seine konzentrierte Miene zu beobachten. Obwohl er die Farben nicht sehen konnte, schien er in jeder einzelnen Szene so viel mehr zu wahrzunehmen als ich. Wieder dachte ich, dass ihm das Wesentliche deutlicher ins Auge fiel, dass es ihm leichter fiel, sich auf den Kern einer Sache zu konzentrieren.

Zwischen zwei Filmen erzählte ich Fin von meinen Farben. Was sie bedeuteten, wonach ich sie aussuchte, wie sie mir an manchen Tagen dabei halfen, etwas zu sein, das ich von mir aus nicht schaffte. Das Kleid, das ich an diesem Tag trug, war von einem gedeckten Rosa. Ich wusste, was diese Farbe für mich bedeutete, aber ich sagte es ihm nicht. Ich wagte es nicht einmal, es mir selbst einzugestehen. Und wozu auch? Ich fühlte mich gut darin, ich fühlte mich gut mit ihm. Das war alles, was wirklich zählte. Vielleicht musste ich unser Uns nicht zusammenfalten und in eine Schublade stecken, vielleicht war es okay, dass wir lose auf einer Wäscheleine hingen. Manchmal war da Wind, manchmal sogar Regen, aber ganz oft eben auch nichts außer goldener Sonnenwärme.

Fin war gerade im Bad, als gegen Abend Nieselregen einsetzte und an die Fensterscheiben klopfte. Mühsam erhob ich mich aus dem Bett und zog mir einen von Fins Kapuzenpullover über mein Kleid, um die restliche Dekoration aus dem Garten hineinzuholen. Ich verfluchte mich selbst dafür, dass ich bisher zu faul gewesen war. Die Kühle des feuchten Grases kletterte sofort über meine Zehen meine Beine hinauf, als ich eilig durch den Garten lief, um sie einzusammeln. Ich setzte mir meinen Blumenkranz auf, den ich auf einem der Tapeziertische vergessen hatte, und lief dann zum Gartentor, um eine der Papiergirlanden loszubinden.

Als ich sie mir um den Hals gelegt hatte, hörte ich die Schritte, die über den Kiesweg der Siedlung auf mich zukamen, und drehte mich zu den Geräuschen um. Ich stutzte, als sich die Silhouette schärfte und auf Höhe des Tors stehen blieb. Mittlerweile kannte ich die meisten von Fins Nachbarn und ich wusste sofort, dass das hier keiner von ihnen war. Allein schon, weil er unter fünfzig war.

Der Regen war stärker geworden und ich musste mehrmals blinzeln, ehe ich ihn fokussieren konnte. Ein junger Mann, etwa Mitte zwanzig. Jene Art Mensch, die man in einem vollen Raum sofort bemerkte, weil von ihnen ein elektrisches Flimmern auszugehen schien. Schwarzes Haar, vom Regen zerzaust, dunkle Augen und ein freundlich geschwungener, schöner Mund. Er hatte einen Rucksack über eine Schulter geworfen und die Hände in den Jackentaschen vergraben, während er mich aufmerksam musterte. Schweigend, als würde er etwas von mir erwarten.

»Hallo«, sagte ich, als er keine Anstalten machte weiterzugehen. Zwischen uns lag das Torgatter und doch hätte ich am liebsten ein paar Schritte zurückgemacht.

Er wies mit dem Kinn zu der Hütte in meinem Rücken, deren Fenster golden im Regengrau leuchteten. »Wohnst du hier?«

Ich schüttelte den Kopf und strich mir eine feuchte Haarsträhne aus dem Gesicht. »Nein, ich bin nur zu Besuch. Der Besitzer ist drinnen.«

»Verstehe, ich habe mich nur gewundert. Ich hätte nicht gedacht, dass das hier Fins Ding ist.« Er deutete zu der letzten Girlande, die quer durch den Garten gespannt war.

Ich hörte selbst, wie ich etwas zu laut ausatmete, als er Fins Namen nannte. In meinem Kopf hatten sich bereits fünf verschiedene Szenarien mit Horrorfilmpotenzial gebildet, wie diese Begegnung weiter verlaufen könnte.

Jetzt schlüpfte ein erleichtertes Lächeln auf mein Gesicht. »Ist es auch nicht. Er hat mir seinen Garten quasi für einen Tag geliehen. Sonst sieht es hier anders aus. Und ich laufe auch nicht immer so rum«, fügte ich hinzu, als ich bemerkte, dass sich sein Blick an meinem Blumenkranz verfangen hatte.

Ein Lächeln huschte über sein Gesicht. Helle Zähne, ein Grübchen, das sich tief in die rechte Wange nistete. Etwas daran ließ mich stutzen, aber ich bekam es nicht zu greifen. Der Hauch eines Wiedererkennens, das ich nicht zuordnen konnte. »Bist du seine Freundin?«, fragte er interessiert und machte eine Bewegung auf das Tor zu.

Reflexartig wich ich einen halben Schritt zurück. Auch wenn er Fins Namen kannte, wusste ich immer noch nicht, wer er war. Ich kannte zwar nicht alle von Fins Bekannten, aber ich wusste, wie ungern er Besuch bekam. Ich bezweifelte, dass einer seiner Freunde spontan vorbeikommen würde. »Nimm mir die Gegenfrage nicht übel, aber wer bist du überhaupt?«

Das Lächeln auf seinem Gesicht wurde breiter. Ehe er antworten konnte, schaltete sich eine Stimme hinter mir dazwischen.

»Lasse.«

Ich hatte Fin nicht kommen hören, aber dann stand er plötzlich zwei Schritte neben mir. Sein Gesicht wirkte unnatürlich blass, als er den Typen ansah.

Dieser neigte den Kopf etwas zur Seite. Das Lächeln auf seinem Mund wirkte schiefer als noch vor wenigen Sekunden. »Hallo, Brüderchen.«

»Brüder?«, rutschte es mir heraus, während mein Blick zwischen ihnen umherwanderte. Ich begriff, was ich gerade in ihm erkannt hatte. Sie sahen einander ähnlich, auf eine unterschwellige Art, die im Detail steckte. Der Schwung ihrer Münder, die geradlinigen Nasenrücken, die markante Kieferstruktur. Als hätte man dieselbe Skizze genutzt, um darauf aufbauend zwei grundlegend unterschiedliche Gesichter zu gestalten. Es ergab Sinn, dass sie Brüder waren. Und dann auch wieder nicht. Weil Fin nie von einem Bruder gesprochen hatte.

Er sah mich nicht an, als er einen Schritt weiter auf das Tor zumachte. »Was willst du hier?«

Ich konnte den Tonfall seiner Stimme nicht ganz deuten. Unruhe, Argwohn, Ablehnung?

Lasse strich sich das Haar zurück und zuckte mit den Schultern. »Mit dir reden. Ich hätte mich angekündigt, aber Mama meinte, du ignorierst deine Anrufe weitestgehend.«

»Ich hätte nicht gedacht, dass du das Bedürfnis hast, mit mir zu sprechen. Wir haben uns lange nicht gesehen.«

»Du hast dich ja auch die letzten zwei Jahre nicht blicken lassen«, erwiderte er gelassen. »Willst du mich jetzt endlich hereinbitten?«

Fins Blick zuckte zu mir. Ich stand reglos da, die Girlande um den Hals geschlungen, der Blumenkranz schräg auf dem Kopf. Meine nackten Zehen brannten von der Nässe des Grases, aber ich wagte es nicht, sie zu bewegen.

Lasse folgte seinem Blick und hob die Augenbrauen. »Ehrlich gesagt bin ich ein bisschen überrascht, sie ist gar nicht dein Typ. Aber von mir aus kann sie bleiben. Ihr zwei habt doch mit Sicherheit keine Geheimnisse voreinander?« Da klebte Hohn an den Silben, ebenso wie an seinem Lächeln.

Fin schüttelte langsam den Kopf. »Halt sie da raus. Das ist eine Sache zwischen dir und mir.«

»Lustig, dass du das sagst. Wenn ich mich recht erinnere, schließt das eine das andere nicht aus.«

Sie starrten einander einen Moment lang an, während sich die Atmosphäre zwischen ihnen verfinsterte. Als würde irgendetwas aus ihren Gedanken hinauskriechen, irgendetwas Dunkles, Pechverschmiertes. Mein Atem ging stoßweise und ich fühlte mich so befangen, dass ich nicht wusste, was ich sagen oder tun konnte.

»Geh wieder rein, Effi.« Fins Stimme klang klar und emotionslos. Ich konnte an seinem ganzen Körper sehen, wie angespannt er war.

»Fin …«, setzte ich an.

Er wandte mir den Blick zu und sah mich eindringlich an. »Geh rein.«

Ich kniff die Lippen aufeinander, aber etwas in seinen Augen sorgte dafür, dass ich mich widerwillig umdrehte und zum Haus lief. Da war ein flehendes Bitte unter all der Konzentration. Lauter als das, was er sagte.

Drinnen setzte ich mich auf die Bettkante. Obwohl alles in mir danach drängte hinauszusehen, blieb ich sitzen. Die Hände um die Kante der

Matratze gelegt, die nackten Füße auf den Boden gepresst. Statt dem Fenster fixierte ich die Uhr auf dem Nachttisch. Der Zeiger wanderte weiter. Fünf Minuten, zehn, zwanzig.

Gerade, als ich es nicht mehr aushielt und aufstehen wollte, öffnete sich die Tür. Ich spannte mich an und erhob mich in dem Moment, in dem Fin sie wieder hinter sich zuwarf. Kurz stand er nur da, eine Hand am Hinterkopf, die andere zu einer Faust geballt. Als er den Blick hob, lag ein seltsam dunkler Ausdruck in seinen Augen.

»Wo ist er hin?«

»Gegangen.«

»Ich dachte, er wollte mit dir sprechen.«

»Er hat gesagt, was er zu sagen hatte.« Er kam auf mich zu und fuhr sich über den Stoff der Mütze, genau über die Stelle, unter der die Narbe sich um seinen Kopf schlang.

»Und was war das?«, hakte ich nach.

Fin blieb zwei Schritte von mir entfernt stehen. Er sah auf meine Zehen, die von der Kälte bläulich schimmerten, auf den Saum meines Kleides, die Kordeln seines Sweaters, den ich trug. Überallhin, nur nicht in mein Gesicht. Schließlich schloss er die Augen. »Du solltest jetzt gehen.«

»Was?«, fragte ich heiser.

Fin griff nach meiner Jacke, die neben dem Bett lag. Ohne mich anzusehen, hielt er sie mir entgegen. »Ich kann gerade nicht … bitte. Geh einfach, okay?«

Einen Moment lang starrte ich fassungslos auf seine Hand, dann schüttelte ich entschieden den Kopf. »Nein. Es ist nicht okay. Wenn du nicht darüber reden möchtest, gut. Aber ich werde dich so nicht alleine lassen.«

»Wie denn, Effi?«, fragte er mit einem verzweifelten Unterton in der Stimme. Seine Erschöpfung war so wahrnehmbar, dass es mich nicht überraschte, als er auf die Matratze hinter sich sank.

»Dir geht es schlecht. Ich habe zwar keine Ahnung, was zwischen euch los ist, aber ganz offensichtlich hat es dir zugesetzt, ihn zu sehen, und so lasse ich dich nicht alleine. Vergiss es.« Fin schwieg und ich wagte es, weiter auf ihn zuzugehen. »Er ist dein Bruder. Was auch immer zwischen euch vorgefallen ist …«

»Geht dich nichts an. Das hatten wir doch schon.« Es klang nicht barsch, eher bittend.

Ich wusste, dass es Fin unangenehm sein würde, wenn ich nachhakte, und ich wollte ihm seinen Freiraum lassen – aber in diesem Moment konnte ich das nicht mehr. Nicht, wenn es offensichtlich war, dass er selbst in seinem Freiraum ein Gefangener war. »Es tut mir leid, aber das sehe ich anders. Du bist ein Teil meines Lebens und ich hasse es zu sehen, dass es dir schlecht geht.«

Seine Wangenmuskulatur zuckte. »Das tut mir wiederum leid für dich, aber du musst begreifen, dass manche Dinge im Leben einfach scheiße sind!«

»Und du musst begreifen, dass das nicht bedeutet, dass alle Dinge scheiße sind! Du hältst dir deinen Schmerz so sehr vor Augen. Das Tattoo. Die kurzen Haare. Dein Job. Diese Briefe. Gott, Fin. Du *willst* leiden.«

Er presste den Kiefer zusammen. Mit einem Ruck zog er die Mütze vom Kopf und rieb sich über die Narbe, die sich rot über dem dunklen Haarschatten erhob. »Das ist nicht wahr.«

»Doch, ist es! Du willst jeden einzelnen Tag daran erinnert werden, was du verloren hast. Du willst unbedingt unglücklich sein.«

»Du verstehst das einfach nicht«, widersprach er. Etwas Hitziges flackerte in seiner Stimme auf, durchbrach seine kühle Selbstbeherrschung.

Ich lachte auf, meine Verzweiflung ließ den Ton hoch und hohl klingen. »Da hast du absolut recht. Du gibst mir ja keine Chance, es zu verstehen. Du tust lieber so, als wärst du allein auf der Welt, als dich damit auseinanderzusetzen, dass du es nicht wärst, wenn du bereit wärst, jemanden an dich heranzulassen.« Tränen verschleierten meine Sicht, ich wischte hastig über meine Augen. »Ich wäre so gern da für dich, Fin. Ich würde dir so gern zeigen, dass du nicht alleine bist.« Meine Stimme brach. »Wenn du das nicht willst, dann akzeptiere ich das. Aber tu nicht so, als hättest du keine andere Wahl, als das alles mit dir selbst auszumachen. Denn die hast du.«

Asta hatte recht gehabt. Ich konnte Fin nicht zwingen, mit mir zu reden.

Wenn er mich brauchte, musste er es mich spüren lassen – es war nicht meine Aufgabe und auch nicht mein Recht, das für ihn zu entscheiden. Es war egal, wie schwer es mir fiel, ihn hiermit allein zu lassen. Weil es hierbei nicht um mich ging.

Ohne ihn anzusehen, nahm ich meinen Beutel vom Boden und griff nach der Jacke, die neben ihm auf der Matratze lag. Noch bevor ich den Stoff berührte, lagen seine Finger auf meinen. Kühl, rau, leicht zittrig.

»Geh nicht.« Die Worte waren dünn und flattrig, kaum hörbar. Trotzdem schafften sie es sofort, mich innehalten zu lassen.

Ich atmete schwer und sah auf ihn hinab. Er hatte die Brauen zusammengezogen, dazwischen nistete eine tiefe Sorgenfalte. Sein Kehlkopf bewegte sich, als er mehrmals schluckte. »Es geht nicht darum, was ich verloren habe, Effi«, fuhr er leise fort. Die Augen dunkel und unendlich müde. »Es geht um das, was ich getan habe. Um das, was andere durch mich verloren haben.«

Sein Anblick brach mir das Herz. Dieses schöne Gesicht, verzerrt vor Schmerz. »Fin«, setzte ich zittrig an, doch er hob eine Hand. Nicht abwehrend, eher bittend.

»Ich kann damit nicht abschließen, verstehst du? Ich kann es nicht verdrängen oder verarbeiten oder sonstigen Scheiß, den man in der *Psychologie heute* so liest. Es ist egal, ob vier Jahre oder hundert ganze Leben vergehen – diese Schuld wird bleiben. Immer.«

Die Überzeugung in seiner Stimme brachte meine Augen zum Brennen. »Welche Schuld? Welcher Fehler kann so groß sein, dass du glaubst, ihn dir nicht verzeihen zu dürfen?«

»Ich kann nicht darüber sprechen«, sagte er brüchig.

Ich sank auf die Knie neben ihn auf die Matratze, traute mich nicht, die Hand nach ihn auszustrecken. Dieser Moment war fragil. Nein, Fin war fragil. Und das war etwas, was ich bisher nicht begriffen hatte, was ich einfach nicht hatte sehen können. Wir schwiegen, während ich nach den richtigen Worten suchte. Worten, die das ausdrückten, was ich Fin schon so lange sagen wollte.

»Weißt du noch, was du über das Vermissen gesagt hast? Dass es wie ein

Phantomschmerz ist, der immer da ist? So ist das auch mit solchen Gedanken. Sie werden immer wehtun. Aber sie sind manchmal leichter zu ertragen, wenn man sie ausspricht. Wenn man jemanden hat, der bereit ist, diesen Schmerz mit dir zu teilen. Und das bin ich, Fin. Ich weiß, dass ich nichts ungeschehen machen kann, aber ich kann da sein. Wenn du willst, dass ich gehe, dann gehe ich. Wenn du willst, dass ich aufhöre zu fragen, dann tue ich das. Du musst nicht darüber sprechen. Aber hör bitte auf zu denken, dass du es nicht könntest.«

Er schwieg lang. Sah hinab auf unsere Hände, die nebeneinander auf dem Laken lagen. Unsere Blässe ertrank im Grau des Stoffs und die fünf Zentimeter, die sie voneinander trennten, löste einen körperlichen Schmerz in mir aus.

»Du wirst mich danach nicht mehr so ansehen wie jetzt.« Fins Stimme war so leise, dass ich sie kaum verstehen konnte. Auch, weil die Worte so wenig Sinn ergaben.

»Das ist Unsinn. Du bist du. Ganz gleich, was du getan hast, es hat dich zu dem werden lassen, wer du bist. Und ich kenne dieses Du. Ich …«, die Worte stockten, sperrige Brotkrumen auf meiner Zunge, die ich mühsam durch andere austauschte, »kenne dich.«

Fins Blick tastete über mein Gesicht, fuhr meine Konturen entlang, als würde er mich zum ersten – oder zum letzten Mal – sehen. Dann nickte er langsam. »Okay.« Er wandte sich ab und sah auf das Fenster. Seine Stimme klang kratzig, als er begann. »Lasse ist nur zwei Jahre älter als ich, aber wir standen einander nie sonderlich nahe. Ich meine, wir haben uns nicht gehasst, wir haben nicht mal groß gestritten. Wir hatten einander einfach nichts zu sagen. Obwohl wir uns jeden Tag gesehen haben, lebten wir trotzdem irgendwie aneinander vorbei. Als wir beide volljährig waren, wurde es besser. Unsere Freundeskreise haben sich überschnitten, wir fingen an, auf dieselben Partys zu gehen und Zeit miteinander zu verbringen.« Ein schwaches Lächeln zupfte an seinen Mundwinkeln. »Zur gleichen Zeit gab es da dieses Mädchen in meiner Stufe. Wir waren befreundet, aber ich war ziemlich verknallt in sie.« Ich spürte die Bitterkeit seiner Stimme auch in meinem

Mund. Ein flaumiges Etwas, das sich über meine Zunge legte. »Lene war so gelassen und unbekümmert. Mit ihr fühlte sich alles einfach an, sie hat sich nie Sorgen um die Schule oder die Zukunft gemacht. Wir haben ziemlich viel rumgehangen und ich dachte, dass da vielleicht etwas wäre.«

Das Lächeln war seichter geworden, trauriger. Ich sagte nichts, fragte nichts. Ließ ihm die Zeit, die er brauchte, um weiterzusprechen.

»Bis ich irgendwann auf einer Party gesehen habe, wie sie mit Lasse rumgemacht hat. Ich war richtig fertig. Und wütend. Nicht auf sie, sie wusste ja nicht mal, dass ich was von ihr wollte. Aber er wusste es.« Er stockte und lachte rau auf. »Es hat ihn anscheinend nur nicht genug gekümmert, um darauf zu verzichten, sie anzumachen. Wahrscheinlich hat er nicht mal wirklich darüber nachgedacht. Das war einfach seine Art. Er hatte ständig irgendwelche Freundinnen, von denen ihm keine wirklich etwas bedeutet hat. Also dachte ich: Gut, das mit Lene wird auch wieder so ein Dreiwochending. Das Ironische war, dass sie die Erste zu sein schien, für die er sich richtig interessierte. Er war in sie verliebt, denke ich. Aber er war trotzdem noch er selbst. Und Lasse war nie sonderlich gut darin, Menschen spüren zu lassen, dass sie ihm etwas bedeuten. Schätze, da haben wir etwas gemeinsam.« Ein bitterer Zug zuckte um seine Mundwinkel, er fuhr grob mit dem Handrücken darüber. »Er hat sie betrogen, mehrmals. Lene wusste das, aber sie ist bei ihm geblieben, weil sie ihn geliebt hat. Das hat sie wiederum nicht daran gehindert, sich auf andere Art an ihm zu rächen.«

Er brach ab und sah auf seine Fingerknöchel, die blass aus seiner Haut hervorstachen. Ich ahnte, was folgen würde, und hoffte dennoch, mich zu irren. Etliche Sekunden verstrichen, ehe er wieder sprach. Leiser jetzt, tonlos. Die Schuld drückte jedes Quäntchen anderer Emotion aus seiner Stimme heraus.

»Ich wusste, dass es falsch war. Ich wusste es, als sie in dieser Nacht in der Küche vor mir stand und mich küsste. Ich wusste es, als ich das erste Mal mit ihr schlief, während mein Bruder bei der Arbeit war. Ich wusste es, jedes Mal, wenn wir uns heimlich trafen und sein Name auf ihrem Handy aufleuchtete oder er mich fragte, wo ich gewesen wäre, und ich log. Ich wusste es. Aber es war mir egal. Ich fand es sogar irgendwie ... gut. Lasse ist immer alles zugefallen. Er hat immer bekommen, was er wollte, weil er es sich einfach genommen hat. Ich fand es nur fair, dass er Lene nicht für sich haben konnte. Vielleicht wollte ich das auch nur denken. Weil ich insgeheim wusste, dass ich nicht damit klarkommen würde, wenn ich akzeptieren würde, dass ich niemand anderem die Schuld an meinen Fehlern geben konnte. Nicht Lasse, der mit dem Mädchen zusammenkam, in das ich verliebt war. Nicht Lene, die gespürt haben muss, was ich für sie empfand, und die das ausgenutzt hat, um sich selbst besser zu fühlen. Das war nur ich. Ich, der einfach nur scheißegoistisch war.«

Erneut brach er ab. Schwer atmend, als hätten ihn die Worte viel Kraft gekostet. Oder so, als würden die folgenden Anlauf nehmen müssen, um es über seine Lippen hinauszuschaffen.

Er schloss die Augen, ehe er weitersprach. »In dieser Nacht hat Lene mich angerufen. Sie klang völlig aufgelöst und hat mich gebeten, sie bei einer Party abzuholen. Also bin ich hingefahren und hab sie eingesammelt. Sie hatte ziemlich getrunken und sich mit Lasse gestritten. *Richtig* gestritten. Er hatte ihr vorgeworfen, dass sie ihm etwas verheimlichen würde, und sie hatte ihm gestanden, dass sie sich mit jemanden traf.« Sein ganzer Körper verspannte sich so sichtbar, dass ich ihn gern umarmt hätte. Aber ich wusste, dass er das nicht gewollt hätte. Dass er nicht einmal mehr hier war, bei mir. Manche Momente waren selbst in der Erinnerung mächtiger als jedes Jetzt.

»Lene meinte, sie würde es ihm sagen. Alles«, fuhr er tonlos fort. »Ich war so wütend auf sie. Auf uns. Während dieser ganzen Zeit habe ich nie darüber nachgedacht, was es bedeuten würde, wenn Lasse davon erfährt. Ich habe die potenziellen Konsequenzen einfach verdrängt, ich wollte mich nicht damit befassen. In diesem Moment hab ich zum ersten Mal begriffen, was das mit Lasse machen würde. Was das mit ihm und mir machen würde. Ich bin in Panik verfallen. Ich hab ein paar Sachen gesagt, die einfach daneben waren. Und Lene ist ausgerastet. Hat angefangen, zu schreien und mich zu schlagen. Also hab ich versucht, ihre Hände festzuhalten. Das Lenkrad nur mit einer Hand gehalten. Die Straße aus dem Blick gelassen. Die leichte Kurve übersehen. Und den Jogger, der vor uns am Straßenland lief.«

Die Stille, die seinen Worten nachhing, war brutal laut. Mein kleiner Finger berührte Fins Handrücken, weder er noch ich schienen das zu spüren. Die nächsten Worte kamen ruhig und monoton.

»Es ging zu schnell. Ich glaube, ich habe versucht, das Lenkrad rumzureißen und zu bremsen, aber ... es war zu spät. Ich konnte ihm nicht ausweichen. Und ich konnte nicht verhindern, dass das Auto danach gegen einen Baum raste ... Ich bin erst eine Woche später im Krankenhaus wieder aufgewacht. Meine Eltern wollten mir erst nicht sagen, was passiert ist, aber irgendwann mussten sie. Spätestens als die Polizei vorbeikam, um mich zu befragen. Lene war unverletzt, aber der Mann ... das Auto hat ihn von hinten erwischt und zur Seite geschleudert. Er hat überlebt, aber seine Wirbelsäule wurde stark verletzt. Seine Beine waren sofort gelähmt. Ich erinnere mich kaum an den Prozess. Das meiste lief über den Anwalt, den meine Eltern besorgt hatten. Am Ende wurde ich wegen fahrlässiger Körperverletzung verurteilt. Bewährungsstrafe, Geldstrafe. Als würde das irgendwas ungeschehen machen.« Er lachte trocken auf, ein verzweifelter, unangenehmer Ton. Ich sah dennoch das Schimmern in seinen Augen und wusste, dass er kurz davor war zu weinen.

Meine Stimme war so belegt, dass ich mehrere Anläufe brauchte, ehe ich es schaffte, etwas zu sagen. »Was war mit Lene und deinem Bruder?«

»Während ich im Koma lag, hatte sie Lasse alles erzählt. Es war einfach nicht mehr von Bedeutung. Dieses ganze Drama, das monatelang das Zentrum meines Lebens war, war mit einem Schlag so unwichtig. Jemand verliert die Gehfähigkeit, weil ich mit der Freundin meines Bruders schlafe. Was für ein beschissener Witz des Universums.« Ein zynisches Grinsen kroch auf seine Lippen, bis er erneut grob darüberfuhr. »Als wir uns wiedergesehen haben, spielte das aber eh keine Rolle mehr. Immer, wenn ich sie angesehen habe, war da nur dieser eine Moment. Dieses Gefühl der völligen Ohnmacht. Und dann das Nichts. Das war es zwischen uns, was den Unfall überstanden hatte. Nichts. Ich wusste, ihr ging es genauso. Sie hat mich ein paarmal besucht, aber danach haben wir uns nicht wiedergesehen. Einen Monat später bekamen wir die Abschlusszeugnisse. Und im September zogen wir weg.«

Noch immer ging mein Atem langsam, während mein Gehirn versuchte, Fins Worte in Fakten zu gliedern. Er war in ein Mädchen verliebt gewesen, das kurz darauf mit seinem Bruder zusammengekommen war. Er hatte eine Affäre mit der Freundin seines Bruders gehabt. Er hatte einen Unfall gehabt, durch den ein unbeteiligter Mann gelähmt wurde. Er hatte sich selbst nichts davon jemals verziehen.

Und ich verstand es. Ich verstand, dass diese Last eine war, die man nicht einfach abnehmen konnte, sobald man eine gewisse Strecke hinter sich gebracht hatte. Sie bohrte sich so heftig in einen hinein, dass man irgendwann das Gefühl hatte, mit ihr verwachsen zu sein. Dass dieses Gewicht sich auf den Schultern verwurzelt hatte, ohne Möglichkeit, es jemals abzustreifen. Ich wollte dennoch denken, dass es machbar war, es Stück für Stück abzulegen, wenn man hart daran arbeitete, aber ich verstand auch, dass es für Fin ohne Hilfe nicht möglich war, das zu glauben.

»Es ist so absurd«, fuhr Fin nach einem Moment der Stille fort, als ich noch keine Worte gefunden hatte. Vielleicht war das manchmal so mit Geschichten. Je länger man sich verbot, sie zu erzählen, desto mehr stauten sich sie hinter geschlossenen Zähnen an. Und sobald man einen winzigen Spalt öffnete, floss alles heraus. »Ich denke jeden Tag an diesen Mann. Ich weiß nicht einmal seinen richtigen Namen, geschweige denn, wo er wohnt oder was er macht, wie er klarkommt. Ich habe so eine Scheißangst davor, es herauszufinden, und gleichzeitig denke ich immer darüber nach.« Erneut lachte er rau auf. »Ich habe hundert Briefe geschrieben und keinen abgeschickt. Ich suche nach Worten, die es nicht gibt. Nach einer Erklärung, die es besser machen würde. Die dieser ganzen Scheiße irgendeine Art Sinn verleihen würde. Aber da ist nichts.«

Seine Stimme brach und meine Hand überquerte die letzten Zentimeter und schloss sich um seine kühlen Finger. Vielleicht erhielt man manchmal Stärke, wenn man Schmerz addierte. Ich hoffte das so sehr.

»Manchmal wünschte ich mir, ich hätte damals getrunken. Vielleicht würde mir das irgendwie einen Anhaltspunkt geben. Ich könnte aufhören zu trinken, ich könnte mir einreden, dass mir so was nicht wieder passieren würde. Aber so … da war kein Alkohol, da waren keine Drogen, da war nur ich. Und ich werde immer ich bleiben.«

Ich sah seine Tränen, ehe ich meine spürte. Sie flossen so zügig über seine Wangen, als hätten sie sich vor Jahren eigene Kanäle gegraben. Fin weinte und ich rutschte auf ihn zu. Ich legte erst einen Arm um ihn, dann, als er mich nicht zurückstieß, den zweiten. Zog ihn an mich, sodass er sein Gesicht an meine Schulter legen konnte, und hielt ihn fest.

»Es ist nicht deine Schuld.« Meine Stimme klang fest, obwohl mein Inneres sich vor Schmerz verflüssigt hatte. Ich wusste, dass mein Atem seine Narbe streifte, und ich hätte alles dafür getan, sie fortpusten zu können. »Hörst du? Es ist nicht deine Schuld.« Ich wollte diesen Satz in seine Seele tätowieren, ich wollte, dass die Worte prägnanter waren als die Ziffern, die seinen Körper zierten.

»Ich bin gefahren«, erwiderte er brüchig.

»Das bedeutet nicht, dass es deine Schuld ist.« Als ich spürte, wie er sich anspannte, drückte ich ihn leicht von mir fort und suchte seinen Blick. Weil er das hören musste. Weil er es verstehen musste. »Manchmal passieren schreckliche Dinge und wir tragen unseren Teil dazu bei, ohne dass wir es vorhersehen oder beeinflussen können. Und das ist furchtbar, aber das bedeutet nicht, dass du dich für das, was durch einen Fehler oder eine unbedachte Handlung geschieht, so verurteilen darfst. Schreckliche Dinge sind die Summe einer Kette aus winzigen Ereignissen. Und nur, weil du eines davon ausgelöst hast, trägst du nicht allein die Verantwortung am Ergebnis. Es ist nicht deine Schuld.«

Vorsichtig wischte ich die Tränen von seiner Haut. Ich wünschte, ich könnte ebenso leicht die Traurigkeit und Schwere aus seinen Gedanken streichen. Ich wünschte, ich könnte mehr für ihn tun. Fin schloss die Augen unter meiner Berührung. Einen Moment lang saßen wir nur da, während seine Atmung sich allmählich beruhigte. Als er mich wieder ansah, wirkte sein Augenblau lichter. Das Gedankengewitter hatte sich aufgelöst, jetzt war da nur noch das Chaos, das es hinterlassen hatte. Das seit vier Jahren in ihm nistete.

»Sag jetzt bitte nicht so was wie: Gefühle zeigen ist so männlich.« Der

Ausdruck in seinem Gesicht wirkte nicht verlegen, eher ein wenig verwirrt. Als wäre er sich nicht sicher, wie wir in diese Situation gekommen waren.

Ich lächelte vorsichtig. »Es geht hier nicht um irgendwelche Konstrukte von Männlichkeit. Es geht um Menschlichkeit, es geht um dich. Also mach das, was du brauchst. Es gibt kein Zuviel oder Zuwenig, es gibt nur dich. Und du bist gut, so wie du bist.«

»Ich bin nicht gut.«

Entschieden schüttelte ich den Kopf. »Menschen sind nicht gut oder schlecht. Wir können uns jeden Tag dafür entscheiden, was wir tun und wer wir sein wollen. Wir machen Fehler. Aber wir haben immer die Chance, es am nächsten Tag besser zu machen. Wir müssen an uns arbeiten, jeden Tag aufs Neue. Das ist Leben, Fin. Es ist nicht nur intensiv«, ich lächelte schief, »es ist manchmal auch anstrengend und mühsam. Aber es lohnt sich.«

Meine Hände an seinem Hals, dort, wo sein Puls etwas flattrig, aber kräftig schlug. Sein Blick auf meinen Augen, fragend, fast flehend. Ich wusste, er glaubte nicht daran, eine Chance verdient zu haben, so an sich zu arbeiten, dass er sich irgendwann wieder lieben könnte. Aber ich erkannte, dass er gern daran glauben wollte. Und vielleicht war das mehr, als er sich bisher zugestanden hatte.

»Bleibst du?« Seine Stimme war kaum hörbar, aber die Worte gruben sich dennoch direkt in mein Herz.

Ich nickte und umfasste seinen Kopf mit beiden Händen, sah ihm in die Augen. Grau auf Blau, er und ich. »So lange, wie du mich lässt«, wisperte ich.

Und dann schwiegen wir. Sein Mund auf meinem, seine Haut an meiner, Herzschlag an Herzschlag. Und irgendwo dort, in der Stille unserer Atemzüge, war dieses wortlose Danke, das er nicht sagen würde und ich nicht hören musste. Ich musste gar nichts, ich wollte alles – alles von ihm, von uns.

Das hier war anders als all die Male zuvor. Es war langsam und fast schmerzhaft zärtlich. Viel Innehalten und Einanderansehen. Intensiv, intensiv, intensiv. Das Holz der Hütte, der Regen, der gegen das Fenster schlug, der letzte Rest Salz auf Fins Wangen, der goldene Dunst der Tischlampe, der zwischen uns lag. Weiche Bettwäsche, feste Hände. Seine Berührungen hinterließen unsichtbare Spuren auf meiner Haut, die ich immer wiederfinden würde. Wärme und Haut und Nähe. Fin, Fin, Fin. Als ich kam, weinte ich. Lautlos und nur ganz leicht, aus keinem bestimmten Grund, einfach wegen allem. Und an der Art, wie er mich an sich zog und sein Gesicht an meiner Schulter barg, erkannte ich, dass er es verstand.

Kapitel 22

Mein Blick verlor sich in der Oberfläche des Kaffees, der im trüben Licht der Küche tiefschwarz wirkte. Der Milchschaum hatte sich vor einer halben Stunde verflüchtigt, ebenso wie die Hitze. Ich hatte sowieso nicht vorgehabt, ihn zu trinken. Seit ich zu Hause angekommen war, konnte ich mich auf nichts anderes konzentrieren als auf die Gedanken, die hinter meinen Schläfen tobten.

Ich hatte die Nacht bei Fin verbracht und war nach Hause gefahren, als er zur Uni aufgebrochen war. Wir hatten nicht mehr über das gesprochen, was er mir am Vorabend erzählt hatte. Ich wusste, dass Fin dachte, es gäbe dazu nichts mehr zu sagen, obwohl ich das Gefühl hatte, mein Herz zerbarst vor unausgesprochenen Worten. Ich wusste nur nicht, welche etwas gebracht hätten. Wie erreichte man jemanden, der seit vier Jahren alles dafür tat, nicht darüber reden zu müssen?

Bei dem Gedanken daran, dass Fin so lange schon diese Last mit sich herumtrug, ohne sie mit jemandem zu teilen, schnürte sich alles in mir zusammen. Es erklärte so vieles, was mich an ihm verwirrt hatte. Die Mauern, die er um so viele Themen errichtet hatte. Die Ernsthaftigkeit, die sich in seinen Gesichtszügen niedergelassen hatte. Diese permanente Anspannung, die nur in winzigen Augenblicken verflog. Lichtpunkte auf dunklem Wasser, immer nur so lange auf der Oberfläche, bis die nächste Welle sie verschluckte.

Fin hatte durch den Unfall nicht nur die Farben verloren, sondern auch die Fähigkeit, sich zu erlauben, glücklich zu sein. Und das war nicht fair. Das, was er und Lene getan hatten, war nicht richtig gewesen. Aber niemand konnte von sich verlangen, ein Leben lang nur richtig zu handeln. Fehler zu machen, war in Ordnung. Man lernte daraus und man machte weiter und man machte es besser. Aber Fin … Fin hatte nach diesem Fehler einfach aufgehört, es zu versuchen.

Alles, was er mir über das Eingehen von Risiken erzählt hatte, darüber, dass man im Leben Höhen und Tiefen akzeptieren musste – all das zählte nicht für ihn selbst. Womöglich hatte er nicht nur Angst davor, dass erneut etwas Schlimmes passieren könnte, sondern mehr davor, dass etwas Schönes passieren könnte. Etwas, das er, seiner Meinung nach, nicht verdient hatte.

Ich bemerkte Bela erst, als er in den Rahmen der Küchentür trat und das Licht anmachte. Mir war nicht einmal aufgefallen, dass es draußen mittlerweile dunkel geworden war.

»Wieso sitzt du hier im Dunkeln?« Bela hängte seinen Rucksack über den Stuhl gegenüber und nahm sich ein Glas aus dem Schrank. Als er sich wieder zu mir umdrehte, hatte ich immer noch keine passende Antwort gefunden. Also sagte ich das, was mir auf der Zunge lag.

»Lasse ist gestern bei Fin aufgetaucht.«

Bela hielt in seinen Bewegungen inne. Er blinzelte mehrmals, als würde er diese Information sacken lassen müssen. »Wieso das?« Er sank auf den Stuhl gegenüber. Sein Blick wirkte so konzentriert, dass ich mir nicht sicher war, welche Emotion sich darunter verbarg.

»Er wollte Fin dazu bringen, zu der Feier ihrer Eltern zu kommen«, antwortete ich und rührte mit dem Löffel in meinem kalten Kaffee. Das Klirren des Porzellans zerschellte unangenehm in meinen Ohren. Mehr hatte Fin nicht gesagt und ich hatte nicht weiter nachgefragt. Ich verstand auch so, dass allein Lasses Besuch eine ziemlich große Sache war. Anscheinend hatten sie sich zwei Jahre lang nicht gesehen, was bedeutete, dass Fin mindestens in dieser Zeit sämtliche Familienfeiern gemieden hatte.

»Wie hat Fin es aufgenommen?«

Ich zögerte, sah auf den abebbenden Strudel im Kaffee, dann auf meine abgekauten Fingernägel. »Er hat mir erzählt, was passiert ist. Die ganze Geschichte.«

»Oh.«

Stille. Richtig laute, beißende Stille. Ich konnte Bela ansehen, dass er sich nicht sicher war, was er darauf erwidern sollte. Er wollte nichts preisgeben, was Fin mir möglicherweise doch nicht gesagt hatte.

»Meinst du nicht, es würde ihm guttun, mit jemanden darüber zu sprechen? Machst du dir keine Sorgen, was es mit ihm macht, wenn er so weitermacht?«, fragte ich, worüber ich mir seit Stunden den Kopf zerbrach.

Bela rieb sich über die Stirn. Jetzt erkannte ich, was sich unter der Anspannung verbarg. Kummer und Sorge.

»Es gab eine Phase, direkt nach dem Unfall, da hatte ich eine Scheißangst davor, dass er aufgibt. Er war noch da, aber irgendwie nicht mehr richtig«, erzählte Bela. »Aber er hat die Kurve bekommen. Er hat einen Weg gefunden weiterzumachen. Er hat damals eine Therapie angefangen, aber abgebrochen, als wir hergezogen sind. Wir haben ihm immer gesagt, er solle dranbleiben, aber ... Fin wusste schon immer ziemlich genau, was er nicht wollte. Und letztlich ist es ja auch seine Entscheidung. Keiner von uns weiß wirklich, wie es ihm mit alledem geht. Also steht es keinem von uns zu, darüber zu urteilen, wie er damit umgeht.« Er hob die Schultern, als wäre das Thema damit abgehakt.

Dabei war es doch viel komplizierter. Wenn man sah, dass jemand, den man liebte, an seinen eigenen Entscheidungen zugrunde ging, war es dann richtig, denjenigen so handeln zu lassen, ohne auch nur zu versuchen einzugreifen? Konnte man es irgendwie rechtfertigen, sich, eben weil man jemanden liebte, über das hinwegsetzen, was der andere glaubte zu wollen? Vielleicht waren Liebe und Verantwortung wie Wasserfarben, die ineinander verliefen. Untrennbar voneinander.

Ich sah aus dem Fenster, hinter dem der Abend sich in tausend Blautönen ausgebreitet hatte. Mein Herz war schwer, voll von Schmerz und Ohnmacht. Ich spürte seinen Druck bis zu meinen Augen hinauf. Ich fühlte mich so hilflos und ich wusste nicht, wie ich das akzeptieren sollte. Nach allem, was Fin mir erzählt hatte, nachdem ich gesehen hatte, was es mit ihm machte, immer noch, nach all den Jahren – wie sollte ich mit diesem Wissen weitermachen wie bisher?

Verzweifelt sah ich Bela an. »Ich würde ihm gern helfen.«

»Du hilfst ihm schon«, sagte Bela leise. »Fin ist nicht gut darin, es zu sagen, aber er braucht Menschen, die ihn daran erinnern, dass es wichtig ist, dass er da ist. Und so wie du ihn ansiehst, ist klar, dass es niemanden gibt, der das besser vermittelt als du.« Er grinste mich schief an.

Ich lächelte, aber es fühlte sich falsch an. All das fühlte sich falsch an. Wie konnten wir vorgeben, Fin gernzuhaben, wenn wir dasaßen und dabei zusahen, wie er litt? Irgendetwas mussten wir tun können. Irgendetwas.

»Vielleicht sollte er mit dem Mann sprechen. Den, den er angefahren hat. Vielleicht würde es ihm helfen, das alles zu verarbeiten.«

Bela neigte den Kopf etwas zur Seite. In seinen Augen spiegelten sich Wärme und Verständnis. »Effi«, setzte er sanft an, doch ich unterbrach ihn.

»Ich meine, er malt sich in allen furchtbaren Nuancen aus, was mit dem Mann sein könnte oder was er ihm sagen würde, wenn sie sich jemals begegnen würden. Aber vielleicht wäre die Realität ja viel weniger schrecklich.« In meinem Kopf überschlugen sich die Gedanken, doch Belas Hand auf meiner hielt mich davon ab, mich ihnen hinzugeben.

»Das ist nicht unsere Entscheidung. Es ist seine.«

Er sah mich eindringlich an. Ich spannte den Kiefer an und erwiderte seinen Blick ebenso entschlossen.

»Er leidet.«

»Und wir sind da, wenn er weiß, wie er damit umgehen will. Das ist Freundschaft.«

»Das ist Bequemlichkeit«, rutschte es mir heraus, ehe ich darüber nachdenken konnte. Mit einem Ruck entzog ich ihm meine Hand und presste sie auf meinen Bauch, in dem sich seit gestern Abend ein flaues Gefühl der Leere eingenistet hatte.

Bela hob die Brauen – nicht angegriffen oder genervt wirkend, aber beunruhigt. »Hör zu. Ich kann dir ansehen, dass du drauf und dran bist, nach Möglichkeiten zu suchen, ihm zu helfen. Aber wenn du dich einmischt, hilfst du ihm nicht.« Ich öffnete den Mund, doch er ließ mich nicht zu Wort kommen. Stattdessen wurde seine Stimme noch ein wenig entschiedener. »Ich weiß, dass du das gut meinst, aber du kannst ihm nicht vorschreiben, wie er damit umzugehen hat. Du kannst nicht entscheiden, was ihm guttun würde. So funktioniert das nicht. Wenn du jemanden liebst, dann musst du ihm das

Recht einräumen, eigene Entscheidungen zu treffen – ganz gleich, wie du zu diesen stehst.«

»Aber«, setzte ich verzweifelt an, doch in diesem Moment klingelte sein Handy.

Ich musste nicht auf das Display sehen, um zu wissen, dass es Fin war. Ich bemerkte es an der Art, wie sich Belas Gesicht anspannte. Sorge, Wachsamkeit, Zuneigung – alles nistete sich in einem Bruchteil eines Moments zwischen seine Züge. »Geh ran«, meinte ich leise. »Wenn das alles ist, was wir tun können, dann sei da für ihn.«

Ich verließ die Küche, als Bela den Anruf annahm. Seine Stimme klang so unbeschwert und arglos, als hätte unser Gespräch nicht stattgefunden.

Ich verstand, was Bela meinte. Er glaubte, dass es der einzige Weg war, Fin zu helfen, indem er für ihn da war. Deshalb perfektionierte er es seit vier Jahren. Und obwohl ich Bela dafür liebte, dass er so ein rücksichtsvoller Mensch war, spürte ich dennoch ein seltsames Wanken in mir aufsteigen, als ich meine Zimmertür hinter mir zudrückte und zu meinem Bett lief. Ich wollte nicht glauben, dass das alles war, was wir für ihn tun konnten. Ich wollte glauben, dass ich ihm helfen konnte. Natürlich stimmte es und letztlich musste Fin diesen einen Schritt gehen, der ihn weiterbringen würde. Aber war es wirklich unmöglich, dass ich ihm dabei half? Ich wollte ihn nicht dazu zwingen voranzugehen, aber ich wünschte mir so, ich könnte ihm zeigen, dass es nicht unmöglich war – wenn er bereit war, mutig zu sein.

Ich verstand, warum Bela das nicht tun wollte. Er war geduldig und verständnisvoll und er mischte sich nie in Dinge ein, in die er nicht ausdrücklich eingeladen wurde. Aber ich war nicht wie Bela. Und ich ertrug es einfach nicht, wenn ich nicht wenigstens versuchte, Fin auf andere Art zu helfen.

Meine Finger bebten, als ich nach meinem Laptop griff und die Suchmaschine aufrief. Ich war mir bewusst, dass ich im Begriff war, etwas Heikles zu tun. Es fühlte sich nicht gut an, aber vielleicht war das manchmal so, wenn man etwas Richtiges tat. Und es musste sich für mich nicht gut anfühlen, solange es etwas Gutes hervorbrachte. Für Fin.

Kapitel 23

Das Katergold stach aus der Stille der backsteinernen Altbaugasse heraus wie ein Wespennest. Die Bar war immer voll, aber anlässlich des fünften Jubiläums hatten sie für dieses Wochenende halbe Preise ausgerufen, was doppelt so viele Menschen anzog. Eine hüfthohe, mit Lichterketten umschlungene Holzfünf war direkt neben dem Eingang aufgebaut worden. Daneben standen Leute in kleinen Grüppchen, tranken Cocktails mit glitzernden Schirmchen oder rauchten. Ich erkannte ein paar aus der Uni und winkte ihnen halbherzig zu, ehe ich mich durch eine Gruppe lachender Frauen schob und auf den Bürgersteig stellte.

Fin hatte mir vor fünfzehn Minuten geschrieben, dass er losfuhr, und ich war hinausgegangen, um auf ihn zu warten und ein wenig durchzuatmen. Im Katergold war es immer stickig, aber heute hatte ich dort permanent das Gefühl, Asche einzuatmen.

Mein Hals kratzte noch immer, während ich auf dem Bürgersteig auf- und ablief. Der Sommer hatte sich in den vergangenen Tagen immer dichter über Goldhain gelegt, eine warme, samtene Decke aus Blütenstaub und Sonnenlicht. Ich trug eine helle Jeans und eine burgunderrote Bluse. Ein Teil von mir wünschte sich, dass ich es heute schaffen würde, mutig zu sein. Ein anderer Teil hoffte, dass ich es nicht tun würde. Derselbe Teil bereute es, dass ich mich überhaupt in die Situation gebracht hatte, entscheiden zu müssen.

Nach meinem Gespräch mit Bela vor ein paar Tagen hatte ich stundenlang vorm Laptop gesessen und recherchiert. Mein Journalismus-Studium hatte mir beigebracht, wie man an Informationen kam, die gut versteckt waren, und es hatte erschreckend wenig Aufwand verlangt, um diese zu finden. Und jetzt ... jetzt wusste ich etwas, aber nicht, was ich damit anfangen sollte.

Ich blieb stehen, als Fins Auto auf der gegenüberliegenden Straßenseite in eine schmale Parklücke fuhr. Er stieg aus, überquerte die Straße und sah mich unverwandt an. Den Kopf ein wenig geneigt, ein Mundwinkel höher als der andere. Seine bevorzugte Art zu lächeln. Ich fragte mich, ob ich mich je daran gewöhnen würde zu wissen, dass es mir galt.

»Was hast du da im Gesicht?« Er war vor mir stehen geblieben und runzelte die Stirn. Mit dem Daumen wischte er über meinen Wangenknochen, als würde Schmutz an meiner Haut kleben. Wobei – vermutlich wirkte es für ihn in dem dämmrigen Licht der Straßenbeleuchtung so.

»Glitzer. Die nehmen das mit den Feierlichkeiten hier ziemlich ernst.« Ich rieb mir mit dem Handrücken über die Haut, spürte aber, dass ich das Zeug damit eher verrieb. Die gut gelaunte und angetrunkene Aushilfe hatte mich nicht um Erlaubnis gebeten, ehe sie mir den goldenen Glitzer ins Gesicht geschmiert hatte, als würde sie mir eine Kriegsbemalung verpassen.

Fin sah an mir vorbei zur Bar. »Vielleicht sollten wir doch lieber wieder fahren und sofort zum angenehmen Teil des Abends übergehen.«

Meine Wangen wurden noch einen Tick heißer, als er sich zu mir vorbeugte und mich auf den Mund küsste. Warm und fest und so, als wäre es das Normalste der Welt. Dabei sorgte es jedes Mal dafür, dass mein Herz beschleunigte. Mit einem flattrigen Lächeln löste ich mich von ihm und nahm ihm den Schlüssel ab, den er unentschlossen in der Hand drehte. »Nichts da. Du hast Bela versprochen vorbeizugucken.«

Fin stöhnte. »Du kannst wirklich streng sein, Kobold. Allerdings bin ich mir sicher, dass Bela weiß, dass ich nicht wegen ihm hier bin.«

»Weswegen dann? Pochst du doch auf ein bisschen Glitzer?«

»Wohl kaum. Eher hierauf.« Er grinste, ehe er mich erneut an sich heranzog und küsste.

Und in diesem Moment passierte etwas in mir. Meine Nervosität flachte auf, meine Gedanken wurden seltsam greifbar. Vielleicht weil ich so deutlich erkannte, was ich fühlte: Mein Herz war weich und riesig und so … voll. Voll mit ihm, voll mit uns. Und das war alles, was zählte. Das, was ich seit Tagen mit mir herumschleppte und von dem ich nicht wusste, ob ich Fin davon erzählen sollte – es spielte keine Rolle für dieses Uns. Und genau deshalb würde ich ihm nichts davon sagen.

Erleichtert lächelte ich unter seinen Lippen und spürte, wie die Anspannung von mir abfiel. Genau so lange, bis Fins Hand ihren Weg meinen Rücken hinab gefunden hatte und meinem Hintern umfasste. Das Papier in der Hosentasche raschelte auf. Nicht laut, aber dennoch stark genug, dass ich von ihm zurückwich. Auf einen Schlag wich jegliches bisschen Wärme aus meinem Körper.

Fin musterte verwundert meinen Gesichtsausdruck. »Was ist los? Was war das?«

»Ich … nichts.« Meine Stimme klang viel zu hoch. Ich hatte mir nie mehr gewünscht, besser lügen zu können. Ich wich einen Schritt vor ihm zurück, aber er kam mir nach und zog mich an der Hand wieder näher an sich heran.

»Mittlerweile kenne ich dich gut genug, um zu wissen, wann ein Nichts ein Alles ist, Effi.«

Er lächelte noch immer, während er mir mit einer Hand die Haare aus dem Gesicht strich und mit der anderen erneut nach meinem Hintern tastete. Nach der Hosentasche, in der sich ein Zettel verbarg, den er nicht sehen durfte.

Die Hitze war zurück, kroch beißend und unangenehm durch meinen Körper. Meine Gedanken wirbelten durcheinander. Ich wusste, wenn ich ihn jetzt auffordern würde, mich loszulassen, würde er es tun. Er würde die Augenbrauen hochziehen und sagen: »Okay«. Er würde es akzeptieren. Weil Fin so war. Und ich? Ich wollte auch so sein. Ich wollte nicht, dass er den Zettel las. Und obwohl ich mir mit einem Mal so sicher war, schaffte ich es nicht, etwas zu sagen. Ich stand nur schwer atmend da, während Fin das Papier aus meiner Hose zog und sich von mir löste.

Er runzelte belustigt die Stirn und faltete das knittrige Karopapier auseinander. »Hast du mir ein Gedicht geschrieben?«

Mein Mund öffnete und schloss sich. Ich fühlte, wie die Blässe meiner Haut in mich hineinsickerte. Alles in mir blich aus und wurde klamm. Fin bemerkte davon nichts, weil er sich längst auf das Papier fokussiert hatte.

Je länger er las, desto glatter wurde seine Stirn und desto tiefer sackten seine Mundwinkel hinab. Als er wieder zu mir aufsah, wirkte sein Gesicht völlig ausdruckslos. »Was ist das?«

Ich schluckte mehrmals, ehe ich meine Stimme wiederfand. Es spielte keine Rolle mehr, ob ich vorgehabt hatte, ihm den Zettel zu zeigen oder nicht – jetzt musste ich ehrlich sein.

»Ich ... ich habe ein paar Nachforschungen angestellt«, begann ich und verschränkte die bebenden Hände miteinander. »Du meintest, du wüsstest nicht, was heute mit diesem Mann ist. Wo er wohnt, wie er lebt, wie er klarkommt. Also habe ich ein paar alte Artikel gelesen und ein paar Telefonate geführt und ... das ist seine Adresse. Er lebt noch immer in dem Nachbardorf deiner Heimatstadt. Er ist verheiratet und arbeitet als ...«

»Hör auf.« Fin klang so barsch, dass ich sofort verstummte.

Unsicher versuchte ich seinen Blick einzufangen. Das seltsame Flackern darin zu deuten. Noch bevor ich es kapierte, spürte ich es. Panik. Sie sorgte dafür, dass mein Mund schneller war als mein Verstand.

»Ich habe mit seiner Frau gesprochen. Ich dachte, es ist besser, vorher zu klären, ob es für ihn in Ordnung wäre, wenn du Kontakt aufnimmst. Und sie war wirklich sehr nett, sie meinte, er wäre durchaus bereit ...«

»Du hast was getan?« Jede Silbe pure Fassungslosigkeit. Fins Hand ballte sich zu einer Faust, zerknüllte das Papier zwischen den Fingern. Ich hörte das Rascheln unnatürlich laut in meinen Ohren. Ebenso wie meinen eigenen Atem.

Mit einem Mal war dieser Moment gekippt, verlor alles an Zuneigung und Vertrautem.

Fin sah mich an, als würde er eine Fremde betrachten. Jemanden, den er nicht kennenlernen wollte. »Woher nimmst du das Recht, dich in meine Angelegenheiten einzumischen?«

Reflexartig spannte ich mich an. Das hier war schlimmer, als ich mir vorgestellt hatte. Als ich darüber nachgedacht hatte, ihm davon zu erzählen, hatte ich befürchtet, dass er nicht begeistert reagieren würde. Ich hatte geahnt, dass er sauer sein würde. Und genau deshalb hätte ich es vermutlich auch nicht über mich gebracht – weil ich irgendwo tief in mir gewusst hatte, dass er dazu jedes Recht gehabt hätte. Trotzdem war da diese flüchtige Hoffnung in mir gewesen, dass er erkennen würde, was das bedeuten konnte. Welche Möglichkeit sich ihm dadurch erschloss, dass er endlich eine Adresse hatte, die er auf seine Briefe schreiben konnte. Doch jetzt wurde mir schlagartig klar, dass ich mich damit geirrt hatte. Fin wirkte nicht überrumpelt oder überfordert. Sondern durch und durch wütend.

»Ich wollte dir nur helfen.« Ich machte einen Schritt auf ihn zu, hielt aber inne, als er abwehrend eine Hand hob. Er starrte mich so kalt an, dass ich trotz des sommerlichen Abends zu frösteln begann.

»Du wolltest nicht mir helfen, du wolltest dich nur selbst besser fühlen! Weil du deinen eigenen Scheiß nicht geregelt bekommst und dir so einreden kannst, keine komplette Versagerin zu sein.«

Ich fuhr zusammen. Mir war bewusst, dass er das aussprach, weil er sauer auf mich war, aber das bedeutete nicht, dass er es nicht vorher schon gedacht hatte. Meine Unterlippe bebte, ich sog sie zwischen die Zähne. »Das ist nicht wahr«, brachte ich beherrscht hervor. »Es geht hierbei nicht um mich.«

Er lachte rau auf. Seine Kiefermuskulatur zuckte, als würde es ihm Schmerzen bereiten. Sein Blick flatterte an mir vorbei. Vielleicht tat es ihm genauso weh, mich anzusehen. »Ach, dann geht es um mich, ja? Und wie stellst du dir das vor? Ich fahr mal vorbei und leiere irgendwelche Entschuldigungen runter und er verzeiht mir, dass er wegen mir nie wieder laufen kann? Und dann ist alles wieder gut? Dann bin ich der gut gelaunte, positive Typ, den du in mir sehen willst?«

Er hielt die Hand erhoben, als bräuchte er etwas, das uns physisch voneinander trennte. Alles in mir wollte ihn berühren, aber ich hatte Angst davor, dass er mich zurückstieß. So, wie er mich seit Wochen in Dosen zurückgestoßen hatte. Und doch: Er hatte mir gezeigt, warum er all das tat. Er hatte mit mir den Ursprung seines Schmerzes geteilt, wie konnte er von mir erwarten, dass ich nicht einmal darüber nachdachte zu versuchen, ihm zu helfen?

»Ich will nicht, dass du dich veränderst. Ich will nur, dass du dir gestattest, einfach du zu sein. Und es geht nicht darum, dass er dir verzeiht«, widersprach ich leise, aber entschieden. »Es geht darum, dass *du* dir verzeihst. Dass du dich damit auseinandersetzt und beginnst, es zu verarbeiten und …«

»Ich bin nicht dein beschissenes soziales Projekt, verstanden?«, fiel er mir ungehalten ins Wort.

Die Art, wie er mich ansah, machte jede Antwort unmöglich. Ich spürte meinen Herzschlag an meinem Kehlkopf, in meinen Knien, in meinen Lippen. Alles bebte, alles zitterte. Je länger wir schweigend voreinander standen, desto deutlicher erkannte ich, was sich unter der Wut in ihm verbarg. Ein Gefühl, das noch schwerer auszuhalten war. Ein Gefühl, das mir direkt ins Herz griff und eine Handvoll Fasern herausriss. Enttäuschung. Er schüttelte den Kopf und versuchte an mir vorbeizugehen.

»Fin.« Ich hielt ihn am Oberarm fest, spürte die Härte seiner angespannten Muskeln. Mit einem Ruck riss er sich von mir los und brachte mehr Abstand zwischen uns.

»Fass mich nie wieder an, klar?« Er ging auf den Parkplatz zu, dann hielt er inne und drehte sich abrupt zu mir herum. Sein Blick fokussierte mich und ging doch durch mich hindurch. Er ertrug es nicht mehr, mich anzusehen. »Gib mir meinen Schlüssel.«

Hilflosigkeit und Verzweiflung sammelten sich in mir. Ich umklammerte den Bund, bis das Metall in meine Handinnenfläche schnitt. »Nein. Ich werde dich so nicht fahren lassen.«

Er stieß einen seltsam verzerrten Ton aus. Wut, Anspannung, Schmerz. Schmerz, Schmerz, Schmerz. »Weil du dir Sorgen machst, dass ich noch jemanden halb tot fahre?« Sein Zynismus schlug mir hart ins Gesicht, meine Augen brannten.

»Weil ich mir Sorgen um *dich* mache, Fin!« Meine Stimme brach an der Wahrheit dieser Worte. Dieser stillen Wahrheit, die ich seit Wochen zu verbergen versuchte – vor ihm und vor mir.

Fins Gesicht war so blass, wie ich es nie zuvor gesehen hatte. Zum ersten Mal farblos, zum ersten Mal nur grau. »Lass es. Ich bin nicht dein Problem.«

»Aber du bist mein Freund!«

Er hielt inne und sah mich an. Und ich wusste es, bevor es passierte. Ich wusste, dass das, was folgen würde, mir weit mehr als ein paar Herzfasern herausreißen würde. »Wir sind keine Freunde, Effi. Wir sind gar nichts. Es gibt kein Uns, wann kapierst du das endlich?«

»Fin«, setzte ich an, aber er ließ mich nicht zu Wort kommen. Seine

Eisfassade hatte Risse bekommen, aber das, was darunter zum Vorschein kam, war schlimmer. Flammen aus brennendem Hass, Verachtung und Ablehnung.

Er lachte erneut auf, beinahe atemlos. »Gott, du bist so erbärmlich. Nicht genug, dass dein Freund hinter deinem Rücken eine andere vögelt und du trotzdem die Beine für ihn breitmachst, sobald er einmal mit dem Finger schnippt. Jetzt rennst du mir auch noch hinterher. Obwohl ich dir von Anfang an gesagt habe, dass du dir das mit uns aus dem Kopf schlagen kannst. Dass ich dich nur ficke, mehr nicht.«

Ich zuckte vor seinen Worten zurück. Vor dem Tonfall, aus dem sie gemacht worden waren.

Grausam, hatte Bela gesagt. *Fin kann wirklich grausam werden*. Doch als ich ihn ansah, erkannte ich keine Grausamkeit in seinem Blick. Eher etwas, das nach einer Verwundung aussah. Er war wie ein verletztes Tier, das um sich biss, anstatt irgendjemanden auch nur nahe genug an sich heranzulassen, um nach seiner Wunde zu sehen. Er tat mir weh, weil ich ihm wehgetan hatte. Und vermutlich auch, weil er es ungeschehen machen wollte, dass er mich nah genug an sich herangelassen hatte, als dass das überhaupt möglich gewesen war.

»Das meinst du nicht so«, brachte ich hervor. »Du bist wütend und das verstehe ich, ich ...«

Sein wütendes Schnauben ließ mich innehalten. Seine Brust hob und senkte sich heftig. »Glaub mir, das meine ich genau so. Ich ertrage dich nicht. Ich will, dass du aus meinem Leben verschwindest. Halte dich fern von mir, verstanden?« Er schrie nicht. Die Worte kamen schnell und hart, aber sie waren weder laut noch aggressiv. Er sagte jedes einzelne mit vollem Bewusstsein, jeder Stich war kalkuliert und in seiner Wirkung beabsichtigt. Fin wusste, wie er mir wehtun konnte. Das hatte er immer gewusst.

Ich schluckte schwer. »Fin, bitte.«

Da waren Tränen in meinen Augen, die meine Sicht verschleierten. Fin starrte mich an und ich wusste, dass er es bemerkte, es kümmerte ihn nur nicht. »Es ist mir egal, ob du rumflennst oder sonst was tust. Und weißt du auch wieso?« Er machte einen Schritt auf mich zu. Mein Körper spannte sich an, obwohl ich noch immer nichts mehr wollte, als ihn zu berühren. »Weil du mir scheißegal bist, Effi.«

Meine Lippen bebten, aber als ich sie öffnete, kam kein Laut heraus. All die Worte waren unter der Kraft der seinen zerbröselt. Doch Fin war eh nicht bereit, sie sich anzuhören. Ohne zu zögern, drehte er sich um und ging. Fort von der Bar, fort von mir. Mit langen Schritten, die auf dem Asphalt und in mir widerhallten.

Ich starrte ihm nach. Ich wollte ihm nachlaufen, ich wollte ihn festhalten, ich wollte da sein. Mehr hatte ich nie gewollt. Da sein. Helfen. Es besser machen. Aber ich hatte genau das Gegenteil bewirkt. Ich hatte es schlimmer gemacht. Und ich wusste, wenn ich ihn jetzt nicht gehen ließ, würde ich damit weitermachen. Ich würde es kaputter machen. Ihn. Uns.

Als seine Silhouette nur noch ein Schemen im Nachtblau war, riss ich mich aus meiner Trance. Ich konnte ihm nicht nachlaufen, aber ich durfte ihn auch nicht alleine gehen lassen. Nicht, wenn ich ihn gerade in seine Erinnerungen gestoßen hatte. Nicht, wenn ich wusste, was ihn dort erwartete.

Mein Herz dröhnte, als ich zurück in die Bar lief und mich grob durch die umstehenden Menschen schob. Ich rempelte jemanden gegen den Arm, Bier fiel auf mein Shirt und fraß sich durch den Stoff. Ich spürte es kaum. Es war sowieso schon alles taub vor Kälte. Als mir Adam aus dem Flur zum hinteren Raum entgegenkam, hätte ich fast vor Erleichterung geweint.

Das Lächeln auf seinem Mund verrutschte, kaum dass ich vor ihm innehielt. »Was ist denn mit dir los?«

Ich hielt mich an seinem Arm fest. Obwohl ich die Finger in seine Haut grub, hatte ich das Gefühl zu fallen. Die Luft im Katergold kam mir noch stickiger vor als vorhin. Sie brannte in meinen Lungen. »Adam, du musst Fin suchen.«

Er erwiderte meinen Griff und neigte sich zu mir vor, um im schwachen Licht mein Gesicht sehen zu können. »Was ist passiert?«, hakte er nach.

»Ich hab Mist gebaut, ich hab ... ich wollte ihm nur helfen und ich bin zu weit gegangen. Er ist so wütend. Ich hab Angst, dass ihm was passiert, dass er nicht auf sich aufpasst, ich ...« Meine Stimme stockte, die brennende Luft hatte die Stimmbänder verkohlt. Ich konnte selbst nicht erklären, was passiert war. Wie all das so schrecklich schiefgehen konnte. Alles um mich herum flimmerte. Die Gesprächsfetzen der anderen Menschen vermengten sich mit den Erinnerungen an Fin. An das Wanken seiner Stimme. An diese Wundheit in seinem Blick.

Adams Berührung hielt mich fest, obwohl ich das Gefühl hatte, mich aufzulösen. Er legte die Hand auf meine Schulter und strich mit dem Daumen über meine Haut. »Effi, ganz ruhig. Wo ist er hin?«

»Ich hab keine Ahnung. Wir waren draußen und er ist einfach gegangen. Ich hab seine Autoschlüssel, also kann er nicht weit sein, aber … bitte, such ihn, ja?«

Erst jetzt bemerkte ich, dass ich meine Hand fest um den Bund geschlossen hatte. So fest, dass sich die Kanten der Schlüssel in meine Haut gegraben hatten.

Adam nahm ihn mir behutsam aus der Hand und nickte. Seine sonst so weichen Züge hatten sich zu einer angespannten Mimik verzogen. »Okay. Gut. Ich kümmere mich darum. Sag Bela Bescheid, was los ist, okay?« Er neigte sich zu mir vor und zog mich in eine flüchtige, aber feste Umarmung. »Und mach dir keine Sorgen«, sagte er leise an meinem Ohr, ehe er mich losließ und in Richtung Ausgang verschwand.

Ich verharrte lange dort, während immer mehr Menschen an mir vorbeiliefen. Redend, lachend, singend. Bunte Münder, funkelnde Augen, so viel Freude, so viel Leben. Jemand warf Konfetti durch den Flur, das sich in meinen Haaren verfing. Ich stand nur da, schloss die Augen und sah Fins Gesicht vor mir. Diesen unverhohlenen Hass in seinen Zügen, der etwas Schlimmeres verbarg. Etwas, das ich hervorgerufen hatte und das sich nur gegen ihn selbst richtete. Wie um alles in der Welt hätte ich mir keine Sorgen machen sollen?

***

In dieser Nacht fühlte sich Warten wie Sterben an. Mein Dachfenster war offen, vereinzelte Nachtgeräusche krochen zu mir hinein. Das Anfahren eines Autos, ein paar Gesprächsfetzen, das Rauschen der Bäume im Park.

Keiner dieser Töne schaffte es, die Stille der Wohnung zu übertönen. Die Stille meines Handys.

Ich hatte es auf laut gestellt und prüfte trotzdem alle zehn Sekunden, ob eine Nachricht von Adam ankam. Fast genauso oft kontrollierte ich Fins Onlinestatus, obwohl ich nicht glaubte, dass ihm momentan danach war, irgendwelche Nachrichten zu verschicken. Bei dem Gedanken daran, wie er sich fühlen musste, wurde mir so übel, dass ich mich zusammenrollte und die Knie mit beiden Armen umschlang. Meine Haare hatten Konfetti auf den Kissen hinterlassen und auf meinen Wangen klebte noch immer der Glitzer. So angetrocknet, dass ich ihn bei jeder leichten Bewegung unangenehm ziehen spürte. Ich schaffte es weder, ihn abzuwaschen, noch, mich bettfertig zu machen. Ich hatte nicht einmal die Schuhe ausgezogen, weil ein Teil von mir damit rechnete, jederzeit aufspringen zu müssen.

Es war nach drei, als ich hörte, wie die Wohnungstür sich öffnete. Mein Körper spannte sich an, aber ich rührte mich nicht, bis Bela in meiner weit geöffneten Zimmertür auftauchte. Seine Silhouette zerfranste, in meinen Augen klebten Rauch und Salzreste von unterdrückten Tränen.

»Habt ihr ihn gefunden?« Meine Stimme klang kindlich, zu hoch.

Bela kam einen Schritt ins Zimmer hinein. »Ja. Adam hat angerufen. Sie sind bei ihm. Es geht ihm gut.« Er zögerte und rieb sich über die Stirn. »So gut wie es ihm halt geht.«

»Okay. Gut.« Meine Stimme brach an jedem Buchstaben ein bisschen mehr. Nichts an alledem war gut.

Bela sah mich aufmerksam an, dann seufzte er und kam weiter auf mich zu. »Rutsch mal rüber, Elfe.«

Ich machte ihm Platz und schloss die Augen, als er sich neben mich legte. So nah, dass ich seine Wärme an meiner Haut spüren konnte, ebenso wie seinen Blick auf meinem Gesicht.

»Du hattest recht«, flüsterte ich und blinzelte, sah auf das Logo des Katergolds auf seinem Shirt. »Ich hätte mich raushalten sollen. Ich dachte, ich tue etwas Gutes. Ich dachte wirklich, ich könnte ihm helfen. Ich wollte doch nur, dass es ihm besser geht.«

In diesem Moment bemerkte ich es selbst: Ich, ich, ich. Meine Rechtfertigungen machten deutlich, wie egozentrisch ich gehandelt hatte. Seit ich Fin kannte, hatte ich versucht, sein Verhalten zu verstehen und eine Möglichkeit zu finden, ihm zu helfen. Ich hatte mir eingeredet, ich könnte für ihn entscheiden, was er brauchte. Als gäbe es eine Universalformel dafür, wie man mit Schmerz, Schuld oder Trauer umging. Erst jetzt begriff ich, dass ich nie wirklich darüber nachgedacht hatte, was Fin wollte. Ich war schlichtweg davon überzeugt gewesen, ich könnte das besser beurteilen als er. Was ich als Fürsorge bezeichnet hätte, entblätterte sich in diesem Moment in mir zu dem, was es wirklich war. Bevormundung. Gott, ich hatte Fin auf dieselbe Weise geliebt, aus der ich meiner Mutter immer einen Vorwurf machte. Meine Unterlippe begann zu beben. Ich spürte, wie der Druck des Schuldgefühls sich in meiner Brust aufbaute. Eine Welle, die höher schoss, deren Wasserwand immer weiter hinaufdrückte. Ich wollte dagegen ankämpfen, aber ich konnte nicht mehr. Ein verzerrtes Schluchzen huschte über meine Lippen, als ich nachgab und losließ. Ich weinte, so ungefiltert und heftig, wie ich es mir schon lange nicht mehr erlaubt hatte.

Bela zog mich an sich heran, bis mein Kopf an seiner Brust lag und die Tränen direkt in den Stoff sickern konnten. Seine Hand strich mir über den Hinterkopf und seine Stimme sagte leise Worte in mein Haar, die ich nicht verstand und die mir dennoch dabei halfen weiterzuatmen, obwohl sich alles nach Ersticken anfühlte.

Er ließ mich erst los, als das Beben meines Körpers nachgelassen hatte. Meine Augäpfel fühlten sich wund an, so wie alles an und in mir. Es war seltsam, wie physisch seelischer Schmerz zu spüren war. Ich hatte mich selten so krank gefühlt wie in diesem Moment.

»Ich wollte ihm nicht wehtun«, brachte ich heiser hervor. »Wenn er wütend auf mich ist, ist das okay, aber ich habe Angst, dass ich jetzt irgendwas ausgelöst habe, ich ...«

Bela unterbrach mich. »Mach dir nicht so viele Sorgen. Fin steckt mehr weg, als wir uns vorstellen können. Und er kann zwar ein Hitzkopf sein, aber er kommt auch schnell wieder runter. Adam wird ihn so lange zutexten, bis das Einzige, woran er denken kann, ist, wie er ihn wieder loswird.« Er zögerte und lächelte zaghaft. »Wo wir schon dabei sind: Du ziehst jetzt aber nicht aus, oder?«

Ich lachte und schniefte gleichzeitig. »Machst du Witze? Ich würde ohne deine Kochkünste keine zwei Tage klarkommen. Und ohne dich auch nicht. Allerdings würde ich verstehen, wenn du jetzt begreifen würdest, dass es ein Fehler war, mich überhaupt hier einziehen zu lassen.«

Bela wischte vorsichtig die Tränen von meinem erhitzten Gesicht. »Dass du Fehler machst, bedeutet nicht, dass du ein Fehler bist, Effi.«

Ich spürte, wie sich meine Lungen etwas entkrampften, als ich den Kopf gegen seine Brust sinken ließ. Und in diesem Moment erkannte ich, dass man das Gefühl haben konnte, ein Herz zu haben, das zerrissen war und doch vor Liebe überquoll.

Die Zeit zerfloss, während wir schweigend dalagen. Draußen ertönte die Sirene eines Feuerwehrautos, blaues Licht schwemmte über den Dachbalken über unseren Köpfen. Blau. Harmonie, Ruhe, Beständigkeit. Ich hielt mich an diesen Worten fest, während mein Inneres gegen das sumpfige Schwarz ankämpfte, das die vergangenen Stunden dort ausgebreitet hatten. Genauso, wie ich mich an Bela festhielt. Vielleicht traf man manchmal Menschen, die zu einer bestimmten Farbe im Leben wurden. Wenn das so war, dann war Bela mein Blau. Mein Ruhepol, mein sicherer Hafen.

Ich löste mein Gesicht aus seinem Shirt und blinzelte zu ihm auf. »Ich glaube, mein Leben wäre um einiges einfacher, wenn wir uns ineinander verlieben würden. Wir wären bestimmt ganz großartig zusammen.«

Bela seufzte. »Da sehe ich leider ein paar Probleme. Zum einen bereiten mir deine bunten Klamotten von Zeit zu Zeit wirklich Kopfschmerzen.« Er grinste, als ich ihn in die Seite zwickte, und hielt meine Hand mit seiner fest. »Und zum anderen verliebe ich mich aus Prinzip nicht in eine Frau, in die einer meiner Freunde verliebt ist.«

Mein zerfleddertes Herz zuckte auf. Kurz nur, eher schmerzhaft als heilend. Ganz gleich, ob es stimmte oder nicht – es spielte keine Rolle mehr. Nicht nach dem, was heute Nacht zwischen Fin und mir passiert war.

»Und außerdem bist du immer noch in Mila verliebt«, fügte ich deswegen nur hinzu.

Belas Grinsen wurde ein wenig schiefer. »Das auch, ja.«

Ich ließ den Kopf zurück ins Kissen sinken und starrte an die Zimmerdecke, auf einen schmalen Streifen des Mondlichts. »Meinst du, Liebe tut immer weh?«

»Ich denke, wenn sie echt ist, schon. Manchmal am Anfang, manchmal am Ende. Und wenn man Pech hat, immer wieder mittendrin. Ich glaube, wenn man große Gefühle spüren möchte, dann kann man sie nicht nur von einer Seite erwarten. Das ist vermutlich die simpelste und doch am schwersten zu akzeptierende Formel der Welt: Glück verlangt nach Schmerz.«

Ich betrachtete Belas Profil, das sich hell gegen das dämmrige Zimmer abhob. In seinen Zügen lag wieder diese stille Wehmut. Es sah nie so aus, als würde er leiden. Eher so, als würde etwas in ihm wehtun, was er aber längst akzeptiert hatte. »Vermisst du sie?«

Bela drehte den Kopf zu mir herum. Seine Augen wirkten fast schwarz, vielleicht lag das aber auch an dem Ausdruck in ihnen. »Jeden Tag.«

Ich wusste zwar nicht genau, was zwischen Bela und Mila vorgefallen war, aber ich wollte nicht glauben, dass man jemanden so sehr lieben und vermissen konnte und dennoch keine Chance hatte. »Warum rufst du sie dann nicht an? Warum versuchst du nicht, um euch zu kämpfen?«

Er seufzte leise. »Weil es manchmal nicht ausreicht, jemanden zu lieben. Manchmal passt es einfach nicht. Nicht nur wegen des Timings, sondern einfach wegen dem, was zwei Menschen ausmacht. Ich liebe Mila, aber das mit uns konnte nicht ewig halten. Wir wollen zu unterschiedliche Dinge im Leben. Wir sind selbst zu unterschiedlich. Und das ist okay. Manchmal muss man akzeptieren, dass man jemanden im Herzen haben kann, aber nicht im Leben.«

»Gott, Bela«, meinte ich mit einem aufrichtigen Lächeln. »Du bist zu weise für diese Welt.«

»Ich weiß. Segen und Fluch.« Bela grinste schwach und rollte sich auf den Rücken. »Ich hab selbst lange gebraucht, das zu verstehen, aber manchmal muss man jemanden gehen lassen, weil es so besser ist. Auch wenn es sich scheiße anfühlt.«

Ich nickte langsam. Ich wusste, dass es wahr war, was er sagte. Aber ich wollte mich noch nicht der Konsequenz stellen, die daraus folgte.

»Ich meinte damit nicht Fin und dich«, fügte Bela nach einer Weile leise hinzu. »Er hat dich wirklich gern. Und du tust ihm gut.«

Müde wandte ich ihm den Blick zu. Das Brennen in meinem Inneren war weicher geworden, stumpfer. Ich war erschöpft, auf so viele Arten. »Aber auch das reicht manchmal nicht, richtig?«

»Nicht, wenn man es nicht schafft, den anderen dementsprechend zu behandeln. Er muss dir auch guttun.«

Ich lächelte. Ein schweres, wehmütiges Lächeln. Echt und doch kaum zu ertragen. »Das hat er. Aber ich habe das Gefühl, dass er genau das nicht will. Dass er nicht will, dass wir einander guttun. Als würde es ihm gefallen, sich schlecht zu fühlen.«

»Ich glaube nicht, dass es ihm gefällt. Er denkt nur, dass er es verdient hat. Und das ist etwas, bei dem wir alle ihm nur bedingt helfen können.«

Ich verstand, was er damit meinte. Ich musste Fin machen lassen. Ich musste ihn loslassen. Wovor hatte ich mehr Angst? Dass er ohne mich den Halt verlieren würde oder ich ohne ihn? Ich presste das Gesicht gegen Belas Schulter und atmete tief ein. Und aus. Und ein. Weitermachen. Wir mussten alle irgendwie weitermachen.

»Ist es seltsam, dass ich mir trotzdem wünsche, dass es ausreichen würde?«, fragte ich leise, als ich spürte, wie mein Bewusstsein weicher wurde.

Belas Atem kitzelte meinen Scheitel, als er den Kopf zu mir drehte. »Es ist vor allem menschlich.«

»Manchmal ist es scheiße, ein Mensch zu sein.«

»Stimmt. Aber ziemlich oft ist es dann halt auch ziemlich schön.« Er lächelte hörbar und das war in dieser Situation so seltsam und tröstlich, dass ich auch lächeln musste.

»Ich hab dich lieb, Bela«, murmelte ich in seine Schulterbeuge. Jener Schlaf, der sich nach Ohnmacht anfühlte, machte sich in mir breit.

Er küsste mich auf die Schläfe. »Ich dich auch, Elfe.«

In diesem Moment verstand ich, wieso Bela so genau wusste, wie er für Fin da sein konnte. Weil es letztlich nichts Wichtigeres gab als das. Dass man Menschen um sich hatte, die einen gernhatten, wenn man sich wie ein Monster vorkam. Die einen daran erinnerten, dass man geliebt wurde, wenn man sich selbst hasste.

Vielleicht war es die beste Art, jemanden zu helfen, indem man ihn einfach nur liebte.

Ich wünschte mir nur, ich hätte das früher begriffen. Bevor ich alles kaputtgemacht hatte.

Kapitel 24

Seit Tagen saß ich inmitten eines Nests aus Papier. Was als ambitionierte Heftersammlung zu Beginn des Semesters angefangen hatte, war im Laufe der Zeit zu einem losen Zettelhaufen geworden. Wenn ich mir überhaupt Notizen gemacht hatte. Den meisten Platz auf den Papieren nahmen diverse Skizzen ein, die ich in den Seminaren gezeichnet hatte. Ein Kaleidoskop dessen, was mich beschäftigt hatte, während ich in stickigen Seminarräumen saß und vorgab, mich mit Datenerhebung und Grundsätzen der Journalismusforschung auseinanderzusetzen.

Ich hatte die Notizen um mein Bett herum ausgelegt, weil ich geglaubt hatte, wenn ich die Sachen derart in meinem Zimmer ausbreiten würde, dass ich sie nicht ignorieren konnte, würde mich das dazu zwingen zu lernen. Ich hatte die Rechnung ohne das Chaos in meinem Kopf gemacht, das schlimmer als das auf meinem Zimmerboden war.

Erschöpft schloss ich die Augen und lehnte den Rücken gegen den Holzbalken. Ich hatte ein helles Laken vor das Fenster gespannt, um die sommerliche Wärme auszusperren, die sich hier staute. Ich spürte den Schweiß dennoch bereits in meinem Nacken.

Als mein Handy eine Nachricht ankündigte, zuckte ich zusammen. Mein Herz beschleunigte und trieb eine weitere Welle Hitze in meinen Nacken, als ich auf das Display blickte. Seit jener Nacht im Katergold war über eine Woche vergangen. Zehn Tage, in der ich mein Handy auf laut gelassen hatte, rund 240 Stunden, in denen ich vergebens auf eine Nachricht von Fin wartete.

Auch jetzt war es Astas Name, der aufleuchtete – so wie in letzter Zeit fast stündlich. Seit Tagen legte sie ihren Fokus darauf, mich abzulenken und zum Lernen zu motivieren. Sie wusste nicht genau, was zwischen Fin und mir vorgefallen war, nur dass es vermutlich das letzte Mal gewesen war, dass irgendetwas vorgefallen war. Asta war gut darin zu spüren, wann ich mich nicht traute, über etwas zu sprechen, und wann ich es tatsächlich nicht wollte. Und obwohl sie extrem neugierig war, konnte sie das akzeptieren. Ich hatte mir fest vorgenommen, das auf die Liste der Dinge zu schreiben, die ich von Asta lernen wollte.

Bist du nachher bereit für eine erste Abfrage? Mit anschließendem Frustfruchtsekt, weil ich vermutlich kaum etwas wissen werde?

Ich verzog das Gesicht und sah mit schuldbewusstem Blick auf meine unberührte Blättersammlung.

Du wirst mehr wissen als ich. Ich hab noch nicht mal angefangen.

Astas Antwort ließ nicht lange auf sich warten.

Du weißt, dass die Klausur am Montag ist? Nicht der optimale Zeitpunkt, um das mit dem Prokrastinieren zu perfektionieren.

Ein krummes Grinsen schlüpfte auf meinen Mund.

Vielleicht ziehe ich den Frustfruchtsekt einfach vor.

Ohne ihre Antwort abzuwarten, legte ich mein Handy beiseite und fokussierte mich wieder auf meine Notizen. Ich wusste beim besten Willen nicht, wie ich anfangen sollte.

Mein Blick glitt zu den Skizzen daneben. Was hatte Asta einmal gesagt? *Wenn man nicht weiß, wie man anfangen soll, fängt man am besten einfach an.* Kurz rang ich mit mir, doch dann gab ich dem Kribbeln in meinen Fingern nach und lief zum Schreibtisch.

In dem Karton mit den Malutensilien fand ich, wonach ich suchte. Mein letztes Skizzenbuch, in dem noch einige Seiten leer waren, und die Packung meiner Lieblingskohlestifte. Ich legte beides auf das Zeichenboard, das beim Fenster stand, und das ich in den vergangenen Tagen kaum ertragen hatte anzusehen. Der Anblick maximierte meine Schuldgefühle, doch als ich jetzt behutsam über den Rahmen strich, beruhigte es mich auch. Ich wollte mich nur kurz mit etwas beschäftigen, das ich wirklich mochte. Das es schaffte, das Chaos in meinem Inneren zu besänftigen, vielleicht sogar, es ein wenig zu ordnen.

Ich zeichnete den ganzen Vormittag, bis ich meinen Durst nicht mehr ausblenden konnte. Auf dem Weg in die Küche hielt ich an Belas offener Tür inne.

Er saß mit dem Rücken gegen sein Bett gelehnt, neben sich seinen Laptop und einen halb leeren Teller mit Apfel- und Orangenschnitzen. Schuldbewusst dachte ich an die halbe Tafel Schokolade, die an selber Stelle in meinem Zimmer lag.

»Wie läuft es mit dem Lernen?«, fragte Bela, als er mich sah. Das Semesterende bedeutete auch für ihn eine Menge anstehender Prüfungen, aber er verfügte über deutlich mehr Selbstdisziplin als ich. Jeden Morgen stand er um sieben Uhr auf und setzte sich an seinen Schreibtisch. Nur heute schien er sich dazu nicht durchringen zu können.

»Und bei dir so?« Mit spöttischem Blick deutete ich auf die Serie, die über seinen Laptop flimmerte.

Bela rieb sich über die müde wirkenden Augen. »Erwischt. Ich bekomm heute einfach nichts hin. Ging gestern alles länger als gedacht.«

Ich lehnte mich gegen den Türrahmen, damit er nicht mitbekam, dass meine Knie zu zittern begannen. So wie immer, wenn wir über Fin sprachen – ganz gleich, wie vage es blieb. »War's denn schön?«, fragte ich bemüht arglos.

Belas Blick wurde weicher. »Hast du noch mal versucht, mit ihm zu sprechen?«

»Nein. Ich glaube nicht, dass es noch viel zu sagen gibt. Unser letztes Gespräch war …« Ich stockte und schloss die Augen. »Es hat sich sehr nach Ende angefühlt. Und vielleicht ist das das Beste so.« Ein Teil von mir hatte gewusst, dass es dazu kommen würde. Weil es immer ein Ende gab, egal wie schön ein Anfang war. *La fin*, das Ende.

Was hätte ich noch sagen sollen? Jede Entschuldigungsfloskel wäre leer und nichtssagend gewesen. Ich rang mir ein Lächeln ab und blickte auf meine Hände. »Wenn er mal vorbeikommen will, kann ich woanders hingehen. Ich will nicht, dass das für dich jetzt irgendwie schwierig wird. Das habe ich nie gewollt.«

Bela schüttelte den Kopf. »Fang so nicht an, okay? Außerdem ist Fin jetzt eh erst einmal nicht in der Stadt.«

Hellhörig hob ich den Blick. »Nein?«

»Nein.« Er lächelte schief. »Er ist für ein paar Tage nach Hause gefahren. Zu der Jahresfeier seiner Eltern.«

»Oh.« Mehr fiel mir dazu nicht ein. Zwei Jahre lang hatte Fin sämtliche Familienfeiern gemieden und alles dafür getan, seinen Bruder nicht sehen zu müssen. Und jetzt fuhr er freiwillig zu einem Fest, bei dem er ihm begegnen würde? Obwohl er noch vor wenigen Tagen behauptet hatte, das niemals über sich bringen zu können?

Mein Kopf schwirrte und ich wusste, dass Bela mir meine Verwirrung ansehen konnte. Sein Lächeln wurde breiter.

»Absolut. Man kann wissen, dass jemand recht hatte, obwohl man wütend auf diesen Menschen ist, weißt du?«

Ehe ich wusste, was ich darauf antworten konnte, klingelte es an der Tür. Meine Gedanken überschlugen sich, als ich im Wohnzimmer angekommen war und sie öffnete. Deswegen brauchte ich mehrere Sekunden, ehe ich begriff, wer dort stand. Mit einem halben Lächeln und ungewöhnlich starker Verlegenheit in den Gesichtszügen.

Levi musterte mich. »Du hast gezeichnet«, stellte er fest, während sich die Grübchen tiefer in seine Haut gruben. »Ich hab ganz vergessen, wie du danach immer aussiehst.«

Ich folgte seinem Blick auf meine kohleverschmierten Hände und musste ebenfalls lächeln. Mit Sicherheit befand sich die Hälfte des Kohlestaubs in meinem Gesicht.

»Deine Mutter hat mich jedes Mal zum Händewaschen am Gartenschlauch geschickt, bevor ich ins Haus durfte, weißt du noch?« Ich schüttelte den Kopf und wischte die Hände an meinem Shirt ab. »Willst du reinkommen?«

Ich war selbst überrascht über diesen Vorschlag. Als er das letzte Mal hier gestanden hatte, hätte ich alles getan, um ihn von dieser Schwelle fernzuhalten. Jetzt fühlte es sich anders an. Ich hatte keine Angst mehr, in Levis Nähe zu vergessen, was ich wollte. Weil ich mit allem, was ich war, spürte, dass ich *ihn* nicht mehr wollte. Nicht so.

Trotzdem fand ich es nicht unangenehm, ihn zu sehen. Der Schmerz, den sein Anblick sonst in mir ausgelöst hatte, war nicht mehr da. Zurückgeblieben war etwas Weiches, beinahe Tröstliches. Ein Funken Vertrautheit, gepaart mit Melancholie vielleicht.

»Ich hab nicht viel Zeit. Die Jungs warten im Park. Ich wollte dir nur was vorbeibringen.«

Er hielt mir einen unverschlossenen Briefumschlag entgegen, nach dem ich zögerlich griff. Ich warf einen Blick in das Kuvert und schüttelte ungläubig den Kopf.

»Was ist das?«

»Das sind die Gewinne aus dem Verkauf. Wir wollten sie dir schon früher vorbeibringen, aber ich wusste nicht, ob du mich sehen willst. Und ich wusste nicht, ob ich es so gut wegstecke, dich wiederzusehen. Also ... hat es ein bisschen gedauert.«

Er zuckte mit den Schultern. Und ich verstand, was er meinte. Wir würden noch Zeit brauchen, bis sich das hier normal anfühlte. Vielleicht würde es das nie ganz. Aber allein die Tatsache, dass wir so voreinanderstehen konnten, ohne dass sich zwischen uns diese Wand aus widersprüchlichen Gefühlen aufbaute, zeigte mir, dass Hoffnung bestand.

»Danke.« Ich hoffte, dass er verstand, dass ich damit nicht das Geld meinte, sondern die Geste, die dahintersteckte. Die mir zeigte, dass er sich darüber bewusst geworden war, was ich für ihn getan hatte, und dass er es nicht mehr für selbstverständlich nahm. Und ich war mittlerweile so weit, das auch anzunehmen.

Levi fuhr sich durch die Locken und blinzelte zu mir hinüber, als würde er nicht wissen, wie er fortfahren sollte. »Ich weiß, dass du mich hasst. Aber ich wollte dir trotzdem noch mal sagen, dass es mir leidtut. Und dass ich hoffe, dass du irgendwann an uns denken kannst, ohne diese ganze Zeit ausradieren zu wollen.«

Das Lächeln, das sich auf meinen Mund schob, war echter, als ich geahnt hatte. Ebenso wie die Worte, die ihm folgten. »Ich hasse dich nicht, Levi. Ich meine, ich werde das nie ganz verstehen können, aber das, was wir vor dem Ende hatten, war doch schön, oder?«

»Ja.« Er lächelte schwach. »War es.«

Ich hob die Schultern. »Dann ist es vielleicht in Ordnung, dass es jetzt vorbei ist. Weil es schön war. Und echt. Ich würde es niemals ungeschehen machen.« Ohne darüber nachzudenken, machte ich einen Schritt auf ihn zu und umarmte ihn. Ich lehnte meine Stirn an seine Schulter, schloss die Augen und atmete tief ein. Dieser Geruch war so lange Zeit mein Zuhause gewesen. Dann hatte allein der verblasste Gedanke daran wehgetan. Und jetzt ... jetzt hingen Hunderte Erinnerungen daran. Nicht alle schön, aber viele dann eben doch. Ich vermisste nichts davon. Aber ich war glücklich, all das gehabt zu haben. Genau deshalb konnte ich nicht mehr wütend darauf sein, wie es geendet hatte. Ich war dankbar dafür, wie lange es geblieben war.

Levi zog mich an sich und ich wusste, dass er es auch spürte. Dass das hier das Festhalten war, ehe man endgültig losließ.

»Ich wünsche dir Glück und Liebe und Erfolg für die Band. Ich hoffe, du wirst das Leben führen, das du dir wünscht«, flüsterte ich in den Stoff seines Shirts.

»Das wünsche ich dir auch. Du verdienst alles Glück der Welt. Und ich wünschte, ich könnte es wiedergutmachen, dir wehgetan zu haben.« Seine Stimme strich über meine Schläfe, warm und ehrlich.

Ich löste mich von ihm und grinste zu ihm auf. »Schreib ein Lied für mich. Und wenn ihr euren ersten Grammy bekommt, dann verlange ich, in der Dankesrede genannt zu werden.«

»Versprochen.« Er strich mir ein letztes Mal über die Schulter, ehe er von mir zurückwich. Am Treppenabsatz drehte er sich noch einmal zu mir um. »Sie waren immer alle für dich, Effi.«

Ich lächelte, aber ich antwortete nicht. Ich stand nur da und horchte ihm nach, wie er mit langsamen Schritten die Treppe hinunterging, bis sie im Haus verhallt waren und ich nur meinen dumpfen Herzschlag hören konnte.

Ich blieb allein zurück, aber dieses Mal fühlte es sich gut an. Ich hatte Levi gehen lassen, auf jede denkbare Art. Ein Teil von mir würde ihn immer lieben, aber das war in Ordnung. Es war sogar schön.

Zum ersten Mal seit langer Zeit hatte ich das Gefühl, frei atmen zu können. Weil es absolut niemanden mehr gab, an den ich an erster Stelle denken musste. Niemanden außer mir.

Fin hatte recht gehabt: Ich hatte andere Menschen immer als Vorwand genutzt, um mich nicht mit mir selbst befassen zu müssen. Seit ich mit Levi zusammengekommen war, hatte ich mich in erster Linie immer um ihn gekümmert. Um seine Zukunft, um seine Ängste und vor allem um seine Träume. Was ich wollte war in den Hintergrund gerutscht. Ich hatte hauptsächlich gewollt, dass er bekam, was er wollte. Weil ich ihn so sehr geliebt hatte, dass es das Wichtigste für mich geworden war, dass er glücklich war.

Vielleicht war ich deswegen so verloren gewesen, als Levi und ich uns getrennt hatten. Ich hatte vor langer Zeit damit angefangen, mich auf dem Rücken durch mein Leben treiben zu lassen. Levi war meine Strömung gewesen, der Grund dafür, dass ich überhaupt vorankam. Derjenige, der die Richtung vorgab. Für so lange, dass ich vergessen hatte, wie man ohne Strömung klarkam. Wie man aus eigener Kraft schwamm.

Und genau deshalb hatte ich mich so bereitwillig an Fin und seine Probleme geklammert, als wären sie ein Stück Treibholz, das mich über Wasser halten könnte. Weil ich so verdammt viel Angst davor gehabt hatte unterzugehen, wenn ich nur mich selbst hatte. Aber so konnte es nicht weitergehen – so würde ich niemals irgendwo ankommen.

Ich musste endlich begreifen, dass es völlig ausreichte, mich selbst zu haben. Ich musste mir eine Richtung aussuchen und ich musste verdammt noch mal anfangen zu schwimmen. Keine Schwimmflügel mehr. Keine Rettungsboote oder Inseln. Nur noch dieses verdammte Wasser und ich.

Mein Leben, meine Entscheidungen, meine Träume, meine Hoffnungen, und ja – meine Ängste. Ich erinnerte mich an die Frage, die Fin mir damals im

Schwimmbad gestellt hatte. *Wenn du überhaupt keine Angst hättest, was würdest du tun?*

Ich kannte die Antwort auf die Frage, obwohl ich längst begriffen hatte, dass dieser Moment nie kommen würde. Ich würde immer Angst haben. Und das war okay. Ich musste nicht angstfrei sein, ich musste nur mutig genug sein, mich ihnen zu stellen.

Doch bevor ich damit anfing, gab es eine letzte Sache, die ich tun musste; die Mut verlangte, auf eine andere Art und Weise. Ich blickte auf den Umschlag, der schwer in meiner Hand lag.

»Alles klar?« Bela trat aus seinem Zimmer ins Wohnzimmer und sah mich fragend an.

Ich lächelte ihm zu. »Hättest du Zeit, mich wo hinzufahren?«

Kapitel 25

Fin

Meine Mutter hatte zehn Minuten ununterbrochen geweint, nachdem ich das Haus betreten hatte. Es hatte nicht daran gelegen, dass ich überhaupt vorbeikam – das hatte ich in den letzten Jahren zumindest sporadisch gemacht. Es hatte daran gelegen, dass es das erste Mal seit einer Ewigkeit war, dass ich das Haus zur selben Zeit wie mein Bruder betrat.

Ich hatte bis zum Morgen selbst nicht gewusst, ob ich es tun würde. Ob ich in diesen Zug steigen oder es mir in letzter Sekunde anders überlegen würde. Deswegen hatte ich niemandem Bescheid gesagt und Lasse erst geschrieben, als ich nur noch eine knappe Stunde von meiner Heimatstadt entfernt war.

Er hatte mich vom Bahnhof abgeholt. Eine Nachricht hatte gereicht und er war losgefahren – keine Nachfragen, keine Feindseligkeit, kein Spott oder Triumph darüber, dass ich der Forderung bei seinem Besuch doch nachgekommen war.

Wir hatten während der zwanzigminütigen Fahrt geschwiegen, aber es war ein angenehmes Schweigen gewesen. Ich hatte vergessen, dass das etwas war, das wir immer gut miteinander gekonnt hatten. Er war allerdings deutlich besser darin, unsere Mutter zu trösten. Während ich sie umarmt und ihr vorsichtig über den Rücken gestreichelt hatte, hatte Lasse gedehnt geseufzt und war zum Kühlschrank gelaufen.

»Du trinkst jetzt erst einmal ein Glas Sekt und kommst runter, Mama«, hatte er gesagt. »Wenn du so weitermachst, haut er gleich wieder ab. Und ich auch.«

Danach war nicht mehr viel Zeit geblieben, bis die ersten Gäste gekommen waren, und schon eine Stunde später waren Haus und Garten voll von Menschen gewesen, die ich mein Leben lang kannte und die mir in den letzten Jahren doch fremd geworden waren. Was niemanden daran hinderte, mich mit privaten Fragen zu löchern. Mit den Fragen an sich kam ich klar, im Ausweichen war ich gut, aber manchmal war das das Schlimmste, was bewusst ausgespart wurde.

Wo warst du die letzten Jahre? Hast du eine Ahnung, was du deinen Eltern mit deiner Abwesenheit angetan hast? Wie geht es dir seit dem Unfall? Wie lebt es sich so als farbenblinder Krüppel?

In einer Stadt wie dieser, in der jeder jeden kannte, und in einer Familie wie dieser, in der es bis vor vier Jahren der größte Skandal gewesen war, dass unsere Tante eine Affäre mit ihrer besten Freundin hatte, wurde mein Unfall sofort zum unangefochtenen Highlight. Ich wusste nicht, wie viel sie von dem Wie kannten, aber es war mir letztlich auch egal. Bis auf meine Eltern bedeuteten mir diese Leute kaum etwas. Und wenn es eins gab, was einen nicht interessieren sollte, dann war es die Meinung von Menschen, die einem gleichgültig waren.

Meinen Eltern zuliebe verzichtete ich heute darauf, diesen Standpunkt klarzumachen. Als ich bemerkte, dass mein Geduldsfaden gefährlich spannte, zog ich mich stattdessen aus dem Garten zurück und lief vor das Haus. Mein Kopf pochte leicht, als ich mich vor die Einfahrt setzte.

Die Straße floss dunkel zwischen den Bürgersteigen hindurch. Diese Ecke des Orts war nicht dicht besiedelt, nur eine Handvoll Häuser waren um das meiner Eltern herum verstreut. Helle Flecken, die allesamt gleich aussahen. Saubere Fassaden, zurechtgestutzte Gärten, mit lächerlichen Willkommenssprüchen verzierte Fußmatten und von Kinderhänden gebastelte Dekoration an den Eingangstüren.

An unserer waren noch heute Lasses und meine Händeabdrücke zu sehen, die wir mit Acrylfarbe dort hinterlassen hatten. Unsere Eltern waren entsetzt gewesen, aber sie hatten sie dennoch nie entfernt. Ich erinnerte mich noch immer so gut an diesen Tag, so wie an meine gesamte Kindheit.

Ich erinnerte mich daran, wie unendlich mir diese Straße vorgekommen war, als ich ein Kind gewesen war. Wenn ich die Augen zusammenkniff, sah ich meine Mutter noch immer in der Einfahrt stehen, die Hände als Trichter um den Mund geformt, Sorgenfältchen auf der Stirn. *Nur bis zum Ende der*

Straße! Ich sah meinen Vater in der geöffneten Haustür, die Schürze zum Abwaschen umgebunden, das Haar wirr um den Kopf abstehend, ein Rest Seifenschaum an der Wange. *Nur bis die Laternen angehen!* Ich sah meinen Bruder, der mir gegen die Schulter schlug, ehe er auf das letzte Haus der Straße deutete und losrannte. *Wer zuerst da ist!* Und ich erinnerte mich daran, mit dem Fahrrad hier entlangzufahren, als die Sonne unterging. Diese runde Kugel, die hinter dem Ende der Straße im Boden versank und den Asphalt einfärbte.

Das hier war mein Kosmos gewesen. Der Kern meiner Welt, die damals so vollkommen gewesen war. Hier draußen war immer alles heil und hell geblieben und sobald es dunkel wurde, kehrte ich nach Hause zurück. Vielleicht war das das Beste an der Kindheit gewesen. Dass man immer einen Ort gehabt hatte, an den man fliehen konnte, wenn es zu dunkel wurde.

Spätestens mit dem Unfall hatte ich diese Illusion verloren. Man konnte nicht vor etwas fliehen, das in einem war. Vielleicht hatte ich es deshalb kaum ertragen, hierher zurückzukehren. In den vergangenen Jahren hatte ich es selten länger als eine Stunde ausgehalten und ich hatte es nur getan, um meinen Eltern einen Gefallen zu tun. Ich hatte gedacht, heute herzukommen, in ein Haus mit Lasse und der halben Verwandtschaft, wäre fast unmöglich. Doch es war erträglich. Es war besser als sonst. Weil ich mich besser fühlte als sonst. Und obwohl ich mich gegen den Gedanken wehrte, wusste ich, woran das lag.

Vielleicht war es nicht immer ein Ort, der einen vor der Dunkelheit beschützte. Vielleicht war es manchmal, wenn man eine Menge Glück hatte, ein Mensch.

»Bereust du es schon, hergekommen zu sein?« Mit einem Grinsen ließ sich Lasse neben mich auf den Bürgersteig sinken und reichte mir ein Bier.

Dankend griff ich danach und warf einen Blick über meine Schulter. Die Stimmen der Gäste wehten laut und schrill über das Haus hinweg zu uns. Auch ohne die Neugierde meiner Verwandtschaft waren diese Feiern anstrengend. Aber der Anblick meiner Eltern, die einander nach dreißig Jahren so ansahen, als wären es gerade einmal drei Tage, war es wert. »Sie sind ziemlich glücklich, oder?«

»Fast schon nervig.« Lasse lächelte und streckte die Beine auf die Straße aus. Er trug einen Pulli mit dem Logo seiner Universität, der über seinen Schultern spannte.

Wir hatten einander so lange nicht gesehen, dass mir die Veränderungen an ihm umso deutlicher auffielen. Das Kreuz, das durchs Schwimmen breiter geworden war, die ersten Fältchen, die sich um seine Augen genistet hatten, eine winzige helle Narbe an seinem Handrücken, zwei neue Leberflecken an seiner Schläfe. Er sah älter aus, ruhiger, zufriedener.

Ich fragte mich, wie er es schaffte, so gelassen mit mir umzugehen. Die vergangenen Jahre hatte ich mir eingeredet, ich würde von den Familienfesten wegbleiben, um es leichter für Lasse zu machen. Erst, als er bei mir auftauchte, hatte ich begriffen, dass das eine Ausrede war. Ich wollte es für mich selbst leichter machen. Ich wandte den Blick ab und nahm einen Schluck Bier. »Sofia ist nett.«

Lasses Freundin war einer der wenigen Gäste, die ich noch nicht gekannt hatte. Die beiden waren seit anderthalb Jahren zusammen und ich war mir sicher, dass sie von Lasses und meiner Vergangenheit wusste. Trotzdem hatte sie sich davon nichts anmerken lassen, als sie mich begrüßt hatte.

Lasse grinste. »Ist sie. Sie ist absolut unglaublich. Seit sie da ist … ich weiß auch nicht. Irgendwie habe ich das Gefühl, sie sieht was in mir, was ich selbst nie gesehen habe und dem ich vielleicht nie gerecht werden kann, aber ich werde alles dafür tun, es zu versuchen. Weißt du, was ich meine?« Er verzog das Gesicht, als wären ihm die Worte selbst zu kitschig. In seinem Blick erkannte ich dennoch, wie ernst er sie meinte.

Langsam nickte ich. »So seltsam es klingt: Ich glaube schon, ja.«

Lasse hob die Augenbrauen. »Deine Freundin, hm?«

Mein Hals wurde enger und ich nahm noch einen Schluck, ehe ich antwortete. »Sie ist nicht meine Freundin. Sie war … keine Ahnung. Spielt keine Rolle mehr. Das mit uns ist aus. Endgültig.« Endgültig war etwas, das ich gut konnte. Man konnte über mich sagen, was man wollte, im Beenden war ich verdammt gut.

»Sie sah auch nett aus.«

»Effi ist sehr vieles.« Ich lächelte schwach. »Sie ist anders, irgendwie.«

Lasse stützte die Arme auf den Knien ab und drehte sich halb zu mir. »Anders ist doch gut.«

»Ja, aber genau das ist das Problem. Wie du meintest: Sie ist nicht mein Typ. Und ich bin nicht ihrer. Sie passt nicht zu mir.« Ich wusste, dass es stimmte. Effi war hell. Als hätte jemand in einem Meer aus Bleistiftschwarz eine kleine Fläche ausradiert. Eine Insel aus Licht, ein weißer Schemen in einem Chaos aus Schatten. Sie war nicht perfekt, aber sie versuchte auch nicht, so zu wirken. Effi gab nicht vor, etwas zu sein, das sie nicht war. Sie war zwar manchmal unsicher, wegen dem, was sie war, aber sie verheimlichte nichts davon. Vielleicht war es das, was mich so an ihr faszinierte. Dass sie sich ihrer Makel so bewusst war und sie akzeptierte – oder zumindest tolerierte. Ich hingegen versuchte seit vier Jahren so vieles zu verbergen, dass ich manchmal nicht sicher war, ob das, was andere von mir zu sehen bekamen, auch nur noch im Ansatz etwas mit mir zu tun hatte. Bei Effi war das anders gewesen. Ich hatte immer das Gefühl gehabt, dass sie mich sah, wie ich war. Und es hatte sich jedes Mal unglaublich angefühlt, dass sie sich dennoch entschied zu bleiben.

»Weil sie dich dazu gebracht hat herzukommen?«, fragte Lasse in meine Gedanken hinein.

»Auch«, erwiderte ich leise, als mir dadurch, dass es jemand anderes aussprach, bewusst wurde, dass es stimmte. Ich war wegen Effi hier. Nicht, weil sie mich dazu aufgefordert hatte, sondern weil sie etwas in mir ausgelöst hatte, das dazu geführt hatte, dass ich es selbst tun wollte.

Lasse verzog den Mund zu einem schiefen Lächeln. »Sie passt also nicht zu dir, weil sie dich dazu bringt, dich wie ein Mensch zu benehmen. Klingt ja echt teuflisch, die Kleine.«

Ich verdrehte die Augen und zupfte am Saum meiner Mütze herum. Auf dem Weg hierher hatte die Narbe unaufhörlich gejuckt, doch seit ich in Lasses Auto gestiegen war, spürte ich sie nicht mehr. »Lasse?«

»Hm?«

Seit vier Jahren dachte ich über diese Situation nach. Hatte in meinen Gedanken Briefe geschrieben, die Silben unzählige Male aneinandergereiht, auseinandergerissen, wieder zusammengesetzt. Ich konnte jeden Buchstaben wahrnehmen, als hätte er sich tief in meine Zunge gebrannt. Dennoch war es schwer. Worte zu denken war eine Sache. Sie auszusprechen eine andere.

»Es tut mir leid. Alles. Das mit Lene – was ich dir damit angetan habe, war das Schlimmste, was ich jemals getan habe. Weil ich es bewusst getan habe. Das war eine Entscheidung und ich werde sie immer bereuen. Ich weiß, dass das nichts ungeschehen macht, aber es tut mir wirklich leid.«

Lasse sah mich einen Moment lang an, ehe er den Kopf schüttelte und auf die halb leere Flasche zwischen seinen Händen blickte. »Die ganze Sache damals war von uns beiden ziemlich daneben. Ich meine, ich war echt sauer auf dich, aber irgendwann habe ich kapiert, dass ich dir an dem ganzen Scheiß nicht die Schuld geben kann. Und ganz ehrlich? Ich habe dir eigentlich schon in dem Moment verziehen, in dem ich dich im Krankenhaus liegen sah. Du bist mein kleiner Bruder. Scheiße, ich liebe dich, okay?«

Ich verzog das Gesicht, um meine Erleichterung zu verbergen. »Deine Freundin lässt dich ja verdammt sentimental werden.«

»Tja, so ist das, wenn man so richtig verliebt ist. Und ich glaube, eigentlich weißt du genau, wie das ist.«

Er klopfte mir auf die Schulter, etwas vorsichtig. Das hier war ungewohnt. Ein Anfang, wenn wir uns Mühe gaben. Ich war bereit, es zu versuchen.

Als die Laterne auf der anderen Straßenseite ansprang und einen weißgrauen Kegel auf den Asphalt warf, seufzte ich und streckte die Beine aus. »Was soll's. Lass uns zurückgehen.«

Lasse nickte und erhob sich. Mit einem Grinsen sah er auf mich hinab und reichte mir die Hand. »Nur bis die Laternen angehen, richtig?«

***

Es war Sonntagmittag, als ich zurückkam. Von einem Zuhause ins andere, zum ersten Mal seit Langem fühlte es sich so an. Die zwei Tage hatten mich erschöpft, aber auf eine angenehme Art. Die Zeit mit Lasse und meinen Eltern hatte irgendetwas in mir gelöst, das jahrelang steinern auf meiner Lunge gelegen hatte.

Trotzdem sehnte ich mich nach diesen Tagen endloser Gesellschaft nach der Abgeschiedenheit meines Gartens. Als ich das Tor aufgeschlossen hatte und den Blick hob, erstarrte ich. Reflexartig wich ich einen Schritt zurück und sah auf das Zaungatter, um mich zu vergewissern, dass ich mich nicht irrte. Mein Name stand zwar auf dem Schild, aber der Garten, der dahinter lag, war mir fremd.

Mit dumpf klopfendem Herzen warf ich das Tor hinter mir zu und ging weiter in den Garten hinein, versuchte das Ausmaß der Veränderung zu erfassen. Auf der gesamten Erdfläche der Beete standen Blumenkübel, Pflanzentöpfe und Kisten voll mit Setzlingen. Etliche, über hundert kleine Pflanzen. Daneben, mitten auf der Wiese, standen drei große Bottiche mit kopfhohen Baumsetzlingen. Kirsche, Apfel, Pflaume. Mein Blick blieb am Stamm des Letzteren hängen, der am nächsten beim Gartentor stand. Neben dem Etikett war ein weiterer Zettel um das Holz gebunden. Erst beim zweiten Hinsehen erkannte ich, dass es ein Brief war.

Ich ging darauf zu und griff nach dem Umschlag, auf dem in schlichter, schnörkellos er Schrift drei Buchstaben standen.

Fin.

Nur das, nur mein Name, und doch wusste ich, wer sie geschrieben hatte. Ich hatte es beim ersten Blick auf meinen Garten gewusst. Mein Herz verkrampfte sich trotzdem, als ich den Brief aus dem Umschlag zog und entfaltete.

Als du mir das erste Mal von dem, was dir passiert ist, erzählt hast, hast du gesagt, dein Leben wäre ein ewiger Schwarz-Weiß-Film. Ich habe viel darüber nachgedacht und ich glaube, dass im Grunde das Leben für uns alle aus Graustufen besteht. Dinge sind nicht nur weiß oder schwarz, ebenso wenig wie Menschen. Wir machen einiges falsch und können dennoch vieles richtig machen. Wir sind grau und wir sind trotzdem bunt. Und ich finde, das ist so ziemlich der schönste Gegensatz der Welt.

Die Pflanzen sind meine Art, dir Brownies zu überreichen. Aber nicht nur, weil ich mich bei dir entschuldigen muss. Ich finde, du verdienst die Buntheit eines ganzen Universums und du verdienst es, deine eigenen Farben wiederzuentdecken. Jetzt erst recht, Fin - erinnerst du dich?
Du kannst sie einpflanzen oder verschenken. Wenn du dich für Ersteres entscheidest, finden sich mit Sicherheit Menschen, die dir dabei helfen. Davon gibt es viele, auch und gerade dann, wenn man denkt, das wäre unmöglich.
Es ist deine Wahl. Ich habe ein bisschen gebraucht, das zu verstehen. Und das tut mir leid. Es ist alles einzig und allein deine Wahl. Vergiss einfach nur nicht, dass du immer eine hast.

Ich starrte minutenlang auf die Seite, die mit unordentlichen Buchstaben gefüllt war. Ein bisschen chaotisch, ein bisschen schräg, ein bisschen Effi in jedem Wort.

Erst als sich jemand neben mir räusperte, riss ich den Blick hoch. Frau Böhmer stand am Gartenzaun, die Arme darübergelegt, auf ihrem Mund ein ungewohnt ehrliches Lächeln. Ich vermutete, dass das eher den Pflanzen in meinem Garten galt, die sie musterte. Dennoch kroch es bis zu ihren Augen hinauf, als sie bei meinem Gesicht angelangt war.

»Brauchen Sie Hilfe?«

Mein Blick fiel auf das Meer aus Pflanzen, in dessen Mitte ich stand. Kurz schloss ich die Augen, atmete die schwere Süße der Blüten ein, nahm das Summen der Hummeln und Bienen wahr, schmeckte das Atmen des Grüns, das ich nicht sehen konnte und dennoch spürte.

Es war ungewohnt, aber es war überraschend schön. Lebendig. Intensiv. Bunt.

Mit einem winzigen, schiefen Lächeln sah ich zu meiner Nachbarin hinüber. »Ich schätze schon.«

Kapitel 26

Eine der Szenen, die ich in meiner Jugend am häufigsten gesehen hatte? Meine Mutter, die in der Küche stand, wütend vor sich hin fluchte und dabei so energisch abwusch, dass sich zu ihren Füßen ein Wasserteppich bildete.

Es hatte dafür etliche Anlässe gegeben. Wenn ich eine schlechte Mathearbeit zurückbekam, sie eine leere Weinflasche in meinem Zimmer fand, ich zu spät nach Hause kam oder wieder einmal eine Ermahnung aus der Schule mitbrachte, weil sich auf meinen Hausaufgaben irrelevante Zeichnungen befanden. Im Laufe der Zeit hatte ich gelernt, wie ich am besten damit umging, wenn sie schlecht gelaunt war. Es brachte nichts, mit ihr zu diskutieren oder zu versuchen, sie zu besänftigen. Rückzug und abwarten, bis die Luft wieder rein war – das war die einzige Möglichkeit, ihr den Raum zu geben, sich zu beruhigen.

Deshalb verließ ich auch heute ohne ein weiteres Wort das Haus und ging in den Garten. Ich setzte mich auf die Bank, die unter dem knorrigen Apfelbaum stand, den wir zu Ostern mit selbst bemalten Eiern und zu Weihnachten mit Lichterketten schmückten. Oben am Stamm vor der Astgabelung hatte mein Vater meinen Namen ins Holz eingeritzt. Ich war sechs gewesen und hatte mit vor Stolz gerötetem Gesicht auf seinen Schultern gesessen, während er das Messer immer tiefer in die Rinde gegraben hatte. Gott, wie einfach das Leben damals gewesen war. Die einzige Entscheidung, die ich treffen musste, war die morgendliche Auswahl des Paars bunter Strumpfhosen gewesen. Vieles hatte sich seitdem verändert und vieles würde sich noch verändern. Ich musste daran denken, dass all das eines Tages nicht mehr da sein würde. Dieser Baum, dieses Haus, diese zwei Menschen darin, mit denen ich so oft stritt und die ich trotzdem mehr liebte als alles andere.

Ich versuchte den Gedanken wegzulächeln, als mein Vater durch den Garten auf mich zukam. Er reichte mir eine von zwei Tassen, ehe er sich neben mich auf die Bank sinken ließ. Dankend nahm ich sie entgegen und wärmte meine abendkühlen Fingerspitzen an dem Porzellan. Der Duft von heißer Schokolade ließ mich leise seufzen.

Die Fältchen um seine Augen herum vertieften sich, als er mich anlächelte. »Mit Schuss. Sag's nicht deiner Mutter.«

»Ich denke, sie wird eh erst einmal eine Weile nicht mit mir sprechen.« Frustriert warf ich einen Blick zum Haus, in dem meine Mutter vermutlich die Küche unter Wasser setzte, um ihre Wut über ihr einziges Kind zu verdauen. »Ich wollte euch nie enttäuschen.«

Mein Vater legte einen Arm um meine Schulter und streichelte mir über das Haar. »Weißt du, was das Wichtigste ist, das du beim Erwachsenwerden lernen musst? Du wirst es niemals allen Menschen recht machen. Also hörst du am besten direkt damit auf, es zu versuchen. Um deinen Weg zu gehen, musst du Menschen enttäuschen. Manchmal ganz besonders deine Eltern.«

Ich schnaubte. »Mama hat ihre Eltern nie enttäuscht.«

»Sei nicht albern. Sie hat mich geheiratet, das haben ihr die beiden bis heute nicht ganz verziehen.« Das weiche Grinsen, das er mir dabei zuwarf, entlockte mir ein halbherziges Lächeln. Zufrieden zog er mich näher an sich heran. »Deine Mutter liebt dich und sie ist stolz auf dich. Sie ist manchmal nur nicht gut darin, das zu zeigen.«

Ich hoffte, dass das stimmte. Dass sie nur Zeit brauchte, um meine Entscheidung zu akzeptieren. Auch wenn ich gern unabhängig genug wäre, um mich nicht um die Meinung meiner Eltern zu kümmern: Sie war mir wichtig.

»Denkst du auch, ich mache einen Fehler?« Meine Stimme klang unsicher, obwohl ich im Vorhinein so überzeugt von meiner Entscheidung gewesen war. Sie war keineswegs unüberlegt oder übereilt, im Grunde hatte ich sie seit Wochen, wenn nicht sogar Monaten in meinem Hinterkopf vorbereitet. Und in meinem Herzen hatte sie vermutlich schon mein ganzes Leben lang darauf gewartet, dass ich so weit war, sie wahrzunehmen. Ich hatte lange dafür gebraucht. Und ich wusste, was mir geholfen hatte, es endlich zu tun.

Es fühlte sich an, als hätte mir Fins Nähe ermöglicht, auch in Schwarz-Weiß zu sehen. Nicht gut oder schlecht. Nur richtig oder falsch – *für mich.*

Ich wollte mich nicht mehr nur fragen, was das Schlimmste wäre, was passieren könnte. Ich wollte auch daran denken, was das Beste sein könnte. Im eigenen Leben sollte jeder die größte Ausnahme sein.

Mein Vater hob die Schultern und nahm einen Schluck seines Kakaos, sodass sich ein dunkler Rand um seine Lippen legte. Obwohl man ihm das Älterwerden ansah, hatten seine Züge immer etwas Jungenhaftes, Verschmitztes behalten. Ebenso wie sein Gemüt. Ich hoffte, dass ich das auch schaffen würde.

»Ich denke, es ist nie falsch, auf sein Herz zu hören, Effi. Und selbst wenn du irgendwann feststellst, dass es nicht das Richtige ist: Das ist das Leben. Es gibt keine Bedienungsanleitung dafür. Es ist in Ordnung, falsche Entscheidungen zu treffen. Das ist die beste Möglichkeit, ab und zu auch eine richtige zu treffen. Und wenn es nicht auf Anhieb klappt – du bist alt genug, um deine eigenen Fehler zu machen.« Er hielt inne und warf mir einen vielsagenden Blick zu. »Was auch gut ist, dann müssen wir keine Verantwortung mehr dafür tragen. Weißt du noch, wie sauer du warst, als ich dir mit zehn den Pony geschnitten habe?«

»Klar, ich sah ja auch aus wie Prinzessin Eisenherz.« Ich musste lachen und legte den Kopf auf seiner Schulter ab.

Wir schwiegen eine Weile, während der Himmel sich um uns herum zuzog. Der Kakao wurde kälter und mein Inneres wärmer. Auch wenn mir der Streit mit meiner Mutter schwer im Magen lag, spürte ich, wie ich mich insgesamt leichter fühlte. Manchmal war die Angst vor der Entscheidung viel unüberwindbarer als die Entscheidung selbst. Ich hatte so lange Angst gehabt, jetzt war ich bereit, mutig zu sein.

»Sollen wir wieder reingehen?«, fragte ich, als das Zirpen der Grillen um uns herum einsetzte.

Mein Vater sah zum Haus, das in der ansetzenden Dunkelheit immer grauer geworden war. »Geben wir ihr noch etwas Zeit. Jeder hat sein eigenes Tempo. Warten ist manchmal das Rücksichtsvollste, was man tun kann.« Lächelnd ließ ich den Kopf zurück gegen seine Schulter sacken. Schloss die Augen, atmete tief durch und fühlte, wie das letzte bisschen Schwere meiner

Gedanken nachließ. Es war vermutlich egal, wie alt man wurde: Es gab nie einen Duft, der etwas Vergleichbares in einem auslöste wie der Geruch des Waschmittels aus dem Elternhaus.

***

Es war nach neun, als mein Vater und ich wieder ins Haus gingen. Ich setzte mich ins Wohnzimmer und hörte durch die offene Küchentür, wie die beiden kurz miteinander sprachen, ehe meine Mutter zu mir kam und mir wortlos ein Stück Mandelkuchen reichte. Ich wusste, dass das ihre Art eines Waffenstillstands war, trotzdem atmete ich erleichtert durch, als ich mich in mein altes Kinderzimmer zurückziehen konnte. Es war nicht einmal ein Jahr her, dass ich weggezogen war, dennoch fühlte ich mich in diesem Raum schon entwachsen.

Als ich mir meine Schlafsachen angezogen und die Bettdecke beiseitegezogen hatte, ließ mich mein klingelndes Handy erstarren. Ich sah sekundenlang auf das vibrierende Display, bis ich es schaffte, danach zu greifen. Ein Teil von mir hatte damit gerechnet, dass er anrufen würde. Ich war mir nicht sicher gewesen, aber ich hatte darauf gehofft.

»Hey.« Die vertraute Stimme kletterte in mein Ohr und stellte all meine Nackenhärchen auf.

»Hallo, Fin«, sagte ich leise und presste das Handy gegen mein Ohr, während ich mich an das Rückenteil des Betts sinken ließ.

Ein paar Sekunden Stille folgten, ehe er wieder sprach. »Ich war vorhin bei euch, aber Bela meinte, du bist ein paar Tage bei deinen Eltern.«

»Ja. Es gab einiges, was ich ihnen erzählen musste.« Ich holte tief Luft, um zum zweiten Mal an diesem Tag auszusprechen, was ich mir lange verboten hatte zu denken. »Ich habe beschlossen, mein Studium abzubrechen. Ich will Illustration studieren, an der Kunsthochschule.«

»Klingt richtig«, sagte Fin schlicht und etwas daran brachte mich so zum Lächeln, dass mein Herz aufstach. Ich presste zwei Finger in die Nasenwurzel und musste mehrmals ein- und ausatmen, ehe ich es schaffte fortzufahren. »Meine Mutter meinte, das wäre die unbedachteste und leichtsinnigste

Entscheidung meines Lebens. Vielleicht stimmt das sogar irgendwie. Aber ich will auch gar nicht mehr so viel denken. Ich hab zum ersten Mal das Gefühl, wirklich zu verstehen, was mein Herz mir sagt. Die Bewerbungsfrist ist in sechs Wochen und ich hab natürlich keine Ahnung, ob sie mich nehmen, aber ... ich will es versuchen.«

»Ich bin sicher, sie nehmen dich, Effi. Du hast unfassbar viel Talent und du kannst verdammt hartnäckig sein. Ich weiß, dass du das kannst.« Die Klarheit seiner Worte wärmte mein Inneres. Da war kein bisschen falscher Schmeichelei, da war einfach nur nüchterne Aufrichtigkeit. Ich drückte das Handy fester an mein Ohr, weil ich ihn in diesem Moment so vermisste, dass ich kaum atmen konnte. »Aber deswegen wolltest du nicht mit mir sprechen«, stellte ich dann fest.

»Hm.« Kein Ja und kein Nein, dafür ein Fetzen Lächeln, der an der Silbe haftete. »Du bist also in meinen Garten eingebrochen.«

»Dafür war wenig krimineller Aufwand nötig. Ich musste nur über den Zaun klettern und darin habe ich in den letzten Wochen durch deinen schlechten Einfluss einiges an Übung gesammelt. Außerdem: Was wäre schon das Schlimmste gewesen, das hätte passieren können?«

Er grinste hörbar. »Das ist so schräg, Effi.«

Ich musste ebenfalls lächeln. »Gefallen sie dir denn?«

»Sie sind ziemlich schön. Es war eine Heidenarbeit, aber irgendwie wurde daraus ein Nachbarschaftsprojekt. Ich hab ewig gebraucht, alle Leute wieder loszuwerden.«

»Wie schrecklich«, sagte ich mit halbem Spott, der verdächtig nach Zufriedenheit klang. Ich hatte Fin bewusst die Wahl gelassen, was er mit den Pflanzen machte. Ich durfte mich nicht in sein Leben einmischen, wenn er es nicht ausdrücklich wollte – wenn ich etwas gelernt hatte, dann das. Dass er sich entschieden hatte, sie zu behalten, machte mich glücklicher, als ich in Worte fassen konnte.

»Eigentlich war es ganz nett. Manchmal ist es schön zu sehen, wie viele Menschen bereit sind, dir zu helfen, wenn du nur danach fragst.« Er holte tief Luft. »Wieso hast du das getan? Nach allem, was ich gesagt habe?«

Ich zögerte und strich über das feine Blütenmuster der Bettdecke. Versuchte mir Fins ähnlich bunten Garten vorzustellen. »Weil es mir leidtut. Du hattest recht mit dem, was du gesagt hast«, erwiderte ich schließlich. »Ich habe mich lieber auf deine Baustellen konzentriert, als an meine zu denken.«

Stoff raschelte auf der anderen Seite der Leitung. Vielleicht richtete er sich auf, um den folgenden Worten mehr Platz zu geben. »Mir tut es auch leid. Alles, was ich gesagt habe. Ich wollte einfach nicht darüber nachdenken, was damals war, und ich wusste, mit dir zu reden würde mich genau dazu bringen. Also habe ich versucht, dich wegzustoßen, indem ich dir wehtue.«

»Hat funktioniert.« Ich spürte das Nachbeben unseres Streits noch in mir. Ich hatte verstanden, warum er so reagiert hatte, aber es hatte mich trotzdem verletzt.

»Ich weiß. Darin war ich immer gut, was?«

»Nicht nur darin.«

»Sondern?«

»Darüber kann ich jetzt wirklich nicht sprechen, während meine Eltern nebenan schlafen.«

Fin lachte leise, ein bisschen heiser. Ein paar Sekunden verstrichen, bis die Ernsthaftigkeit zurück in seine Stimme gesickert war. »Was du getan hast ... ich weiß, dass du mir helfen wolltest. Und du hast recht. Ich kann so nicht mehr weitermachen und ich will es auch nicht. Ich muss etwas tun, um voranzukommen. Ich war bei meinen Eltern und habe mit Lasse gesprochen. Es war weniger schlimm, als ich dachte. Und ich schreibe gerade an einem neuen Brief.«

Mein Herz machte einen Sprung. »Einem, den du abschicken wirst?«

Beinahe konnte ich sehen, wie er die Schultern hob. »Gut möglich.«

»Das ist großartig«, sagte ich schlicht. Mehr stand mir nicht zu. Das war Fins Geschichte. Nur er konnte entscheiden, welches Kapitel das nächste sein sollte. Ich konnte ihm Worte aufzeigen, an die er noch nicht gedacht hatte, aber ich konnte ihm keine Sätze in den Mund legen. Und das wollte ich auch gar nicht. Ich war mir sicher, dass Fin in seiner eigenen Sprache das genau richtige Vorgehen für seine Geschichte finden würde.

»Du bist großartig, Effi.« In dem Zögern, das meinem Namen nachklang, lagen weitere Worte auf seiner Zunge.

Ich hakte mich ein, ehe er sie laut aussprechen konnte. »Danke, dass du all das gesagt hast. Aber ich habe nicht angerufen, damit du dich entschuldigst.«

»Du hast mich überhaupt nicht angerufen. Ich war das.«

Ich erahnte dieses vertraute, schiefe Lächeln in seiner Stimme und brauchte kurz, um den Faden wiederzufinden. »Richtig. Aber trotzdem. Es ist gelaufen, wie es gelaufen ist. Ich habe dir die Pflanzen nicht geschenkt, um irgendetwas daran rückgängig zu machen. Ich wollte nur, dass du eines nicht vergisst: Nur weil du keine Farben siehst, bedeutet das nicht, dass du immer so schwarzsehen musst. Da ist immer Licht. Das Leben kann so hell sein. Du musst nur ab und zu mal die Vorhänge aufziehen.«

»Poetisch ausgedrückt, Shakespeare.« Er zögerte. Etwas raschelte leise, ich fragte mich, ob er auch im Bett lag. In dem Bett, in dem er mich vor gar nicht langer Zeit im Arm gehalten hatte. »Heißt das, wir können uns wiedersehen? Weil ich dich nämlich vermisse. Du fehlst mir.« Seine Stimme brach an der Ehrlichkeit der Worte.

Etwas in mir zog sich zusammen, ich presste eine Hand auf meinen Brustkorb. Die nächsten Buchstaben wogen so viel, dass ich sie kaum von der Zungenspitze stoßen konnte. »Du fehlst mir auch, aber trotzdem kann ich das nicht. Ich kann nicht mit dir befreundet sein, ich schaffe das nicht. Und ich weiß, dass ich mich nicht wieder derart darin verlieren darf, noch mehr für jemanden zu empfinden.«

»Ich weiß, dass ich dir wehgetan habe, aber ...«

Sanft fiel ich ihm ins Wort. »Ja, aber darum geht es gar nicht. Du kannst nichts dafür, wer du bist oder was du fühlst. Und es ist absolut in Ordnung, dass du so bist, wie du bist. Es ist gut, Fin. Du bist gut. Und ich weiß, dass ich auch gut bin. Aber vielleicht sind wir es nicht füreinander. Ich muss mich auf mich konzentrieren, ich muss jetzt erst mal der Mensch sein, den ich selbst brauche.«

Einen Moment lang war es still. Ich verstand das. Obwohl ich die Worte so oft durchdacht hatte, hatte selbst ich das Gefühl, sie verdauen zu müssen.

»Also, das war's dann?«, fragte Fin mit rauer Stimme. »Wir sind gar nichts mehr?«

Ich presste die Augen zusammen, um das Brennen zu lindern. Um es nicht in meine Stimme kriechen zu lassen. »Wir sind Belas Freunde. Vielleicht sollten wir es darauf beruhen lassen. Ich meine, wir werden uns auch in Zukunft sehen und das wird okay sein, oder?«

Die erneute Stille vibrierte so laut in mir, dass ich mir das freie Ohr zuhielt, um ihn besser hören zu können. Er setzte ein paarmal an, etwas zu sagen, und ließ es doch. Dann, schlicht und tonlos: »Okay.«

Und ich wusste, dass er es nicht so meinte, ebenso wenig wie ich es in diesem Moment fühlte. Aber er war bereit, es hinzunehmen, und das war alles, was zählte.

»Danke für die Farben, Kobold.«

Das sachte Lächeln, das an den Worten heftete, machte das Brennen in meinen Augen erträglicher. Ich klemmte dasselbe an meine. »Das kann ich nur zurückgeben.«

Nachdem wir aufgelegt hatten, saß ich da und horchte dem Verblassen seiner Stimme nach. Es tat weh, aber ich hielt mich daran fest, dass es besser werden würde. Irgendwann. Und bis dahin kannte ich einen verlässlichen Weg, mit meinen Gefühlen umzugehen. Den besten von allen.

Mein Herzschlag beruhigte sich, als ich nach dem Skizzenbuch griff, das ich mir vor meiner Abfahrt im Bahnhofsshop gekauft hatte. Der Umschlag war klatschmohnrot, so wie ich es heute gewesen war. Mutig, selbstbewusst, stark. Mit einem Lächeln schlug ich es auf, griff nach dem Feinliner neben mir und schrieb ein einziges Wort in Großbuchstaben auf die erste Seite. *Effi.*

Kapitel 27

Zehn Wochen später

»Mir ist wirklich richtig schlecht.« Ich presste eine Hand auf meinen Magen, in dem es unangenehm flatterte.

Asta kam hinter dem Tresen hervor, auf dem sie gerade die letzten Gläser angerichtet hatte. Besorgt musterte sie mich. »Auf die Weise, die nach einem Sekt verlangt, oder eher die, die nach einem Eimer ruft?«

»Gibt es auch eine Mischung aus beidem?« Mit mulmigem Gefühl ließ ich den Blick durch das Glashaus wandern.

Ich hatte immer schon geglaubt, dass das Café dadurch, dass es vereinte, was ich liebte, zum Abbild meines Herzhauses wurde – jetzt war es offensichtlich.

Seit ein paar Stunden standen überall im Raum verteilt bewegliche Wände. Wände, an denen meine Bilder hingen. Kohleskizzen, Aquarellbilder, Bleistiftwerke. Körper und Porträts, Natur- und Häuserlandschaften, Motive und Szenen aus Welten, die nur in meinem Kopf existierten. Manche in Rahmen, andere mit bunt gemustertem Washi Tape festgeklebt. Alles ein bisschen chaotisch und doch mit meinem ganz persönlichen System. Mein Herz in Bildern.

Anderthalb Monate lang hatte ich mein Zimmer nur verlassen, um neue Malutensilien zu besorgen, zur Arbeit zu gehen oder dann, wenn Bela und Asta beschlossen hatten, dass es an der Zeit für Frischluft war. Ich war wie im Rausch, weil es so guttat, mich wieder auf meine Kunst einzulassen. Gleichzeitig wollte ich das Beste aus mir herausholen, um eine Chance an der Kunsthochschule zu haben. Und damit ich mir später nicht vorwerfen konnte, es nicht mit aller Kraft versucht zu haben. Herausgekommen waren Unmengen an Bildern, zu viele für eine einzige Bewerbungsmappe. Als ich die überflüssigen Bilder in Kartons verstaut hatte, war Asta entsetzt gewesen und hatte mich überzeugt, meine Kunst stattdessen auszustellen. Außerdem hatte sie auf meinen Chef eingeredet, bis er sich dazu hinreißen lassen hatte, mir das Café für einen Tag zur Verfügung zu stellen.

Und hier waren wir nun. In meinem Herzhaus, in dessen Mitte ich mich höchstwahrscheinlich gleich übergeben würde.

Asta blieb vor mir stehen und griff an meine Schultern. »Effi Picasso Malve«, sagte sie feierlich und sah mir fest in die Augen. »Das wird absolut großartig werden, hörst du? Sieh dich mal um! Du hast hier ein Kunstwerk voller Kunstwerke geschaffen. Hast du eine Ahnung, wie verdammt stolz du auf dich sein kannst? Alles, was jetzt noch kommt, ist nur noch ein Bonus. Nichts, auf das du angewiesen bist. Du hast es geschafft.«

Ich musste lächeln, zwang mich aber zu einer nüchternen Stimme. »Die offizielle Zulassung steht noch aus, Asta.«

Sie machte eine wegwerfende Handbewegung. »Der Typ im Immatrikulationsbüro meinte, du kannst dich auf das Verkünden der Ergebnisse freuen. Ich glaube nicht, dass der so leichtsinnig ist, solche Ankündigungen zu machen, ohne sich fünfmal zu versichern, dass es auch stimmt.«

»Vielleicht ist er ein Sadist.« Im Grunde wusste ich, dass sie recht hatte. Vor allem, weil ich den Mann tatsächlich fünfmal gebeten hatte, erneut nachzusehen. Aber hundertprozentig sicher würde ich mir erst dann sein, wenn ich den Brief in meinen Händen hielt.

Asta knuffte mich in die Seite. »Vielleicht hast du das auch einfach verdient und solltest dich jetzt endlich freuen.«

»Ich freue mich ja«, gab ich zu und sah mich erneut um. Es war ein seltsames Gefühl, meine Bilder außerhalb meiner vier Wände zu sehen. Einschüchternd und ermutigend zugleich.

»Brav.« Sie nickte und wich vor mir zurück. »Dann gehe ich jetzt los und helfe den Jungs dabei, den Sekt herzutragen, bevor Adam alles austrinkt. Und du entspannst dich, bevor du in einer halben Stunde im Mittelpunkt stehen musst.« Geschickt schob sie sich zwischen zwei Wänden hindurch, sodass sich die lose befestigten Blätter im Luftzug sacht bewegten. Kurz darauf klirrte das Windspiel an der Tür auf und ich blieb allein zurück.

Ich atmete tief durch und ging hinter den Tresen, um mich um das mitgebrachte Essen zu kümmern. Die vergangenen zwei Tage hatte ich meine Nervosität damit kompensiert zu backen. Ich war darin zwar deutlich besser als im Kochen, aber es war dennoch auch Belas Einsatz zu verdanken, dass sich jetzt hinter der Verkaufstheke etliche Boxen mit verschiedenen Mini-Muffins türmten. Der süßschwere Duft von dunkler Schokolade umfing mich, als ich eine davon öffnete und begann, die schwarzen Küchlein auf ein Tablett zu setzen.

Als bereits zwei Bleche belegt waren und ich bei der zweiten Box angekommen war, spürte ich, wie meine Nervosität abflachte. Asta hatte recht, es spielte letztlich keine Rolle, was gleich passierte. Es war egal, wie viele Menschen kamen und was sie über all meine Bilder dachten. Ich war zufrieden mit mir. Ich fühlte mich angekommen, nicht am Ziel, aber auf dem richtigen Weg dorthin. Irgendwann in den letzten Wochen hatte ich gespürt, dass ich ihn gefunden hatte. Diesen Ort, nach dem ich gesucht hatte, seit Levi und ich uns getrennt hatten, oder sogar schon länger. Vielleicht hatte ich mein Leben lang nach ihm gesucht, ohne es zu wissen. Jetzt konnte ich ihn auf einmal klar und deutlich fühlen – er war in mir. Ich war mein eigenes Zuhause, ich war mein eigener Antrieb, ich war meine eigene Zuflucht. Ich war mir selbst genug. Als mein Handy aufsummte, zuckte ich zusammen. Hastig holte ich es aus meiner Hosentasche und entsperrte mit schokoladenverschmierten Fingern den Bildschirm. Ich stieß laut die Luft aus, als ich den Namen meiner Mutter sah und legte das Handy, ohne zu antworten, auf die Theke. Am liebsten hätte ich mir selbst einen mitleidigen Blick zugeworfen. Es war absolut absurd, dass mein Herz nach zehn Wochen immer noch jedes Mal beschleunigte, wenn ich eine Nachricht erhielt. Denn das war der allergrößte, absurdeste Plottwist nach all den Erkenntnissen, die ich in den letzten Wochen gesammelt hatte: Ich vermisste Fin trotz alledem.

Ich hatte geglaubt, dieses Ziehen in meiner Brust würde nachlassen, wenn genug Zeit verging. Wenn ich mich auf mich und meinen Traum konzentrierte, wenn ich begriff, dass ich selbst so viel zu bieten hatte. Aber obwohl ich dabei war, all das zu tun, konnte ich nicht aufhören, an ihn zu denken. Nicht einmal in den richtig schönen Momenten. In mir war der Wunsch, das, was sich so nach Gewinnen anfühlte, mit ihm zu teilen. Nicht, weil ich seine Anerkennung brauchte, um glücklich zu sein, aber weil ich wusste, dass ich es dann noch einmal anders wahrnehmen könnte. Intensiver vielleicht.

Er fehlte mir. Er fehlte mir seit zehn Wochen. Und ich hatte das Gefühl, das nicht denken oder aussprechen zu dürfen, weil ich kein Anrecht darauf hatte. Es war meine Entscheidung gewesen und Fin nahm so viel Rücksicht darauf, wie es überhaupt möglich war. Seit jenem Telefonat hatte ich nichts mehr von ihm gehört, geschweige denn, dass ich ihn gesehen hätte. Er war ein Phantom. Eine unverständliche Stimme am anderen Ende von Belas Handy, eine Leerpause in Belas Erzählungen, ein Erinnerungsfilm, der immerzu lief. Ein paarmal war ich kurz davor gewesen, ihm zu schreiben, hatte es aber nie über mich gebracht.

Das Klingeln der Türglocke riss mich aus den Gedanken. »Wir haben noch geschlossen«, sagte ich laut, noch bevor ich von den Muffins aufsah.

Ruckartig ließ ich das letzte Schokoladenküchlein zurück in die Box fallen. Was ich sah, passte einfach nicht zusammen.

Fin verharrte einen Moment lang in der Tür, ehe er sie hinter sich zufallen ließ. Er trug wie immer eine dunkle Fischermütze, aber das war das einzig Vertraute an diesem Anblick. Statt der gewohnten schwarzen Kleidung hatte er eine blaue Stoffhose an, dazu ein rotes Shirt und eine moosgrüne Sweatjacke. Die Socken, die aus seinen Turnschuhen hervorblitzten, waren senfgelb.

Fassungslos schüttelte ich den Kopf, während er auf mich zukam und sich mit einer vertrauten Geste die Mütze etwas nach hinten schob. »Das ist ein abenteuerliches Outfit.«

Fin runzelte die Stirn und sah an sich hinab. Ich fragte mich, ob der Anblick für ihn auch so ungewohnt war – ein Mosaik aus Grautönen, wo sonst nur Schwärze war. »Es ist scheußlich, oder?«

Ich grinste schwach. »Ein bisschen.«

»Dachte ich mir. Das, oder dass ich heute irgendeinem Filmstar zum Verwechseln ähnlich sehe.«

»Du wurdest angestarrt?«

»Etwas.«

»Schlimm?«, hakte ich nach.

»Eigentlich nicht. Jemand hat mal zu mir gesagt, dass nichts Schlimmes daran ist aufzufallen, solange man sich selbst gefällt. Ich will nicht lügen: Das hier ist eher eine Geste als ein neuer Lebensstil. Aber eigentlich mag ich diese Sachen. Sie sind bequem.« Er zuckte mit den Schultern und so gelassen, wie er dabei aussah, glaubte ich ihm sogar.

»Klingt ja verdammt weise, diese Person«, stellte ich fest. Seine Mundwinkel zuckten. »Sie hat ihre Momente.«

Ich wischte meine Hände an einem Küchentuch ab, ehe ich hinter dem Tresen hervorkam und ihm entgegenging. Dabei konnte ich nicht aufhören, ihn zu mustern. Nicht wegen der ungewohnten Kleidung, sondern einfach, weil wir einander so lang nicht gesehen hatten.

»Fin?«, fragte ich, als ich vor ihm stehen blieb.

»Ja?«

»Ich finde, du siehst absolut großartig aus«, meinte ich mit Nachdruck in der Stimme.

Er hob die Augenbrauen. »Ich dachte, scheußlich.«

Ich musste lachen. Ein kratziger, atemloser Ton. Allein die Tatsache, dass er hier vor mir stand, machte mich so glücklich, dass mir ein wenig schwummrig wurde. »Genau deswegen ja. Wenn ich dich jetzt noch eine Banane essen sehe, falle ich um vor Glück.«

»Ich glaube, das erspare ich dir. Wie ich gehört habe, hast du noch was vor.« Unter dem feinen Spott schwang etwas anderes in seiner Stimme mit. Etwas, das ich auch in seinen Augen erkennen konnte, als er sich im Glashaus umsah. Stolz.

Ich folgte seinem Blick und verschränkte die Arme vor der Brust, traute mir nicht genug, um auszuschließen, dass ich sie sonst nach ihm ausstrecken würde. Er stand zwar nur ein paar Schritte von mir entfernt, aber ich war mir nicht sicher, wie viel Distanz wirklich zwischen uns war. Ich wusste ja nicht einmal, warum er hier war.

Ehe ich eine Antwort auch nur denken konnte, griff er in seine Jackentasche und reichte mir ein kleines, in braunes Papier gepacktes Bündel. »Ich bin extra so früh gekommen, damit ich dich erwische, bevor es losgeht. Ich wollte dir was vorbeibringen.«

Stirnrunzelnd griff ich danach und wickelte das Mitbringsel aus. Wieder brauchte ich einen Moment, bis ich begriff, was sich darin befand. Als es so weit war, stahl sich ein breites Lächeln auf mein Gesicht.

»Fin.« Meine Finger strichen über den Stoff der Mütze. Sie hatte dieselbe Form wie seine, aber sie war nicht schwarz. Sie war in Regenbogenfarben gestreift.

Er zupfte erneut an seiner Mütze herum. Ein eindeutiges Zeichen dafür, dass ich nicht die Einzige war, die ein wenig nervös war. »Ich dachte, du könntest die gebrauchen. Um dich daran zu erinnern, dass es okay ist, nicht immer sicher zu sein, was du bist. Für mich warst du immer bunt.«

Meine Wangen wurden warm. Um es zu kaschieren, setzte ich mir kurzentschlossen die Mütze auf. Vorsichtig zupfte ich daran herum, bis ich das Gefühl hatte, dass sie ansatzweise saß. »Und? Steht sie mir so gut wie dir?«

Fin grinste schief. »Besser.«

»Danke. Ich liebe sie.« Unsicher blinzelte ich zu ihm auf. »Und ich bin froh, dass du gekommen bist. Ich wollte dich einladen, aber ich dachte, das wäre komisch, nachdem du mir so aus dem Weg gegangen bist. Ich habe dich ewig nicht gesehen. Du bist nie bei uns vorbeigekommen.«

Fin schwieg einen Moment lang. Als er antwortete, klang seine Stimme ernster. »Ich dachte, das wolltest du so.«

»Dachte ich auch.« Kurz zögerte ich, dann gab ich mir einen Ruck und lief an ihm vorbei. »Komm mal mit.«

Mein Herz stampfte, als ich vor der Wand stehen blieb, die direkt neben dem zweiten Ausgang lag, der zum Garten führte. Dort, wo das meiste Licht hereinfiel und golden an der weißen Stellwand hinablief. Das hier war eines der spontanen Werke. Über manche Motive hatte ich tagelang nachgedacht und etliche Skizzen angefertigt, ehe ich in die Reinzeichnung überging. Und dann gab es die Bilder, die aus einem Gefühl heraus entstanden.

Es war eine Collage, zwölf Bleistiftzeichnungen, jede so groß wie ein

Notizzettel. Ich hatte die Quadrate mit etwas Abstand voneinander auf schwarzes Papier geklebt, sodass ein Raster entstanden war. Der Schwung eines Wangenknochens. Die Kuhle oberhalb eines Schulterblatts. Der Haaransatz, der unter dem Saum einer Mütze hervorlugte. Ein paar Leberflecken in einer Anordnung, die es nur einmal geben konnte. Ein Grübchen neben einem Nasenflügel. Wimpernfächer, die sich auf leichte Augenringe betteten. Ein Ohr, über dem sich eine unebene Linie andeutete, die man nur verstehen konnte, wenn man sie kannte. Ein Mund, ein Winkel höher gezogen als der andere. Eine Hand mit schmalen Fingern. Der Muskel eines Oberarms, leicht angespannt unter einem Shirt aus dunklem Stoff. Und ein Auge mit einem Blick, den ich nie vergessen würde. Zwölf Details eines Kunstwerks von einem Menschen. Inmitten der Collage hatte ich ein Wort aus Zeitungsbuchstaben zusammengelegt. *Winterfarben.*

Wir standen schweigend nebeneinander und betrachteten die Zeichnungen. Obwohl Fin nichts sagte, wusste ich, dass er es erkannte. All seine Besonderheiten, die sich in meine Netzhaut gebrannt hatten, die ich immer wieder vor mir hatte, wenn ich die Augen schloss. Ich hatte nichts davon vergessen. Das würde ich nie.

Meine Sicht flimmerte leicht, als ich es wagte, ihn anzusehen. Sein Gesicht war wieder einmal völlig ausdruckslos, während seine Augen über die Bilder wanderten.

»Es hat sich herausgestellt, dass man sich, wenn man versucht herauszufinden, was man will, ab und zu irren kann.« Ich lächelte, mit brennendem Herzen und brennenden Augen. »Ich habe dich so schrecklich vermisst, Fin.«

Kurz sah er noch auf die Collage, auf diese Momentaufnahmen seines Selbst. Dann wandte er mir langsam den Blick zu. Ich konnte den Ausdruck in seinem Gesicht nicht deuten. »Du hättest anrufen können. Ich hab gehofft, dass du es tust. Dass du mir einfach irgendein Zeichen gibst, dass du es dir anders überlegt hast.«

»Ich dachte, ich muss das irgendwie alleine schaffen. Für mich. Um mir beweisen, dass ich dich nicht brauche.«

Er drehte sich langsam ganz zu mir. Zwischen uns nur noch eine Handbreit

Luft. »Ich will nicht, dass du mich brauchst. Ich will, dass du mich willst. So wie ich dich will, Effi.« Er machte einen halben Schritt auf mich zu, aber er berührte mich nicht, als wollte er meine Entscheidung abwarten. »Das hier hat nichts mit romantischem Drama zu tun, natürlich könnten wir ohne einander leben. Das Ding ist nur, dass ich weiß, dass ich das nicht will. Mit dir ist es besser. Mit dir ist alles besser.«

Ich schluckte. »Und was, wenn es nicht funktioniert?«

Er neigte den Kopf leicht zur Seite. Ich hatte fast vergessen, dass er einer der wenigen Menschen war, bei denen das nicht aussah, als hätten sie Wasser im Ohr. »Was wäre das Schlimmste, das passieren könnte?«

Ich musste lachen. »Das schon wieder.«

Seine Mundwinkel zuckten, aber sein Blick blieb eindringlich und ernst. »Ich habe mir die Frage in den letzten Wochen ständig gestellt. Ich wollte mir vor Augen halten, wie viel besser es ist, dass wir es einfach sein gelassen haben. Aber mir ist klar geworden, dass das Unsinn ist. Das Schlimmste, was passieren könnte, ist nichts im Gegensatz zu diesem Scheißgefühl, das ich habe, seit du weg bist. Du bist mir jedes Risiko wert, Effi.«

Mein Herz dehnte sich aus, als hätten seine Worte ein paar Teelöffel Hefe hineingegeben. »Für jemanden, der angeblich nicht gut mit Worten ist, war das ziemlich gut.«

Fin grinste schief. »Ich hatte viel Zeit zum Üben. Ferdinand kennt ungefähr zwanzig Versionen dieser Rede.«

»Der Glückspilz.« Vorsichtig streckte ich die Hand nach ihm aus, berührte seine Finger, sein Handgelenk, seinen Unterarm. Seine Haut brannte unter meinen Fingerkuppen, ich spürte die Wärme bis in meine Magengrube.

Fin fing meine Hand mit seiner ab und zog mich näher an sich. »Weißt du noch im Schwimmbad, als wir dieses Wahrheitsspiel gespielt haben?«

»Klar. Du hast deinen Joker bei der ersten Frage genommen.« Ich erinnerte mich auch daran, dass ich meinen Joker nie gezogen hatte. Damals hatte ich nicht darüber nachgedacht, aber jetzt verstand ich wieso. Es hatte nie etwas gegeben, von dem ich dachte, dass ich es vor Fin nicht sagen könnte.

»Du hattest gefragt, warum ich dich so schnell mit zu mir genommen habe. Ich konnte darauf nicht antworten, weil es keinen Grund gab. Es gab nur dich. Und irgendwie war das von Anfang an genug.«

Ich lächelte schwer. »Du bist auch genug, Fin. Du bist mehr als genug. Du bist alles.«

Er zupfte am Saum meiner Mütze herum, so, wie er es immer bei seiner tat. »So wie du«, sagte er leise.

Seine Hand schob sich behutsam in meinen Nacken. Doch obwohl ich nichts mehr wollte, als mich in seine Berührung fallen zu lassen, zwang ich mich dazu, ihn ein wenig wegzuschieben. »Warte«, sagte ich und kniff kurz die Augen zusammen, um mich zu sammeln. Um mich auf das zu konzentrieren, was wichtig war. »Ich will das hier wirklich. Aber ich weiß einfach nicht, ob ich das kann. Ich erwarte nicht von dir, dass du dich änderst, aber ich kann mich auch nicht ändern. Ich werde mir immer Sorgen machen, solange ...«

»Effi«, unterbrach er mich sanft. »Ich hab dir gesagt, dass ich verstanden habe, dass du recht hast, weißt du nicht mehr? Und genau deshalb gehe ich wieder zur Therapie.«

Perplex hielt ich inne. »Wirklich?«

Er nickte, ein wenig belustigt. »Ja. Seit etwa drei Wochen. Die Therapeutin geht mir zwar ein bisschen auf die Nerven, aber irgendwie erinnert sie mich an dich, also ... eigentlich läuft es ganz gut.«

»Charmant«, bemerkte ich trocken. Ich wusste dennoch, dass er mir ansehen konnte, wie sehr mich seine Worte erleichterten.

Ein weiches Grinsen nistete sich in seine Mundwinkel. »Und was den Rest angeht ... ich bin dran. Ich habe den Brief fertig.«

»Schickst du ihn ab?«

»Ich weiß nicht. Vielleicht bin ich noch nicht ganz so mutig wie du.« Er zuckte mit den Schultern, leichte Anspannung in den Oberarmen und im Blick.

»Nach der Wahl deines heutigen Outfits würde ich dir da widersprechen.« Mein Spott klang etwas verhalten, weil meine Stimme so schwer vor Zuneigung war.

»Kaum zu glauben, dass ich dich vermisst habe«, murmelte er mit einem Augenverdrehen, aber ich bemerkte das Lächeln in seiner Stimme dennoch.

Ich erwiderte es mit den Lippen und den Augen und allem, was ich war. Ich würde ihn nicht dazu drängen, den Brief abzuschicken. Ebenso wenig wie ich ihn fragen würde, ob er darüber nachgedacht hatte, nach einem Weg zu suchen, sich doch noch ans Tätowieren zu wagen. Das hier war sein Leben und er entschied, wie es weiterging. Er hatte den ersten Schritt gemacht und ich war davon überzeugt, dass er weitergehen würde. Vielleicht würde er manchmal ein wenig vom Weg abkommen, auf manchen Etappen nur langsam vorankommen oder darüber nachdenken, stehen zu bleiben. Aber ich war mir sicher, dass er doch immer weiterlaufen würde. Und ich war absolut bereit dazu, ihn dabei zu begleiten. Egal, wie anstrengend es werden würde.

»Kaum zu glauben, dass ich das nur zurückgeben kann«, konterte ich etwas verzögert und machte eine Bewegung auf ihn zu, bis unsere Körper sich berührten.

Fin zog mir grinsend eine wirre Haarsträhne unter der Mütze hervor und klemmte sie hinter mein Ohr. »Wäre es für dich in Ordnung, wenn ich dich kurz küssen würde?«

Ich seufzte und warf einen Blick auf meine nicht existente Armbanduhr. »Fünf Sekunden kann ich sicher erübrigen.«

Fin lächelte, als er seinen Mund auf meinen legte. Ich schloss die Augen und ließ mich fallen. Ich dachte an unseren ersten Kuss, an unseren letzten Kuss und an jeden dazwischen. An jede Berührung, an jeden Blick, an jedes bisschen Nähe, das zwischen uns existiert hatte, selbst als wir uns voneinander entfernt hatten. An jeden Funken Licht, an jeden Spritzer Farbe, den er in mein Leben gebracht hatte. Und ich in seins. Ich dachte an unser Uns und in diesem Moment hätte ich kein einziges Detail davon verändert. Weil es uns genau hierhergebracht hatte.

Aus fünf Sekunden wurden zehn, fünfzehn, und von mir aus hätten es Hunderte werden können. Schließlich war es Fin, der sich von mir löste und mein Gesicht zwischen seine Hände nahm. Seine Daumen strichen über meine Wangenknochen, sein Blick von meinem Mund zu meinen Augen. Er schüttelte sacht den Kopf und küsste mich noch einmal. Als ich ihn näher an mich heranziehen wollte, wich er lächelnd zurück.

»Dafür ist später noch genug Zeit«, murmelte er an meinen Lippen und küsste mich auf den Mundwinkel. »Erst einmal wirst du jetzt ein bisschen Karriere machen.«

»Heißt das, du bleibst?«, fragte ich heiser.

»So lange du mich lässt«, wiederholte er meine Worte aus einer Nacht, die sich unendlich weit weg anfühlte.

Ich musste lächeln, verzog aber das Gesicht, als ich an die Ausstellung dachte. Und an die Gäste, die jeden Moment ankommen könnten. Ganz gleich, wie glücklich es mich machte, Fin hierzuhaben, es gab Dinge, die ich ihm gern ersparen wollte. Zumindest vorerst.

»Überleg dir das gut. Meine Eltern sind hier.«

Fin zuckte mit den Schultern. »Früher oder später muss ich sie eh kennenlernen.«

»Und da sag noch einmal, du wärst nicht mutig«, erwiderte ich, aber er da zog er mich schon erneut an sich heran und küsste mich ein letztes Mal.

Mein Mund pochte noch immer, als er das Glashaus verlassen hatte, um die anderen zu suchen. Ich zog mir die Mütze vom Kopf und strich über den Stoff, über all die Farben. Ich wusste, Fin hatte jede einzelne in mir gesehen, ebenso wie ich sie in ihm sah.

Fin wie das Ende – das war das Erste, das ich damals zu ihm gesagt hatte, als wir einander offiziell kennengelernt hatten. Mittlerweile wusste ich, dass Fin vieles war, aber sicher kein Ende. Er war der Anfang einer neuen Geschichte. Es würde schöne Seiten geben, solche, auf denen jede einzelne Buchstabenkette das Herz ausdehnte und mit Wärme füllte. Und es würde Kapitel geben, die schwierig waren, ermüdend, schmerzhaft. Das war okay. So war das Leben. Es musste nicht immer angenehm sein. Hauptsache intensiv. Ich wusste nur eins: Ich freute mich auf jedes einzelne Wort.

Mit einem letzten Blick auf die Bildcollage trat ich zurück und lief zum Eingang.

Asta stand neben der Tür, die Hände in die Hüften gestützt und auf dem Mund ein breites Grinsen. »Bereit?«

Ich lächelte und nickte ihr zu. »Fangen wir an.«

ENDE

HERZ ÜBER KOPF VERLIEBT

Emma S. Rose
UNEXPECTED LOVE
ISBN 978-3-551-30286-1
Softcover
Auch als E-Book erhältlich

Sophies scheinbar perfektes Leben bricht zusammen und sie sieht sich gezwungen ihre Koffer zu packen, um zu ihrem Großvater an die Nordsee zu ziehen. Doch statt der erwarteten Rentner-WG trifft Sophie dort auf einen jungen Mitbewohner, der sie – aber auch ihr Herz – zum Rasen bringt ...

Mimi Heeger
TO ME AND YOU. GRACE & ADAM
ISBN 978-3-551-30330-1
Softcover
Auch als E-Book erhältlich

Eigentlich wollte Grace sich eine Auszeit von ihrer Familie nehmen und herausfinden, was sie vom Leben will. Doch die Reise von England nach Holland verläuft anders als ursprünglich geplant: Adam, der Adoptivsohn ihrer Tante, wurde zu ihrem ständigen Begleiter auserkoren und weicht ihr nicht mehr von der Seite.

WWW.IMPRESSBOOKS.DE

BOYS IN LOVE

Katharina Wolf
DIE SACHE MIT DER MOTTE UND DEM LICHT
ISBN 978-3-551-30260-1
Softcover
Auch als E-Book erhältlich

Liebe auf Knopfdruck ist gar nicht so einfach. Das lernt Lenny spätestens, nachdem er sich bei der Dating-App G-Stagram angemeldet hat. Je länger er sucht, desto mehr zweifelt er daran, jemals den passenden Freund für sich zu finden. Bis eines Morgens Nick in den Schulbus steigt, der neue Fußballstar der Nachbarschule.

Jennifer Wolf
NO RETURN 1: GEHEIME GEFÜHLE
ISBN 978-3-551-30100-0
Softcover
Auch als E-Book erhältlich

Wo auch immer sich die Boyband WrongTurn hinbewegt, folgen ihnen Mädchenkreischen und Liebesbotschaften. Teil einer solchen Band zu sein, ist nicht immer leicht, aber das ist es nicht, was den Songwriter Tony in letzter Zeit aus der Bahn wirft. Er ist verliebt. In einen Jungen. Und niemand auf der Welt darf es erfahren.

IMPRESS

WWW.IMPRESSBOOKS.DE

Impress
Die Macht der Gefühle

Unser Versprechen für mehr Nachhaltigkeit
- Klimaneutrales Produkt
- Papiere aus nachhaltigen und kontrollierten Quellen
- Hergestellt in Europa

FSC
www.fsc.org
MIX
Papier aus verantwortungsvollen Quellen
FSC® C083411

Impress
Ein Imprint der Carlsen Verlag GmbH
Oktober 2021

Lektorat: Li-Sa Vo Dieu
Umschlagbild: Freepik / © vikayatskina / © macrovector / © starline
Umschlaggestaltung: formlabor, Makita Hirt
ISBN 978-3-551-30403-2
www.impressbooks.de